Diogenes Taschenbuch 24445

TIM KROHN, geboren 1965 in Nordrhein-Westfalen, wuchs in Glarus in den Schweizer Alpen auf und lebt als freier Schriftsteller in Santa Maria im Münstertal. Seine Romane *Quatemberkinder, Vrenelis Gärtli* und *Nachts in Vals* sind Kultbücher.

Tim Krohn

Herr Brechbühl sucht eine Katze

Menschliche Regungen Band 1

ROMAN

Diogenes

Die Erstausgabe erschien 2017 im Galiani Verlag, Berlin

Covermotiv: Gemälde von Carole Rabe, ›Sleeping Cat‹, oil on canvas,
14 inches × 11 inches

Veröffentlicht als Diogenes Taschenbuch, 2018

Diogenes Verlag AG Zürich
www.diogenes.ch
30/18/36/1
ISBN 978 3 257 24445 8

Heiterkeit (1)

In der Silvesternacht des Jahres 2000 hatte Hubert Brechbühl vor, früh schlafen zu gehen. Ein Jahr zuvor, in der Nacht des großen Zahlensprungs, hatte er dem Datumswechsel noch regelrecht entgegengefiebert, mit gemischten Gefühlen und gut ausgerüstet mit Kerzen, Thermodecke und haltbaren Lebensmitteln für vier Wochen. Die Badewanne, Töpfe und Krüge hatte er mit Wasser gefüllt. Dann hatte er den gefütterten Anorak angezogen, in dessen Innentaschen er bereits – verteilt auf mehrere Briefumschläge – sein kleines Vermögen verstaut hatte, das er sich zwei Tage zuvor in der Post am Limmatplatz hatte auszahlen lassen. In die Außentaschen hatte er ein Klappmesser, ein Feuerzeug, einen Flachmann mit Enzian und eine kurbelbetriebene Taschenlampe gesteckt. Er war in die Moonboots geschlüpft (und wie dankbar war er nun, dass er vor dreißig Jahren nicht nachgegeben hatte, als seine Mutter, die ihm beim Umzug half, sie der Caritas hatte schenken wollen), dann hatte er sich eine letzte Kanne schön heißen Kaffee gekocht, eine Kerze angezündet und schwitzend vor dem Fernseher darauf gewartet, dass mit dem Datumswechsel die komplexe Technik, auf der das westliche System beruhte, und damit das gesamte Abendland zusammenbrach.

Als Mitternacht nahte, hatte seine Aufregung sich

nochmals gesteigert, zweimal musste er aufs Klo, auch ein Butterbrot musste noch geschmiert sein, denn wer konnte schon sagen, was geschehen würde und wann er wieder zum Essen kam. Doch immer rannte er gleich wieder vor den Bildschirm, in dem eine feuchtfröhliche Festgesellschaft schlagersingend blindlings ihrem Untergang entgegenfeierte. Er eilte nicht, weil er etwas zu verpassen fürchtete, er wollte nur so lange als möglich unter Menschen sein. Denn das Leben nach dem Millennium-Crash malte er sich als einsame Sache aus, zumal ganz offensichtlich kaum jemand gerüstet war wie er, und so schätzte er, dass sich die Menschheit innerhalb weniger Wochen halbieren würde.

Die Kirche gegenüber läutete das Jahr aus wie stets, dann trat die »Stille zwischen den Jahren« ein, und Hubert öffnete das Fenster, um die Glockenschläge danach nicht zu verpassen. Die Festgesellschaft im Fernseher hatte sich ebenfalls erhoben und zählte im Chor die Sekunden ab, dann war das neue Jahr da.

Und nichts geschah. Die Stromversorgung blieb erhalten, das Fernsehen war weiter auf Sendung, und mit etwas Verspätung schlug auch die Glocke der Sankt-Josefs-Kirche. Kein Hochwasser-, Strahlungs- oder Brandalarm erklang, es gab kein Großaufgebot von Feuerwehr- und Notfallwagen. Nur einige Raketen knallten, und zwei Familien mit halbwüchsigen Kindern traten aus dem Nachbarshaus und zündeten auf dem Trottoir Vulkane. Weil er nicht wusste, was sie noch alles zünden würden, schloss er zur Sicherheit das Fenster wieder. Von der Straße her riefen sie ihm Neujahrswünsche zu. Nein, nicht Neujahrswünsche, sie wünschten ihm ein fröhliches Jahrtausend – als gehörte es nicht zur allgemeinen Bildung, dass das neue Jahrtausend erst in einem Jahr begann.

Eine halbe Stunde hatte er darauf gewartet, dass der Crash sich noch einstellte, dann hatte er Anorak und Moonboots wieder ausgezogen und sich bettfertig gemacht. Er hatte sich geärgert, dass er so viel Kaffee getrunken hatte, denn er hatte kaum Schlaf gefunden, und obwohl er sich vor der Zeit nach dem allgemeinen Zusammenbruch gefürchtet hatte, war er unzufrieden wieder aufgewacht.

Das wollte er im Jahr darauf vermeiden und beschloss, den Jahres- und Jahrtausendwechsel schlicht zu ignorieren. Das war nicht einfach, denn im Lauf des Jahres hatte er sich einer Clique angeschlossen, die stets donnerstags im »Schwänli« Schieber jasste und dort auch gemeinsam »rüberfeiern« wollte. Dazu hatte er nun gar keine Lust und hatte unbedacht behauptet, seine Nichte in Wattwil habe ihn zu sich eingeladen. Nun fürchtete er, dass die aus dem »Schwänli« vorbeischauten, um zu sehen, ob er die Wahrheit gesagt hatte, es waren ja nur hundert Meter. Oder Paul oder Ahmet nahmen den Weg vom Tram zum »Schwänli« durch die Röntgenstrasse. Deshalb saß er den ganzen Silvesterabend beim Licht einer einzelnen Kerze (so konnte er wenigstens endlich seinen Vorrat reduzieren) und traute sich auch nicht, den Fernseher einzuschalten. Dabei hatte er sich so sehr auf die Sportrückschau gefreut. Insbesondere hätte er nur zu gern nochmals gesehen, wie bei der WM die Eishockey-Nati Russland weggeputzt hatte. So saß er in der Stille und hörte alle möglichen Geräusche im Haus: einen Fernsehsender wohl griechischer Sprache, zwei machten Liebe, mindestens zwei, und einmal hörte er sogar das kleine

Mädchen aus dem vierten Stock kreischen. Auch nebenan in der früheren Hausmeisterwohnung, die nur noch interimistisch, in Notfällen vermietet wurde, weil eine vom Gartenbauamt für schützenswert erklärte Föhre sie von Jahr zu Jahr finsterer machte, lachte, sang und prostete eine äußerst vergnügte Gruppe Menschen, die offenbar nicht wusste, wie dünn die Wände waren. Nur direkt über ihm war es still wie meist, seit der Sportstudent ausgezogen war, und Hubert dachte, dass er das gemütliche Surren und Knarren seiner Rudermaschine vermisste.

Um zehn Uhr ging er zu Bett, blieb aber lange wach liegen. Erst kurz vor Mitternacht – als er sich eben zu einem Spaziergang durchs Quartier hatte aufraffen wollen, um sich »müde zu laufen«, wie er es bei sich nannte, und um heimlich seine Clique feiern zu sehen – schlief er ein. Und so geriet sein Jahreswechsel noch unerwartet heiter. Denn Hubert Brechbühl träumte nicht nur – er träumte fast nie –, es war zudem ein Traum mit Folgen.

Er träumte sich als Pianisten, und als bedeutenden, mit Frack und Orden. Er spielte als Solist in der Zürcher Oper, begleitet von großem Orchester, eine Fantasie von Grieg (seine Mutter hatte Grieg geliebt). Und zwar nicht auf einem Flügel, sondern auf dem altmodischen Hochklavier, das vierzig Jahre zuvor im Probelokal der Blasmusik in seiner Militärkaserne gestanden hatte. Dieses Hochklavier wiederum war vernetzt mit einem System mannshoher Spiegel, die er durch die Art, wie er die Tasten schlug, bewegen konnte. So konnte er – und das war seine eigentliche Meisterschaft – musizierend den gesamten Erdball spiegeln und dem Publikum jede beliebige Sicht auf die Menschheit vorführen. Und offenbar war er gar nicht Pianist, sondern Magier, denn er beendete seine Darbietung mit zwölf donnernden Schlägen in die untersten Tasten. Daraufhin verwandelte sich alles: Zuerst verlor das Hochklavier in einer Explosion den Deckel, ein Schwarm Vögel, die im Traum Prinzesstaucherchen hießen, entstieg dem Schallkasten, flatterte durch den Saal, und eine zweite Explosion sprengte das Dach des Opernhauses fort. Gleich entschwebte in allgemeiner Heiterkeit das gesamte Publikum in einen tiefschwarzen Nachthimmel hinaus, weiter umschwirrt von den Prinzesstaucherchen, aber auch von Spiegelscherben und Splittern der elfenbeinernen Tastatur, die er dennoch weiterspielte. Denn auch er war nun ein ganzer Schwarm und unterhielt die vornehme Gesellschaft während ihrer Reise hinaus ins All musikalisch, derweil in ihren Rücken sich die alte Welt in einem Flammenball verzehrte. Die Leichtigkeit, die Hubert Brechbühl während dieses Traums erfuhr, war grenzenlos, und sie verließ ihn auch nicht, als er anderntags erwachte.

Kunstsinn (2)

Wenn Selina May den Januar 2001 in ihrer Agenda aufschlug, sah sie nur weiß. Das Jahrtausend als arbeitslose Schauspielerin im neblig kalten, bestenfalls mit einer Handbreit Schneematsch überzogenen Zürich zu beginnen, war nicht schön. Und sie brauchte nicht lange nachzudenken, als ihre alte Bekannte Antje Klaassen aus Berlin anrief und sagte: »Ich bin in Not, ich brauche dringend eine Rednerin für eine Ausstellungseröffnung übermorgen um 17 Uhr zum Thema *Chiaroscuro*. Kannst du?«

Antje führte eine Galerie in Ostberlin – große Halle, kleines Budget –, und wenn die Winter dort auch nochmals finsterer und kälter waren als in Zürich, reizte Selina das Angebot. »Zahlst du den Flug?«, fragte sie.

»Den Flug und zweihundert Mark«, sagte Antje, »nur bei der Rede kann ich dir nicht helfen. Die Künstlerin wollte selber eine halten, jetzt ist sie schwer vergrippt, und ich muss noch die ganze Ausstellung hängen.«

»Kein Problem«, sagte Selina in einem Anfall von Übermut, »verrate mir nur eben, wer dieser Chiaroscuro ist.«

Chiaroscuro war kein Mensch, sondern eine Maltechnik, daher fuhr sie ins Kunsthaus. Dort begriff sie erst, was sie sich eingehandelt hatte. Zwar hatte sie bald heraus, dass *Chiaroscuro* Licht und Schatten meint, dass seit da Vinci viele Maler damit experimentierten, sie las so schöne Begriffe wie Lichtkörper und Körperlicht, Schlag- und Eigenschatten, Nebelschwund und *Tenebrismo,* und erfuhr von einer artverwandten Holzschnitttechnik, dem *Clair-Obscur*. Sie sah sich Bilder von Tizian, Caravaggio, Rembrandt und Cranach an und erkannte zwar das Prinzip, doch das änderte nichts daran, dass sie Schauspielerin war, nicht Kunstexpertin, und vermutlich weniger von Malerei verstand als jeder der Vernissage-Gäste.

Abends rief sie Antje an und sagte: »Ich habe mich überschätzt, ich kann das nicht. Du musst dir jemand anderen suchen.«

»Nein«, sagte Antje schlicht. »Die Pressemitteilung ging eben raus. Komm her und sieh dir die Bilder an, dann fällt dir schon was ein. Der *Film noir* ist übrigens von *Chiaroscuro* inspiriert.«

So flog Selina anderntags früh um sieben Uhr nach Berlin-Tegel, fuhr hinauf nach Pankow und half Antje, die zu verschwitzt war, um sie zu umarmen, zwanzig Kisten Bilder in die Galerie zu tragen. Sie packten sie aus, machten Auslegeordnungen, dann hatte Antje einen Termin, und Selina ging spazieren. Es war kurz nach drei Uhr, und schon dämmerte wieder der Abend. Die wenigen orangefarbenen Straßenlampen tauchten die Straßen in ein Licht, das Selina an Jodtinktur und, aus welchen Gründen auch immer, an ein Leichenschauhaus erinnerte. Der scharfe Nordwind tat ein Übriges, sie fühlte sich einer Erleuchtung ferner denn je.

Gern hätte sie das Planetarium an der Prenzlauer Allee besucht – gleißende Sterne, unendliche Finsternis –, doch leider hatte es geschlossen. Sie strich ziellos durch die Straßen und hatte eben entschieden, hinunter nach Mitte zu fahren, um sich im warmen Licht des Lafayette-Kaufhauses von der Berliner Kälte zu erholen, als ihr im S-Bahnhof Prenzlauer Allee ein alter, hagerer Mann in einem ehemals sehr eleganten, abgewetzten Kammgarnanzug auffiel. Er war dabei, mit Kohle ein komplexes architektonisches Gebilde auf den Boden zu zeichnen – nicht mit Kohlestift, sondern mit einem einfachen Stück Ofenkohle – und ging, wie ihr schien, höchst raffiniert mit Licht und Schatten um.

Sie sprach ihn an. »Verzeihung, kennen Sie sich vielleicht mit *Clair-Obscur* aus? *Chiaroscuro?*«

Der Mann erhob sich und streckte mit leisem Jammern die Knie durch. »Für eine Tasse Kaffee und ein schönes Stück Butterkremtorte kenne ich mich mit allem aus«, antwortete er in gestochenem Hochdeutsch und führte sie zu einem kleinen Café, das »Marzipanschwein« hieß. Er stellte sich ihr als Oskar vor, und nachdem sie bestellt hatten, erzählte Selina ihm, dass sie die Rede halten sollte und sich dafür schämte, weil sie nicht nur keine Ahnung von der angewandten Technik hatte, sondern offenbar überhaupt keinen Blick für Kunst. Zumindest hatten nicht einmal die Werke der großen Meister etwas in ihr ausgelöst, das halbwegs wert gewesen wäre, ein Publikum damit zu füttern.

»Was sind Sie denn beruflich?«, fragte Oskar.

Als sie sagte: »Ich spiele Theater, gelegentlich trete ich auch in einem Film auf«, nickte er und trank den Kaffee aus, um, als die Torte kam, gleich einen zweiten zu bestellen.

»*Clair-Obscur* als Stilbegriff oder als Technik ist ein Unsinn«, sagte er danach, »und um darüber zu reden, brauchen Sie von Malerei keine Ahnung zu haben.«

»Wovon denn?«, fragte Selina.

Oskar verwendete erst etwas Zeit darauf, ein Stück kandierte Kirsche aus einer Zahnlücke zu fischen. Er klebte es auf die Serviette und sagte: »Am besten von nichts. Am besten ist, Sie haben keinen blassen Schimmer, von gar nichts. Denn wenn Sie keine Ahnung haben, beginnen Sie zu schauen. Wir wissen beispielsweise, dass dies Stückchen Kirsche aus meinem Mund kommt, der kein besonders schöner Mund sein mag, und das macht das Stück Kirsche unappetitlich. Aber es ist doch nur ein Stück Kirsche, und läge es noch da drüben in der Vitrine auf einem Sahnetörtchen, gewänne dadurch das Törtchen an Appetitlichkeit. Auch ein Spatz würde die Kirsche im Nu wegpicken, selbst wenn er wüsste, dass sie aus meinem Mund kommt.«

Selina nickte, obwohl ihr unklar war, wozu sie nickte, denn sie begriff nicht viel.

»Was meinen Sie«, fragte Oskar, »wann ist Licht viel Licht, und wann ist Dunkelheit sehr dunkel?«

»Pankow im Winter ist sehr dunkel«, sagte Selina sofort.

»Aha, dunkel im Vergleich wozu?«, fragte er weiter.

»Einfach nicht gesund fürs Gemüt«, antwortete Selina. »Ich hasse diese orangefarbenen Funzeln. Das ist doch keine Straßenbeleuchtung!«

Oskar lachte. »Vielleicht ist es tatsächlich keine«, sagte er. »Vielleicht ist es ein völlig unnützes orangefarbenes Licht, das zwar nichts taugt, doch wenn man es ganz für sich betrachtet, ohne eine Ahnung oder Meinung, wozu es gefälligst taugen sollte, ist es vielleicht richtig schön. Vielleicht wärmt diese Schönheit dann mein Herz. Und vielleicht brauche ich, wenn mein Herz erst warm ist, gar keine Straßenlampe mehr, um mich im Winter in Pankow wohlzufühlen.«

»Hoppla«, sagte Selina – mehr, um nicht zu schweigen, während Oskar fragte: »Wären Ihnen weitere Ausführungen ein Stück Mokkatorte wert?«

»Sind sie«, erwiderte Selina und holte ihm an der Theke ein Stück Torte.

»Mögen Sie Kinder?«, fragte er sie quer durch den Raum.

»Mehr aus der Ferne«, antwortete sie, als sie sich wieder setzte. »Ich bin nicht so der mütterliche Typ.«

Oskar sah sie überrascht an, lachte erneut und sagte: »Das mag die Meinung sein, die Sie von sich haben. Meinungen sind noch beschwerlicher als Ahnungen. Ich sage Ihnen gleich, warum. Auf Kinder übrigens kam ich, weil Kinder so schön nutzlos sind. Deshalb mögen wir an ihnen Dinge, die wir an Erwachsenen nicht mehr mögen. Wir haben noch keine Erwartung an sie – zumindest nicht an fremde Kinder, mit den eigenen ist das vielleicht etwas anderes. Aber finden Sie nicht auch Kinder, die sich benehmen wie kleine Erwachsene, ein Gräuel? Sogenannte Wunderkinder?«

»Ich glaube, ich war so ein Kind«, gestand Selina.

»Oh ja, ich auch«, sagte Oskar. »Lassen Sie mich raten, Sie waren der Sonnenschein der ganzen Familie. Richtig?«

Selina zögerte. »Wie kommen Sie darauf?«, fragte sie zurück. »Weil ich blond bin? Mein Bruder ist das auch.«

»Nein, weil Sie sogar jetzt noch lächeln, und ganz offensichtlich ist Ihnen nicht zum Lächeln zumute«, sagte er. »Und dass Sie Kindern nicht zu nahe kommen möchten, kann daran liegen, dass Sie befürchten, Ihr eigenes Kindsein habe daneben zu wenig Raum.«

»Hoppla«, sagte sie wieder. »Viele Menschen würden Ihnen jetzt tüchtig widersprechen. Ich habe angeblich eine sehr kindliche Ader.«

»Ja, eben die Sonnenschein-Seite«, sagte Oskar. »Ich spreche von den finsteren Seiten des Kindseins.«

Das kam so unerwartet, dass Selina nichts zu entgegnen wusste. »Sind Sie von Haus aus Psychologe?«, fragte sie. »Aber wie kommt es dann, dass Sie so gut zeichnen?«

»Mein Vater war Maler«, sagte Oskar. »Und ich habe mein halbes Leben in Kliniken und Therapien verbracht. Das ist aber eine Weile her.« Danach aß er schweigend die Mokkatorte. Erst als er die Gabel auf den Teller legte, erklärte er: »Wenn man nichts erwartet, sieht man alles. Dann ist stets das ganze Spektrum da, von *chiarissimo* bis *oscurissimo*. In allem ist immer alles enthalten. Wenn Sie es nicht sehen, haben Sie nur nicht urteilsfrei genug geschaut.«

Doch Selina hatte keine Lust mehr auf seine weisen Sprüche. »Ganz andere Frage«, sagte sie, »warum malen Sie Architektur? Warum nicht Menschen? Was interessiert Sie daran?«

»Nichts«, antwortete Oskar sofort. »Es beeindruckt nur am meisten. Ich verdiene damit am besten.«

»Aber das ist ja traurig«, sagte sie. »Und es passt so gar nicht zu Ihnen.«

»Nein?«, fragte er. »Sie haben schon wieder eine Meinung. Warum werten Sie das Desinteresse so gering? Weshalb sollte ich nicht etwas mit Freude und von ganzem Herzen tun können, ohne daran interessiert zu sein? Wenn ohnehin alles in allem enthalten ist, spielt es keine Rolle, was ich tue. Leider habe ich nun aber eine Schwäche für Süßes, also spielt es doch eine Rolle: Es gibt Dinge, für die erhalte ich Kuchen, für andere nicht. Das ist die einzige Wertung in meinem Leben, die ich noch nicht ablegen konnte. Und ich entschuldige mich dafür.« Er lachte darüber sehr jungenhaft, und als Selina fragte, ob er für diesmal satt sei, nickte er.

Sie zahlte. Als sie sich erhoben, fragte er: »Und haben Sie einen roten Faden für Ihr Referat gefunden?«

»Das weiß ich nicht«, antwortete Selina. »Im Augenblick weiß ich gar nichts.«

»Das ist doch schon mal was«, rief Oskar. »Ich gebe Ihnen einen Satz mit: ›Die Kunst, meine Damen und Herren, ist nicht, Licht und Schatten zu malen, sondern Licht und Schatten zu sehen. Überall. Vor allem aber dort, wo andere bloß Licht oder bloß Schatten sehen.‹ Wenn Sie damit beginnen, haben Sie sie.«

Aber sie begann dann doch mit dem Hauch von Göttlichkeit, den das Licht bei Caravaggio atme, um sich sofort – die Künstlerin war ja nicht da – den Meistern des *Film noir* zu widmen, von Fritz Lang bis Jim Jarmusch, danach dem magischen Dreieck Schauspieler – Scheinwerfer – Kamera. Sie sprach frei von der Leber weg – oder es wirkte zumindest so – und begeisterte das Publikum mit ihrer sonnigen Art.

Abschiedsschmerz (3)

Als Selina vom Flughafen nach Hause kam, klebte ein Zettel an ihrer Tür: »Mona braucht dich. Dringend.« Mona war das vierjährige Kind ihrer Nachbarin, und da es fast Mitternacht war und die Wahrscheinlichkeit groß, dass a) der Zettel schon länger hing und b) Mona längst schlief, beschloss Selina, sich erst am Morgen nach dem Yoga zu melden. Doch sie hatte kaum Teewasser aufgesetzt, als es zuerst an der Küchenwand klopfte, dann an ihrer Tür. Als sie öffnete, stand Julia draußen, sie hatte Mona auf dem Arm. Mona trug einen Pyjama voller Sterne.

»Entschuldige die späte Störung«, sagte Julia.

Gleichzeitig rief Mona: »Malkovic geht so komisch! Mama sagt, er ist gelähmt.«

»Sie kann nicht schlafen, ehe du ihn dir nicht angesehen hast«, erklärte Julia.

Selina stellte den Wasserkocher ab und ging über den Flur. Malkovic war eine Theaterratte. Sie hatte ihn ein Jahr zuvor gekauft, als sie das Stück »Gesäubert« von Sarah Kane spielte – als Sinnbild für die zähe Kreatur, die übrig bleibt, nachdem der Mensch sich ausgerottet hat. Malkovic war noch ein Kind und sollte eigentlich auf ihrer Schulter sitzen. Doch er verkroch sich meist vor dem Rampenlicht in ihr Kostüm, höchstens baumelte mal sein Schwanz aus ihrem Ausschnitt oder einem Ärmel. Und weil sie gleich anschließend an die Sarah-Kane-Produktion einen Unterwasserdreh für eine Bank auf den Malediven hatte (»Bei anderen tauchen die Aktien, bei uns tauchen Sie«), hatte sie ihre Nachbarin gebeten, so lange die Ratte zu füttern. Julias Tochter hatte sich Hals über Kopf in Malkovic verliebt, und als Selina von den Malediven wiederkehrte, war es nicht mehr ihre Ratte, sondern Monas.

Selina war froh darüber, denn sie war gern unabhängig, Julia allerdings litt etwas, denn Malkovic fraß alle Möbel und Kabel an. Aber er hatte auch viel Charme und spielte liebend gern Streiche. Zum Beispiel wartete er auf der Türschwelle zur Küche, die ihm verboten war, darauf, dass er entdeckt wurde, dann rannte er los und schlitterte über den Küchenboden, bis man ihn einfing. Auch liebte er es, sich unterm Sofa hindurch anzuschleichen, um Leute in den großen Zeh zu beißen.

Malkovic schlief in sein Stroh vergraben, doch ehe sich die Frauen für ihn starkmachen konnten, hatte Mona ihn hochgenommen und setzte ihn auf den Boden. »Sieh doch«, sagte sie und stupste Malkovic an. Er humpelte zurück zu seinem Nest. Ein Hinterbein schien gelähmt zu sein.

Auf halbem Weg machte er kehrt, hinkte zu Selina und legte sich auf ihren Fuß. »Das hat er gemacht, als er noch ganz klein war«, sagte Selina gerührt und hob ihn hoch, um sein Bein zu untersuchen. Doch Malkovic zog es immer wieder weg, dann kuschelte er sich in ihre Hände.

»Seit heute Mittag ist er wieder so zutraulich«, sagte Julia, und Mona fragte: »Selina, gehst du morgen mit mir und Malkovic zum Tierarzt? Mama hat keine Zeit.«

»Meine Ferien sind vorbei«, erklärte Julia.

»Klar doch«, sagte Selina, »gleich nach dem Yoga.«

Tatsächlich wurde alles etwas komplizierter. Monas Oma hatte einen Ausflug geplant, und Julia bestand darauf, dass Mona mitging. Mona wollte wiederum Malkovic nicht alleine lassen, und mitnehmen konnte sie ihn nicht, da die Oma sich vor Ratten ekelte. Alles endete damit, dass Selina ihre Yogastunde sausen ließ, für die sie extra zeitig aus Berlin zurückgekehrt war, und versprach, bei Malkovic zu wachen, bis Mona wieder zu Hause war und sie ihn zum Tierarzt bringen konnten.

Anderntags um acht trat sie ihren »Dienst« an, und Julia brachte Mona zum Bahnhof. Malkovic ging es schlechter, er hinkte inzwischen an beiden Hinterbeinen und zitterte wie Espenlaub. Selina hatte vorgehabt, ihn in ihre Wohnung zu holen und sich einen netten Tag zu machen. Doch als sie ihn so sah, wagte sie es nicht mehr. Sie holte ihre Yogamatte und zwei Bücher, aber die lagen dann auch nur herum, denn Malkovic mochte nicht mehr fressen oder trinken, sondern wollte nur gehalten werden, er keuchte und starrte sie fast unentwegt an. Erst gegen Mittag schlief er kurz ein. Sie legte ihn in ihre Armbeuge, damit sie eine Hand frei bekam, holte sich ein Glas Wasser und einen Joghurt, den sie mit den Zähnen öffnete. Sie fühlte ihren Ärmel klamm werden und sagte sich, dass nun auch sein Blasenmuskel gelähmt war.

Malkovic wurde wach, als Julia anrief, um zu sagen, dass Mona nicht vor sechs zu Hause wäre. »Nur für den Fall, dass du mal rauswillst«, sagte sie. »Du kannst ja nicht den ganzen Tag bei uns zu Hause hocken.«

»Vielleicht gehe ich besser schon mit ihm zum Tierarzt«, schlug Selina vor.

Doch Julia sagte: »Tu ihr das nicht an, für Mona ist der Tierarzt doch das Größte.«

Zudem musste sich Selina eingestehen, dass es für den Tierarzt längst zu spät war. Als sie aufgelegt hatte, suchte Malkovic nochmals die Wärme ihrer Hände, doch nur kurz. Dann begann er sich zu winden, und als sie ihn aufs Sofa legte, zog er sich zu dessen Rand und wollte hinunterklettern. Seine hintere Hälfte war nun völlig lahm, und hätte sie ihn nicht hinuntergehoben, hätte er sich überschlagen. Er wollte sie beißen, er wollte keine Hilfe, doch selbst zum Beißen war er zu schwach. Er lag eine Weile keuchend und zitternd, dann schleppte er sich in vielen kleinen Etappen unters Sofa und weiter bis zur Wand – dort war sein Sockenversteck.

Der Nachmittag – ein totenstiller Montagnachmittag im Januar in einer fremden Wohnung, allein mit einer Ratte, die offenbar im Sterben lag – wurde Selina sehr lang. Sie wollte es mit Humor nehmen, stattdessen kämpfte sie mit Tränen. Gern hätte sie Musik für Malkovic gemacht, doch offensichtlich hatte er die Boxenkabel durchgefressen, und alles, was sie fand, war Monas Spielzeugtelefon, das Tiergeräusche machte. Da sie bezweifelte, dass Ratten zum Miauen einer Katze oder zum Klang von Grillen sterben möchten, versuchte sie ihn mit Schokolade und Büchsenananas zu trösten. Doch Malkovic lag weiter bebend in der Ecke, die Nase in einem von Monas Söckchen vergraben.

Gegen drei Uhr wollte sie Julia anrufen und ihr sagen, dass es mit Malkovic zu Ende ging, doch als sie die Nummer wählte, musste sie so heftig weinen, dass sie wieder auflegte. »Es ist nur eine ordinäre Ratte«, sagte sie sich, »du hast nicht mal geheult, als Sarah Kane sich umgebracht hat.« Und doch brauchte sie vier Versuche, ehe sie es schaffte, Julia anzurufen.

»Denk dir, er hat sich von mir verabschiedet und sich zum Sterben verkrochen, genauso, wie es die Elefanten tun«, erzählte sie.

Julia schwieg nur kurz, dann sagte sie: »Ich muss gestehen, ich bin darüber nicht nur traurig. So bald kommt mir kein Haustier mehr ins Haus. Aber sollte man ihn nicht einschläfern lassen?«

»Ich glaube, er weiß genau, was er tut«, erwiderte Selina. »Ich will ihn darin nicht mehr stören. Ich fürchte nur, dass Mona ihn verpassen wird.«

»Das ist bestimmt besser so«, sagte Julia. »Ich werde schauen, dass ich vor ihr daheim bin. Danke, dass du dort bist.«

Danach dauerte es nochmals eine Stunde, bis Selina, wenn sie unters Sofa blickte, den kleinen Rattenkörper nicht mehr zittern sah, und wieder eine Stunde, bis sie wagte, das Sofa von der Wand zu schieben, Monas Söckchen wegzuziehen und Malkovic sanft zu streicheln. Er regte sich nicht mehr, doch sie schloss nicht aus, dass zwar der ganze Körper gelähmt war, sein Geist jedoch noch wach, und sprach so lange leise auf ihn ein, bis die Augen matt wurden. Sie erzählte von ihrer gemeinsamen Zeit am Theater, von den Scherzen, welche die Kollegen mit ihm getrieben hatten, und wie er während einer Vorstellung aus ihrer Hosentasche gefallen war, als sie ihren Monolog an der Rampe hatte, und eine

Frau in der ersten Reihe umgekippt war. Sie erzählte, wie sie ihm Gemüsebrei und Mais gekocht und Abend für Abend mit ihm trainiert hatte, Stühle hochzuklettern, bis »Gesäubert« abgespielt war. Und wie sie danach wochenlang seinen Geruch in ihren Kleidern vermisst hatte.

Es war fast sechs, als sie ihn hochhob und auf seinen Schlafplatz legte, da war er schon etwas steif. Gleich darauf kamen die »Mädels«, wie Selina sie für sich nannte. Julia hatte Mona am Bahnhof abgefangen und ihr erzählt, dass Malkovic im Sterben lag oder vielleicht bereits tot war. Mona weinte auch nicht, sondern fragte nur: »Legen wir ihn jetzt ins Wasser?«

»Das fragt sie, weil sie Erlbruchs Büchlein ›Ente, Tod und Tulpe‹ kennt«, erklärte Julia, bevor sie ins Schlafzimmer ging, um zu weinen.

»Ja, das ist eine gute Idee«, sagte Selina zu Mona. »Vielleicht hast du eine schöne Schachtel?«

»Ich habe mein Puppenköfferchen«, antwortete Mona. »Aber bekomme ich es zurück?«

Selina schüttelte den Kopf. »Ich dachte mir, wir legen Malkovic in etwas, das schwimmt, und lassen ihn die Limmat hinuntertreiben.«

»Schwimmt denn das Köfferchen?«, fragte Mona.

»Ja, bestimmt«, sagte Selina. »Nur bekommst du es nicht zurück.«

»Egal«, fand Mona und holte das Puppenköfferchen. Sie betteten die Ratte hinein und legten, weil sie keine Blumen hatten, ein paar Küchenkräuter aus dem Tiefkühlfach dazu. Dann spazierten Julia, Mona und Selina Richtung Werdinsel. Malkovic schoben sie in Monas Kinderwagen. Und nachdem sie an einer Stelle, an der das Ufer flach genug war, das Köfferchen mit Teelichtern geschmückt, es ausgesetzt und mit einem Ast in die Strömung geschoben hatten – wobei die Teelichter schon wieder ausgingen –, aßen sie zur Feier des Tages am Escher-Wyss-Platz Döner.

Desinteresse (4)

Nach seinem magischen Traum in der Silvesternacht, in dem er pianospielend die Erde vernichtet und das All erobert hatte, war Hubert Brechbühl sicher, dass das neue Jahrtausend Besonderes für ihn bereithielt. Er wusste zwar nicht, was, doch war er tagelang so leichten Muts, dass seine Fantasien keine Grenzen kannten.

Vielleicht war das Klavier seine Bestimmung? In seiner Kindheit hatte er zwei Jahre lang gespielt, und gar nicht schlecht. Auch Grieg begann ihn zu interessieren, im Traum hatte er eine Fantasie von ihm interpretiert, die er nun im Plattenladen überm Pfauen zwar vergeblich suchte (er erinnerte auch nicht mehr, wie sie überhaupt geklungen hatte), doch während er suchte, las er Texte auf den CD-Hüllen, kam von Grieg auf Tschaikowski – die beiden waren Freunde gewesen – und stieß auf den Ausdruck »Mächtiges Häuflein«, der ihm unerhört gefiel. Beim »mächtigen Häuflein« handelte es sich um eine Gruppe von fünf russischen Komponisten, und zu fünft waren sie auch in seiner Jass-Clique, wenn man Alex, den Freund der Wirtin mitzählte, der immer einsprang, wenn einer aus der Stammrunde ausfiel.

Bei ihrem ersten Jass nach Neujahr brachte er daher zur Sprache, dass sie vielleicht zu Höherem geboren seien, und schlug vor, sie könnten, statt zu schieben, ja einmal musizieren. Er selbst beherrschte nicht nur das Piano, sondern auch die Tuba. Mit ihr hatte er sich einstmals bei der Militärmusik beworben. Er war zwar abgelehnt worden, er hatte aber damals seine Tuba auch erst knapp zwei Wochen. Inzwischen hatte er nicht nur Lust, wieder zu üben, sondern außerdem Zeit.

Doch Bertram fragte: »Quatschen oder jassen?«, und die anderen sagten gar nichts. Darauf jasste er halt mit, sagte sich aber, dass seine Tage mit dieser Clique gezählt seien.

Oder war vielleicht gar nicht Musik seine Bestimmung? Im Fernsehen lief in diesen Tagen auf mehreren Sendern eine Reportage über David Copperfield, mit Zauberkunststücken, die an seinen Traum erinnerten. Der Mann ließ nicht gerade die Erde verschwinden, aber einmal immerhin die Freiheitsstatue, ein andermal einen Waggon des Orient Express. Zudem holte er im Bermudadreieck ein verschollenes Schiff zurück, das war schon große Klasse. Doch, Zauberkünstler wäre er auch gern. So fragte er, als ihm im Haus die Schauspielerin vom vierten Stock begegnete – ganz zufällig geschah das nicht, er hatte an ihrem Waschtag endlich einmal wieder seinen zweirädrigen Ziehkarren geputzt, so lange, bis sie in den Keller kam –, ob sie ihm vielleicht sagen könne, wo man sich zum Magier ausbilden lasse.

»Nein, keine Ahnung«, sagte sie.

»Aber Sie spielen in Filmen, nicht wahr?«, fragte er. »Vielleicht kennen Sie David Copperfield, er hatte auch schon Spielfilmrollen. Wenn ich seine Nummer hätte …«

»Nein«, sagte sie nochmals, »in meinen Filmen hat er nie gespielt.«

Und als er ihr von seinem Traum erzählen wollte, behauptete sie, sie müsse zum Yoga, und ließ ihn stehen.

Das Desinteresse seiner Umgebung kränkte ihn, doch er gab so schnell nicht auf. Am selben Tag erzählte er in der Buchhandlung an der Josefstrasse seinen Traum und fragte die Verkäuferin nach einem Buch, das Menschen in seiner Lage helfe.

Sie empfahl ihm »*I-Ging,* das Buch der Wandlungen«, ein altchinesisches Orakel. Und liebenswerterweise gab sie ihm das Wechselgeld in Münzen, sodass er zu Hause gleich beginnen konnte.

Gleich als Erstes warf er »*Pi,* die Stockung«. Schwere Zeiten wurden ihm prophezeit: »Sie werden bei Ihrem Vorhaben auf erhebliche Widerstände stoßen«, stand da, »die Sie vielleicht sogar zwingen, für eine Weile kürzerzutreten.« Das hörte er nicht gern. Dafür versöhnte ihn der Ausblick in die Zukunft. »*Guan,* die Betrachtung«, war sein Los. »Zeit, innezuhalten und sich zu besinnen. Vergessen Sie kurz Alltag und Banales. Machen Sie sich die großen Zusammenhänge bewusst, erkunden Sie die Wege der Vorsehung und des Schicksals. Suchen Sie Erkenntnis im Spirituellen, bringen Sie Ihr Vorhaben mit den kosmischen Zielen in Einklang. Die Ausstrahlung, die Sie dadurch gewinnen, hilft Ihnen, die Umwelt zu überzeugen.«

Das war nun wieder ganz nach seinem Sinn, und im Bewusstsein, dass er drauf und dran war, etwas ganz Großes zu beginnen, zog Hubert Brechbühl nochmals Anorak und Stiefel an und ging spazieren, obwohl es fast schon Mitternacht war. Und zwar zum Hauptbahnhof (da er dachte, dass er gleich noch Milch fürs Frühstück kaufen könnte).

Er freute sich am klaren Sternenhimmel, auf einen Wink des Schicksals wartete er allerdings vergebens. Stattdessen wunderte er sich über die Jugendlichen, die in der Bahnhofshalle lärmten. In ihrem Alter war er um zehn ins Bett gegangen und um sechs Uhr aufgestanden.

Als er in der Unterführung einen Viertelliter UHT-Milch aus dem Automaten zog, hatte er ein mulmiges Gefühl, denn sie lungerten auch dort. Den Rückweg nahm er daher nicht mehr durchs Shopville, sondern stieg die nächstgelegene Treppe empor, die zum Landesmuseum. Das war ein Fehler, denn der Aufgang war vereist, er rutschte aus und fing sich mit der Hand auf, die die Milch hielt. Das war einerseits sein Glück, da das Tetrapack den Aufprall linderte. Jedoch platzte es dabei, und weil er so schnell sein Gleichgewicht nicht wiederfand, setzte er sich mitten in die Pfütze.

Sofort waren drei der Jugendlichen bei ihm, und er fürchtete bereits das Schlimmste. Dabei wollten sie nur helfen.

»Haben Sie auch nirgends Schmerzen?«, fragten sie, als er sich hochzog, »rufen wir nicht besser eine Ambulanz?« Einer holte ihm sogar eine zweite Milch am Automaten, und sie boten an, ihn heimzubringen.

Darauf ließ er sich natürlich nicht ein. Was hieß »natürlich« – auf dem Heimweg mahnte er sich, fremde Menschen nicht so hastig zu verurteilen, und noch bevor er zu Hause war, schimpfte er bereits mit sich, dass er, indem er ihre Hilfe ausgeschlagen hatte, vielleicht die ganze Vorsehung vereitelt hatte.

Dasselbe musste er sich anderntags gleich nochmals sagen. Das kleine Mädchen vom vierten Stock rechts hatte bei ihm geklingelt. Sie stand auf einem klappbaren Schemelchen, als er öffnete, wohl, damit sie überhaupt den Klingelknopf erreichte, und balancierte auf einem Bein. Er glaubte sich zu erinnern, dass sie Mona hieß.

»Tauschst du mit uns die Wohnung?«, fragte sie, noch ehe er sie begrüßen konnte.

»Warum sollte ich mit euch die Wohnung tauschen?«, fragte er verwundert.

»Weil Malkovic gestorben ist«, erklärte Mona.

»Wer ist Malkovic?«, fragte er.

»Malkovic *war* meine Ratte«, sagte Mona.

»Und was habe ich damit zu tun?«, fragte Hubert Brechbühl.

Mona stand inzwischen zweibeinig und hielt die Arme vor der Brust verschränkt. »Weil Mama sagt, wenn noch ein Haustier, dann nur eine Katze. Und eine Katze nur, wenn sie rauskann.«

Hubert Brechbühl begriff noch nicht, worum es ging. »Ich habe auch keine Katze«, stellte er klar.

»Eben«, sagte Mona, »deshalb kannst du auch oben wohnen. Mama sagt, bei uns ist es viel heller. Und ich kann dafür eine Katze haben.«

»Und warum kommt deine Mama nicht selbst zu mir?«, fragte er.

»Weil sie doch gar nicht umziehen wi-ill«, rief Mona, als sei er schwer von Begriff. Dabei verlor sie das Gleichgewicht und hüpfte vom Schemelchen. »Aber du bist alt und musst bestimmt bald sterben. Wenn du sagst, du willst oben wohnen, weil du nicht mehr gut siehst, sagt Mama ganz bestimmt nicht Nein. Und ich kriege die Katze.«

»Ich sehe aber gut«, sagte Hubert Brechbühl. »Und ganz

so alt bin ich noch nicht. Und überhaupt habe ich nicht das geringste Interesse umzuziehen.«

Mona schnaubte. »Dann eben nicht«, rief sie und schnappte sich ihr Schemelchen. »Selber schuld. Bei uns oben ist es nämlich viel, viel schöner.«

Nachdem Hubert Brechbühl die Tür geschlossen hatte, setzte er sich nochmals zum Frühstück. Er stand jedoch gleich wieder auf, ging von Fenster zu Fenster und überlegte, wo eine Katze am praktischsten ein und aus ginge. Und während er die Tetrapackung Milch aufschnitt, begann ihn der Gedanke zu beschäftigen, ob er ein zweites Mal die Vorsehung behindert hatte. Der Gedanke quälte ihn. Er hatte aber wirklich kein Interesse umzuziehen, obwohl es überhaupt nicht schön war, das Kind so enttäuschen zu müssen.

Demut (5)

Am 28. Dezember hätte Marie-Claire Arden erst von Zürich nach London Heathrow und von dort nach Accra fliegen sollen. In London wäre ihr Onkel zugestiegen, Jeremy Arden. Der war mit einer Ghanaerin in Marie-Claires Alter verheiratet, Joyce, und diese Joyce wiederum hätte sie mit einem Fahrer am Flughafen abgeholt und erst für vier Tage an den Strand vor Accra gebracht – für Silvester waren dort irgendwelche angeblich gigantischen Feierlichkeiten geplant –, dann wären sie in den Norden gefahren. Denn dort leitete Jeremy ein privates Auffanglager für Flüchtlinge aus Togo und Burkina Faso. Das Lager besaß einen kleinen Wagenpark, doch die Autos waren allesamt marode, und Marie-Claire, die nicht nur Automechanikerin war, sondern bei der Berufs-Weltmeisterschaft in Montreal im Vorjahr Silber gewonnen hatte, war gegen Kost und Logis verpflichtet worden, zuerst eine Liste fehlender Ersatzteile zu erstellen, um dann, wenn das Geld dafür akquiriert, die Ersatzteile gekauft und verschifft waren, die Autos zu reparieren.

Marie-Claire, von ihren Freunden Mary genannt, war vor der Reise sehr aufgeregt gewesen, denn außer nach Montreal hatte sie noch keine größere Reise unternommen, dabei war sie schon 23. Und es war das erste Mal, dass sie glaubte, etwas wirklich Sinnvolles zu tun. Vor der Abreise hatte sie all ihre Möbel (einen Lattenrost, eine Matratze, einen Klapptisch mit Stuhl und einen altmodischen Reisekoffer) an ihren Nachmieter verkauft und ihre Mansarde in Überlingen aufgegeben, als wollte sie nie zurückkehren.

Als sie aber am Flughafen Zürich einchecken wollte, hatte ihr der Herr am Schalter mitgeteilt, ihr Ticket nach London sei storniert. Sie hatte ihren Onkel angerufen und erfahren, dass ihre Reise verschoben sei. Die Telefonverbindung war gestört, denn Jeremy benutzte ein handkoffergroßes Mobilfunkgerät, auf dem er zwar weltweit erreichbar war, nur selten in guter Qualität. Mary begriff aber, dass es an der Grenze zwischen Togo und Ghana zu Unruhen mit einigen Toten gekommen war, Auslöser war ein Streit zweier lokaler Oberhäupter, seither war irgendetwas gesperrt. »In ein, zwei Tagen hat sich das beruhigt«, hatte Jeremy versprochen, bis dahin allerdings müssten sie den Flug verschieben.

Sie hatte gefragt, warum sie nicht schon nach Accra flögen und dort warteten, doch Jeremys Erklärung war größtenteils im Rauschen untergegangen. Sie hatte nur die Worte »Stempel«, »Polizeibarriere« und »Schikane gegen Weiße« verstanden.

Glücklicherweise hatte sie seit der WM in Montreal eine Freundin in Zürich, Gisela, Backweltmeisterin, bei der sie zwar nicht wohnen konnte, weil sie selber drauf und dran war, zu verreisen, und ihr Zimmer untervermietet hatte. Sie hatte ihr aber trotz der Feiertage eine etwas finstere, doch nette Gästewohnung ihrer Genossenschaft vermitteln können, weil die verantwortliche Genossenschaftsangestellte auf ihrem Stockwerk wohnte.

Dort saß Mary nun, wenn sie nicht für sündhaft viel Geld

Jeremy von der Telefonzelle aus nachtelefonierte, weil sie endlich auf gute Nachricht hoffte. Denn aus jenen ein, zwei Tagen wurden ein, zwei Wochen, und der einzige Lichtblick war gewesen, dass ihre Familie sie zu Silvester überrascht hatte, um mit ihr ins neue Jahrtausend zu feiern. Schon am 1. Januar waren aber alle wieder heimgefahren, und danach wurde Mary die Zeit erst richtig lang.

Sie verbrachte die Tage in einer Bibliothek am Bellevue. Damit sie herausfand, was genau an Ghanas Grenze vorgefallen war, hatte ihr ein netter Junge, der im Haus wohnte, das Sozialarchiv empfohlen. Dort erfuhr sie zwar nichts über irgendwelche Unruhen, doch der Kaffee war gut und billig, sie war nicht allein, und sie fand Gefallen am Lesen. Außer Automobilzeitschriften und den Pferdebüchern aus ihrer Jugend kannte sie bisher nicht viel. Jetzt las sie sich in die Geschichte Ghanas und überhaupt des Kolonialismus ein, dazu stöberte sie querbeet in Zeitungen und Heften. Sie wunderte sich, wie vielfältig die Interessen der Menschen waren und wie wenig doch im Leben der meisten Autos eine Rolle spielten.

Und dann stieß sie auf die Briefe einer jungen Nonne aus der Provence, die mit noch nicht vierundzwanzig Jahren nach Nigeria gereist war, um in einem Krankenhaus zu arbeiten, und die bei einem Überfall getötet wurde. Die Briefe hatte sie noch in Frankreich geschrieben, im Kloster, und sie waren an ihre Mutter gerichtet. Zu Neujahr 1921 schrieb sie: »Trotz der Kälte hier, der Leere und des Schweigens, Mama: Kein Mensch, den ich bisher traf, schien mir so sehr zu Hause, wie wir es sind. Ich meine damit nicht, dass er keine geliebten vier Wände hätte, die haben wohl viele mehr als wir. Ich spreche von einem Zuhause, das keine Wände braucht. Ich glaube, Mama, dass die meisten, die zu uns kommen, nach Hause kommen. Nicht, dass sie danach hier zu Hause wären. Sie nehmen das neue Zuhause mit heim. Vielleicht – das ist meine Hoffnung und Erwartung – richten sie sich daheim neu ein. Inniger, mit mehr Dankbarkeit für das, was sie haben, und weniger Sorge darum, was sie verlieren könnten.«

Und im letzten Brief vor ihrer Reise schrieb sie: »Wenn ich von meiner Zelle aus in den Garten sehe, ist der Garten das eine, das Fenster zum Garten ist ein anderes. Die alten, verworfenen Fensterscheiben im Kloster, die keine ungebrochene Sicht zulassen, sind vielleicht wichtiger als der Garten selbst. Sie machen das Haus zu einem Lebewesen. Ich kann von nirgends her die Welt so betrachten, wie ich es aus dem Inneren unseres Klosters tue. Ich sehe die Welt in einer Brechung, die dieselbe ist, in der die Nonnen vor zweihundert Jahren die Welt sahen. Das gibt eine ungeheure Ruhe, Mama. Es ist dieselbe Ruhe, wie sie mich befiel, als ich auf dem Gipfel des Mont Ventoux stand und mir vorstellte hinunterzufallen (ich hatte dir davon geschrieben). Es würde keine Rolle spielen, wenn ich fiele. Das Wichtige bleibt. Das Wichtige findet nicht in unserem Leben statt, sondern draußen. Dass wir es sehen dürfen, ist schön. Doch wir sollten nicht den Fehler machen, unseren Blick für wichtiger zu nehmen als das Ding an sich. Und als die Brechung des Dings durch andere Dinge. Wir können Danke sagen für die Bilder, die wir empfangen. Aber was wir empfangen, sollten wir nicht verkaufen, als wäre es das Ding an sich.«

Diese Briefe – auch wenn sie sie nicht ganz verstand –

berührten Mary dennoch so sehr, dass sie für einige Tage kaum noch hinausging. Stattdessen saß sie am Fenster, betrachtete die mächtige Föhre, die sich davor breitmachte, und manchmal gelang es ihr, sich vorzustellen, dass das alles war, was sie zum Leben brauchte: den Stuhl, auf dem sie saß, und die Aussicht auf diese Föhre.

Zweimal in jenen Tagen kam überdies der nette Junge vorbei, der Moritz hieß und an der ETH studierte. Er hatte jeweils gerade gekocht und wollte sie zum Essen einladen. Beim zweiten Mal ging sie mit (er hatte Nudelauflauf gebacken, der ihm, während er sie überredete, leicht anbrannte).

Mary erzählte ihm, dass inzwischen der Kontakt zu ihrem Onkel abgebrochen war und sie keinen Schimmer hatte, ob und wann sie nun nach Ghana fliegen würde. Doch bald würde ihr das Geld ausgehen, und sie musste die Wohnung räumen.

»Zieh zu mir«, schlug Moritz vor.

»Ich kann dir aber nichts bezahlen«, sagte Mary, und Moritz grinste.

»Dafür habe ich auch nur ein Bett«, sagte er.

Sie fand ihn nicht nur nett, er sah auch gut aus, und die Vorstellung, die nächsten Tage hier, bei ihm, in der Wärme zu warten, war schön.

Und ebendeshalb sagte sie: »Ich weiß genau, wie das enden würde, Moritz. Ich verliebe mich in dich, will nicht mehr weg, sage Jeremy ab und werde mich dafür hassen.«

»Du kannst Jeremy nicht absagen«, erinnerte sie Moritz, »weil Jeremy verschwunden ist. Etwas ist an der Sache ganz offensichtlich faul. Es wäre hundertmal klüger, du bleibst hier.«

»Nein«, sagte Mary ruhig, »da irrst du dich. Ich bin drauf und dran, etwas Sinnvolles zu tun, und das zum ersten Mal in meinem Leben.«

»Und warum glaubst du«, fragte Moritz, »dass eine Welt mit reparierten Autos besser ist als eine mit kaputten? Was ist so sinnvoll an deiner Mission?«

»Das sage ich dir, wenn ich dort war«, antwortete sie nur und stand auf.

»Bleib wenigstens für diese Nacht«, bat Moritz.

Doch gab sie ihm nur noch einen ungefähren Kuss und sagte: »Ich danke dir für dein Angebot, Moritz, denn jetzt weiß ich, was ich tun muss.«

Und noch bevor es Tag wurde, warf sie den Wohnungsschlüssel in den Briefkasten der Genossenschaft im Hof und fuhr zum Flughafen, um irgendwie das stornierte Ticket umzubuchen. In London wollte sie Jeremy suchen und, falls sie ihn nicht fand, allein nach Ghana fliegen.

Kreativität (6)

Moritz Schneuwly gehörte zu jenen Studenten, die ihre Professoren leiden lassen, weil ihr Talent so offensichtlich ist wie ihr Spieltrieb unbezähmbar. Moritz interessierte sich für Wahrscheinlichkeiten. Variabilität und Vorhersehbarkeit waren Schlagwörter seiner Disziplin. Solche Leute werden von Versicherungen ebenso heftig umworben wie von Meinungsforschungsinstituten, Wahlkampagnen-Verantwortlichen und Katastrophen-Managern. Doch während seine Kommilitonen sich mit Untersuchungen zur langfristigen Wählbarkeit von Splitterparteien, dem Einfluss von Lohnerhöhungen auf die Angestellten-Arbeitsmoral oder der Vorhersagbarkeit von Lawinenniedergängen empfahlen, widmete sich Moritz dem schwer Fassbaren.

Beispielsweise errechnete er die Wahrscheinlichkeit, mit der ein Kleinkind aus vegetarischem Elternhaus an einem Stück Würstchen erstickt, differenziert nach Lebensmittelpunkt der Familie sowie Umfang und Art des Würstchens (gekocht, gebraten, geräuchert). Sein Zwischendiplom erlangte er mit einer Feldstudie zum Haarausfall von Pinseln, und seit er 18 war (inzwischen war er 23), sammelte er Material für eine Langzeituntersuchung zur Korrelation von sexueller Enthaltsamkeit und Kreativität.

Er war mit der These gestartet, dass sowohl Enthaltsamkeit wie auch Erfüllung (die er beide differenzierte, »Enthaltsamkeit« in einen Katalog von zehn Begriffen, zu denen Keuschheit ebenso gehörte wie Impotenz und sexuelle Trägheit, »Erfüllung« in einen Katalog von fünfen) die Kreativität sowohl steigern wie auch dämpfen konnte. Beide, nahm er an, förderten gewisse (konträre) Formen der Kreativität und dämpften andere. Die relevante Frage, wenn seine These sich bestätigen sollte, wäre demnach nicht, welcher Zustand den Menschen kreativer machte, sondern welche Formen von Kreativität er überhaupt als solche erkannte und ob er ihnen den nötigen Raum gab.

Moritz hatte bislang kein dauerhaftes Verhältnis zu einer Frau seines Alters gehabt. Seiner stoischen Art zeigte sich keine gewachsen. Ihm war vollkommen egal, was geschah, wie ihre Beziehung sich entwickelte, wie erfüllt sie war. Er hatte keinerlei Erwartungen, denn ihn interessierte alles gleichermaßen, Leidenschaft und Ödnis, Eifersucht und völlige Verschmelzung. Die Frauen, die sich für ihn erwärmten (und das waren nicht wenige), interpretierten sein Verhalten früher oder später alle als Desinteresse, Gefühlsarmut oder Kalkül.

In Wahrheit liebte er jede der Frauen herzlich für ihre Eigenheiten. Nur waren zugleich sein Forschergeist und seine Neugierde auf das Leben generell so unermesslich, dass er ohnehin alles und jeden liebte.

Und so war er wohl traurig, doch nicht nur, als die Überlinger Automechanikerin Mary schon nach ihrem ersten gemeinsamen Abend, den sie bei Nudelauflauf, Elmer Citro und ausführlichen Gesprächen über ihre jüngste Lektüre verbrachten, weiterzog. Ihn hatte gelockt, dass sie so unbeirrbar schien wie er, und zu gern hätte er erforscht, was geschah, wenn dieses Naturell sich quasi mit sich selber paarte. Nachdem sie sich verabschiedet hatte, schrieb er die halbe Nacht lang Gedanken nieder, die er in verschiedenen Karteikästen ablegte, zudem verfasste er zwei Gedichte.

Das erste schrieb er noch zu seinem eigenen Vergnügen. Es trug den Titel: »Wie man bei verbranntem Auflauf die Liebe wachsen lässt«, und lautete wie folgt.

Die, die ich liebe, hat sechs Zehen
Und lässt mir nur ein Auge, das scharf ist wie das
Schwert auf ihrem Rücken
Ihre Lippen sind so schmal, dass ich eben noch
Einen Fuß um den anderen darauf setzen kann
Ohne ihre Zähne zu beschädigen
Und ihre Nase ist ein Senkblei
Die Nägel an ihren Fingern haben doppelte Monde
Ihr Duft erleichtert sie um zwanzig Kilo
Und legt sie mir ums Herz
Und wie eine Meise dreht sie schließlich den Kopf
Spießt ihr blaues Kometenlachen ins
Schifffahrtspolster meiner Küchenbank
Lehnt sich zurück und sagt: Nichts ist passiert.

Danach ging er endlich schlafen. Doch er konnte nicht vergessen, dass Mary nur eine Treppe und zwei Türen entfernt lag, und weil er wusste, dass sie anderntags nach London und weiter nach Ghana fliegen wollte, holte er schließlich die Schreibmaschine ins Bett, um noch schnell, schnell ein kleines Gedicht für sie zu schreiben.

Schon beim Titel verzettelte er sich. »Die zaghafte Maria«, sollte es heißen, doch das war ihm schnell zu fromm. Mehrmals kehrte er wieder zum Titel zurück, nachdem er bereits mehrere Strophen geschrieben und sich geärgert hatte, dass er noch nicht die Schärfe besaß, alles in wenige Zeilen zu fassen. Er nannte sie Eva, Donna Maria, schließlich Julia, und sah sich jedes Mal gezwungen, alles bisher Geschriebene in Geruch und Farbe dem neuen Namen anzupassen.

Endlich hatte er einen Schluss gefunden, da hörte er die Spatzen an die Scheibe klopfen, die jeden Morgen ans Küchenfenster kamen, um Essensreste zu erbetteln. Nachdem er sie gefüttert hatte, drängte es ihn zu einem Zusatz, und so wurde es halb acht Uhr morgens, bis er – im Pyjama – durch den Hausflur huschte, bei ihr klopfte und, als niemand öffnete, die Blätter in den Türfalz klemmte.

Danach duschte er mit wenig Wasser, um nicht zu überhören, falls sie klingeln oder klopfen sollte (aus demselben Grund hatte er die Wohnungstür offen stehen lassen), kochte Kaffee, fütterte nochmals die Spatzen und sah endlich nach, ob Mary sein Gedicht gefunden hatte. Erst hüpfte sein Herz, die Blätter klemmten nicht mehr im Spalt. Dann fand er sie jedoch im Hauseingang an die Pinnwand geheftet, mit Spuren von Schneematsch, jemand mit kleinen Schuhen war darübergelaufen. Als er nochmals klopfte und die Klinke drückte, fand er die Wohnung leer.

Und so wanderten auch diese Verse ins Archiv – in den Karteikasten »Keuschheit II: Kopulation verpasst«.

Die zaghafte Julia

Mein Lieb sieht zwar wie Julia aus,
doch hängt sie am Montageband
kopfunter wie die Fledermaus
und liest mit spitzem Finger Kant.

Sie sucht nach einem sittlichen Grund,
der ausschließt, Romeo zu küssen.
Nur lässt die Kritische Vernunft
in dieser Frag' ihr Urteil missen.

So forscht sie weiter, roten Haupts,
liest Schopenhauer, Marx und Schlegel,
anstatt dass sie als Fledermaus
sich würf' in ihre weiten Segel.

Und als des Julchens Zweifel endlich ruht
– die Stirne heiß, rein das Gewissen:
»Schreibt niemand über Romeos Lippen«,
so schließt sie, »ist der Kuss an sich wohl gut« –,
da hat im nämlichen Moment die Lerch' gepfiffen.
–

Doch nun, weil jener Romeo
selbst Autor dieser Zeilen – so
sagt jedenfalls die Wissenschaft –
ist, hat ein Nachwort er verfasst:

Zum Ziel, die Lerche auszumerzen
und Julias Kuss nicht zu verscherzen,
bezeichnet er des Vogels Schall
als Dialekt der Nachtigall

und bittet scheu, zu Julchens Füßen,
ihn doch vorm Abflug noch
– und sei es nur ein ganz klein wenig,
als nascht' ein kleiner Käfer Honig
durch ein verbot'nes Schlüsselloch –
zu küssen.

Zartheit (7)

Gerda und Erich Wyss warteten in ihrer kleinen Zweizimmerwohnung schon länger auf den Tod, der sich nicht einstellen wollte. Beide waren 81 Jahre alt, beide hatten, wie sie immer wieder scherzhaft sagten, mindestens so viele Gebrechen – jedenfalls gaben sie sich längst nicht mehr die Mühe, jeden neuen Fachbegriff zu lernen, den die Ärzte ihnen zuschrieben. Das Treppensteigen war Gerda so beschwerlich geworden, dass sie befürchtete, aus der Wohnung ausziehen zu müssen, in der sie seit fünfzig Jahren lebten. Doch solange Erich gut zu Fuß war, wollte sie bleiben, und lieber, als nochmals umzuziehen, wollte sie sterben. Lange Zeit war ihre größte Sorge gewesen, dass er vor ihr starb, das war auch der Grund, weshalb er noch beflissen seine Medikamente nahm, auf die sie längst verzichtete, und jeden Tag sein »Märschlein« machte, wie er es nannte, die Bahngeleise entlang bis zur Sihlpost und wieder zurück. Auf der Sihlpost hatte er fast vierzig Jahre lang die Paketsortierung geleitet.

Überhaupt hatten sie ihre Tage gut strukturiert, schwierig waren bisweilen die Nächte. Lange hatten beide einen gesegneten Schlaf gehabt, doch seit etwa einem Jahr plagten Gerda zu oft die Schmerzen, und wenn es nicht Schmerzen waren, war es eine allgemeine Unruhe. »Du bewegst dich auch zu wenig«, antwortete Erich, und wenn Gerda feststellte: »Ich habe mich nie viel bewegt«, sagte er: »Zur Wäsche oder in die Migros bist du jeden Tag gegangen. Fünfundsiebzig Treppenstufen einmal runter, einmal rauf, das ist nicht nichts.«

Aber mehr und mehr wurden die Nächte ihre innigste Zeit.

»Erich?«, fragte sie alle halbe Stunde, und wenn er nicht antwortete, lagerte sie sich um, der Federrost vibrierte, und Erich erwachte.

»Bist du wach?«, fragte er dann, und Gerda sagte: »Ich hoffe, ich habe dich nicht geweckt.«

»Nein, nein«, sagte er, und nach einem kurzen Moment des Schweigens teilte sie ihm ihre Gedanken mit. »Wir sollten noch dem neuen Pfarrer schreiben«, sagte sie etwa. »Es ist wichtig, dass er uns kennt, wenn einer von uns stirbt.« Oder sie sagte: »Kauf nicht wieder den falschen Joghurt. Das war kein Joghurt, das war etwas mit Soja, und Soja bekommt uns nicht.«

»Ich werde daran denken«, sagte Erich dann, und Gerda sagte: »Tu das«, auch wenn sie beide wussten, dass er am nächsten Morgen wieder vergessen hatte, was sie in der Nacht gesprochen hatten.

Ganz selten sprach Gerda nicht von »wir« und »uns«. Nur einmal sagte sie: »Wenn ich zuerst sterbe, will ich nicht, dass du dir eine Neue suchst. Das ziemt sich nicht für Leute in unserem Alter.«

»Ich wüsste auch gar nicht, wo ich suchen müsste«, sagte Erich daraufhin, obwohl ihm gleich das Migros-Restaurant vor Augen gestanden hatte.

Und Gerda sagte: »Lass dich nicht überschnorren, in ein Heim zu gehen. In den Heimen geht es heutzutage verludert zu und her.«

»Was du nicht alles weißt«, sagte Erich und sah Heime in ganz neuem Licht.

Doch was immer sie sprachen, war nur Nebensache. Wichtig war, dass er sie schließlich fragte: »Glaubst du, jetzt kannst du schlafen?«

»Ach nein«, sagte sie, »aber du solltest schlafen. Du musst ja morgen wieder raus.«

»Um mich mach dir mal keine Sorgen«, sagte Erich dann und fragte: »Kann ich etwas für dich tun?«

»Du könntest mich ein bisschen streicheln«, sagte Gerda. »Du weißt schon. Aber nur kurz, vergiss nicht, du musst morgen raus.«

Dann setzte er sich auf, was nicht ganz einfach war, denn die Federn waren ausgeleiert und die Matratze durchgelegen, beugte sich zu ihr und streichelte sie, wie man ein Kätzchen streichelt, an der kleinen Stelle zwischen Nasenwurzel und Stirn. Und wirklich schlief sie meist kurz ein, um gleich wieder aufzuwachen, sobald er sich zurücklegte, weil dabei das Bett waberte.

Und einmal, im Januar, weckte sie ihn nicht, sondern Erich war von selbst erwacht und flüsterte: »Bist du wach?«

»Hörst du das auch?«, fragte sie, statt zu antworten.

»Was?«, fragte er. »Ich höre nichts.«

»Ich glaube, es ist so weit«, sagte sie.

»Was hörst du?«, fragte er.

Sie lauschte eine Weile, dann sagte sie: »Es klopft. Der Tod klopft an.«

»Wo?«, fragte er.

»Was meinst du mit ›wo‹?«, fragte sie und hob den Oberkörper, so gut es ging.

»Wo klopft er an?«

»Bei mir natürlich«, sagte sie, und nachdem sie wieder gelauscht hatte, schüttelte sie den Kopf und stellte fest: »Jetzt ist er still. Vielleicht wollte er nicht, dass du dabei bist.«

Er setzte sich ebenfalls auf und lauschte. »Ich kann nichts hören«, sagte er.

»Natürlich nicht, er klopft auch nicht mehr«, sagte Gerda leicht gereizt und legte sich wieder hin.

Erich stand auf, holte in der Küche ein Glas Wasser, trank es aus, füllte es erneut und brachte es Gerda. »Willst du Wasser trinken?«, fragte er. »Vielleicht bist du nur dehydriert.«

Gerda regte sich nicht. »Jetzt klopft er wieder«, sagte sie leise.

»Unsinn«, sagte Erich. »Der Tod klopft nicht.«

»Wer dann?«, fragte Gerda. »Es ist mitten in der Nacht.«

»Halb fünf«, sagte Erich, der auf die Küchenuhr gesehen hatte. »Lass uns schlafen.«

Er legte sich wieder zu Bett, und als er merkte, dass Gerda weiterlauschte, setzte er sich auf und streichelte sie an der Nasenwurzel.

»Wäre es denn so schlimm, wenn er jetzt käme?«, fragte sie nach einer Weile.

»Nein«, sagte Erich, »er kommt nur nicht.« Er legte sich wieder hin, das Gesicht zur Wand.

»Bist du etwas eingeschnappt?«, fragte sie und legte die Hand auf seine Schulter.

»Psst«, sagte er, »jetzt höre ich es auch.« Er lauschte kurz, dann sagte er: »Das ist eine Schreibmaschine.«

»Eine Schreibmaschine?«, fragte Gerda. »Unsinn, wer benutzt heutzutage noch Schreibmaschinen? Und mitten in der Nacht.«

»Es ist fast Morgen«, sagte Erich, »und ich werde wohl eine Schreibmaschine erkennen. Ich habe vierzig Jahre lang meine Rapporte darauf geschrieben. Nicht nur die Rapporte, alle Materialbestellungen, Zeugnisse, die Beiträge für die Personalzeitung …«

»Das weiß ich doch, Erich«, sagte Gerda. »Dann ist es halt nur eine Schreibmaschine. Warten wir eben weiter.«

Erich schwieg kurz, dann sagte er: »*Du* wartest weiter.«

»Was soll das heißen?«, fragte sie, dann merkte sie, dass er weinte, setzte sich auf und fasste ihn wieder an der Schulter. »Trink einen Schluck«, sagte sie und reichte ihm das Glas.

Erich setzte sich ebenfalls auf und erschütterte dabei das Bett so sehr, dass Gerda Wasser verschüttete. Danach trank er gehorsam und schluchzte noch etwas, aber die Tränen versiegten.

»Was ist denn los?«, fragte Gerda. »Hast du Angst vor dem Tod bekommen?«

»Ich weiß nicht«, sagte Erich. »Jedenfalls hast du mich erschreckt.«

»*Was* hat dich erschreckt?«, bohrte Gerda.

Erich dachte nach, dann sagte er: »Ich will nicht, dass du stirbst, solange ich so gesund bin.«

»Dann solltest du ebenfalls aufhören, Medizin zu schlu cken«, sagte Gerda.

Erich dachte auch darüber nach und nickte endlich. »Ich werde daran denken«, sagte er.

»Tu das«, sagte sie. »Und jetzt leg dich hin.«

Sie beugte sich über ihn und wollte ihn streicheln wie ein Kätzchen, aber er wand sich und rief: »Pfui, das kitzelt!« Und so legte sie sich nur eng neben ihn, hielt seine Hand und seufzte ab und zu: »Ach, Erich.«

Wollust (8)

Als Moritz mittags von einer Lektüregruppe kam (sie lasen Leonardo da Vincis »Kodex über den Vogelflug«), fand er am Anschlagbrett der Hausverwaltung folgende Notiz, in säuberlicher Schnürchenschrift verfasst:

Bitte zwischen 21 Uhr und 07 Uhr
nicht Schreibmaschine schreiben
(siehe Hausverordnung)
Gez. E. Wyss, 3L

Darunter auf demselben Blatt, fast unleserlich:

Außer es entstehen so schöne Gedichte.
Julia (die sich gern küssen ließe)

Erst glaubte Moritz, Mary sei zurückgekehrt, und klingelte an der Tür zur Gästewohnung. Doch nur der Hausmeister öffnete, er war eben dabei, die Wohnung »für eine nächste Nutzung klar Schiff zu machen«, wie er sagte. Und während Moritz sich die Reste des Auflaufs vom Vorabend wärmte, begriff er plötzlich, dass die Mutter im vierten Stock rechts sich einbilden musste, er habe das Gedicht für sie geschrieben. Zur Sicherheit las er vor dem Haus die Briefkastenschilder (während der Auflauf ein zweites Mal verbrannte) und vergewisserte sich, dass sie – und nur sie – Julia hieß.

Abends kurz nach neun, nachdem er zehn Seiten da Vinci gelesen und eine seiner Flugapparate-Skizzen mit Streichhölzern und Zigarettenpapier nachgebaut hatte, stieg er mit einer Flasche Portwein hoch in den vierten Stock und klopfte bei Sommer – sachte, da er das kleine Mädchen nicht wecken wollte.

Julia öffnete in Leggins, einer viel zu großen Strickjacke und zwei Paar dicken Socken mit Zopfmuster. Sie wurde rot, als sie ihn sah. »Hier oben ist immer schlecht geheizt«, erklärte sie. »Und es zieht vom Dach her. Und die Leggins habe ich an, weil Mona mir vorm Schlafengehen Kakao über die Hose gekippt hat. Und wenn ich nicht geglaubt hätte, es sei Selina von gegenüber, hätte ich gar nicht aufgemacht.«

»Soll ich wieder gehen?«, fragte er.

»Kommt darauf an«, antwortete sie. »Wenn du gekommen bist, weil wir den Waschtag verwechselt haben oder dir der Kinderwagen oder der Bob im Weg steht oder du Unterschriften gegen Pit und Petzi sammelst, ja, geh bitte wieder. Wenn du mir einen Nachbarschaftsbesuch abstatten willst, komm rein.«

»Ich bin da, um ein mögliches Missverständnis aufzuklären«, sagte er. »Und sehr gern komme ich dazu rein.«

Sie setzten sich in die Küche, Julia sagte, dass es dort am wärmsten sei. Sie stellte Schnapsgläschen aus Muranoglas auf den Tisch und schenkte beiden Port und eine Tasse Tee ein. »Troll oder Goofy?«, fragte sie, und Moritz nahm die Tasse mit dem Troll. Dann räumte sie noch schnell ein Kreuzworträtsel weg.

»Leg los«, sagte sie, nachdem sie sich gesetzt und die Knie unters Kinn gezogen hatte.

Moritz räusperte sich. »Ich habe das Julia-Gedicht geschrieben, das aber leider nicht für dich bestimmt war«, sagte er.

Sie begriff nicht gleich, wovon er sprach, doch dann lachte sie schallend, um sich sofort den Mund zuzuhalten und zu lauschen, ob Mona wach geworden war. Sie gab der Küchentür einen Stups und sagte: »Das war mir schon klar, dass es nicht für mich bestimmt sein kann. Und es tut mir leid, dass Mona drübergelatscht ist. *Du* hast das geschrieben? Sieh mal an! Und hat sie sich noch küssen lassen?«

Ihr Blick hatte plötzlich einen ganz anderen Ausdruck, etwas spöttisch, gleichzeitig verlangend, und Moritz musste erst den Porto trinken, ehe er wusste, was er antworten sollte. »Nein, und es wäre auch nur eine Kinderei gewesen«, sagte er und wunderte sich über sich selbst. Seit ihn Julia so ansah, war ihm, als trete er in eine völlig neue Welt ein. Eine in aufregender Weise erwachsene Welt, eine aus Fleisch und Knochen, nicht das duftige Gebilde aus Tüll und Zuckerwatte, in dem sich seine Generation aufhielt.

»Wie alt bist du?«, fragte sie, als lese sie Gedanken.

»23«, sagte er.

»Und wie heißt du?«

Er errötete etwas. »Moritz, Moritz Schneuwly. Entschuldige, dass ich mich nicht vorgestellt habe.«

»Bist du bei Fritz eingezogen?«, fragte sie.

»Ich habe seine Wohnung übernommen«, antwortete er.

»Oh«, rief sie, »Fritz ist ausgezogen? Er hat sich gar nicht verabschiedet. Dabei hatte er versprochen, sobald Mona schwimmen kann, nimmt er sie zum Rudern mit.«

»Tja«, konnte er dazu nur sagen, und so brach das Gespräch fürs Erste ab.

»Und du schreibst also?«, fragte sie.

»Na ja, nicht eigentlich«, antwortete er und füllte erneut die Gläser. Sie tranken sie leer, dann wärmte Julia die Hände am Tee und spielte mit der Tasse.

»Wer sind Pit und Petzi?«, fragte Moritz.

»Sag nur, du kennst sie nicht«, wunderte sie sich. »Du wohnst doch im Zweiten, oder? Da wohnen sie dir gegenüber.«

»Ach, die Teenager«, antwortete er und dachte, dass er in Julias Augen in dieselbe Kategorie gehören musste.

Doch sie sagte nur: »Die beiden vögeln so laut, dass man es bis in mein Zimmer hört, durchs Schlafzimmer der Costas hindurch. Die auch nicht immer Engel sind. Gestern ist die Costa hochgekommen, damit ich einen Brief an die Verwaltung mit unterschreibe. Das sei kein Haus für Leute mit solchem Lebenswandel. Vorletztes Jahr haben sie der Verwaltung geschrieben, das sei kein Haus für Leute mit Kindern. Ich höre Pit und Petzi jedenfalls gern. Ich habe ja sonst nicht viel Sex in meinem Leben.« Sie lachte und trank ihren Tee leer.

»Das kann ich nicht glauben«, sagte Moritz.

»Was?«, fragte Julia.

»Dass eine Frau wie du keinen Sex hat.«

Julia lachte wieder. »Mutter mit Kleinkind, jeden Abend zu Hause, der Rest ist Arbeit. Wo soll da Platz für Sex sein?«

Und ehe er antworten konnte, flüsterte sie: »Psst«, und lauschte: »Komm mit.«

Sie fasste ihn bei der Hand und zog ihn ins Schlafzimmer. Es brannte kein Licht, und er erahnte nur ein ungemachtes Bett und am Boden einen Berg Kleider.

»Hörst du?«, fragte sie.

Tatsächlich hörte er sehr entfernt ein rhythmisches Geräusch und eine Mädchenstimme, deren Rufe ihn an den Schrei des Fischadlers erinnerten und darüber an da Vinci. Gleichzeitig fühlte er eine Erektion.

»Hörst du das in deiner Wohnung echt nicht?«, fragte Julia und hielt ihn noch immer fest. Ihre Hand war etwas schwitzig geworden. Es war eine bizarre Situation.

»Ich habe keine Ahnung«, gestand er, »ich habe nie darauf geachtet. In meiner Wohnung hört man so vieles, oben den Fernseher, unten eine Tuba, vor dem einen Fenster die Spatzen und den Kindergarten, vorn raus den Verkehr.«

Sie standen noch etwas dumm da und lauschten Pit und Petzi, dann ließ Julia seine Hand los und ging zurück zur Küche.

»Oder willst du dich lieber ins Wohnzimmer setzen?«, fragte sie. »Dort haben wir ein Sofa.«

»Ich weiß nicht, ich bin total überfordert«, gestand er endlich. »Am liebsten würde ich einfach über dich herfallen, völlig egal wo. Aber …«

»Wenn Mona nicht wäre«, sagte sie gleichzeitig und ließ im Unklaren, ob sie seinen Satz beenden wollte oder für sich sprach.

»Ja«, sagte er, weil er sich nicht zu sagen traute: »Scheiß auf das Kind.«

Julia sah ihn mit einem Lachen an, das zu sagen schien: »Siehst du jetzt, was ich meine?«, während sie den linken Fuß am rechten rieb, um beide zu wärmen. Es schüttelte sie – vor Kälte oder weil das Adrenalin durch ihre Adern schoss –, und plötzlich war alles ganz einfach. Moritz umarmte sie. Erst wollte er sie nur wärmen, doch Julia presste sofort ihren Schoß gegen ihn, griff in sein Strubbelhaar und küsste ihn. Als die erste Welle vorbei war, sagte sie: »Ich fühle deinen Schwanz. Er ist groß.«

»Fünfzehn Zentimeter«, sagte Moritz, und sie lachten.

»Jetzt bin ich froh, dass ich nur Leggins anhabe. Oder soll ich sie ausziehen?«, fragte sie kokett. »Mehr ziehe ich aber heute nicht aus, mir ist zu kalt.«

»Und wenn wir unter die Decke kriechen?«, fragte er.

»Wir können es versuchen«, sagte sie und zitterte wieder etwas vor Lust. »Aber wenn Mona aufwacht, muss ich sie zu mir holen. Um diese Zeit wacht sie meist auf. Dann musst du dich rausschleichen.«

»Mache ich«, versprach er und schob gerade erst eine Hand in ihre Leggins, da schrie Mona im Schlaf: »Tor!«, wachte davon auf und begann zu weinen.

Julia versuchte, noch wenigstens seinen Schwanz zu berühren, doch seine Jeans waren zu eng geschnitten, und sie brachte auf die Schnelle den Knopf nicht auf. »Nimm die Flasche mit, sonst betrinke ich mich nachher«, flüsterte sie und ging in Monas Zimmer.

Moritz stellte die Gläser und seine Tasse in den Ausguss, dann nahm er die Flasche und schlich sich zur Tür. Er lauschte kurz, hörte, wie Mona jammerte und Julia erst etwas murmelte und danach ein Kinderlied summte, das er nicht kannte. Als er sie sagen hörte: »Komm, ich trag dich rüber in mein Bett«, huschte er aus der Wohnung.

Kleingeist (9)

Efgenia Costa konnte selbst nicht sagen, weshalb sie sich inzwischen so schnell aufregte. Sechs Jahre zuvor, als sie in die Röntgenstrasse gezogen waren, hatte sie in der Zentrale eines Kurierdiensts gearbeitet, Adamo als Rettungsdienstfahrer im Autobahneinsatz. Sie fühlten sich jung und wild, schwammen obenauf und kümmerten sich nicht darum, was andere taten oder dachten. Adamo genoss das Fahren mit Martinshorn und überhöhtem Tempo, den täglichen Kampf gegen die Uhr und gegen den Tod. Efgenia war in unablässigem Kontakt mit den Kurieren, die ebenso unablässig Zoten rissen, ihr zweideutige Komplimente machten und Efgenia das Gefühl gaben, im Zentrum ihrer Begierde zu stehen. Beide waren permanent geladen, schliefen miteinander, wann und wo sie konnten, und scherten sich nicht um Konventionen. Dann hatte Efgenia beim Umzug ihrer Firma eine Bandscheibe im Lendenbereich beschädigt, wurde erst krankgeschrieben, ein Jahr später arbeitsunfähig, und verlor in jener Zeit nicht nur ihre gute Figur und sexuelle Unbeschwertheit, sondern die ganze innere Haltung. Oft blieb sie von morgens bis abends in Unterhose und T-Shirt. Verließ sie die Wohnung, um Wäsche zu machen oder die Post zu holen, tat sie es im Trainingsanzug, und sie jammerte vor Schmerz bei jeder Stufe.

Als zwei Teenager in die Wohnung unter ihnen zogen, sah Efgenia alles vor sich, was sie preisgegeben hatte. Die beiden waren offensichtlich frisch verliebt, gedankenlos und laut. Sie vergaßen, sich vorzustellen, Efgenia musste die Verwaltung anrufen, um zu erfahren, wer unter ihnen derart Krach machte.

»Es sind Studenten«, klärte die Sekretärin Barbara Zbinden sie auf. »Peter Schmid und Patrizia Barth, 19 und 18 Jahre alt. Der Junge ist in unserer Genossenschaft geboren und aufgewachsen, in der Kolonie Alte Ziegelbrennerei.«

»Dort sind die Decken und Wände wohl dicker«, sagte Efgenia scharf.

»Nicht gleich wütend werden«, bat Frau Zbinden, »bisher ging es noch immer gut. Etwas Liebenswürdigkeit, etwas Verständnis, und der meiste Ärger löst sich in Luft auf. Man muss nur miteinander reden.«

Das nahm sich Efgenia Costa zu Herzen und quälte sich am Abend, als die beiden wieder lautstark miteinander schliefen, die zwei Treppen tiefer. Das normierte Klingelschild war dick mit wasserfestem Filzstift überschrieben: »Pit & Petzi«. Pit war nackt, als er die Tür aufmachte.

»Ich dachte, es sei der Pizzakurier«, sagte er mit einem Grinsen, und von irgendwoher aus der Wohnung kicherte es. »Was kann ich für Sie tun?«

»Wir möchten schlafen«, sagte Efgenia, obwohl es kaum neun Uhr war und sie nie vor Mitternacht zu Bett ging.

»Ach, sind Sie die über uns?«, fragte Pit. »Kein Problem, wir sind gerade fertig – für den Moment.« Wieder kicherte es, und das Mädchen linste aus dem Bad.

»Das ist ein sehr hellhöriges Haus«, erklärte Efgenia.

»Keine Sorge«, schaltete sich Petzi ein, »uns stören Sie nicht so schnell.«

»Nein, wirklich nicht«, versicherte auch Pit und schloss die Tür.

Efgenia hatte den Drang zu schreien oder gegen die Tür zu treten, doch dann kämpfte sie sich nur fluchend wieder die Treppen empor.

Um zehn Uhr schliefen die Jungen wieder miteinander, diesmal stampfte Efgenia auf den Boden (und bereute es, denn die Tritte fuhren ihr ins Kreuz). Pit und Petzi hatten jeden Abend Sex. Blieben sie zu Hause, fingen sie um sieben oder acht Uhr an. Gingen sie aus, begannen sie sofort nach ihrer Heimkehr, manchmal, schien Efgenia, sogar noch im Hausflur. Hinzu kam, dass sie ein vollgestopftes Schuhregal auf den Treppenabsatz stellten – als dulde nicht die Brandschutzverordnung explizit nur ein Paar Schuhe pro Person, auf einer feuerfesten Abtropfmatte –, und nach ihrem Waschtag reinigten sie das Flusensieb nicht. Auch Efgenia reinigte das Flusensieb nicht immer, und im Sommer stellte sie stinkenden Müll in den Hausflur. Doch jetzt war Winter, im Winter stellte sie den Müll auf den Balkon, also war sie im Vorteil. Um ihrem Ärger Luft zu verschaffen, warf sie, wenn sie auf dem Balkon rauchte, die Kippe einen Stock tiefer. Nur fiel das nicht auf, denn auch Pit und Petzi rauchten, sie drückten gar die Kippen am Geländer aus und ließen sie liegen oder warfen sie hinunter auf die geparkten Autos.

Schließlich bot Adamo an, mit den beiden zu reden, und blieb länger unten, als Efgenia lieb war. Er hatte ihnen noch geholfen, den Dampfabzug zu reparieren, und wollte danach ein Glas Bier nicht ausschlagen.

»Es sind nette Kinder«, sagte er. »Und sie ist ausgesprochen hübsch.«

»Hast du dich auch ausgezogen?«, fragte Efgenia spitz.

»Sie waren gerade nicht nackt«, entgegnete Adamo ruhig. »Und wie gesagt, es sind Kinder.«

Doch Efgenia beruhigte sich erst, nachdem er mit ihr geschlafen hatte – auf dem Küchentisch (harte Unterlagen bekamen ihr am besten) – und sie wie Schweine geschrien hatten.

Auch am nächsten Tag war Efgenia noch gut gelaunt und tanzte sogar etwas. Doch bald klingelte es an der Tür, es war das Mädchen von unten.

»Wie soll ich mich auf mein Studium konzentrieren, wenn es oben dauernd ›mpf-mpf-mpf‹ macht?«, fragte sie und lachte dazu wie ein Unschuldslamm.

Am liebsten hätte Efgenia sie geschlagen. »Sie müssen wissen«, sagte sie stattdessen, »mir geht es sehr schlecht. Ich kann vor Schmerzen nachts kaum schlafen. Und jetzt höre ich Sie Abend für Abend bis Mitternacht oder länger ficken. *Darüber* müssen wir reden.«

Doch diese Petzi sagte nur: »Ach kommen Sie, waren Sie denn nie jung?«

Danach schrieb Efgenia einen Brief an die Verwaltung, im Namen der Bewohner. Sie listete alle Verstöße Pits und Petzis gegen die Hausordnung auf (als sie Dachboden und Fahrradkeller inspizierte, fand sie noch einige). Was sie aber nicht fand, war jemand, der hätte unterschreiben wollen.

Selbst Adamo, der sie sonst blind unterstützte, meinte nur: »Die werden schon noch ruhiger. Wir sind es schließlich auch geworden.«

Ödnis (10)

Petzi hatte sich das Leben mit Pit entschieden anders vorgestellt. Beide waren dafür von zu Hause ausgezogen, und für beide war alles sehr plötzlich gekommen. Sie hatten eben die Matura gemacht und begonnen zu studieren, Pit Soziologie und Philosophie, Petzi Psychologie. In einer interdisziplinären Grundlagenvorlesung über Persönlichkeitsmodelle waren sie in die gleiche Tutoratsgruppe eingeteilt worden, ins Plaudern geraten und hatten festgestellt, dass sie beide eine Wohnung suchten. Petzi pendelte täglich von und nach Rheineck, Pit wohnte in Zürich, aber er hatte es satt, das Zimmer mit seinem Bruder zu teilen.

So war es ihnen ein Spiel geworden, in vorlesungsfreien Stunden durch die Stadt zu spazieren und Häuser auszusuchen, in denen sie gern wohnen würden. Während ihrer Spaziergänge sprachen sie über allerhand, das ihnen wichtig war. Dazu gehörten die Sorge um den Planeten und Fantasien darüber, wie sie einst ihre Kinder aufziehen wollten, aber ebenso Reisepläne und Lieblingslektüre – in der sie erfreulich übereinstimmten: Hermann Hesse, Wolfgang Borchert und Virgina Woolf (die sie beide als Maturalektüre gewählt hatten). Sie hatten festgestellt, wie sehr sie es liebten, all diese Dinge teilen zu können, hatten die Spaziergänge immer mehr in die Länge gezogen und sich auch bald geküsst, in den Plüschstühlen des *El Greco* am Limmatplatz.

An jenem Tag kurz vor Weihnachten – von ihren Küssen euphorisiert – hatten sie sich zudem für die Häuser der Baugenossenschaft Transport begeistert, Nummer und Adresse am Anschlagbrett im Hauseingang notiert und von der nächsten Telefonkabine aus angerufen. Eine nette Frau Zbinden hatte ihnen geraten, persönlich in ihrem Büro vorbeizuschauen, und das hatten sie auch gleich getan.

»Wir sind so verliebt in diese Häuser«, hatte Petzi geschwärmt.

»Und ins Quartier«, hatte Pit gesagt.

»Und ineinander«, hatte Petzi hinzugefügt, weil es schön klang.

Frau Zbinden, eine Dame gesetzten Alters mit einer Kette aus walnussgroßen Holzperlen und feiner, goldgefasster Lesebrille, hatte gemeinsam mit ihnen gestrahlt, und nachdem sie kurz ins Hinterzimmer gegangen war, um sich mit ihrem Vorgesetzten zu besprechen, hatte sie den beiden die gute Nachricht gebracht, dass gerade eine Wohnung frei sei. Die Nachmieter hätten am Morgen überraschend abgesagt. Zurzeit seien noch die Maler drin, aber in der Woche zwischen den Feiertagen würden sie einziehen können.

Das war Petzi fast zu schnell gegangen. »Was kostet sie?«, hatte sie gefragt und gehofft, sie sei teuer genug, dass sie Bedenkzeit bekäme. Die Wohnung, drei Zimmer mit Balkon, kostete jedoch nur 700 Franken, und Pit hatte sofort gesagt: »Die nehmen wir!«

»Sie sollten erst einen Blick darauf werfen«, hatte Frau Zbinden geantwortet. »Ihre wird gerade renoviert, wie gesagt, da können Sie nicht rein. Die frühere Hausmeisterwohnung können Sie aber besichtigen, sie hat denselben Grundriss, nur keinen Balkon.«

Also waren sie zur Röntgenstrasse gefahren, obwohl Petzi dafür ein Proseminar schwänzen musste, hatten die Hausmeisterwohnung besichtigt (den Balkon malten sie sich aus) und sich in jedem Raum geküsst. »Stell dir vor«, hatte Pit geschwärmt, »was wir hier alles treiben können.«

Über Sex hatten sie zuvor noch nie geredet, und auch jetzt hatte Petzi den Augenblick nicht für passend gehalten, um zu verraten, dass sie noch Jungfrau war. Das hatte sie erst am Abend getan, als er sie in Rheineck angerufen hatte, um zu erzählen, dass seine Eltern ihm das Geschirr und Besteck seiner Urgroßmutter angeboten hatten.

»Das trifft sich gut«, hatte er geantwortet, »ich bin auch Jungfrau«, und mehr brauchte sie gar nicht zu hören. Sie hatte angenommen, dass er ein gewiefter Liebhaber war, und sich sehr davor gefürchtet, tölpelhaft dazustehen. Als Jungfrau gefiel er ihr gleich noch mal so gut.

Ihre Eltern waren alles andere als froh gewesen, dass sie schon ausziehen wollte, und dazu so plötzlich. Aber sie begannen sich mit ihr zu freuen, als sie erzählte, dass Pit Rilke las. Und Philosophen. Und fürs Rote Kreuz arbeiten wollte. Und selbst noch Jungfrau war.

Am nächsten Morgen im Bad hatte Petzis Mutter sie umarmt, sich eine Weile an sie geschmiegt und gesagt: »Bald habe ich keine Tochter mehr, sondern eine Freundin. Ich freue mich darauf.« Das hatte Petzi so süß gefunden, dass ihr eine Träne über die Backe gerollt war, die sie heimlich wegwischte.

Und für den Stephanstag hatte ihr Vater einen Kombi gemietet und sie mit der Gästematratze (eine Neunziger), dem dazugehörigen Lattenrost, einem faltbaren Mottenschrank und Bananenkisten mit Töpfen, einer Kaffeemaschine, einem Mixer und anderem Küchenzubehör, das zu Hause doppelt oder dreifach vorhanden war, nach Zürich gefahren. Für die Kleider hatte sie ihren Kinderkoffer aus Wiener Geflecht, der reichte aus, da sie spätestens zu Neujahr wieder heimkommen wollte.

Pit war schon in der Wohnung gewesen, als sie angekommen waren. Ihr Vater hatte ihm so kernig die Hand geschüttelt, wie sie ihn gar nicht kannte, und gesagt: »Wenn Petzi derart von dir schwärmt, wirst du wohl etwas auf dem Kasten haben.« Bevor er zurückfuhr, hatte er ihnen noch geholfen, von einem Bekannten von Pit einen ausrangierten Tisch und Stühle abzuholen.

Petzi hatte ihn gefragt, ob er nicht mit ihnen zu Mittag essen wollte, denn ihre Mutter hatte ungefragt die Zutaten für Spaghetti bolognese zum Küchenkram dazugepackt. Aber er wollte lieber wieder heim, und als er die Tür hinter sich zugezogen hatte, wäre Petzi ihm am liebsten nachgerannt.

Doch Pit war schneller gewesen. Kaum hatte das Schloss geklickt, hatte er den Schraubenschlüssel fallen lassen, mit dem er versucht hatte, eine Lampe zu montieren, hatte Petzi umarmt, sie vom Haar bis zu den Brüsten abgeküsst und mit ihr schlafen wollen.

»Ich bin noch nicht so weit, Pit«, hatte sie gesagt.

»Ach so«, hatte er schelmisch gesagt, sich an den Tisch gesetzt und mit seinen großen, dunklen Augen zugesehen, wie sie die Spaghetti kochte, bis sie nicht mehr anders konnte. Sie hatte sich auf seinen Schoß gesetzt, ihn geküsst und sich küssen lassen, bis das Nudelwasser überkochte. Statt zu essen, hatten sie sich auf die Matratze geworfen und waren zwar angezogen geblieben, doch Pits Hand war schon überall.

Petzi hatte das schön gefunden, und es war ihr leichtgefallen, sich gehen zu lassen. Und er hatte auch nicht gemurrt, wenn sie ihm ab und zu einen Riegel vorschob. Als sie irgendwann nachmittags zerzaust und mit glühenden Gesichtern doch den Spaghetti-Klunsch zu essen versucht hatten, musste sie ihm recht geben, als er rief (es war ein Zitat aus seiner Kindheit): »Kinder, Kinder, ist das herrlich.«

Das hatte sie auch die nächsten Tage noch gefunden. Nur vermisste sie ein wenig die stillen Momente, die sie in ihren ersten Wochen geteilt hatten – wenn sie beispielsweise nebeneinander spazierten und sich nicht zu berühren wagten. Wie oft hatte sie sich gewünscht, ihm *alles* erzählen zu können, was sie bewegte, und sich auf eine Zeit gefreut, in der es kein Geheimnis mehr zwischen ihnen gäbe.

Doch seit dem Einzug fühlte sie sich ihm weniger herzlich verbunden als vorher, der Graben wurde, statt zu schwinden, immer tiefer. Wenn sie mit ihm über Hesses Roman *Gertrud* sprechen wollte, den sie eben las, oder über einen Artikel zur Entwicklungspsychologie, der sie beschäftigte und über den sie zu gern Pits Urteil gehört hätte, das meist sehr scharf und treffend war, sagte er nur etwas wie: »Das alles ist doch nichts dagegen, dich zu küssen, Petzi. Was wir aneinander und miteinander entdecken, ist so viel größer als alle weisen Kommentare, und ich zweifle nicht daran, haben wir erst richtig gevögelt, werden wir sowieso alles in ganz neuem Licht sehen. Wieso also jetzt Zeit und Gedanken verschwenden? Jetzt sind wir doch noch Kinder!«

Daher ließ sie sich schon zu Silvester entjungfern, und nachdem er ein reich bebildertes *Kamasutra* heimgebracht und ihr erörtert hatte, welche Form von Bewusstseinserweiterung ihm vorschwebe, versprach sie, mit ihm diesen Weg zu gehen.

Dabei ging ihr alles viel zu schnell. Sie wurde das Gefühl nicht los, das Wesentliche zu verpassen. Es freute sie, mit ihm zu schlafen, und noch mehr Freude hatte sie an ihrem Körper, der sie immer wieder überraschte. Beispielsweise hatte sie sich für ein eher zartes Geschöpf gehalten, nun stellte sie fest, dass sie es am liebsten deftig mochte (selbst wenn Pit dann zu früh kam). Doch Pits Forschungseifer konnte sie nichts entgegensetzen, und bat sie ihn, einmal nur zu liegen und sich treiben zu lassen, um zu schauen, was sich daraus entwickeln mochte, hatte er schon eine Theorie parat, die ihre »Position« infrage stellte (eine Position, die sie doch gar nicht hatte einnehmen wollen).

Sie wagte nicht, ihrer Mutter davon zu erzählen, doch ganz unkompliziert fand sie im Haus eine neue Freundin: Selina, eine Schauspielerin Ende dreißig, eine schöne und sicherlich sehr entschiedene Frau mit scharfen Gesichtszügen, die zuoberst im Haus lebte und eines Abends klingelte, weil sie ihren Waschtag verpasst hatte und Petzi bat, an ihrer Stelle eine Maschine voll waschen zu dürfen. »Und solange die Maschine läuft, kommst du zum Tee hoch und wir plaudern, wie das Nachbarinnen so tun«, schlug sie vor.

Und weil Pit ja unbedingt schon in seinem ersten Semester ein Fortgeschrittenen-Kolloquium zum Thema »Universalismus – Relativismus« besuchen musste, nach dem er mit den anderen stets noch in der »Bauernschänke« zusammensaß, nahm Petzi die Einladung an.

Die Wohnung im vierten Stock war viel heller als ihre, und obwohl Selinas fast so sparsam eingerichtet war wie ihre und zudem schlecht geheizt, wirkte sie viel gemütlicher. »Lebst du allein?«, fragte Petzi, während Selina Tee aufbrühte, und bewunderte ihre chinesischen Tässchen.

Selina nickte.

»Schon lange?«

Selina zuckte mit den Schultern und sagte: »Mir ist am wohlsten so.«

»Aber glaubst du nicht an die Verschmelzung von Mann und Frau?«, fragte Petzi.

»Ich glaube vor allem nicht, dass Verschmelzung Liebe ist«, sagte Selina. »Nur ist es schwer auszuhalten, neben jemandem zu leben, den man liebt, und nicht zu verschmelzen.«

Petzi dachte darüber länger nach, dann sagte sie: »Bei uns fühlt es sich gerade furchtbar leer an. Ich komme mir vor wie in Sibirien. Und ich weiß nicht, ist es, weil ich erwachsen werde oder weil ich eben nicht erwachsen werde? Ist es, weil ich Pit so liebe oder weil ich ihn zu wenig liebe?«

»Glaubst du denn, dass er dich liebt?«, fragte Selina.

Petzi zögerte. »Ich glaube, er hat Potenzial«, antwortete sie schließlich.

»Potenzial zu was?«, wollte Selina wissen.

»Zu allem«, sagte Petzi. »Ich glaube, in zehn Jahren wird er ein großartiger Mann sein, ganz sicher auch ein guter Vater. Er ist so klug und fühlt so viel, und eigentlich ist er auch herzlich.«

»Eigentlich?«, fragte Selina nach.

Petzi lachte aus Verlegenheit. »Am meisten beschäftigt mich gerade, dass ich seinen Samen schlucken soll. Er hält das aus irgendeinem Grund für unbedingt notwendig.«

Selina lachte auch, stand auf und holte vom Regal ein dickes Buch von Susan Sonntag. Sie blätterte darin, hörte aber bald wieder auf. »Mir ist, sie hätte irgendwo beschrieben, wie man mit Kartoffelstärke und verdünnter Ziegenmilch Sperma fälschen kann. Aber das hilft dir ja nur, wenn du es ausspuckst, und er will, dass du es schluckst.«

»Aber er merkt doch, ob er in meinen Mund kommt«, sagte Petzi trotzdem.

»Nicht, wenn du die Haare offen trägst«, versicherte Selina ihr. »Ob er in deinen Mund oder in deine nasse Hand kommt, fühlt sich für ihn gleich an.«

Das fand Petzi lustig, dennoch konnte sie sich nicht vorstellen, Pit zu täuschen.

Stattdessen hängte sie anderntags ein Zitat aus *Gertrud* an die Klowand: »Wenn mich jetzt einer gefragt hätte, was denn die Liebe sei, da hätte ich es wohl zu wissen geglaubt und hätte es sagen können, und es hätte dunkel und lodernd geklungen.« Sie hoffte, er werde sie darauf ansprechen, und sie bekäme Gelegenheit zu erzählen, was sie beschäftigte.

Doch Pit fand nur, das sei eine super Idee, und hängte darüber ein Zitat von Georges Bataille: *Das Vergnügen beginnt erst, wenn der Wurm in der Frucht ist. Erst wenn wir unser Glück mit Gift tränken, wird es köstlich.*

Begeisterung (11)

Pit hatte in jenem Winter das Gefühl, über allem zu schweben. Neunzehn Jahre lang hatte er in einer Enge gelebt, die er nicht benennen konnte, die ihm aber auch nie natürlich wurde. Er war in Albisrieden aufgewachsen, seine Mutter Sibylle war Friseurin mit einem Salon, nicht größer als ein Bad, in einer kleinen Ladenpassage in der Albisriederstrasse, sein Vater Kurt Hausmeister in der Blindenhörbücherei. Das hieß nicht, dass er Bücher geliebt hätte. Pits beide Brüder Armin und Benjamin erfüllten alle in sie gesetzten Erwartungen, sie trieben gern Sport (Benjamin war Fußballer, Armin konnte schnell rennen und gewann in der Staffel zwei Pokale bei kantonalen Jugendmeisterschaften), sie hatten sich wacker durch die Sekundarschule gekämpft, danach war Armin Automechaniker geworden, Benjamin ging bei seiner Mutter in die Lehre. Abends spielten sie mit den Eltern »Ciao Sepp« und konnten Risi bisi, Toast Hawaii und Spaghetti bolognese kochen. Sie hatten nette Freundinnen aus der Nachbarschaft: Eine hatte ebenfalls bei Sibylle Schmid die Lehre gemacht, die andere ließ sich bei ihr die Haare schneiden.

Pit dagegen hatte seine Eltern schon früh überfordert. Bis zu seinem zwölften Lebensjahr hatte er kein Fleisch gegessen, nur Fisch. Er interessierte sich nicht für Sport, stattdessen hörte er Musik oder vergrub sich hinter Büchern, jedenfalls ging er kaum aus der Wohnung. Am Ende der Primarschulzeit hatte er sich, ohne sie zu fragen, zur Prüfung für das Gymnasium angemeldet. Er hatte darauf beharrt, ein Instrument zu spielen (gern hätte er Kirchenorgel gelernt, stattdessen mieteten sie ihm ein Heimpiano), und zwischen 14 und 16 Jahren hatte er ein 600-seitiges Theaterstück geschrieben, von dem mehrere Auszüge in der Schülerzeitung erschienen waren, ein apokalyptisches Kriegsszenario mit einem Helden, Pit, der zwar daran scheiterte, die Erde zu retten, im letzten Akt aber dafür mithilfe eines mutierten Stammes Kanalratten die große, letzte Weltenformel fand, die ihm die Macht verlieh, eine neue und bessere Erde zu schaffen – so er denn wollte. Darauf hatte ihn erst sein Englischlehrer Pit genannt, danach die Klasse und schließlich er sich selbst.

Das Stück hatte er bald verbrannt, doch sein Faible für finstere Geschichten war geblieben, auch sein Interesse für alternative Gesellschaften. Bereits ein Jahr vor der Matura hatte er in einer Schul-Umfrage angegeben, Soziologie und Philosophie studieren zu wollen. Als Berufsziel nannte er: »Revolutionär«.

Doch selbst in diesen Fantasien war ihm eng zumute gewesen, und hatte er sich sein Leben nach der Schule ausgemalt, so hatte er sich gegen eine Ödnis mit bornierten Professoren und biederen Studienplänen kämpfen sehen, die sich wenig von der bisherigen unterschied.

Das hatte sich aber geändert, als er das Vorlesungsverzeichnis gelesen hatte. In seinem ersten Entwurf für einen Stundenplan wollte er über dreißig Vorlesungen, Proseminare und Kolloquien besuchen, weil jedes einzelne der angebotenen Themen ihm so dringlich erschienen war. Dann hatte das Semester begonnen, er hatte die ersten Veranstaltungen besucht und sich mit jedem Tag freier gefühlt. In den Vorlesungssälen und Seminarräumen war er vom ersten Tag an ein und aus gegangen, als sei er darin groß geworden, und hatte mit leisem Spott die schüchternen Erstsemester beobachtet, die sich entweder ganz kleinmachten oder sich zu Nestern scharten wie Bienen, wenn sie frieren.

Zu Hause war er kaum noch gewesen, lieber hatte er in der Mensa gelesen, bis sie schloss, und seine Eltern hatten nichts dagegen einzuwenden gehabt, als er ihnen sagte, dass er möglichst bald in eine WG ziehen wolle.

Die größte Befreiung hatte aber Petzi gebracht. Sie hatte ihn in der zweiten Woche angesprochen und gebeten, sich neben ihn setzen zu dürfen. Als er wissen wollte, was sie sich davon versprach, hatte sie offen gesagt, sie wolle abgucken, was er sich notiere, und lachend erklärt, dass sie ein Neuling an der Uni sei und noch keine Ahnung habe, was wichtig sei.

Das hatte er rührend gefunden – natürlich hatte er nicht verraten, dass er so neu wie sie war –, doch es wäre noch kein Grund gewesen, sie in der Pause zum Automatenkaffee einzuladen. Das hatte er wegen des leisen Schweißgeruchs getan, vermischt mit Jasmin und einer Spur Patschuli, der sich ausgebreitet hatte, als sie den Strickpulli ausgezogen und das lange Haar ausgeschüttelt hatte. Verwundert hatte er auch festgestellt, dass ihn ihr Sanktgaller Akzent erregte. Er gab ihrem sonst zarten und weichen Wesen etwas Kantiges, leicht Perverses, für das er die ganze zweite Stunde über die richtigen Worte gesucht hatte, um sie zwischen seine Vorlesungsnotizen zu schreiben und zu sehen, ob sie sie abschrieb. Schließlich hatte er geschrieben: »Verdorbene Unschuld, wie Vanessa Paradis«, doch das traf es nicht, und sofort hatte er es wieder durchgestrichen. Petzi hatte die Worte trotzdem zu entziffern versucht. »Brainstorming für den Geburtstag meiner Mutter«, hatte er gelogen, worauf sie Virginia Woolfs *Orlando* aus der Tasche gezogen und gesagt hatte. »Das ist ein tolles Buch. Liest sie gern?«

»Ich weiß nicht, ob sie überhaupt lesen kann«, hatte er geantwortet, und Petzi hatte darüber so gelacht, dass sie sich verschluckte und vor die Tür gehen musste. Gleich hatte er sie vermisst.

Seither war jede Stunde mit ihr voller Offenbarungen für ihn gewesen. Sie brachte eine Wärme mit, die er nicht kannte, und – trotz des Akzents – eine Unschuld, die er so gern schänden wie bewahren wollte. Wunderbarerweise war sie viel robuster, als sie aussah. Jedenfalls blieb sie bemerkenswert gelassen, wenn sie diskutierten und er ihre Argumente zerzauste, wie eine Katze ein Küken fleddert. Sie himmelte ihn auch nicht an, sondern versuchte durchaus, sich gegen ihn zu behaupten. Und wenn sie doch – wie eigentlich immer – den Kürzeren gezogen hatte, hielt sie ihm spielerisch die Faust unter die Nase und knurrte: »Dich schlage ich noch.«

Bei ihrem ersten Kuss war dann etwas sehr Unerwartetes geschehen. Er hatte schon früher Mädchen geküsst und es manchmal nett gefunden, meist überschätzt. Als Petzi ihn aber nun geküsst hatte – vermutlich hatte es wieder mit ihrem Geruch zu tun, der sich um ihn legte, wie wenn jemand seine Jacke um dich legt –, hatte er ganz physisch das Gefühl gehabt, in ihm breche etwas auf, ein Panzer aus Chitin wie der einer Krabbe, und lege sein Herz frei. Damit hatte auch sein lebenslanger Glaube Risse erhalten, sein Innerstes sei finster und zu meiden, denn hinter diesem Panzer hatte er etwas schimmern sehen, und zwar grün und golden.

Dieses Gefühl war wenige Minuten, nachdem sie aufgehört hatten, sich zu küssen, verschwunden, doch seine Sehnsucht danach blieb, und er wusste, dass Petzi die Frau seines Lebens war.

Danach hatte ihm das Schicksal in die Hand gespielt: Noch am selben Tag hatten sie eine Wohnung gefunden, genau richtig für ein Paar. Eine Woche später waren sie zusammengezogen, nach fünf Tagen waren sie auch physisch Mann und Frau.

Seither war sein Leben von zwei Bestrebungen bestimmt: sich sexuell zu vervollkommnen und intellektuell so beschlagen zu werden, dass für kommende Generationen an ihm kein Weg vorbeiführte.

Und das Schicksal (an das er eigentlich nicht mehr glaubte, seit er im Grundlagenkurs Philosophie Albert Camus gelesen hatte) beschenkte ihn auch im neuen Jahr. Auf dem Weg zur Uni – es nieselte, und das Sechsertram kroch nur schneckenhaft die Weinbergstrasse hoch –, fischte er unter einem der alten Holzsitze ein angenässtes Taschenbuch hervor: *Liebespakt – das Paar der Zukunft*, ein Essay über Simone de Beauvoir und Jean-Paul Sartre. Er schlug es auf, begann zu lesen, und mit jedem Satz schien etwas Form zu gewinnen, das er schon immer gefühlt hatte, von Seite zu Seite wuchs seine Begeisterung. So wie die beiden würden auch Petzi und er leben, beschloss er, nachdem er lesend bis zum Zoo und wieder zurück gefahren war: in völliger Freiheit von Konventionen, in ewiger Suche, gegenseitigem Vertrauen und ohne den geringsten Besitzanspruch aneinander.

Am selben Tag absolvierten seine Eltern ihren Anstandsbesuch. Es war kein schönes Treffen. Er verdächtigte sie, sich abgesprochen zu haben, denn ganz entgegen ihrer Gewohnheit sagten sie kein schlechtes Wort, nicht über die Wohnung und die improvisierte Ausstattung, selbst Petzi (von der Pit nie erzählt hatte) begrüßten sie mit Handschlag und fragten sie höflich dies und jenes (»Studieren Sie denn auch?«, »Was verdient man so als Psychologin?«, »Haben Ihre Eltern auch studiert?«).

Erst als sie sich verabschiedet hatten und Pit sie noch hinunterbrachte, weil die Haustür manchmal abends verriegelt war, fragte seine Mutter: »Weiß deine Freundin eigentlich, dass eine gute Friseurin bei ihrem Haar durchaus etwas ausrichten kann?« Danach hätte er sie am liebsten aus dem Haus gestoßen.

Als er zurück in die Wohnung kam, rief er: »Oh, wie glücklich bin ich, die los zu sein!«

Petzi blätterte gerade in dem Buch, das er gefunden hatte. »Wann warst du in Scuol?«, fragte sie verwundert und winkte mit einer handgeschriebenen Quittung, die offenbar zwischen den Seiten gelegen hatte. »*Chantunet da Cudeschs,* das klingt wie Schatzkästchen.«

»Ich war nicht da«, sagte er, während er ihr Haar betrachtete, das sie so trug, wie er es am liebsten mochte, nachlässig mit zwei Klammern hochgesteckt. »Aber es muss dort gute Bücher geben.« Und als er das sagte, sah er sie beide in einem Zug mit offenen Fenstern durch die Berge fahren, weit hinausgebeugt, lachend und gegen den Fahrtwind anschreiend, der ihnen das Haar verwehte. Vielleicht, sagte er sich, fahren wir im August hin, wenn ich 20 werde.

Kränkung (12)

Bei Laubfall, Nieselregen oder Neuschnee das Sechsertram zu lenken, war eine Kunst für sich, die nur gelang, wenn man dem Getriebe lauschen konnte wie ein Trapper. Das wusste keiner besser als Hubert Brechbühl, den sie den Kletterkönig genannt hatten. Bei keinem spulten die Räder so selten wie bei ihm, keiner nahm die heikle Spitzkurve in der Weinbergstrasse mit so viel Gefühl. Er war es, der junge Kollegen ins Bergfahren einführte, und nicht nur in Zürich. Von überallher in der Schweiz kamen Tramchauffeure und Kenner, um sich einmal von ihm hoch zur Haltestelle Zoo und wieder »z'Tal«, wie es im Jargon hieß, kutschieren zu lassen. Dass Kinder das Tramfahren lieben, ist bekannt, doch in seinem Tram versperrten ihnen oft die Frauen die Sicht, die eine ganze Fahrt lang hinter ihm standen, und hätte er nur gewollt, hätte er jeden Abend eine heimnehmen können. Aber so einer war er nicht, er führte höchstens mal eine mittags zur Bratwurst in den Vorderen Sternen aus. Ein einziges Mal ging er mit einer danach noch ins Kino, doch als sie ihm den Hosenladen öffnen wollte, sagte er ihr klipp und klar, dass er als Tramchauffeur ein Vorbild sei und nicht in einem Kino hudeln könne oder wolle.

Er war auch der Letzte, der alle Ce 4/4 (später Be 4/4 genannt) gefahren hatte, den »Elefanten«, auf dem der

Chauffeur noch im Velosattel hockte, wenn er nicht gleich stehen blieb, so gut wie den »Geißbock«, das »Kurbeli« und den »Pedaler«, der auch »Schweizer Standardwagen« hieß und neben Zürich auch in Genf, Luzern, Bern, Basel und in Neuenburg zum Einsatz kam. Überallhin riefen sie ihn, wenn eine Strecke Probleme machte – nur die Welschen meinten, sie könnten es ohne ihn. Sonst hieß es überall in der Schweiz: »Bevor ihr ein Trassee versetzt oder am Fahrgestell herumschweißt, setzt den Brechbühl in den Führerstand und lasst ihn eine Runde fahren.« Sogar in Pjöngjang, Nordkorea, war er gewesen. Dort blochten sie in ausrangierten Zürcher Trams wie die Teufel die Kümusanlinie entlang, doch *sabeom* Brechbühl brachte ihnen bei, das Material zu schonen. Die Achsen und die heiklen Rotationskompressoren waren die Schwachstellen, dafür war die Elektrik unverwüstlich, nicht wie die Elektronik bei den neuen Zweitausendern.

Zuletzt war er dreizehn Jahre lang den »Karpfen« gefahren. Dann hatte sich sein Rücken bemerkbar gemacht. Das war eine Berufskrankheit, die einen plagte der Rücken, die anderen die Psyche. Seine Psyche war so zuverlässig wie die Triebwagenelektrik. Kunststück, er hatte auch nie Unfälle gebaut, zumindest nichts Belastendes, höchstens Blechschaden, oder mal ein Velotubel, der meinte, die Verkehrsregeln gälten nicht für ihn, und der sich ein paar Schrammen holte. Einer hatte ein Loch im Kopf.

Seinem Rücken aber setzten die alten Trams mit ihrer direkten Stoßübertragung schon zu, und besonders beim Hangfahren. Bergauf spürte er zuerst nicht viel, bergab jedoch, wenn er sich gegen die Schwerkraft stemmen musste, wurde es die Hölle. In einem Be 2/4 »Pony« mit schwimmend gelagertem Fahrersitz hätte er womöglich durchgehalten bis 65, das wollte er sich aber nicht mehr antun.

Zum Abschied erhielt er zum lebenslangen Generalabonnement der Schweizer Bahnen hinzu ein Modell des »Karpfens«, auf eine Miniatur des Matterhorns geklebt, darunter stand: »Dem Kletterkönig Hubert Brechbühl«. Das löste schon Gefühle aus, obwohl er lieber den Glärnisch gehabt hätte – Vrenelis Gärtli, um genau zu sein –, das sah man nämlich, wenn man die Krähbühlstrasse hoch zum Zoo fuhr. Außerdem erhielt er noch ein Dokument, in dem man ihn formell einlud, im Zürcher Trammuseum mitzuarbeiten. Das hatte er allerdings abgelehnt: »Lieber ein Ende mit Schrecken als ein Schrecken ohne Ende«, hatte er gleich bei der Übergabe gesagt und sie damit zum Lachen gebracht.

Doch vielleicht war eben das sein Fehler gewesen. Denn als er jetzt die Zeitschrift *Endstation Ostring* aufschlug (nachdem sie einen Monat herumgelegen hatte) und für den Februar ein Trämlersymposium in Bern angekündigt fand, »Zur Geschichte des Schweizer Standardwagens und seiner Vorläufer«, fehlte in der Liste der Referenten sein Name. Die Hälfte der Redner kannte er überhaupt nicht, und die, die er kannte, waren alles andere als Experten. Trotzdem wollte er nicht gleich beleidigt tun, vielleicht hatte es mit dem Jahrtausendwechsel ja doch eine kleine Datenpanne gegeben. So wählte er die Telefonnummer, unter der man sich anmelden sollte, und bekam einen »Steiger, Martin« an den Apparat.

»Hier ist Brechbühl, Hubert Brechbühl«, sagte er und wartete darauf, dass drüben der Groschen fiel. Doch sein

Name schien dem Steiger, Martin nichts zu sagen. »Ich rufe wegen dem Symposium zum Standardwagen an«, sagte er noch.

»Wollen Sie sich anmelden?«, fragte der andere.

»Ich bin der Kletterkönig«, sagte Hubert Brechbühl.

»Ich verstehe nicht, wollen Sie sich anmelden?«, fragte der andere wieder.

»Ich war Instrukteur auf dem Standardwagen«, erklärte ihm Hubert Brechbühl. »Und auf dem Geißbock. Und dem Elefanten. Und dem Kurbeli. Und dem Pedaler. Ich war in Pjöngjang, Nordkorea, um denen das Tramfahren beizubringen.«

»Wollen Sie sich anmelden?«, fragte der Steiger, Martin zum dritten Mal. »Dann schicke ich Ihnen einen Einzahlungsschein. Sie überweisen siebzig Franken, und der Coupon ist Ihre Eintrittskarte.«

»Ich denke nicht daran zu zahlen«, sagte Hubert Brechbühl in höflichem Ton. »Ich bin der Kompetenteste von allen. Offenbar gab es eine Panne, irgendwie hat man mich nicht erreicht. Ich werde jedenfalls auch sprechen.«

»Das Rednertableau ist längst besetzt«, antwortete der andere, »und wir haben alle relevanten Themen abgedeckt. Sie können sich natürlich aus dem Publikum heraus beteiligen, darauf hoffen wir sogar. Ein lebhaftes Publikum ist das *Sine qua non* jeder Veranstaltung.«

»Sie wissen nicht, wovon Sie reden.« Hubert Brechbühl bemühte sich noch immer, ruhig zu bleiben. »Da können Sie sich noch so geschwollen ausdrücken. Eine Fachtagung zum Standardwagen ohne den Kletterkönig ist keine Fachtagung.«

»Dann freue ich mich, dass Sie sich anmelden wollen«, sagte der andere.

»Ich habe nicht angerufen, um mich anzumelden, ich wollte Ihnen helfen, mich zu finden«, sagte Hubert Brechbühl. »Ich verstehe ja, dass Ihr Programm feststeht. Aber es gibt da mindestens zwei Podiumsgespräche, auf denen ich gut Platz fände. Zur Umstellung von Elektrik auf Elektronik beispielsweise hätte ich schon etwas zu sagen …«

»Die Podien sind ebenfalls schon kompetent besetzt«, unterbrach ihn der Steiger, Martin. »Geben Sie mir Ihre Adresse, und ich sende Ihnen den Einzahlungsschein.«

»Wer sind Sie überhaupt?«, fragte Hubert Brechbühl stattdessen.

Der andere war Präsident des Fördervereins zur Gründung eines Gesamtschweizerischen Trammuseums, das in Bern geplant war und zweifellos dem Zürcher Museum den Rang ablaufen wollte.

»Ich werde nicht einzahlen«, erklärte Hubert Brechbühl. »Und wenn Sie mich doch noch einladen wollen, finden Sie viele, die sehr gut wissen, wer ich bin und wo ich wohne.« Dann legte er auf.

Als Nächstes schickte er einen Leserbrief an die Zeitschrift *Endstation Ostring*, genauer an den Redakteur Max Frick, ehemaliger Leiter der Berner Verkehrsbetriebe, den er zwar nie gemocht hatte, der aber wenigstens einer der alten Garde war. Er schilderte den Vorgang so sachlich als möglich und erinnerte daran, dass die *Endstation Ostring* ihn zwar nie porträtiert hatte, die Zeitschrift *Tram* dafür gleich zweimal: einmal, als er nach Nordkorea gefahren war, und nochmals kurz vor seiner Pensionierung.

»Tut mir leid, lieber Herr Hubacher«, schrieb dessen Frau zurück (sie schrieb tatsächlich Hubacher), »die Dezembernummer von *Endstation Ostring* war die letzte, wie Sie dem Leitartikel hätten entnehmen können. Die Zeitschrift ist eingestellt. Mein Mann, der Sie im Übrigen sehr schätzte, liegt auf der Onkologie und ist nicht in der Lage, sie weiterzuführen. Er lässt aber herzlich grüßen. Hochachtungsvoll, Maria Frick.«

Das tat ihm weh, und er sandte eine Karte, die einmal im Restaurant *Bauschänzli* verteilt worden war. Er hatte keine andere im Haus, aber sie erschien ihm auch passend. Sie zeigte einen betrunkenen Dackel mit einem Bierhumpen zwischen den Pfoten, darunter stand: »Der Krug geht zum Brunnen, bis er bricht.«

»Kopf hoch, lieber Max Frick«, schrieb er auf die Rückseite, »Sie hinterlassen ein würdiges Werk.«

Überhaupt hatte der Zwischenfall ihn versöhnlich gestimmt, und am letzten Tag des Symposiums, einem Sonntag, beschloss er spontan, nach Bern zu fahren und gute Miene zum bösen Spiel zu machen.

Man traf sich in der Tramremise Weissenbühl. Als er kam, war gerade eine Pause zu Ende. Er entdeckte einige bekannte Gesichter, doch ehe er jemanden ansprechen konnte, schellte eine alte Tramglocke, und alle gingen hinein. Das wollte er auch tun, doch ein Mann, der einen lächerlichen Musketierbart und – trotz des Matsches und der Kälte – spitze Lackschuhe trug, hielt ihn zurück: »Sie habe ich hier noch nicht gesehen«, sagte er. »Haben Sie einen Coupon?«

»Ich bin Hubert Brechbühl«, erklärte er. »Die meisten werden mich kennen, zumindest die Älteren. Ich war die anderen Tage nicht dabei, ich komme nur kurz, um zu grüßen und vielleicht etwas Erhellendes zu den Be 4/4 beizutragen, die ich alle noch gefahren habe.«

»Der Eintritt kostet 70 Franken«, sagte der andere nur. »Wir brauchen das Geld für die Gründung des Museums.«

»Das ist absurd«, sagte Hubert Brechbühl. »Das Symposium ist doch gleich vorbei.«

»Was kann ich dafür, wenn Sie zu spät kommen?«, fragte der andere.

»Sie müssen der Steiger, Martin sein, mit Ihnen werde ich nicht diskutieren«, sagte Hubert Brechbühl. »Gehen Sie hinein, sagen Sie denen, dass ich draußen bin, und Sie werden sich wundern, wer danach mehr Publikum hat, Sie oder ich.«

Der andere wandte sich nur schweigend ab, um Prospekte vom Empfangstisch abzuräumen.

Hubert Brechbühl erwog noch, sich gewaltsam Zutritt zu verschaffen, doch dann wandte er sich auch um und nahm das nächste Dreiertram zum Bahnhof.

Anmut (13)

Nach jenem sonderbaren Abend mit Moritz, bei dem sie den Bettgeräuschen ihrer jugendlichen Nachbarn gelauscht und Julia durch die Kleidung hindurch seine Erektion gefühlt hatte, bevor Mona schreiend erwachte und allem ein abruptes Ende setzte (sie hatte geträumt, sie habe in der Spielgruppe ein Tor geschossen, doch plötzlich war es das falsche Tor gewesen, und sie war schuld, dass irgendwie alle verloren hatten und ohne Nachtisch nach Hause mussten), wartete Julia vergeblich darauf, dass Moritz sich meldete. Sie befürchtete, ihre draufgängerische Art habe ihn eingeschüchtert, und redete sich allerhand ein, um ihre Enttäuschung in Grenzen zu halten: dass er sowieso zu jung für sie sei und eine Affäre mit einem Nachbarn immer eine Dummheit, die nur böse enden könne, dass ihr Leben, seit sie keinen Sex mehr hatte, viel erfüllter und entspannter sei. Das war nicht ganz falsch: In den fast fünf Jahren, seit Mona da war, hatte sie ihn nie sehr vermisst.

Das hatte sich nun abrupt geändert. Selbst bei der Arbeit dachte sie an Moritz, und sie sah auch wieder andere Männer an. Sie verbrachte mehr Zeit im Bad (abends, wenn Mona schlief, gönnte sie sich richtige Schönheitssitzungen), und statt weiter Kreuzworträtsel zu lösen, schrieb sie Listen: mit Dingen, die sie an Männern mochte, mit Dingen, die sie an sich selbst mochte, wenn sie mit Männern zusammen war, und mit Dingen, die sie gern vermeiden wollte.

Mehrmals war sie nahe daran, ihm eine dieser Listen in den Briefkasten zu werfen, mit einer Randbemerkung wie: »Sittliche Gründe, Romeo zu küssen.« Dann wieder sagte sie sich, dass der Charme ihrer ersten Begegnung eben darin bestanden hatte, dass alles so absichtslos und offen gewesen war. (Und wirklich erregte sie allein der Gedanke an diese Offenheit und Absichtslosigkeit gleich wieder, und sie zweifelte daran, dass sie überhaupt Moritz begehrte und nicht einfach die Umstandslosigkeit der Begegnung.)

Drei Wochen war es her, seit er mit der angebrochenen Flasche Portwein vor der Tür gestanden hatte, als endlich so viel Schnee fiel, dass Monas Oma nicht anders konnte, als ihr lange fälliges Versprechen wahr zu machen und mit Kind und Schlitten auf den Üetliberg zu fahren. Es schneite den ganzen Tag, und obwohl es schon Februar war, hatte Julia zum ersten Mal in jenem Winter das Gefühl von Weihnachten und Bescherung.

Erst wollte sie bei einer Kanne Kräutertee und Keksen fernsehen und dabei stricken. Doch kaum hatte sie sich gesetzt, hörte sie wieder Pit und Petzi Liebe machen. Also stand sie auf, ging ins Schlafzimmer und lauschte, wie sie mit Moritz gelauscht hatte, nur schloss sie dabei die Augen und fühlte, wie sie damals seine Hand gehalten hatte. Mit noch immer geschlossenen Augen tastete sie sich zum Flur vor. Hier hatten sie sich umarmt, die Becken aneinander gepresst, und sie hatte seine Erektion gespürt. Sie küsste ins Leere, wie sie damals ihn geküsst hatte, und endlich seufzte sie tief, öffnete die Augen, zog die dicken Socken aus und ihre seidenen Slippers an und ging nach unten. Sie wollte nicht damit rechnen, dass er zu Hause war, deshalb nahm sie gleich den Briefkastenschlüssel mit. Tatsächlich klingelte sie vergeblich, ebenso umsonst war ihr Gang zum Briefkasten. Doch als sie die Treppen wieder hochstieg (nachdem sie mit der Zunge ein paar Schneeflocken eingefangen hatte), stand die Tür zu seiner Wohnung offen, sie klopfte, und er rief: »Ich kann gerade nicht zur Tür, Julia, aber komm rein.«

»Warum weißt du, dass ich es bin?«, fragte sie, noch ehe sie ihn fand (er stand in der Küche über einen elektrischen Cocktailmixer gebeugt und versuchte, daran etwas zu befestigen).

»Ich habe dich gerochen, als ich dem Klingeln nachging«, sagte er.

Sie blieb in der Küchentür stehen. »Störe ich?«

»Nein«, sagte er, während er weiterarbeitete, »im Gegenteil.«

»Was tust du da?«, fragte sie, stellte sich hinter ihn und versuchte, über seine Schulter zu linsen, damit sie ihn berühren konnte.

»Ich versuche, ein Schiffchen anzuknoten«, erklärte er. »Nein, kein Schiffchen, es ist ein kleines Surfbrett mit einem Mann darauf, der mit den Händen paddelt. Aus dem Modellbau. Mit dem Mixer kann ich einen Wirbel erzeugen. Ich möchte wissen, ob es möglich ist, den Mann im Wirbel surfen zu lassen.«

»Wozu?«, fragte Julia, schnupperte an seinem Hals und begann, ihn mit kleinen Küssen zu bedecken.

»Weil es Spaß macht«, sagte Moritz. »Vielleicht entdecke ich dabei auch was, man kann nie wissen.«

Dann hatte er endlich das Teilchen befestigt und setzte den Quirl des Cocktailmixers in Bewegung. »Siehst du?«, fragte er.

Doch Julia sah nur die Haarwirbel in seinem Nacken, mit denen sie spielte.

Er füllte Wasser in ein Glas und aus dem Glas in den Mixer. »Die Schwierigkeit«, erklärte er ihr, »ist, den Punkt zu treffen, an dem der Wirbel stark genug ist, um eine Luftsäule zu bilden, aber noch genügend schwach, dass der Mann nicht ins Trudeln gerät. Es ist die Suche nach der Umsprungstelle zwischen zwei Zuständen. Verstehst du was von Chaostheorie?«

»Müsste ich?«, fragte sie und ließ ihn los, weil sie spürte, dass er sich aufrichten wollte.

Moritz drehte sich zu ihr um und sah sie endlich an. »Hallo«, sagte er freundlich, dann fuhr er mit zwei Fingern ihren Augenbrauen nach. »Nein, müsstest du nicht«, antwortete er, »obwohl viele deiner Reize ebendadurch entstehen, dass du auf der Kippe zwischen zwei Zuständen balancierst.«

»Welche zum Beispiel?«, fragte sie so leise, als seien seine Finger Vögelchen, die sie zu verscheuchen fürchtete.

»Dein Alter«, sagte er. »Oder diese Augenbrauen. Überhaupt dein Haar. Man hat das Gefühl, man müsste es einmal kurz anblasen, und es wirft sich in Locken. Wie diese Blümchen, die man anfassen kann, und dann springen sie auf und locken sich.«

»Ich weiß, welche du meinst, aber ich kenne ihren Namen auch nicht«, sagte sie, während sie überlegte, ob sie auf die Bemerkung über ihr Alter zurückkommen sollte, und sich dagegen entschied. Sie standen so nah aneinander, dass sie glaubte, wieder seine Erektion zu fühlen, doch weder sie noch er verstärkte den Druck.

»Willst du mich nicht küssen?«, fragte sie stattdessen.

»Doch«, sagte er, aber er tat es nicht.

»Wo hast du dein Bett?«, fragte sie schließlich.

Gleichzeitig begann unter ihnen jemand – Hubert Brechbühl wohl – Tuba zu spielen. Vielleicht deshalb sagte er nur: »Komm, ich zeige dir die Wohnung.«

Sie kannte die Wohnungen links vom Hausflur, weil sie öfter bei Selina zu Besuch waren, dennoch hatte sie Mühe, den Grundriss wiederzuerkennen. Beide Zimmer waren durch Tische oder Regale mehrfach unterteilt, sodass sich verschiedene Arbeitsbereiche ergaben: einer mit Stapeln von Büchern und Papier, einer mit filigranen Gebilden aus Japan- oder Seidenpapier, die an Vögel erinnerten, einer mit abermals Stapeln Papier und seiner Schreibmaschine, einer *Princess 300*. Ein Tisch war gerade leer.

»Hier lese und schreibe ich fürs Studium, hier bastle ich, hier baue ich Experimente auf«, sagte er und wischte mit der Hand durch den Raum.

»Und hier schreibst du Gedichte«, riet sie und berührte die kleine Schreibmaschine, als wäre sie ein Tier.

»Nein, die schreibe ich im Bett«, antwortete er. »Ach ja, eben, das Bett.«

Es war nur eine Matratze am Boden mit geblümter Bettwäsche, die von vielem Waschen fadenscheinig und fast farblos geworden war.

»Bist du in diesen Laken aufgewachsen?«, fragte sie, während sie den Unterarm in sein Kreuz legte und die halbe

Hand in seine hintere Hosentasche schob. Er trug wieder enge Jeans.

»Nein, die habe ich vom Vormieter«, erzählte er. »Das meiste hier habe ich übernommen. Dich auch?«

Sie lachte. »Von Fritz? Nein, bestimmt nicht!«

»Richtig, du bist ja die Frau ohne Sex«, sagte er.

»Ich *war* die Frau ohne Sex«, schäkerte sie. Dies wäre der Moment gewesen, sie auf die Matratze zu werfen. Stattdessen blickte Moritz plötzlich über ihren Scheitel hinweg und sagte: »Sieh mal.«

Sie hatte schon bemerkt, dass es im Raum heller geworden war. Als sie sich umwandte, sah sie, dass sich die Sonne durch die Wolken drückte. Gleichzeitig schneite es noch immer. Aber das meinte er nicht.

»Auf dem Radiator«, sagte er. Auf dem breiten Heizkörper stand eine Tonschale mit Wasser. Darin spielte das Sonnenlicht und warf eine ovale Scheibe mattes Licht an die Wand. Moritz trat zum Radiator, stupste die Schale an, und die Scheibe geriet in Aufruhr. Das vorher gleichmäßig verteilte Licht bündelte sich durch die Wellenbrechung zu mehreren Linien, die in wippenden Bewegungen, die Julia an einen geübten Reiter erinnerten, durcheinanderflossen, bevor sich das Licht allmählich wieder beruhigte und zu einer Fläche ebnete. »Wie das Signal eines Oszillografen«, sagte er und tippte die Schale nochmals an. »Ich bin ganz verliebt darin. Ich versuche, jeden Nachmittag zwischen drei und vier zu Hause zu sein. Wenn die Chance besteht, dass die Sonne scheint.«

»Da hatte ich ja Glück«, sagte Julia. Danach sahen sie schweigend dem Schauspiel zu, bis sich wieder Wolken vor die Sonne schoben. Mittendrin hörte Herr Brechbühl auf zu üben, und manchmal neigte Moritz etwas den Kopf, um ihr Haar riechen zu können.

»Wie lange haben wir überhaupt Zeit?«, fragte er, als das Schauspiel vorüber war.

»Ich weiß es nicht«, sagte sie und wandte sich ihm zu. »Ich hoffe, noch lange.« Sie betrachtete seine grüngrauen Augen, fuhr mit der Hand über sein schlecht rasiertes Kinn und fragte: »Zeit wofür?«

»Egal«, antwortete er und lächelte, dann rief er: »Kleines Springkraut.«

»Ist das mein Kosename?«, fragte sie.

»Das ist die Blume, die mir in der Küche nicht einfiel«, sagte er. »Im Tessin heißt sie *Balsamina*.«

»Was du nicht alles weißt«, neckte sie.

Er musste lachen. »Ich weiß nur nicht, wie wir von hier ins Bett kommen«, gestand er.

»Da kann ich helfen«, erklärte Julia.

Androgynie (14)

Für einige Tage zog sich Hubert Brechbühl völlig zurück. Er lebte aus Büchsen, spielte Tuba und dachte nach. Selbst der Fernseher blieb ausgeschaltet.

Was ihm seit jener schicksalhaften Silvesternacht zugestoßen war, in der er geträumt hatte, sein Los sei, die Welt zu verändern, konnte er nur schwer verdauen. Um seine Gedanken zu bündeln, setzte er sich in die Küche, nahm Bleistift und Papier und erstellte eine Liste.

1. *Träumte, sei magischer Pianist, ließ Erde in Flammen aufgehen, begeisterte das Publikum, flogen alle gemeinsam ins All.*
2. *Versuchte vergeblich, Jassrunde zu motivieren, mit mir musikalische Karriere einzuschlagen.*
3. *Studierte David Copperfield, ohne Resultat.*
4. *Warf* I Ging – *hab Geduld, hieß es, widme dich dem Wesentlichen, sei in Einklang mit dem Kosmos.*
5. *Stürzte, verlor Viertelliter Milch.*
6. *Mädchen aus dem 4. Stock will, dass ich Wohnung tausche (Katze).*
7. *Erfahre, »Endstation Ostring« ist eingegangen, Frick liegt im Sterben.*
8. *Bin ungebetener Gast an Symposium zum Schweizer Standardwagen.*

Über dieser Liste brütete er, während er Bouillon mit Fideli aß. Doch alles, was ihm einfiel, war, dass die nette Buchverkäuferin in der Josefstrasse, die ihm das *I Ging* empfohlen hatte, vielleicht nochmals einen Ratschlag für ihn hätte. Also ging er nach vier Tagen Abgeschiedenheit hinaus (es taute, und er fühlte, dass eine Naht an seinem rechten Stiefel undicht war). Die Buchverkäuferin stand hinterm Tresen, das war allein schon ein Lichtblick, und sie hatte sogar Zeit. Er zeigte ihr die Liste und erklärte dazu manches, dann fragte er: »Können Sie einen Weg erkennen oder eine Botschaft? Ich sehe gar nichts, aber vielleicht bin ich auf dem Auge auch einfach blind.«

»Ich kann schon etwas sehen«, sagte sie. »Ich heiße übrigens Alice.«

»Ich bin Hubert«, sagte er und freute sich, dass sie ihm so umstandslos das Du angeboten hatte. »Was siehst du?«

»Katzen lieben Milch«, sagte sie. »Das verbindet die Punkte 5 und 6. Lassen wir das einfach mal so stehen. Das Motiv der Leere, der Vergänglichkeit, des Endens verbindet alle anderen. *Nirvana* wäre ein Stichwort, das mir dazu einfällt. Meditierst du?«

Er dachte daran, wie er am Mittag über der Liste gebrütet hatte, und während ihm einfiel, dass er noch Fideli kaufen sollte, sagte er: »Etwas.«

»Gut«, rief sie. »Und welche zwei Punkte sind dir die wichtigsten?«

Er überlegte kurz und warf nochmals einen Blick auf die Liste, dann sagte er: »Dass der Frick stirbt, und die Sache mit dem Symposium. Und natürlich das *I Ging*, das hat mich schon beeindruckt.«

»Prima«, rief Alice diesmal. »Ich habe zu Hause ein Buch: *Der Sinn des Lebens Nirvana*. Komm heute Abend um sieben Uhr zu mir, gleich hier über dem Laden, und wir meditieren gemeinsam darüber.«

Das schien Hubert fast frivol, außerdem fürchtete er sich zu blamieren, da Alice »meditieren« gewiss ganz anders begriff als er. Doch schon länger wartete eine Kundin, und so dankte er nur und ging.

Für den Rest des Tages war er so aufgeregt, dass er zweimal loszog, um Fideli zu kaufen, und beide Male unterwegs vergaß, weshalb er draußen war. Dafür kaufte er im Heilsarmee-Brockenhaus einen Fön, um seinen Schuh zu trocknen, denn seiner war seit mehreren Jahren kaputt. Und um sich zu beruhigen, übte er lange Tuba.

Trotzdem war er zehn Minuten zu früh bei Alice und musste warten, bis sie den Laden abgeschlossen und Kehricht entsorgt hatte. Im Hausflur roch es nach Zirkus, und als Alice fragte: »Magst du Tiere?«, stellte er sich gleich alles Mögliche vor. Doch sie besaß nur eine Katze – eine merkwürdige immerhin. Sie schien die Beine nicht biegen zu können, und als Alice Essensreste aus einem Töpfchen von *Chop Chop* an sie verfütterte, rutschte sie mehr zu ihrem Napf, als dass sie lief. Hubert mochte ihr beim Fressen kaum zusehen, sie pickte wie ein Vogel, und er konnte sich leicht vorstellen, dass sie unter Drogen stand.

»Lizzy hat eine seltene Krankheit«, sagte Alice, »sie ist eine Wackelkatze, das ist so ähnlich wie beim Menschen die Multiple Sklerose.«

»Sollte man so was nicht abtun?«, fragte er. »Ich meine, sie muss ja leiden.«

»Du leidest doch auch, Hubert«, antwortete sie nur und streichelte Lizzy, bis sie schnurrte – oder eher knurrte. Dann führte sie ihn in ein Zimmer, das ganz mit Perserteppichen ausgelegt war. »Setz dich«, bat sie.

»Setzen oder knien?«, fragte Hubert, denn sie selbst kniete auf einer Art Betbänkchen nieder. Doch weil er die Schuhe anbehalten hatte, setzte er sich auf einen Lederpuff. Er faltete die Hände wie sie und sagte: »Nun bin ich aber gespannt.«

Das Buch, von dem sie gesprochen hatte, lag bereits bereit. Sie nahm es hoch und presste es an ihren Körper. »Die 7 und die 8 sind dir die wichtigsten, sagtest du, und das *I Ging*, also die 4«, repetierte sie und schlug vor: »Nehmen wir das *I Ging* in die Mitte. So erhalten wir die Zahl 748. Das ist die Seite, die wir aufschlagen sollten, um etwas über deinen Weg zu erfahren.«

Hubert Brechbühl fragte sich, ob ein Buch – außer natürlich ein Kursbuch – denn überhaupt so viele Seiten haben könne. Aber Alice hatte die Seite schon gefunden.

»Das ist ja toll«, rief sie, legte das Buch zwischen sie beide auf den Boden und sagte: »Reiche mir deine Hände.« Sie umfasste sie kraftvoll und las teils vor, teils überflog sie offenbar Passagen und raffte sie. Bei den Zahlen stolperte sie jedes Mal. »*2 Milliarden 169 Millionen vor Christus: Geburt unseres zunächst astralen und sich später verdichtenden Planeten Erde aus der Lebensenergie des sterbenden Mondes. 1 Milliarde vor Christus: Astrale Menschen (Größe etwa 100 Meter) scheiden von ihrer Substanz alle zunächst astralen Tiere, Pflanzen und Steine ab. Sie entwickeln, vermischen und verdichten sich bis 320 Millionen vor Christus zu androgynen Menschen und Tieren. Sie sind geschlechtslos bis zwittergeschlechtlich (Größe etwa 50 Meter). Alle Säugetiere stammen vom Menschen ab. Um 50 Millionen vor Christus teilen sich die Tiere in Geschlechter, der Mensch ist immer noch androgyn und hat inzwischen eine Größe von 25 Metern. Um 18 Millionen vor Christus teilen sich die Menschen in Geschlechter, Mann und Frau, und sind etwa 15 Meter groß. Dies ist der Beginn des Denkens und der ersten Sprache, Sanskrit. Die Engel lehren den Menschen den Gebrauch des Feuers, das Rad, alle Wissenschaften, Ackerbau und Viehzucht.* Das ist noch interessant«, sagte sie zuletzt: »*Zwanzigstes Jahrhundert nach Christus bis 2 Milliarden 151 Millionen nach Christus: Alle Lebensformen werden nach und nach ätherischer und versinken schließlich als leuchtende Energiefelder ins ewige Mysterium.* War das nicht dein Traum in der Silvesternacht?«

Er nickte, halb ergriffen, halb verständnislos, dann fragte er: »Was heißt androgyn?« Er war nicht sehr beschlagen in Fremdwörtern, selbst Onkologie hatte er nachschlagen müssen, als Maria Frick ihm schrieb, im kleinen Taschenwörterbuch, einem Erbe seiner Mutter.

Alice strahlte ihn an. »Wunderbar, du wählst also die Androgynie!«, rief sie.

»Ich will nur wissen, was das heißt«, korrigierte er.

»Ja, ja«, sagte Alice, »oder besser: Nein, nein! Denn du weißt vielleicht genauso wenig, was astral heißt, zwittergeschlechtlich oder Sanskrit. Aber du wählst die Androgynie. Willkommen im Club, Hubert!«

Er war inzwischen sehr verwirrt. Er hatte nicht die Absicht, einem Club beizutreten, welchem auch immer, er hatte nichts als Rat gesucht. »Und was ist Sanskrit?«, fragte er in der Hoffnung, dem Gespräch eine andere Richtung geben zu können.

Doch Alice fiel darauf nicht rein. »Das Erkennen und Annehmen deiner androgynen Ader, Hubert, ist dein Weg, dem entgehst du nicht. Das androgyne Wesen, musst du wissen, ist das ungeteilte. Du, Hubert, bist nicht Mann noch Frau, sondern Mann *und* Frau. Diese Wesen sind die glücklichsten, weil sie in sich ruhen und vollkommen sind, und zugleich die unglücklichsten, da sie in einer Welt der zweigeteilten Wesen notwendigerweise einsam sind.«

»Aber sind die androgynen Wesen nicht Vorgänger des heutigen Menschen? Heißt das nicht, ich hinke der Evolution hinterher?« (Er war stolz darauf, dass er Evolution im Wortschatz hatte.)

Alice schüttelte den Kopf – so heftig und so eigenartig, dass er die Möglichkeit nicht ausschloss, sie habe sich bei ihrer Katze angesteckt. »Der androgyne Mensch geht dem modernen nicht voraus«, erklärte sie, »er überragt ihn. Engel sind androgyn. Jesus war androgyn und vermutlich Adam und Eva. Der androgyne Mensch, Hubert, ist Bindeglied zwischen der Physis und dem Astralen, zwischen dem profanen Menschen und dem Engel. Uns, Hubert, ist es vorbehalten, die Menschheit dem Nirvana zuzuführen. Erinnere deinen Traum.«

»Du bist also auch androgyn?«, wollte Hubert fragen, als ihm so heftig übel wurde, dass er sie bitten musste, ihm die Toilette zu zeigen. Klo und Katzenklo befanden sich im selben Kabäuschen im Flur, er wusste jetzt, woher der Zirkusgeruch kam. Brechen musste er nicht, stattdessen wusch er sich erst die Hände, dann das Gesicht. Als er nach dem Handtuch suchte, fiel sein Blick auf einen Elektrorasierer der Marke Braun, er benutzte das gleiche Modell.

»Ich habe denselben Rasierer«, sagte er, als er zurückkehrte, noch immer in der Hoffnung, dem Gespräch eine unverfänglichere Richtung zu geben.

Alice lächelte. »Auch Damen haben Bartwuchs«, verriet sie ihm, »androgyne Damen jedenfalls.« Und wirklich sah er einen blauen Schatten um ihr Kinn.

»Nun wollen wir über deine Wahl meditieren«, sagte sie und streckte wieder die Hände nach ihm aus. »Komm, knie nieder.«

Er hatte sich noch nicht entschieden, als die Katze schrie, wie eine wahre Katze es nie täte, sie schrie wie ein Hahn, und er wusste, dass er hier nicht bleiben wollte. »Tut mir leid, mir ist nicht wohl, bestimmt das Essen«, sagte er. Er bot noch an, für die Beratung zu bezahlen (was Alice dankend annahm), dann ging er.

Risikofreude (15)

Als Erich Wyss von seinem täglichen Marsch zur Sihlpost heimkehrte, saß Gerda mit verweinten Augen am Esstisch, und als er fragte: »Hast du solche Schmerzen?«, kamen ihr gleich wieder die Tränen.

»Es ist der Sepp«, sagte sie, »oder besser gesagt, der Augustin. Er ist im Gefängnis.«

»Der Sepp oder der Augustin?«, fragte Erich. Der Sepp war ihr Sohn, Augustin ihr Enkel, beide lebten in Berlin.

»Der Augustin«, sagte sie, und während Erich zwei Tassen Café Hag aufgoss, erzählte sie. Augustin hatte ein Konto der Handelsfirma geplündert, in der er arbeitete, und alles im Casino verspielt.

»Der Affe«, sagte Erich. »Wie viel?«

»Eine halbe Million«, sagte Gerda.

»D-Mark oder Franken?«, fragte Erich, aber das wusste sie nicht. »Egal«, sagte er und gönnte sich auf den Schock hin einen Löffel Zucker in den Kaffee. »Was hat der Idiot denn gespielt? Etwa Poker?«

»Roulette, glaube ich«, sagte Gerda. »Vielleicht bilde ich mir das auch nur ein. Jedenfalls braucht der Sepp von uns ganz schnell 20000, damit der Bub einen rechten Anwalt bekommt.«

»Er ist kein Bub mehr«, stellte er klar, »jung meinetwegen, aber kein Bub.« Augustin war 19. »Und 20 000 was, Franken oder D-Mark?«

Auch das wusste Gerda nicht, daher rief Erich Sepp an. »Was hat der Affe denn gespielt?«, fragte er als Erstes, und als der Sepp ihm sagte, Roulette, rief er: »Beim Roulette eine halbe Million verlieren, wie geht denn das?«

»Er hat sie eben verloren«, sagte Sepp, »wie man beim Roulette so verliert.«

»Beim Roulette kann man gar nicht verlieren«, rief Erich noch lauter und lief rot an. »Jedenfalls nicht, wenn man Grips hat.«

»Unser Problem ist nicht, dass Augustin das Geld verspielt hat«, erinnerte ihn sein Sohn, »sondern dass er es gestohlen hat. Er sagt, ausgeliehen, er wollte es zurückbringen. Er wollte nichts Böses, er war nur naiv. Aber er braucht einen guten Anwalt. Hilfst du, oder hilfst du nicht?«

»Einer, der so blöd ist, beim Roulette eine halbe Million zu verspielen«, sagte Erich, »ist im Gefängnis am besten aufgehoben. Sag ihm das.«

»Dann gib mir noch mal Mutter«, sagte Sepp.

»Die hat genug geheult, die lasst ihr in Frieden«, antwortete Erich und legte auf.

»Erich, so bist du doch gar nicht«, sagte Gerda. »Natürlich geben wir ihnen das Geld.«

»Und was macht der Anwalt damit?«, rief Erich und wurde gleich wieder rot. »Vielleicht gelingt es ihm, das Strafmaß zu halbieren. Aber wahrscheinlich macht er sich mit dem Geld nur ein paar schöne Tage mit einem Flittchen auf Ibiza. Außerdem hat der Junge eine Strafe verdient. Wie kann man nur so blöd sein!«

»Wir müssen doch aber helfen, Erich«, sagte Gerda. »Sonst tue ich nachts kein Auge mehr zu.«

»Tust du doch sowieso nicht«, entgegnete Erich und wandte sich ab. Nachdem er in den Hof hinabgesehen hatte, wo die Kleine aus dem vierten Stock mit ihrer Mutter Gummitwist übte, sagte er versöhnlicher: »Wenn wir dem Jungen wirklich helfen wollen, kostet uns das eine halbe Million, nicht 20 000.« Und damit ging er nochmals aus dem Haus.

Er kaufte bei Franz Carl Weber ein Roulettespiel, setzte sich nach dem Abendessen mit Papier und Stift vor den Spielteppich und begann zu rechnen. Er erklärte nichts, und Gerda fragte auch nichts – sie wusste, wann sie ihren Mann in Ruhe lassen musste.

Es war nach Mitternacht, und sie war längst zu Bett gegangen, als er ins dunkle Zimmer kam, sich auf die Bettkante setzte und sagte: »Morgen fahre ich nach Konstanz.«

»Bringst du mir Gänseschmalz mit?«, bat sie.

»Wir sollten doch nicht so fett essen«, antwortete Erich, während er zuerst die Socken, danach Hemd und Hose auszog. »Und willst du gar nicht wissen, was ich in Konstanz tue?«

»Ich nehme an, du überweist das Geld«, sagte sie. »Du sparst die Auslandsgebühr.«

Er klopfte das Kissen zurecht, legte sich neben sie, deckte sich zu und schüttelte mit den Füßen die Decke aus, dann sagte er: »Falsch. Ich habe ein System. Es ist, wie ich dachte, mit etwas Grips kann man beim Roulette nicht verlieren.« Er setzte ihr auseinander, wie er wetten wollte: immer dieselben Zahlen (4, 8, 24), dazu das untere Dutzend, *pair* und *noir*. »Nach 19 Würfen habe ich so meinen Einsatz verdoppelt.«

»Aber dafür ist es doch zu spät, Erich«, sagte Gerda. »Augustin hat das Geld schon verspielt.«

»Das weiß ich selber«, sagte Erich. »Aber statt einem Advokaten 20 000 D-Mark oder Franken nachzuwerfen, setze ich damit doch zehnmal lieber auf 4, 8 und 24, solange, bis die halbe Million im Kasten ist.«

»Du willst eine halbe Million gewinnen?«, fragte Gerda. »Erich, das kann nur schiefgehen.«

»Nichts kann schiefgehen«, sagte er. »Doch es kann sein, dass ich ein, zwei Nächte oben bleiben muss.«

Gerda schwieg eine Weile, dann sagte sie leise: »Eigentlich kann mir egal sein, was mit unserem Geld passiert. Wir werden es sowieso nicht mehr brauchen.«

»Eben«, sagte Erich. »Versuch jetzt zu schlafen.« Er streichelte sie an der Stelle zwischen Nasenwurzel und Stirn, wie sie es gern hatte, und wirklich nickte sie kurz ein.

Doch als er sich abwandte, um ebenfalls zu schlafen, schreckte sie wieder auf und sagte: »Bevor du alles Geld verspielt hast, Erich, ruf mich an.«

Am nächsten Morgen zog er seinen guten Anzug an und musste feststellen, dass er in den letzten zehn, fünfzehn Jahren sehr viel dünner geworden war. Doch Gerda raffte ihm das Hemd im Rücken mit Sicherheitsnadeln, und ins Sakko stichelte sie entlang der Mittelnaht eine Falte, so ging es.

Als er die goldene Krawattennadel ansteckte, die sie ihm zur Hochzeit geschenkt hatte, sagte sie: »Dass du mir die aber nicht versetzt.«

»Keine Sorge, mit der werde ich noch beerdigt«, antwortete er, während er sich nass kämmte. »Und überhaupt, wie könnte ich.«

»Da bin ich froh«, sagte Gerda und ging mit ihm bis zur Tür.

Als er sie aus Konstanz anrief, hatte er in zwanzig Minuten 16 000 Mark verloren. »Du sollst dir aber keine Sorgen machen«, sagte er, »ich rief nur an, weil ich es dir versprochen hatte. Früher oder später muss ich gewinnen, das ist nur logisch.«

»Spielst du denn noch immer nach System?«, fragte sie.

»Natürlich, ich bin doch kein Affe wie der Augustin«, antwortete er.

»Aber ich bin so ein Affe, Erich«, sagte sie. »Es ist auch mein Geld. Ich will, dass du deiner Intuition folgst.«

Kurz schwieg er, dann sagte er: »Ich habe keine Intuition. Und hätte ich eine, würde sie mir sagen, bleib bei deinem System.«

»Das wäre falsch«, erklärte Gerda entschieden. »Die Unschuld zwingt das Glück, hieß es bei uns früher. Wir sollten ein Kind fragen.«

»Wir kennen aber keine Kinder«, sagte Erich, »und dieser Anruf kostet mich schon zwanzig Mark.«

»Wir kennen Mona«, erinnerte sie ihn. »Ich gehe hoch und frage sie.«

»*Ich* frage Mona«, sagte Erich, »du kommst doch kaum die Treppe hoch. Such mir schnell die Nummer raus.« Sie las sie vor, und Erich sprach sie laut nach, legte auf und wiederholte sie so lange, bis er neu gewählt hatte. Julia nahm ab. »Hier Wyss«, sagte er. »Ist Mona zu Hause?«

»Hat sie etwas ausgefressen?«, fragte Julia.

»Nein, ich brauche sie als Glücksfee«, sagte Erich. »Ich bin in Konstanz und spiele Roulette.«

Julia lachte und versprach sie zu holen. Mona wollte zuerst nicht, doch Julia sagte: »Wenn er gewinnt, bringt er dir bestimmt etwas mit.«

»Hallo?«, rief Mona in den Hörer.

»Nenne mir schnell drei Zahlen«, bat er, »gleich ist mein Telefongeld alle.«

»Was für Zahlen?«, fragte Mona.

»Egal«, sagte er ungeduldig, »irgendwelche Zahlen zwischen 0 und 36.«

»200«, sagte Mona.

»Das gilt nicht«, rief Erich. »Sag zum Beispiel 4, 8, 24.«

»4, 8, 24«, sagte Mona. »Und was bringst du mir mit?« Dann war das Telefongeld alle.

Um zehn Uhr abends rief er wieder Gerda an. »Frag nichts«, bat er, »hör einfach zu. Ich darf nur einmal telefonieren. Ruf Sepp an. Er soll sofort telegrafisch fünfhundert Mark an die Polizei Konstanz überweisen. Und dir will ich sagen, mach dir keine Sorgen.«

»Kommst du bald heim?«, fragte sie.

»Ja, spätestens morgen«, versprach er.

»Dann bin ich froh«, sagte sie. »Und hast du die Krawattennadel noch?«

Er zögerte. »Es wollte sie zum Glück niemand haben. Es ging mir nur noch ums Gänseschmalz, Gerda. Da habe ich eine Dummheit gemacht. Aber sorge dich wirklich nicht, es ist nur eine eingeschlagene Scheibe.«

»Dabei wollten wir doch nicht mehr so fett essen, Erich«, sagte Gerda.

Hochmut (16)

Nachdem es Hubert Brechbühl im dritten Anlauf doch gelungen war, Fideli einzukaufen (er kaufte außerdem Suppenwürfel, Chicorée und ein Tessinerbrot), beschloss er, als er in der Sankt-Josef-Kirche Orgelmusik hörte, sich hineinzusetzen, um zu verschnaufen. Er hatte in den letzten Wochen viel erlebt, zudem leckte sein rechter Schuh wieder, und er hatte schon während des Einkaufs gedacht, wie weise es doch wäre, dem Rat des *I Ging* zu folgen und für ein Weilchen kürzerzutreten.

Die Kirche war gut geheizt, und weil er allein war, wagte er es seiner Schweißfüße zum Trotz, den nassen Schuh auszuziehen. Dann lehnte er sich zurück und lauschte der Musik. Leider nur kurz, denn der Organist hörte bald auf zu spielen, oder aber Hubert war eingeschlafen, und erst die Stille hatte ihn wieder geweckt. Jedenfalls war er in sonderbarer Stimmung, als der Organist hinter ihn trat, ihn sanft an der Schulter berührte und sagte: »Ich muss abschließen. Darf ich Sie bitten zu gehen?«

Hubert wollte sich schon erheben, da fühlte er, dass er nur einen Schuh anhatte, und weil es ihm peinlich war, sich zu bücken und den zweiten anzuziehen, verwickelte er den Organisten in ein Gespräch. »Sie haben berauschend gespielt«, sagte er. »Ich wollte, ich hätte Ihr Talent.«

»Oh, Bach ist dankbar«, antwortete der Organist bescheiden, »man kann ihn fast nicht verhauen.«

»Mir schien aber, Sie haben eine ganz besondere Gabe, die Tasten anzuschlagen«, sagte Hubert Brechbühl – nicht, weil er das gehört hätte, sondern weil er gern als Fachmann gelten wollte.

»Es ist auch eine großartige Orgel«, sagte der Mann, »eine Kuhn Männedorf. Ich weiß nicht, ob Ihnen das etwas sagt. Ihre Besonderheit sind die beiden Hauptwerke, das zweite Manual ist barock, das vierte romantisch. Vielleicht haben Sie das gehört.«

Hubert Brechbühl nickte mit Kennermiene und sagte: »Natürlich, das erklärt alles.« Und weil die Bescheidenheit dieses Mannes ihm Eindruck gemacht hatte, erzählte er ihm von seinem Silvestertraum. »Ich hatte das Gefühl, über die Tastatur die ganze Welt zu kontrollieren«, schloss er, »Ihnen muss es ähnlich gehen. Organist an einem solchen Wunderding zu sein, gibt einem ein Gefühl von Allmacht und Erhabenheit, nicht wahr?«

»Ich weiß nicht«, sagte der Mann mit leiser Stimme, »es ist doch nur ein Musikinstrument. Vielleicht, wenn man ein großes Orchester leiten würde. Aber auch dann ist es doch nur Musik. Und übrigens bin ich nicht Organist, ich bin der Vikar hier und spiele zu meinem Vergnügen.«

»Um so erstaunlicher«, sagte Hubert. »Und weil Sie sagten ›nur Musik‹: Kann denn Musik nicht die Welt verändern? Vielleicht Musik mehr als alles andere?« Er selbst fand sich ja etwas hochtrabend, doch der Vikar hörte ihm sehr ernsthaft zu.

»Man kann sich leicht in einen solchen Glauben verirren«,

sagte er noch leiser, setzte sich in die Bank vor Hubert Brechbühl, wandte sich ihm zu, die Arme auf die Betbank gestützt, und erzählte ihm ganz still und leicht entrückt, dass er in den Alpen aufgewachsen war (wo genau, erwähnte er nicht). Wenn es ihm daheim zu eng wurde – und eng wurde es ihm, wie er sagte, nicht in den vier Wänden, sondern im Herzen –, rannte er schon als Halbwüchsiger einfach los und »im Gestreckten«, wie er es nannte, den Berg empor. Schon auf der Stinkstrotzenweid habe es ihm meist »gluftet«, oder besser, die Enge in seinem Herzen habe sich mit einem Tosen gefüllt, das sie ganz allmählich geweitet habe, »so wie ein Bergwerks-Stößel mit seinem steten Stoßen die Aushubgrube voller Sand erst satt und dicht macht und dann aber immer weiter ausreibt«. Kam er danach in den Gitziwald, fächerte das Tosen sich auf: Er hörte das Herz pochen im Dreiviertel, den Atem im gedehnten Neunachtel, dazu die schweren Schuhe auf den graben Fichtennadeln, dumpf wie eine Feuerwehrpolka. Hier kamen ihm jeweils erste Gedanken an etwas Großes, und gelegentlich blieb er keuchend stehen und schmierte eine Notiz in ein Heftchen, die er später nicht entziffern konnte oder die belanglos wurde, wenn er wieder unten war: *Rübisstübis-Walz in Fis-Dur* stand da etwa, oder *Zwei, vier, sechs hervorgehoben.* »Doch solange ich am Berg emporstieg«, sagte der Vikar, »wuchs in mir ein Klang so stark und manifest, dass mir oftmals Tränen kamen, die mir den erhitzten Hals hinabrannen und sich unterm Hemdkragen mit meinem Laufschweiß mischten.«

Hubert Brechbühl hörte mit dem Gefühl zu, einem seltenen Augenblick beizuwohnen, während er möglichst unauffällig versuchte, in den nassen Stiefel zu schlüpfen.

Zuletzt, erzählte der Vikar weiter, hatte er so den Hinggeli- oder den Bayrisch-Grat erreicht und blickte in die schwarze Nacht oder, bei Tag, hinüber ins Deutsche. Und wenn sein Herzschlag und der Atem sich beruhigten, hörte er die innere Musik so rein und gut und klar, dass er nicht daran zweifeln konnte, dass sie weitherum zu hören sei, im Bernischen und Welschen oder – wenn der Föhnwind blies – gar oben im Deutschen, wo alles Große, wie er damals glaubte, seinen Stammsitz hatte. »Das war für mich Glück«, sagte der Vikar und schloss kurz die Augen. Ganze viersätzige Symphonien mit zweitausend Takten allein im Sonatensatz habe er gehört, erzählte er, Choralwerke für mehrere Chöre, für bis zu acht Solisten und gar Jodler. Ohne sein Zutun komponierte sich in seinem Inneren Sternenmusik mit Klängen, für die er gar keine Instrumente wusste. Und doch zweifelte er in jenen Stunden auf den Graten nie daran, dass er sie haargenau so würde heimbringen und notieren können. Die Musik, die er hörte, sprengte in ihrer Radikalität alles und war doch so herzerwärmend, dass er – auch daran zweifelte er nicht – damit die ganze Welt für sich gewinnen würde.

Doch schon auf dem Heimweg sei alles geschrumpft, erzählte er, »wie beim Abstieg ein Ballon schrumpft, den man auf dem Gipfel aufgeblasen hat«. Die musikalischen Ideen schienen ihm flach, und auch seine Ansprüche wurden bescheiden. Was er letztlich aufschrieb, wenn er wieder heim in seine Kammer kam – als Halbwüchsiger hatte er noch keine eigene Kammer, damals war er in den Dachstock eines Hühnerstalls gestiegen –, waren Werke für kleine Besetzung, mal ein Lied, mal eine Fantasie für Klavier zu vier Händen, gelegentlich ein Kanon für gemischten Chor. Er schrieb nicht auf, was auf dem Gipfel in ihm erklungen war, nur was – in seiner Fantasie – in fremden Landen angekommen sein mochte: Spuren, die der Wind vom Hinggeli- und Bayrisch-Grat geweht hatte, über den Brienzersee oder hinab zum Golf von Neapel, nach Frankfurt oder ins Rheinische.

»Denn im Tal«, schloss er, »war ich wieder nur Mensch, keine Naturgewalt. Mensch unter Menschen, und jede große Geste schien mir anmaßend. Inzwischen habe ich auch aufgehört zu schreiben. Bach hat schon alles geschrieben, was es an Musik zu schreiben gab.«

Hubert Brechbühl war inzwischen glücklich in den Schuh geschlüpft und erlaubte sich nun, das Knie zu heben und den Schuh zu schnüren. »Oh, aber vielleicht haben Sie eine Bestimmung«, sagte er währenddessen. »Vielleicht sind Sie für Großes geboren. Womöglich sind Sie eines jener seltenen ätherischen – oder sagen wir, androgynen – Wesen, denen es bestimmt ist, zwischen der profanen Welt und dem Reich der Engel zu vermitteln. Gerade die Musik atmet doch so viel Höheres. Wie können Sie das ausschließen?«

Der Vikar lächelte erstmals. »Ausschließen kann ich nichts«, gestand er. »Doch Ihre Worte sind mir alle viel zu schwergewichtig. Das größtmögliche Werk, das ich mir zutraue – und auch nur für Momente – ist, ein guter Mensch zu sein. Alles andere ist mir zu hochgegriffen.«

Das gab Hubert Brechbühl zu denken, und als sie gemeinsam zur Kirchenpforte gingen, versprach er dem Vikar (nach dessen Namen er fragte, doch er vergaß ihn gleich wieder), über zwei Dinge zumindest einmal nachzudenken: a) ob der Mensch wirklich nur glücklich werden könne, wenn er glaube, zu Höherem geboren zu sein. Und b) ob das größte Glück nicht vielleicht just in der Unscheinbarkeit zu finden sei.

Väterlichkeit (17)

Das erste Mal hatte Adamo Costa gemerkt, dass etwas in ihm weich geworden war, als das russische Atom-U-Boot *Kursk* in der Barentsee sank und er jedes Mal, wenn das Neueste darüber im Fernsehen berichtet wurde, mit den Tränen kämpfte. Er glaubte erst, es sei, weil die Mütter der oft nur 18 oder 19 Jahre jungen Marine-Rekruten, die in Widjajewo für eine rasche Bergung des U-Boots beteten, ihn an seine Frau erinnerten. Sie hatte seit ihrem Rückenleiden auch etwas so Verhärmtes, Ausgezehrtes. Doch dann begriff er, dass es nicht die Mütter waren, die ihn an Efgenia erinnerten, sondern die Rekruten, die geglaubt hatten, ihr Leben noch vor sich zu haben, und die nun – wie die Experten jedenfalls vermuteten – lebend im Rumpf des Schiffes eingeschlossen waren, irgendwo auf dem Meeresboden, vergeblich auf Rettung warteten und langsam erstickten.

Jenes sonderbare Gefühl der Weichheit verlor sich danach auch nicht mehr. Als Rettungsdienstfahrer war er einer der sogenannten »Easy Rider« gewesen: Kaum einer brachte die Patienten so schnell vom Autowrack in den OP, keiner hatte aber auch eine längere Liste von »Marginalschäden« vorzuweisen – Lackschäden und Beulen an anderen Autos, umgefahrene Gebotstafeln. Nun merkte er – beziehungsweise die Rettungssanitäter spotteten darüber –, dass er vorsichtiger fuhr, und nicht etwa der Liste wegen (jeder Eintrag kostete ihn hundert Franken Buße), sondern weil er sich darum sorgte, was aus Efgenia würde, wenn ihm etwas zustieße.

Efgenia selbst war davon nicht begeistert, sie wollte einen Hengst zum Mann, nicht eine Glucke. Doch selbst das erfüllte ihn mit Rührung, und wie man einem Kind vormacht, dem Osterhasen begegnet zu sein, spielte er ihr ein Begehren vor, das er nicht mehr fühlte.

Adamos Lage war aber auch verzwickt. Denn Efgenia hatte, seit sie leidend war, all das herbe Weibliche verloren, das ihn so betört hatte. Wie ein Tier hatte sie sich in der Welt bewegt, wie eine läufige Hündin, die sich von möglichst vielen Rüden beschnuppern lässt, um immer wieder den potentesten zu wählen – immer wieder Adamo. Sie war für ihn die Verkörperung nackten Lebens gewesen, täglich hatte sie ihn gefordert, täglich hatten sie sich aneinander bewiesen, und ohne es auszusprechen, hatten sie den Glauben geteilt, als Paar der Inbegriff erfüllter Sexualität zu sein.

So war Efgenia inzwischen nicht mehr, und auch er nicht. Doch während sie sich weiter an den Glauben klammerte, ein Vollweib zu sein, bewegte er sich ganz woandershin. Zu Anfang unmerklich. Er stellte nur fest, dass er alles leichter nahm, die Flirts unterwegs und das Begehren anderer Frauen ebenso wie die Lust daran, Efgenia zu multiplen Orgasmen zu treiben, oder sein Stehvermögen. Er hatte an alldem noch Spaß, doch wichtig wurde ihm ganz anderes.

Als beispielsweise Efgenia ihm an einem Samstag im Februar mit einer Mischung aus Erschütterung und Kränkung einen Brief übersetzte, in dem ihre Schwester ihr vorwarf, sich hemmungslos auszuleben, während sie selbst sich –

abgesehen davon, dass sie drei Kinder aufzog – ums Wohl der kranken, dabei ungebrochen zanklustigen und chronisch undankbaren Eltern kümmere, war Adamo nicht etwa empört und wollte seine Frau in Schutz nehmen, sondern rief vergnügt: »Das ist doch eine wunderbare Gelegenheit, die Kinder über den Sommer herzuholen!«

Efgenia war sofort beleidigt. »Was meinst du mit herholen?«, fragte sie. »Ich mit meinem Rücken hole niemanden her.«

»Brauchst du auch nicht«, sagte er, »ich hole sie in Athen ab und bringe sie wieder heim.«

»Und zwischendrin? Hast du einen blassen Schimmer davon, wie es mir geht?«, fragte Efgenia.

»Dir wird es gleich viel besser gehen, wenn etwas Trubel herrscht«, versprach ihr Adamo, obwohl er selbst nicht daran glaubte. Aber das war ihm gerade egal. Der Gedanke, den Sommer mit drei Kindern zu verbringen, reizte ihn zu sehr.

»Du hast keine Ahnung, was du uns aufhalst«, sagte Efgenia, und das stimmte: Adamo war ein Einzelkind und kannte sich mit Kindern in der Mehrzahl nicht aus. Auch die Kinder seiner Schwägerin hatte er seit Jahren nicht gesehen. »Es ist nicht nur das Geschrei«, erklärte sie ihm, »Kinder langweilen sich dauernd, dauernd muss man ihnen was bieten, Programm, Programm, Programm! Du kannst sie schließlich nicht den ganzen Sommer lang in einer 50-Quadratmeter-Wohnung halten wie Kaninchen.«

»Dann machen wir eben Programm«, sagte Adamo. »Wir können baden gehen, grillen, Federball spielen, shoppen gehen, Ausflüge in die Berge machen und nach Disneyland.«

»Ich kann das, meinst du«, sagte Efgenia.

»Nein, ich«, sagte Adamo, »ich nehme mir frei.«

Doch Efgenia gab sich nicht geschlagen. »Und wann schlafen wir miteinander?«, fragte sie. »Die sind dauernd um uns, Kinder wird man nicht los. Und die Wände sind aus Papier.«

Adamo dachte nach, dann schlug er vor: »Legen wir sie in unser Bett, wir schlafen im Wohnzimmer und vögeln auf dem Balkon.«

Das reizte sie nun wieder – wenn auch nicht so sehr, dass sie gleich Ja gesagt hätte. Immerhin versprach sie, bei ihrer Schwester vorzufühlen.

In der Zwischenzeit ging Adamos Verwandlung weiter. Er bemerkte, dass Efgenias kindliche Seiten ihn jetzt mehr berührten als früher ihre weiblichen. Und er begann, Müttern nachzusehen (denn mütterliche Seiten suchte er an ihr vergebens). Als er Julia Sommer auf der Treppe begegnete, wie sie die müde Mona auf dem einen Arm trug, Monas Traktor auf dem anderen, an beiden Handgelenken je eine Einkaufstasche und zwischen Kinn und Brustbein eingeklemmt die Post, erhöhte sich sein Puls. Auch andere Nachbarinnen versuchte er sich als Mütter vorzustellen und fand die Vorstellung, mit ihnen ein Kind aufzuziehen, erregender als die, es zu zeugen.

»Warum wollten wir eigentlich nie Kinder?«, fragte er Efgenia, als sie ihm in der Woche darauf berichtete, ihre Schwester verbringe die Sommerferien mit den Kindern auf Kos, zusammen mit anderen Familien. »Dann könnten wir jetzt mitfahren.«

»Weißt du das nicht mehr?«, fragte Efgenia. »Wir sagten immer: Es passiert, oder es passiert nicht. Und wenn nicht, ist es kein Schaden, ein Kind ist eben auch ein Klotz am Bein.«

»Fühlst du dich denn jetzt frei?«, erkundigte er sich, worauf sie gleich zu weinen begann, nach ihm schlug und ihn einen gemeinen Hund nannte.

Zur Versöhnung schliefen sie miteinander, danach tätschelte sie ihm den Bauch und sagte: »Du setzt sogar schon Papaspeck an.«

Auch er selbst hatte schon Ansätze zu einer Bauchfalte an sich entdeckt, sie bislang aber darauf zurückgeführt, dass er zu lange im Auto saß. Als Papaspeck gefiel sie ihm gleich besser.

Er kaufte sich sogar eine Pfeife. Doch als Mona ihn so sah, erklärte sie sehr ernsthaft: »Opas rauchen Pfeife. Alle anderen rauchen Shisha.« Wieso sie das glaubte, verriet sie nicht, da er aber bei Mona nicht als Opa gelten wollte, beschloss er, die Pfeife zu verschenken. Mona hatte nämlich eines Abends geklingelt, um zu fragen, ob er nicht eine Katzentreppe für sie bauen könne. »Mama sagt, du siehst aus, als wärst du handwerklich begabt.«

»Eine Katzentreppe in den vierten Stock«, sagte er lachend, »das wäre ganz schön mutig.«

»Es wird ja unsere Katzentreppe, nicht deine«, erklärte Mona. »Also musst du nicht mutig sein.«

»Ich nicht, aber die Katze«, sagte Adamo. »Man könnte zum Beispiel eine Hängebrücke von der Kastanie im Hof zu eurem Küchenfenster spannen, nur weiß ich nicht, ob eine Katze sich da draufwagt. Und das Küchenfenster könnt ihr auch nicht immer auflassen. Schade, dass ihr euren Balkon nicht auf den Hof raus habt.«

»Wie Selina«, sagte Mona, und als sie hochging, versprach sie, sie zu fragen, ob sie die Wohnung tauschen würde.

»Ich weiß aber nicht, ob die Verwaltung eine Hängebrücke erlauben würde«, rief Adamo ihr nach.

»Dann musst du sie fragen«, rief Mona zurück. »Ich frage Selina, du fragst die Verwaltung.«

Also rief Adamo die Verwaltung an. Dort sagte man ihm, dass er schon an den Richtlinien des Gartenbauamts scheitern dürfte und daher eine interne Abklärung unnötig sei. Er rief bei der Stadt an, die Dame im Gartenbauamt sagte: »Ich glaube nicht, dass der Tierschutz das erlaubt, denn wenn die Katze runterfällt, ist sie ziemlich sicher tot.«

»Wenn eine Katze vom Dach fällt, ist sie auch tot«, antwortete Adamo, »und wir haben immer wieder Katzen auf dem Dach. Müssen wir deshalb das Haus abreißen?«

»Seien Sie nicht gleich gereizt«, bat die Dame, und Adamo entschuldigte sich.

»Das Kind wünscht sich so sehr eine Katze«, erklärte er.

»Das mag sein, aber für Ihr Kind geht es – im Unterschied zur Katze – nicht um Leben oder Tod«, stellte die Dame fest.

Das war richtig, doch Adamo hatte vor allem bemerkt, dass er, als sie »Ihr Kind« gesagt hatte, glücklich geworden war.

»Mein Kind wünscht sich eine Katze«, behauptete er, als er den Tierschutz anrief, und schilderte die Problemlage. Die Schwierigkeit einer Hängebrücke bestehe darin, so erfuhr er, dass sie nicht sturmsicher sei und es nicht angehe, eine Katze, die Auslauf gewohnt sei, bei jeder Windwetterlage einzuschließen. »Schenken Sie Ihrem Kind doch einen Hamster oder eine Ratte«, schlug der Mann am Telefon vor. »Katzen sind für Kinder sowieso nicht ideal.«

Adamo legte auf, und weil er hören konnte, dass Julia zu Hause war, wollte er schnell hoch und fragen, ob er Mona eine Ratte schenken dürfe.

Doch Efgenia stellte sich ihm in den Weg. »Mein Kind wünscht sich eine Katze«, äffte sie ihn nach. »Was soll das heißen?«

Adamo betrachtete sie halb mitleidig, halb gereizt, dann fragte er: »Sollen wir gleich miteinander schlafen, oder musst du dich erst wieder mit mir prügeln?«

Daraus entbrannte ihr heftigster Streit seit Jahren, der damit endete, dass Adamo versprach, um Julia und Mona Sommer künftig einen Bogen zu machen. »Um jede andere Mutter auch?«, fragte er müde.

»Ja«, antwortete Efgenia, »um jede, die nicht glücklich verheiratet ist. Das sind wohl so gut wie alle.«

Würde (18)

Selinas Terminkalender war auch im Februar noch leer. Doch eines späten Samstagabends rief Michelle an, ihre Agentin, und sagte: »Heinz Mallaya ist in der Stadt. Er plant einen neuen Film. Du solltest ihn kennenlernen.« Und da Selina am nächsten Tag nichts vorhatte, versprach sie, mit ihm zu frühstücken.

Mallaya residierte im *Continental*. Als Selina kurz vor neun Uhr ankam, wartete Michelle frierend vor dem Eingang und rauchte. »Ich stelle dich nur schnell vor, dann verschwinde ich«, sagte sie. »Du verkaufst dich besser, wenn ihr allein seid.«

Selina hatte Mallayas letzten Film im Vorjahr auf der Berlinale gesehen und ihn geliebt. Nein, nicht geliebt, bewundert. Er war von einer konsequenten Härte, ein Film über suizidgefährdete Jugendliche, und sie hatte sich sehr gewünscht, einmal an einem Projekt von solcher Dringlichkeit mitzuarbeiten.

Heinz Mallaya saß beim Frühstück und aß vor allem Tier: Würstchen, Schinken, Speck, Lachs, Hering. Dazu wollte er Rührei. »Denken Sie an mein Rührei?«, rief er den Kellnern mehrmals nach, während Michelle ihm erzählte, wer Selina war und was sie auszeichnete. Offenbar hörte er jedoch gar nicht zu, denn als sie fertig war, fragte er: »Ist das die Schauspielerin, von der du mir geschrieben hast?«, stand auf und sah nach, ob sein Rührei vielleicht in der Durchreiche stand.

»Geh einfach«, sagte Selina, »ich mache das schon.«

Dann kam auch Mallaya wieder. »Holen Sie sich etwas«, forderte er Selina auf und begann wieder zu essen.

Sie holte sich ein Glas Orangensaft. Inzwischen hatte er sein Rührei und kämpfte damit, möglichst große Happen Ei auf ein Croissant zu laden und abzubeißen, ohne dass alles herunterfiel. Selina sah ihm mit einer gewissen Rührung zu. Er war – trotz seines unerhörten Fleischkonsums – spindeldürr und bleich und sah nicht aus, als halte er die Strapazen auf einem Filmset aus.

»Wissen Sie, worum es geht?«, fragte er sie mit vollem Mund.

»Nein«, sagte Selina. »Aber seit ich auf der Berlinale *Von der höchsten Brücke* gesehen habe, träume ich davon, mit Ihnen zu arbeiten.«

»Wieso waren Sie da«, fragte er, »hatten Sie etwa auch einen Film im Wettbewerb? Wie kommt es, dass ich Sie noch nirgends habe spielen sehen?«

»Ich war privat da«, sagte sie ehrlich. »Ich mache vor allem Theater.«

Er spülte den Mund mit Kaffee aus und musterte sie. »Ein gutes Kinn haben Sie«, stellte er fest. »Ein starkes Kinn. An Ihnen beißt man sich die Zähne aus, stimmt's?«

»Einen gewissen Stolz habe ich schon«, sagte Selina.

»Das kann man sich als Schauspielerin nicht leisten«, erklärte er. »Kein Wunder, dass ich Sie nie gesehen habe.« Er winkte dem Kellner mit der leeren Kaffeekanne und sagte übergangslos: »Es geht um aktive Sterbehilfe. Das wird *das*

Thema der kommenden Jahre sein. Vielleicht sind wir mit dem Film zu früh, wir werden sehen. Die Geschichte ist die einer Frau, die Leute in den Tod begleitet – alte, kranke, lebensmüde Leute. Die Geschichte eines Todesengels. Sie hat einen mehrfach behinderten Bruder – in welcher Form behindert, weiß ich noch nicht, das hängt vom Casting ab. Der Junge muss real behindert sein und doch irgendwie süß. Wir haben ja nicht nur so differenzierte Leute im Publikum wie Sie und mich, die Sache muss also direkt ins Herz gehen. Das übergeordnete Thema ist die Würde des Menschen. Darf man sterben, wenn ein würdevolles Leben nicht mehr möglich ist? Wer entscheidet, was würdevoll ist und was nicht? Wer entscheidet, wer stirbt? Machen wir uns nichts vor, das Individuum entscheidet so was nicht, auch wenn es sich für die Betroffenen so anfühlen mag, die Gesellschaft entscheidet.« Und wiederum übergangslos fragte er: »Haben Sie ein Auto?«

»Nein«, sagte Selina, »aber ich kann fahren.«

»Dann fahren Sie mich«, sagte er und stand bereits auf. »Eigentlich sollte eine Fotografin da sein, aber offenbar hat sie den Termin verschlafen.«

»Wohin?«, fragte Selina, denn sie war mittags mit Michelle verabredet.

»Ins Glarnerland. Kennen Sie Karl Kraus?«, fragte er und verlangte an der Rezeption den Schlüssel für einen Mietwagen.

»Vor zwei Jahren haben wir *Die letzten Tage der Menschheit* integral gelesen«, erzählte Selina, während sie in die Garage gingen. »Zehn Abende lang.«

»Den Epilog dazu schrieb er im Glarnerland«, erklärte

Mallaya, ohne weiter auf sie einzugehen. »In einem kleinen Hotel, das buchstäblich am Fuß einer kilometerhohen Felswand liegt. Ein schöneres Bild für das Ende der Welt kann man sich nicht denken. Kraus reiste der Luft wegen dorthin – er war ja lungenkrank – und traf sich dort mit seiner Geliebten. Das Hotel soll einer der Schauplätze sein, vielleicht der Hauptschauplatz. Unsere alte Dame will dort sterben. Der Todesengel fährt also mit ihr hin, doch der Bruder muss mit, weil er aus dem Heim geflogen ist, er hat mehrmals alles verkotet. Und dort, am Ende der Welt, nur eine messerscharfe Schlucht führt noch weiter, hinauf auf einen Gletscher –«

»Den Tödigletscher«, sagte Selina, die während der Vorbereitungen zur Lesung zweimal dort gewesen war.

»Der Gletscher ist der Ort der Toten, wenn Sie verstehen, was ich meine«, sagte Mallaya abschließend, dann entriegelte er das Mietauto und warf ihr den Schlüssel zu.

Also fuhr sie ihn ins Glarnerland. Nachdem Mallaya noch kurz über das Hotel geschimpft und zwei wenig schmeichelhafte Anekdoten über Michelles Agentur erzählt hatte, schlief er ein. Selina dachte einmal mehr, wie herzlos doch die Kinowelt war und wie schön die Nestwärme, die man am Theater fand. Mallaya hatte nicht eine einzige Frage zu ihr als Mensch oder auch nur zu ihrem Werdegang gestellt. Und sie hatte sich nicht zu fragen getraut, um welche Rolle es überhaupt ging.

Als sie vor Näfels von der Autobahn abbog, wachte er auf. Er beugte sich vor, um den Himmel zu begutachten, und sagte: »Ich hoffe, das Wetter hält.« Ehe sie darauf reagieren konnte, fragte er, wieder völlig unvermittelt: »Haben

Sie schon getötet? Nicht unbedingt einen Menschen, aber auch nicht gerade eine Mücke. Vielleicht ein Huhn geschlachtet oder einen Hund überfahren? Haben Sie einmal einem sterbenden Wesen in die Augen gesehen?«

Etwas in ihr sträubte sich, von Malkovics Tod zu erzählen, obwohl der inzwischen sechs Wochen her war. Stattdessen antwortete sie: »In Madagaskar habe ich einmal geholfen, ein Huhn zu töten. Und ich war dabei, als mein Großvater starb.«

»Was haben Sie dabei gefühlt?«, fragte er so umstandslos, dass sie es verpasste, der Frage auszuweichen.

»Ich weiß nicht, ich hatte Aufgaben«, sagte sie. »Darauf war ich konzentriert.«

»Welche Aufgaben?«, wollte er wissen.

»Ich war dabei, ihm Tee einzuflößen«, erzählte sie. »Und um ihn zu beruhigen, habe ich irgendein Lied gesummt.«

»Welches?«

»Keine Ahnung«, sagte sie.

»Und sehen Sie ihn manchmal noch sterben?«, erkundigte er sich.

»Nein«, sagte sie knapp, dann schwiegen sie, und Mallaya zündete sich eine Zigarette an.

Die Berge im Glarnerland waren nicht zu sehen, so tief hingen die Wolken. Als sie das Tierfehd erreicht hatten und im Hotel Tödi zu Mittag aßen, sagte der Wirt, es werde Schnee geben.

»Können wir trotzdem hoch?«, fragte Mallaya.

»Wo wollen Sie hoch?«, fragte der Wirt zurück.

»Na, auf den Berg natürlich«, erwiderte Mallaya. »Irgendwie kommt man doch rauf, oder?«

»Dazu bräuchten Sie Skier«, sagte der Wirt. »Und nein, bei solchem Wetter ganz bestimmt nicht.«

»Irgendwie kommt man immer rauf«, beharrte Mallaya.

»Was ist mit der Seilbahn, ist die nicht in Betrieb?«, fragte Selina.

»Nur für die Wartung des Staudamms«, antwortete der Wirt.

Doch als Mallaya für alle hörbar erklärte: »Ich komme nicht ein zweites Mal aus Wien hierher, wir können den Film auch woanders drehen«, versprach der Wirt zu telefonieren.

Tatsächlich wurde für sie die Passagiergondel ans Seil gehängt, und der Dammwart fuhr sie sogar im Servicewagen von der Bergstation durch den ehemaligen Baustollen die knapp drei Kilometer bis zum Ausstieg vor der Mauer. Dort lagen mehrere Meter Schnee, und zudem hatte es begonnen zu schneien.

»Kommt man da hoch?«, wollte Mallaya wissen und zeigte auf den Muttenstock.

»Allein nicht«, antwortete der Dammwart, »und mit mir auch nicht. Ich muss wieder heim, meine Zwillinge haben Geburtstag.«

»Morgen?«, fragte Mallaya.

Der Dammwart nickte. »Morgen kann ich Sie begleiten.«

»Dann also morgen«, sagte Mallaya. Als sie durch den finsteren Stollen zurückfuhren, fragte er: »Werden Sie in dieser gottverdammten Enge nicht klaustrophobisch?«

»Klaustrophobisch nicht, nur Fernweh bekomme ich manchmal«, erwiderte der Dammwart und erzählte von seinen Ferien auf Bali.

Sie saßen beide auf dem Rücksitz, Mallaya stöhnte theatralisch und fasste Selinas Hand, als müsse sie ihn vor dem Geschwätz beschützen. Als sie wieder in der Gondel waren, fragte er: »Wie heißt du eigentlich?«

»Ich? May«, antwortete Selina.

Er verdrehte die Augen. »May ist kein Vorname«, erklärte er. »Komm schon, wir stecken hier fest. Wir werden den Abend miteinander verbringen, und wer weiß, was noch. Ich bin Heinz.«

Doch Selina reagierte darauf nicht, und als sie an der Talstation zum Parkplatz gingen, gab sie ihm den Autoschlüssel und ließ sich vom Dammwart nach Linthal mitnehmen.

Charisma (19)

Selina fühlte sich leer und erschöpft, als sie in Linthal im Zug saß, und sie hatte etwas Angst davor, dass Heinz Mallaya ihr nachfahren würde. Der Zug stand noch lange, weil Linthal Endbahnhof war, sie war die Einzige im Wagen und lauschte auf das Knacken der Wandverkleidung.

Dann fuhren sie endlich ab, und schon beim nächsten Halt wurde es laut, denn der Zug wurde überschwemmt von Skitouristen, die von der Braunwaldbahn her kamen. Ein Mann rammte sie mehrmals, als er seinen vollgestopften Armee- oder Jägerrucksack in der Ablage über ihr verstaute, an dessen Riemen er Geweihe und Hörner, eine Kletteraxt und Schneeschuhe festgebunden hatte. Danach setzte er sich neben sie und aß ein Sandwich weiter, das er bis dahin mit Zähnen festgehalten hatte, die stark und weiß waren wie die eines Tieres.

In seinem ganzen Wesen verschmolz er, schien Selina, auf gewisse Weise mit den Tiertrophäen, und sie malte sich aus, dass er selbst eine Gämse oder ein Hirsch sei, der sich unter Menschen begeben hatte, um die Überreste seiner toten Freunde im Tal zu beerdigen. Seine Haut und das schulterlange Haar waren staubbraun wie das Fell eines Steinbocks, auch die Augen waren braun, doch hell und klar wie Kaffeeschnaps. Das bemerkte sie, als er sich kauend bei ihr entschuldigte, dass er sie angerempelt hatte. Er sprach mit spanischem Akzent.

»Ich bin hart im Nehmen«, antwortete sie lächelnd, dann wandte sie sich ab und sah dem Schneetreiben zu. Es war bereits dunkel, und nur in den Lichtfächern der Leuchten über den Bahnhofsschildern sah man den Schnee in dicken, nassen Flocken fallen.

Der Mann stand bald nochmals auf und fischte aus dem Rucksack Papier und einen Stift, um zu schreiben. »Schreibt man Gämse mit ä oder mit e?«, fragte er, und als sie nicht gleich reagierte – es saßen noch zwei andere Menschen im Viererabteil –, stupste er sie an, wie es Kinder tun.

»Ich glaube, mit e«, sagte Selina, und als sie sich ihm kurz zuwandte, lachte er sie so ungeschützt an, dass sie ebenfalls lachen musste. »Haben Sie die alle getötet?«, fragte sie und wies hinauf zu den Trophäen.

»Um Himmels willen, ich könnte kein Tier töten«, sagte er. »Aber ich bin froh, dass jemand es getan hat. Ich brauche sie für meine Arbeit.«

»Sind Sie Präparator?«, fragte sie.

Doch er war Maskenbauer – nicht Maskenbildner, wie sie erst verstand –, kam aus Kuba und arbeitete auf der ganzen Welt. Er hatte erst Masken für den Karneval gebaut, inzwischen arbeitete er vor allem für die Oper und das Theater. Manche seiner Masken hingen auch in Museen, eine im *Guggenheim Museum* in Bilbao. In Braunwald war er gewesen, um Wild zu beobachten, für eine Theaterinszenierung, die hoch in den Bergen spielte, auf Gletschern und in Schluchten, und in der nicht nur Tiere, sondern auch Berggeister und Totenseelen auftraten.

»Geister sind meine Spezialität, in Kuba haben wir viele Geister«, sagte er. »Glaubst du an Geister?«

»Kommt darauf an, was man darunter versteht«, wich Selina aus.

So erreichten sie Ziegelbrücke, stiegen gemeinsam um und fuhren stehend (der Massen von Skifahrern wegen) bis Zürich. Armín, wie er hieß – Armín Fernandez –, war fast einen Kopf kleiner als sie.

»Jeder Mensch hat seinen Geist«, erklärte er Selina. »Wenn du willst, kann ich deinen sichtbar machen.«

Sie lachte. »Wie stellst du das an?«

»Ich mache eine Maske von dir«, antwortete er.

»Und wie geht das?«, fragte sie.

»Mit Gips und Harz«, sagte er, »wie ich meine meisten Masken mache. Du wirst schon sehen.«

Sie lachte nochmals, dann sprachen sie über anderes. Sie wollte wissen, mit wem er arbeitete (mit Freunden von ihr, wie sich herausstellte), wie er lebte (aus dem Koffer oder eben Rucksack, ohne festen Wohnsitz, ohne feste Beziehung), ob er seine Familie vermisste (sehr, doch er flog jedes Jahr nach Kuba, auch, um Geld zu bringen). Und schließlich schwärmten sie gemeinsam vom *Cirque de Soleil,* von Peter Brook und der *Wooster Group,* wie das Theaterschaffende so machen.

So waren sie schnell in Zürich. Als sie auf dem Bahnsteig standen, fragte Armín: »Was ist nun, kommst du mit?«

»Mit wohin?«, fragte sie, obwohl sie schon entschieden hatte, mit ihm zu gehen.

Sein Atelier war in der Roten Fabrik, wo die Theatergruppe auch probte, in einem kleinen Zimmer, mehr einem

Erker ohne richtige Tür, in dem nicht viel mehr stand als ein gipsverschmierter Tisch, ein Kommödchen mit Kram und ein ebenfalls verschmierter Stuhl. Unter dem Tisch zusammengerollt lag eine Schlafmatte.

Armín hängte nur den Rucksack ans Fenster und wollte gleich beginnen. »Setz dich auf den Stuhl«, bat er sie, und während er Kerzen anzündete, zwei Gläser Rotwein eingoss und ihr eines in Reichweite stellte, zog Selina den Mantel aus, legte ihn, Futter nach außen, über die Lehne und setzte sich.

Er betrachtete sie eine Weile, am Glas nippend oder vielmehr lutschend, und murmelte etwas auf Spanisch, bis sie fragte: »Was siehst du? Ich weiß, ich habe ein markantes Kinn.«

»Ja, aber das sind Äußerlichkeiten«, antwortete er. »Das Kinn sagt etwas über dich als Mensch, und es sagt etwas über deine Mutter und deinen Vater. Es sagt nichts über deinen Geist.«

Das Kinn hatte sie tatsächlich von ihrem Vater, und gern hätte sie noch mehr über sich als Mensch gehört. Sie musste sich ermahnen, dass Armín kein Hellseher war, nur vielleicht Künstler. »Dann sei willkommen, Geist«, zitierte sie stattdessen.

Armín erklärte: »Ich nehme als Erstes einen Gipsabdruck von deinem Gesicht. Du solltest dich etwas ausziehen, sonst wirst du schmutzig. Und besser legst du dich auf den Tisch, wegen der Schwerkraft.«

Sie zog sich bis auf den BH aus und legte sich auf den Tisch. Armín holte währenddessen eine Schale Wasser, danach zog er ihr ein Haarnetz an, fettete ihre Haut mit Vaseline ein und legte die Gipsbandagen an. »Ich lasse einen Spalt, durch den du atmen kannst«, sagte er. »Aber es wird heiß werden, wenn der Gips anzieht. Nach zehn Minuten ist es vorbei.«

»Ich bin Schauspielerin«, erinnerte sie ihn noch eben, bevor er ihre Lippen bedeckte, »Selbstbeherrschung ist mein Beruf.«

Er verband ihr selbst die Augen. Dann, während der Gips anzog, bereitete er offenbar die nächsten Schritte vor, sie hörte ihn jedenfalls mit Geschirr hantieren, dazu summte er, und einmal sagte er: »Wir müssen uns darüber unterhalten, wem die Maske eigentlich gehört. Sonst werde ich für meine Arbeit bezahlt, von dir will ich aber kein Geld. Ich fürchte nur, die Maske wird so schön sein, dass ich mich nicht davon trennen kann.« Sie machte mit der Hand eine Geste, die bedeuten sollte: »Das kriegen wir schon geklärt«, doch sie wusste nicht, ob er sie überhaupt ansah.

Sobald der Gips hart war, löste ihn Armín vorsichtig von ihrer Haut ab, und während sie die Vaseline abwischte und das Gesicht wusch, goss er von ihrem Abdruck wiederum ein Positiv.

»Jetzt müssen wir schon wieder warten«, verkündete er, »ich hoffe, du hast Hunger.« Während sie bandagiert war, hatte er auf einem kleinen Kocher, der auf dem Kommödchen stand, Reis mit schwarzen Bohnen aufgesetzt, die aßen sie meistenteils schweigend, an der Tischkante lehnend, der härtende Gipsabdruck lag zwischen ihnen wie ein schlafendes Kind in der Obhut seiner Eltern. »Es ist gut, seinen Geist zu kennen«, sagte Armín. »Menschen, die mit ihrem Geist befreundet sind, bewegen sich anders in der Welt.«

Schließlich rief er: *»Vamos«,* drückte ihr seinen Teller in die Hand und machte sich daran, Positiv und Negativ voneinander zu trennen. Er reinigte sie mit dem Cutter, schmolz Wachs auf dem Kocher und bepinselte damit das Negativ. Dann bestreute er es sehr sorgfältig mit einem Pulver, das er »Q-Harz« nannte. Zuletzt passte er das Positiv wieder ins Negativ ein, band eine Schnur darum und legte das Paket in eine Springform. Die stellte er auf einen dicken Ordner, danach nahm er beides und sagte: »Komm.«

Sie gingen zur Restaurantküche der Roten Fabrik, die sonntags früher geschlossen wurde. »Wenn hier zu ist, darf ich den Ofen benutzen«, erklärte er ihr und schob die Form hinein, »das dauert etwa eine Stunde.«

So lange wollte er ihr seine Arbeit zeigen, und so holte er zwei Flaschen Bier, dann beugten sie sich über seine Dokumentation, Schulter an Schulter, er erzählte viel, lachte bei fast jedem Bild, und Selina genoss, dass er nach Berghütte roch, nach gutem Schweiß und auch ein bisschen, wie ihre Ratte Malkovic gerochen hatte. Es wäre für sie nur natürlich gewesen, hätten sie miteinander geschlafen. Doch Armín sah immer wieder nach der Zeit, und um Punkt elf Uhr hüpfte er zum Ofen, um die Springform herauszunehmen.

»Jetzt muss sie noch auskühlen«, erklärte er ihr und stellte die Form vors Fenster. »Ich gehe schon die Materialien aussuchen, bring du sie mir in zehn Minuten.«

Und in diesen zehn Minuten geschah Sonderbares. Selina trank ihr Bier aus, dann auch seines, während sie durchs leere, verrauchte Lokal wanderte und mit der Hand verschiedene Oberflächen berührte. Sie fühlte sich auf eine sehr stille Art verwandelt. Manchmal öffnete sie das Fenster und fasste den Gips an, um zu prüfen, wie heiß er noch war, aber sie stellte fest, dass die Maske sie kaum noch interessierte. Sie brauchte ihren »Geist« nicht mehr zu sehen, denn sie fühlte ihn.

Erst glaubte sie, es wäre Armín, der irgendwie noch im Raum schwebte und sie so ruhig machte. Doch immer stärker fühlte sie, dass in ihr selbst etwas erwacht war und sich nun zeigte. Wenn sie ihm Form zu geben versuchte, sah sie etwas wie einen Hamster oder ein Wiesel vor sich, vielleicht war es auch ein Frettchen, jedenfalls etwas Flinkes, Neugieriges mit weichem Pelz, klitzekleinen Pfoten und zitterndem Schnäuzchen. »Hallo, Geist«, sagte sie fröhlich, »nun wären wir also zwei.«

Als sie die Springform hinübertrug, pfiff sie vor sich hin, und schon im Treppenhaus, als Armín rief: »Bist du das, Selina? Findest du den Weg? Die hinterste Tür«, rief sie zurück: »Ich glaube, ich sehe meinen Geist!«

»Sag nichts«, bat er und erschien in der Tür, »lass mich erst die Maske fertig machen. Ich bin aber unglücklich, mir fehlt das Material.«

»Das macht nichts, dann gehe ich heim und komme in ein paar Tagen wieder«, schlug sie vor, »oder du bringst sie mir.«

»Das ist gut«, sagte Armín, »ich bin auch müde und will schlafen.«

Sie schrieb ihre Nummer auf die Gipsform, fasste seinen Kopf mit beiden Händen – seine Augen waren nun matt wie die Böden von Bierflaschen –, und sagte: »Du hast auch viel gearbeitet, Armín. Du bist ein guter Mensch.« Sie küsste ihn knapp am Mund vorbei, atmete dabei nochmals seinen Geruch ein (er roch nach schwerer Erde und Schnee), dann rannte sie hinaus und zur Straße hoch, um den letzten Bus nicht zu verpassen.

Sie stieg dann allerdings gar nicht ein, sondern entschloss sich, den ganzen langen Weg zu gehen, den See entlang und quer durch die Stadt. Es war eine kalte Nacht, doch ihr war warm, als sei sie bepelzt, und wenn auch ihr Geist sich nicht mehr zeigen mochte, sprach sie doch die ganze Zeit mit ihm, erzählte ihm von Malkovic und seinen Späßen und fragte sich, ob Malkovic vielleicht hatte sterben müssen, damit ihr Geist sich hervorwagte.

Gerechtigkeitsliebe (20)

Es gab eine stille Regel im Haus: Wollte jemand den zugeteilten Waschtag nicht nutzen, strich er seinen Namen auf der Liste durch, und jemand anderes konnte sich einschreiben. Wyssens nutzten ihren Waschtag immer. »Ab einem gewissen Alter«, pflegte Gerda Wyss zu sagen, »ist Hygiene das Einzige, was einem bleibt.« Das sagte sie seit zwanzig Jahren, und seit zehn Jahren war der Sonntag ihr Waschtag. Das hatte mit Gerdas Gebrechlichkeit zu tun: Zuletzt war sie nur noch einmal wöchentlich aus dem dritten Stock herabgestiegen, sonntags zur Messe. Und da sie darauf bestand, die Waschmaschine selbst zu füllen und in Betrieb zu setzen – die Wäsche trug ihr Erich schon länger hinunter –, tat sie es einmal vor und einmal nach dem Gottesdienst. Inzwischen erledigte Erich die gesamte Wäsche und hätte das auch an jedem anderen Tag tun können, deshalb hatte er sich auf einer Kolonieversammlung unter »Varia« auch zu Wort gemeldet und angeboten, den Waschtag zu tauschen, wenn jemand froh darum wäre, doch niemand hatte sich gemeldet. (Es hatten allerdings auch nur zwei andere Partien aus dem Haus die Versammlung besucht, Hubert Brechbühl und das altledige Fräulein Specht, das bald darauf ins Heim gegangen war.)

Als Erich an diesem Sonntagnachmittag die Weißwäsche

hinabtrug – sie machten immer erst Kochwäsche, danach die Buntwäsche, man teilte schließlich die Waschmaschine nicht nur mit reinlichen Leuten –, wusch allerdings schon jemand, und als er auf der Liste nachsah, fand er seinen Namen dreist durchgestrichen und keinen neuen eingetragen. Das erschütterte ihn, und da es ihm zwar gelang, die Maschine auszuschalten, doch nicht, sie zu öffnen, selbst mit dem Schraubenzieher nicht, den er aus ihrem Kellerabteil holte, läutete er überall. Bei Costas wurde er fündig. »Haben Sie den Waschtag verwechselt?«, fragte er und versuchte immerhin, freundlich zu klingen.

»Ich habe gar nichts verwechselt«, fauchte Efgenia Costa angriffslustig. Sie war sehr unvorteilhaft gekleidet an die Tür gekommen, in Unterhose und einem rosafarbenen T-Shirt mit der Aufschrift *favourite bitch*. »Wenn die Maschine leer ist, ist sie leer, und nicht alle liegen auf der faulen Haut und können waschen, wann sie wollen.«

»Das verstehe ich jetzt nicht«, sagte Erich Wyss und bemühte sich noch immer um Korrektheit, »Sie sind doch wohl von allen im Haus diejenige, die es sich am ehesten einrichten könnte. Und ich sage nicht einmal, dass es nicht Umstände geben könnte, die rechtfertigen, dass Sie außerhalb der Ordnung waschen. Doch fragen könnten Sie, und wenn Sie schon nicht fragen, könnten Sie sich eintragen.«

»Ist das alles?«, fragte sie nur und schloss ihm die Tür vor der Nase.

»Ich gehe jetzt für eine Stunde aus dem Haus«, rief Erich ihr nach, »und erwarte, dass die Maschine geräumt ist, wenn ich wiederkehre.«

Danach begab er sich auf sein tägliches Märschlein und

versuchte sich zu beruhigen. Doch als er heimkam, war die Maschine noch immer blockiert, und als er bei Efgenia Costa klingelte, riss sie die Tür auf und brüllte ihn regelrecht an. Er begriff erst nicht, doch offensichtlich brachte auch sie die Waschmaschine nicht mehr auf und warf ihm vor, dass nun darin ihre Wäsche kaputtging.

Äußerlich immer noch ruhig, obwohl das Blut in ihm kochte, sagte Erich: »Und wenn ich etwas kaputt gemacht hätte, sei es die Maschine oder die Wäsche, so läge doch die Verantwortung dafür bei Ihnen. Also bitte ich Sie, den Hausdienst anzurufen und dafür zu sorgen, dass ich waschen kann.«

»Nichts werde ich tun«, schrie Efgenia Costa, »und Sie sind schuld, wenn ich in diesem Aufzug auf die Straße muss und mir eine Lungenentzündung hole.« Sie trug noch immer Unterwäsche.

»Sie werden doch wohl mehr Kleider besitzen, als in einen Waschgang passen«, sagte Erich befremdet. »Wenn nicht, leiht Ihnen meine Frau bestimmt gern etwas aus.« Dann setzte er ihr ein Ultimatum bis abends um sieben und ging hoch.

»Könntest du notfalls Efgenia Costa eines deiner Kleider borgen?«, fragte er, als er in die Tür trat. Doch Gerda war dazu nicht in der Stimmung. Efgenia Costa war auch bei ihr gewesen, und Gerdas Stimme zitterte, als sie davon berichtete. »Ich hatte noch das Teegeschirr gedeckt und musste befürchten, dass sie es uns zerschlägt, oder Schlimmeres. Und weißt du, was sie sagte? Sie sagte, wir gehören ins Altersheim. Und als ich sagte, dass dann aber andere Leute hier einziehen würden, die auch Wäsche haben, sagte sie, zwei

Leute in einer Zweizimmerwohnung sei sowieso zu viel, und spätestens wenn ich stürbe, würde sie dafür sorgen, dass Dreizimmerwohnungen mehr Waschzeit bekommen als die Zweizimmerwohnungen. Das wirst du dir dann aber bitte nicht bieten lassen, Erich.«

»Nein, gewiss nicht«, sagte Erich, und er rief auch gleich den Hauswart an und sprach ihm auf den Anrufbeantworter. Danach schrieb er einen Brief an die Verwaltung, in dem er vorauseilend deutlich machte, dass er einer Koppelung der Waschzeit an die Anzahl Bewohner eines Mietobjekts noch unter Umständen zustimmen könne, dass aber eine Koppelung an die Wohnfläche oder Zimmerzahl aller sozialdemokratischen Grundsätze – denen eine Wohnbaugenossenschaft wie ihre notwendigerweise verpflichtet sein müsse – spotte.

Er feilte noch an Details, als es mehrmals über ihnen klingelte. Als er nachsah, traf er auf einen Herrn Mallaya. Er verstand erst Meier, doch das Missverständnis klärte sich schnell auf.

»Sie wollen zweifellos zu uns«, sagte er, »Wyss, 3L. Sie denken wohl, 3L sei hier oben, weil Sie das Parterre nicht zählen. Das wäre auch korrekt, doch in unserer Kolonie zählt man deutsch, das Parterre ist die 1, der erste Stock die 2. Ich wollte das schon vor 40 Jahren ändern, doch ich habe auf Granit gebissen. Vielleicht wäre inzwischen die Zeit dafür reif, inzwischen bin ich aber alt und mag nicht immer kämpfen. Hier wohnt Frau May, kommen Sie mit mir. Konnten Sie sie denn schon knacken?«

»Frau May? Nein«, sagte Herr Mallaya trocken.

Erich lachte. »Die Waschmaschine«, sagte er, »demnach noch nicht.« Also führte er ihn hinab zur Waschküche, während er so laut, dass es auch bei Costas gewiss zu hören war, den Sachverhalt schilderte.

Erst in der Waschküche konnte Herr Mallaya ihm sagen, dass er wirklich nur Frau May gesucht hatte. »Doch vielleicht kann ich Ihnen helfen. Normalerweise findet man unter der Deckleiste oder an der Rückwand der Maschine einen Serviceknopf.« Er ging kurz auf die Knie, und tatsächlich sprang nach wenigen Sekunden die Tür der Waschmaschine auf. Gemeinsam entnahmen sie Efgenia Costas Wäsche, die noch nicht geschleudert war, und legten sie in den Tumbler. Dann fragte Erich Wyss kurz bei Hubert Brechbühl an, der direkt über der Waschküche wohnte, ob er noch waschen dürfe, obwohl es inzwischen neun Uhr zehn war und damit Nachtruhezeit.

Da Herr Mallaya so hilfsbereit gewesen war, erlaubte er ihm, bei ihnen auf Frau May zu warten – zumindest bis sie zu Bett gingen.

Und daraus wurde noch ein richtig netter Abend. Herr Mallaya bestand darauf, gegenüber in der *Frohburg* eine Flasche Wein zu kaufen, Gerda tischte dazu Aufschnitt auf und Salzstangen, Erich legte *Simon & Garfunkel* auf, ein Geschenk von Augustin, ihrem Enkel. Vor allem aber verstand es Herr Mallaya, auf eine Art zu fragen, dass sie über sich selbst staunten. Er wollte beispielsweise wissen, wie sie dazu standen, dass die Menschen immer älter werden, ob sie sich womöglich ungerecht behandelt fühlten, abgeschoben, nicht wertgeschätzt für ihre Leistung, die sie über ein halbes Jahrhundert für die Gesellschaft erbracht hatten. Oder ob sie im Gegenteil fürchteten, den Jungen auf der Tasche zu liegen, sie auszunützen, ihnen Geld und Platz zu rauben.

Gerda und Erich dachten nach und stellten fest, dass beides stimmte, dass sie oftmals traurig waren über die Vergänglichkeit von allem, die Vergesslichkeit der Menschen, über ihre Blindheit Werten gegenüber, die leicht Generationen überdauern könnten, schrie die Welt nicht immer nur nach Neuem. »Sie zerschlagen alles Gute«, sagte Erich. »Dieser Bush, der jetzt gewählt wurde, und Berlusconi kommt auch, wetten? Und bei uns der Blocher, der sich an nichts hält, was unsere gute, alte Konkordanz auszeichnet – Anstand, Respekt, Kompromissbereitschaft –, der das ganze politische System vergiftet. Aber wir wählen ihn.«

»Na ja, es gibt aber auch Werte, die wir seit 1789, seit der Französischen Revolution, erfolgreich bewahren«, sagte Herr Mallaya.

»Ja, die Krawatte«, entgegnete Erich, und sie lachten.

»Vielleicht, Erich, verstehen wir auch vieles nur nicht mehr«, sagte Gerda. »Dann wäre es schon besser, wir würden Platz machen.«

»Sterben, meinen Sie?«, fragte Herr Mallaya ganz direkt. »Denken Sie daran, sich selbst ein Ende zu bereiten?«

Erich hatte eine philosophische Antwort auf der Zunge, doch Gerda eilte ihm voraus. »Ich werde sowieso bald sterben«, sagte sie, »und wir haben schon entschieden, dass die Ärzte mich gehen lassen und kein unnötiges Brimborium veranstalten. Und wenn ich ganz auf mein Herz höre, würde ich mir wünschen, Erich käme mit mir. Aber es wäre nicht recht, denn wir haben noch eine alte Rechnung offen.«

»Haben wir?«, fragte Erich, der sie das erste Mal so reden hörte und staunte.

»Ja, Erich, weißt du nicht mehr?« Sie nahm seine Hand

und wandte sich Herrn Mallaya zu. »Erich hat in jungen Jahren eine Möglichkeit ausgeschlagen, nach Amerika zu gehen. Und auch eine Liebe.«

»Ach das«, sagte Erich und winkte ab.

»Moment, das will ich hören«, rief Herr Mallaya.

»Ach, für die *Von Roll* hätte ich reisen können«, erzählte Erich, »und vielleicht, vielleicht eine der Töchter heiraten, das war noch ganz im Vagen. Jedenfalls habe ich gesagt: Mit meiner Gerda habe ich schon das beste Eisen im Feuer, und unser Leben ist uns gut genug.«

»Ja, und ich habe gesagt: Dafür hast du mal noch was zugute. Und das hast du nie eingelöst.«

»Und was ist mit Konstanz?«, fragte Erich. »Du wolltest nicht mal hören, was geschehen ist. Du hast mir einfach so verziehen. 20 000 Franken!«

Hier fragte Herr Mallaya nicht nach, er war offensichtlich zu sehr Gentleman. Stattdessen erzählte er ihnen von seiner Fahrt ins Glarnerland, zum Tödimassiv, und seiner Fantasie, zuoberst auf dem Gletscher einst seine Asche verstreuen zu lassen, unter einem Sternenhimmel, der noch frei von Lichtverschmutzung sei. »Würde Sie das nicht auch reizen?«, fragte er.

Sie dachten beide kurz nach, dann sagte Gerda mehr zu Erich: »Ich weiß nicht, ob es passt, aber als wir vor Jahren die zwei Sternschnuppen sahen, weißt du noch? Da wünschte ich mir, du und ich, wir könnten so verglühen.«

Hinundhergerissensein (21)

Es war fast zwei Uhr morgens, als Selina ihre Wohnung betrat. Sie war müde und fröhlich und freute sich auf ihr Bett. Sie sah, dass sie mehrere Anrufe auf dem Anrufbeantworter hatte, die ersten beiden waren von Michelle. Sie hatte mittags aus dem Restaurant am Kunsthaus angerufen, um sich zu vergewissern, dass Selina ihre Verabredung nicht vergessen hatte, und nochmals nachmittags um zwei. »Sag nur, du hast die Rolle«, rief sie. »Ich nehme es jedenfalls als gutes Zeichen, dass du nicht aufgetaucht bist, fahre jetzt heim, stelle schon mal den Champagner kalt und bin gespannt, was du berichten wirst.«

Selina ging davon aus, dass auch die weiteren Anrufe von ihr waren, weil die Neugier sie bestimmt plagte. »Arme Michelle«, sagte sie sich, »wüsstest du, wie Mallaya über dich spricht. Wüsstest du, wie froh ich bin, ihn los zu sein.«

Andererseits verstand sie gar nicht mehr so recht, was sie an ihm so aufgeregt hatte. Inzwischen fand sie ihn fast süß, einen dummen Jungen eben, der sich aufspielt, und sie hatte Mitleid, dass sie ihn so einfach hatte stehen lassen, buchstäblich am Ende der Welt, im Schneegestöber und ohne Chauffeur.

Allerdings hätte sie sonst Armín nicht getroffen, ohne Armín ihr »Frettchen« nicht kennengelernt – so nannte sie ihren »Geist« inzwischen –, und ohne das Frettchen wäre sie jetzt nicht in so friedvoller Stimmung. Sie schlief tief und sanft wie seit Ewigkeiten nicht und fühlte sich nicht einmal unausgeschlafen, als morgens um sieben das Telefon klingelte. Dennoch nahm sie nicht ab, sondern genoss es, sich in den Federn zu lümmeln, bis es draußen hell wurde. Sie dachte an Armín, malte sich aus, was er mit ihr hätte anstellen können, als sie mit verbundenem Gesicht auf dem Tisch gelegen hatte, berührte sich dazu und hatte einen Orgasmus von solcher Einfachheit und Wärme, dass ihr dafür nur das Wort »hausbacken« einfiel.

Während sie duschte, klingelte das Telefon schon wieder, und als sie sich Kaffee kochte, griff sie endlich zum Hörer, um Michelle zurückzurufen.

»Da bist du endlich, herzlichen Glückwunsch!«, rief Michelle.

»Nein, nein«, wehrte Selina ab, »du bist auf dem falschen Dampfer. Er hat mich zwar bis nachmittags auf Trab gehalten, aber seinen Todesengel werde ich nicht spielen.«

»Da habe ich ganz andere Informationen«, widersprach Michelle. »Mallaya hat mich gestern angerufen, damit ich einen Vertrag entwerfe. Noch nicht für den Film, aber für Stoffentwicklung und Vorproben. Du hast ihn schwer beeindruckt – wenn ›beeindruckt‹ das richtige Wort ist. Er klang fast verliebt.«

Selina setzte sich erst einmal, trank einen Schluck Kaffee und versuchte zu begreifen, was in ihm wohl vorgegangen war.

»Bist du noch dran?«, fragte Michelle.

»Ja, aber ich lege jetzt auf und hore den Anrufbeantworter ab«, sagte Selina. »Danach rufe ich dich wieder an.«

Noch zweimal war es Michelle gewesen, dann tatsächlich Heinz Mallaya. »Frau May, Sie haben mich drangekriegt wie einen Schulbuben«, sagte er, »und ich habe mich auch so benommen. Und offen gestanden, ich fühle mich noch immer wie ein Junge, der in seine Lehrerin verknallt ist: voller Respekt, sehr viel Angst und etwas Hoffnung.«

Danach hatte nochmals Michelle angerufen, die in ihrer Begeisterung ganz unpassend *Happy birthday* gesungen hatte, ehe sie erzählte, dass Mallaya gerade angekündigt habe, Selina unter Vertrag zu nehmen. »Er will dir Blumen schicken, ich war so frei, ihm deine Anschrift zu geben.« Zuletzt folgten nochmals zwei Anrufe ohne Nachricht.

Sie war verwirrt und wollte sich eben mit Michelle beraten, da rief der Concierge des *Continental* an und ließ sie wissen, Herr Mallaya schicke einen Wagen, um sie abzuholen. »Können Sie in einer Viertelstunde bereit sein?«, fragte er.

»Nein«, sagte Selina (und war dankbar, dass Mallaya es ihr so einfach machte). »Wenn er etwas von mir will, soll er herkommen.«

Sie holte die Post und traf Erich Wyss. »Stellen Sie sich vor«, sagte er, »den ganzen Abend haben wir mit Ihrem Bekannten verbracht, dem Herrn Mallaya. Bis fast zwölf Uhr sind wir verhockt. So ein sympathischer, gebildeter Mann. Und ein Gentleman. Wir hofften bis zuletzt, dass Sie noch zu uns stoßen, Frau May.«

»Ach, und er hat gar nichts hinterlassen«, sagte Selina nur.

»Dafür hat er die blockierte Waschmaschine aufgebracht«, erzählte Erich Wyss und holte zu einem längeren Bericht aus, als Selina einen Prospekt des Hotels Tödi in der

Post fand, auf den Mallaya geschrieben hatte: »Nochmals von vorn?«

»Wie interessant, von diesem Hotel hat er uns erzählt«, stellte Erich Wyss fest, und bevor er zu seinem Bericht zurückfand, sagte Selina: »Es ist auch wirklich schön da. Doch jetzt muss ich dringend telefonieren.« Sie rannte die Treppe hoch und rief endlich Michelle an.

»Was soll ich tun?«, fragte sie sie, »der Mann ist ein Ekel.«

»Alle interessanten Männer sind Ekel«, behauptete Michelle.

»Du weißt nicht, was er über dich erzählt«, erklärte Selina. Sie kam auch nicht dazu, es zu verraten, denn erst klopfte es, dann öffnete sich die Wohnungstür, und Heinz Mallaya sagte: »Also schön, Frau May, hier bin ich.«

»Wo sind meine Blumen?«, fragte Selina und freute sich über ihre Schlagfertigkeit. »Michelle sagte mir, Sie wollen welche schicken.«

»Das ist die Sprache, die eine Frau wie Michelle begreift«, sagte er. »Einer Frau wie Ihnen werde ich doch keine Blumen schenken.«

»Was dann?«, wollte Selina wissen und legte endlich den Hörer auf. »Und wer hat Sie eigentlich ins Haus gelassen?«

»Ich habe Ihnen einen Jaguar gesandt und einen Tisch im *Baur au Lac* reserviert«, erzählte Mallaya, »aber das wollten Sie ja nicht haben. Und ins Haus gelassen hat mich Herr Wyss, wir sind jetzt Freunde.«

»Ich dachte nicht, dass Sie Freunde haben«, sagte Selina und stellte fest, dass ihr die Unterhaltung Spaß machte.

So schien es auch Heinz Mallaya zu gehen. »Mit Ihnen würde ich gern Dialoge schreiben.«

Selina ging darauf nicht ein. »Weshalb sind Sie hier?«, fragte sie.

»Oh, aus vielen Gründen«, erklärte er. »Ich kann Ihr Kinn nicht vergessen. Ich buhle um Ihre Arbeitskraft. Und ich möchte mich entschuldigen. Das sind die drei wichtigsten.«

Selina sagte dazu nichts, sondern ließ ihn kurz stehen, um eine Strickjacke anzuziehen, dann bot sie kalten Kaffee an, und sie setzten sich in die Küche. »Beginnen Sie mit der Entschuldigung«, sagte sie.

»Darf ich dazu rauchen?«, fragte er.

»Nein, mein Frettchen erträgt keinen Rauch«, antwortete sie.

Er lachte. »Sie sind heute anders als gestern. Man kann Sie richtig gern haben.«

»Was wollten Sie dann gestern von mir?«, fragte Selina.

»Sie beherrschen«, sagte er unumwunden. »Ich hätte Sie gern etwas gedemütigt, intellektuell, sexuell, vielleicht – wenn ich festgestellt hätte, dass Sie mir verfallen – auch emotional. Wie, wäre mir eigentlich gleich gewesen. Es hätte meinem dürftigen Ego geschmeichelt, Sie mir in irgendeiner Form zu unterwerfen.«

»Rekrutieren Sie so Ihre Musen?«, fragte sie sarkastisch.

»Nein, meine Darstellerinnen«, erklärte er. »Meine Musen sind Frauen, wie ich Sie gestern sah, Frauen, die mich beherrschen, Frauen von meinem Schlag. Heute aber sehe ich, dass Sie noch schlimmer sind. Sie sind kein berechnender Hund wie ich, der mit seinem Halbwissen prahlt und sich über andere erheben will. Sie strahlen Wärme aus, Menschlichkeit. Sie sind in einer höheren Liga.«

»Schön, das lasse ich als Entschuldigung gelten«, sagte

Selina. »Nun zum Kinn. Nur damit Sie es wissen, ich bin zarter besaitet, als mein Kinn den Anschein macht.«

»Ja, das sehe ich«, entgegnete Mallaya. »Dennoch ist es da, und es erregt mich. Frauen mit starkem Kinn sind Frauen mit starkem Schambein. Ich weiß nicht, ob das stimmt, aber in meinem Kopf ist da eine direkte Verbindung – oder auch nur eine Neugierde. Ihr Schambein sehen zu dürfen, ist jedenfalls meine neueste Obsession.«

»Und Sie zehren von Obsessionen«, riet sie.

»Ich muss«, sagte er. »Machen wir uns nichts vor, meine Werke sind keine Geniestreiche, ich bin nicht übermäßig begabt. Ich muss zäh arbeiten, damit aus meinen mittelmäßigen Ideen gute Filme werden. Ohne Obsessionen hätte ich dazu nicht die Kraft.«

»Womit wir beim dritten Punkt wären«, stellte sie fest. »Sie wollen meine Arbeitskraft kaufen.«

Er nickte und schob sich eine Zigarette in den Mund, ohne sie anzuzünden. »Sie haben ein intuitives Wissen, das mir abgeht. Sie ahnen Dinge.«

»Woher wollen Sie das wissen, wenn Ihnen doch eben die dazu nötige Intuition fehlt?«, fragte sie. »Habe ich etwas in der Art behauptet?«

Er lachte ertappt. »Schön, das war Schaum geschlagen«, gab er zu und schob die Zigarette zurück ins Päckchen. »Aber wie Sie mich gestern bei der Seilbahn haben stehen lassen oder wie Sie jetzt die Unterhaltung führen, das zeugt von Kompetenz auf einer Ebene, die mir vollkommen fremd und unzugänglich ist. Sie werden kaum abstreiten wollen, dass Sie Dinge *ahnen*.«

»Und wenn es so wäre?«, fragte sie. »Am besten ist doch

dran, wer keinen blassen Schimmer von gar nichts hat. Wenn Sie keine Ahnung haben, beginnen Sie zu schauen. Das ist das kleine Einmaleins der Schauspielkunst.« Für einen Augenblick staunte sie selbst über diese Erkenntnis, dann fiel ihr ein, dass sie gerade Oskar zitierte, den Alten in Pankow.

»Das war jetzt eher mein Niveau«, sagte Mallaya leicht enttäuscht und erhob sich. »Ich hatte das schon befürchtet: Lerne ich Sie näher kennen, werden auch Sie trivial. Ich werde jetzt gehen. Ich habe getan, was ich konnte. Der Ball ist bei Ihnen.«

Selina versuchte, die leichte Scham zu verdrängen, die sie befallen hatte. »Moment, haben Sie mir denn ein Angebot gemacht?«, fragte sie. »Ich habe keines gehört.«

»Was würden Sie denn gern von mir hören?« fragte er zurück. »Wie sähe ein Angebot aus, das Sie nicht ablehnen?«

»Ich sage, was ich Ihnen zutraue«, antwortete sie. »Sie möchten mich als Ihren Todesengel verpflichten. Dafür möchten Sie sich mit mir an einen verschwiegenen Ort zurückziehen, etwa ins Hotel Tödi, möglichst für Wochen. Sie nehmen dafür gar in Kauf, dass das Projekt sich verändert, vorzugsweise in eine Darstellung sexueller Exzesse. Noch lieber hätten Sie ja die sexuellen Exzesse ganz privat, würde Sie da nicht sofort die Angst packen, Sie gälten nichts ohne neuen Film.«

»Das ist, was ich mit Intuition meinte«, entgegnete Mallaya. »Und wozu, wenn es denn so wäre, könnten Sie Ja sagen?«

Selina hielt seinem Blick stand, doch es wurde ihr schwer, denn sie fühlte, dass all das sie ebenso reizte wie ihn, reizte und abschreckte zugleich. »Zu nichts und zu allem«, antwortete sie darum auch. »Sie sind in der Lage, Menschen zu zerstören, Herr Mallaya. Ich kenne Sie zu wenig, um mich auf Sie einzulassen. Sympathisch sind Sie mir nicht, da will ich Ihnen nichts vormachen. Den kleinen Jungen, der in Ihnen steckt, lasse ich trotzdem ungern im Stich.«

Danach brachte sie ihn zur Tür, und dort sagte sie: »Meine Agentin wird sich mit Ihnen in Verbindung setzen, Herr Mallaya.«

Lösungsorientiertheit (22)

Nur vier Tage, nachdem er seine Beschwerde abgeschickt hatte, erhielt Erich Wyss ein Antwortschreiben der Genossenschaft, in dem ihm versichert wurde, dass keine Änderung der Waschküchenordnung geplant sei. »Wir machen allgemein sehr gute Erfahrungen mit unserem System«, schrieb ein Herr Mani, Praktikant (i. A.). »Und was Ihren Konflikt mit Frau Costa angeht, möchten wir Sie bitten, ihn hausintern zu regeln. Sie werden Verständnis dafür haben, dass wir bei 2000 Genossenschaftern nicht alle Einzelinteressen berücksichtigen können. Unsere Sozialarbeiterin Frau Erni ist aber avisiert und wird Sie zwecks Vermittlung kontaktieren.«

»Seit wann hat die Genossenschaft eine Sozialarbeiterin?«, fragte er Gerda verwundert. »Das hatten wir früher nicht nötig.«

Jene Frau Erni rief ihn noch am selben Morgen an und schlug ein sogenanntes »Mediationsgespräch« aller Beteiligten vor. Das lehnte er allerdings ab.

»Efgenia Costa ist eine hinterhältige Person«, erklärte er, »Gespräche nützen da nichts. Was immer wir vereinbaren, sie wird sich nicht daran halten. Helfen würde einzig und allein eine Umrüstung der Waschmaschine. Es ist doch heutzutage sicher möglich, dass der Zugang zur Maschine elektronisch gesteuert wird, mit einem separaten Code für jeden Tag beispielsweise. Damit sich niemand mehr vordrängelt.«

»Das fällt leider nicht in meine Kompetenz«, sagte Frau Erni. So rief er Herrn Mani an, der wiederholte, dass keine Änderung des eingespielten und blendend funktionierenden Systems geplant sei, bevor er meinte, eine Umrüstung, wie Erich Wyss sie sich vorstelle, sei technisch sowieso nicht möglich.

»Sind Sie etwa Waschmaschinentechniker?«, fragte Erich. Nein, das war Herr Mani nicht. Aber er hatte die klare Weisung, die Genossenschaftsverwaltung aus Herrn Wyssens Streitigkeiten mit den Nachbarn herauszuhalten.

»*Ich* verstehe mich mit meinen Nachbarn blendend«, rief Erich, »es ist Frau Costa, die sich schwertut!«

Er legte auf, doch es gelang ihm nicht, seinen Ärger beiseitezuschieben.

»Ruf doch die *Sibir* an«, schlug Gerda vor, »womöglich wissen die etwas, das Herr Mani nicht weiß.«

Und sie hatte recht. Das Telefonfräulein verband ihn gleich mit dem für ihre Kolonie zuständigen Servicetechniker, einem gewissen Josip Cilic, der klipp und klar erklärte: »Elektronische Zugangskontrolle ist heute technisch kein Problem mehr. Allerdings eignet sich dafür nicht jede Waschmaschine. Erinnere ich mich recht, steht bei Ihnen noch eine WA 1020, da wird das schwierig. Aber ich fahre heute sowieso noch in den Kreis 5 und werde einen Blick darauf werfen.«

Das hatte er bereits getan, als er gegen vier bei Wyssens klingelte, und obwohl er schlechte Nachricht brachte, schlug er eine Tasse Kaffee Hag nicht aus. »Wir müssten die

Maschine austauschen«, erzählte er, »die neuen Maschinen Ihrer Genossenschaft sind aber gar nicht mehr von uns. Daher sind mir die Hände gebunden.«

Erich zeigte ihm den Brief, und Herr Cilic sagte: »Also wir verstehen Kundenfreundlichkeit ja anders. 2000 Genossenschafter, das darf doch keine Entschuldigung sein. Wir haben 50 000 Kundenkontakte im Jahr und nehmen jeden einzelnen wichtig.«

»50 000, Donnerwetter«, sagte Erich.

»Ja, es ist eine Herausforderung, und natürlich finden wir nicht immer eine Lösung«, sagte Herr Cilic. »Aber wir bemühen uns darum. Haben Sie schon über eine eigene Waschmaschine nachgedacht?«

Gerda und Erich sahen sich verwundert an. »Das haben wir tatsächlich nie«, sagte Gerda.

»Ich wüsste auch nicht, ob das die Genossenschaft erlaubt«, wandte Erich ein und wollte aufstehen, um die Statuten zu holen, doch Herr Cilic wusste bereits Bescheid.

»In anderen Häusern Ihrer Kolonie habe ich schon welche aufgestellt«, erzählte er. »Sie muss nur fachgerecht installiert sein.«

»Du müsstest weniger tragen«, sagte Gerda zu Erich. »Du müsstest nicht einmal mehr runter in den Keller, denn hängen kannst du sie auch im Dach. Ich will nicht, dass du dich mit Efgenia Costa streitest, wenn ich tot bin. Du kannst dich jetzt schon so schlecht beruhigen.«

»Erst einmal könntest du wieder selber waschen«, sagte Erich nur und fragte Herrn Cilic: »Was kostet denn der Spaß?«

»Ab 2000«, sagte Herr Cilic.

Die Wyssens schwiegen, dann sagte Gerda: »Das können wir nicht tun. Unser Enkel hat etwas angestellt und ihm fehlt das Geld für einen Anwalt. Da dürfen wir uns keine teure Waschmaschine leisten.«

Erich nickte. »Wir wissen auch gar nicht, was die Nachbarn sagen würden. Das Haus ist hellhörig.«

Doch Herr Cilic gab so schnell nicht auf. »Die modernen Maschinen sind nicht sehr laut«, sagte er, »und was das Geld angeht, so finden wir vielleicht eine Lösung. Wie viel könnten Sie denn mit gutem Gewissen investieren?«

»Wir könnten auf Mostbröckli verzichten«, sagte Gerda, »und wir müssten auch nicht immer den teuren Käse nehmen.«

Erich holte einen Zettel und begann zu rechnen.

»Das Waschen wird auch billiger«, sagte Herr Cilic. »Ihre Waschmaschinenpauschale fällt weg.«

Erich sah nach, wie hoch sie war, und kam auf 600 Franken, die sie jährlich sparen konnten. »Das wäre der Betrag, den wir investierten können«, erklärte er Herrn Cilic, »länger als auf ein Jahr im Voraus wollen wir in unserem Alter nicht mehr rechnen.«

»Das ist doch schon mal was«, sagte Herr Cilic und telefonierte per Mobiltelefon mit seinem Vorgesetzten. Wyssens wollten nicht indiskret sein und schlossen solange die Küchentür.

»Ein netter Mann«, sagte Gerda, und Erich nickte.

»Die Mitarbeiter machen den Unterschied, hieß es bei uns immer. Doch wir müssen vorsichtig bleiben, letzten Endes wollen alle nur verkaufen.«

Gerda warf einen Blick in den Kühlschrank und sagte:

»Die Konfitüre könnten wir künftig bei Denner kaufen. Kaffee und Kaffeerahm auch.«

»Wir wollten doch nicht beim Schweri kaufen«, erinnerte sie Erich. »Der Schweri ist ein Rechtspopulist. Da wasche ich meine Hemden lieber von Hand.«

Da klopfte schon Herr Cilic an die Scheibe und rief: »Gute Nachrichten!« Sie öffneten die Tür, und er erzählte, dass sie im Bündnerland einen Toplader austauschen müssten, weil er sich nicht vor Ort reparieren ließ. »Ein fast ungebrauchtes Gerät«, sagte er. »Wir wissen noch nicht genau, woran es fehlt, vermutlich müssen wir nur die Elektronik ersetzen. Danach ist die Maschine wie neu. Gratis können wir sie Ihnen nicht geben, aber zum Materialpreis, und der bewegt sich im niederen Hunderterbereich. Dazu kommt die Montage. Ich sage mal, maximal 500, und sie ist Ihre. Ich muss Sie nur bitten, das alles für sich zu behalten.«

»Und wann wäre es so weit?«, fragte Erich und fühlte einen kleinen Kloß im Hals.

»Sie holen sie gerade«, sagte Herr Cilic, »morgen, nehme ich an, reparieren und testen wir sie, vielleicht kann ich sie anschließend gleich bringen. Sonst wird es Montag.«

»Montag reicht, dann kann ich nochmals unten waschen«, sagte Erich. »Vielleicht kommst du ja mit«, sagte er zu Gerda, und wieder zu Herrn Cilic gewandt: »Wir haben 50 Jahre lang im Keller gewaschen, das ist schon ein Abschied.«

»Frag erst Frau May und den jungen Mann unter uns, ob der Lärm sie nicht stört«, bat Gerda.

»Und ich verabschiede mich fürs Erste«, sagte Herr Cilic. »Ich rufe Sie an, sobald die Maschine läuft.«

»Das war nun trotz allem ein guter Tag«, sagte Gerda und steckte ihm noch ein paar Kambly-Kekse zu, für die Heimfahrt. Erich begleitete ihn bis in den zweiten Stock, dort klingelte er bei Moritz Schneuwly, um gleich seine Einwilligung einzuholen.

Ironie (23)

Ihr erster gemeinsamer Nachmittag im Bett war kurz und zärtlich gewesen. Sie hatten nicht wirklich miteinander geschlafen, sondern sich eher planlos in den Laken gerä- kelt. Das hatte vielleicht mit dem unbeständigen Wetter zu tun – Schnee und Sonne wechselten sich ab und schufen eine Stimmung, die Moritz »April praecox« nannte –, vielleicht auch damit, dass Julia immer mit einem Ohr im Hausflur war, um ihre Mutter und Mona nicht zu verpassen, denn sie hatte versprochen, Mona gleich in Empfang zu nehmen. Dafür tranken sie noch lange halb nackt Tee in der Küche, Moritz' Zehen spielten mit Julias Schamlocken, und sie ge- noss die gut geheizte Wohnung ebenso sehr wie die Ruhe, die Moritz seiner 23 Jahre zum Trotz ausstrahlte.

Noch ehe Mona zurück war, ging Julia hoch, um zu ko- chen, und fühlte sich, als kehrte sie aus langen Strandferien heim. Als Erstes, nachdem sie Sugo aufgesetzt hatte, schlug sie den Kalender auf und rief Moritz an, um sich zu ver- abreden. Das war gar nicht so einfach, denn Moritz hatte zum Semesterende einige Testate zu erfüllen, danach fuhr er nach Biel, um seinem Vater, einem Eisenwarenhändler, bei der Lagerrevision zu helfen.

Erst für März fanden sie gleichzeitig Lücken, und als es März war, machte Mona ihnen einen Strich durch die Rechnung. Während draußen die Krokusse blühten, hatte sie Grippe, und zwar zwei Wochen lang. Das hohe Fieber ließ bald nach, doch sie blieb weinerlich, und Julia verbrachte die meiste Zeit an ihrem Bett. Und lösten Selina oder ihre Mutter sie einmal ab, rannte Julia von der Waschküche zur Migros, zur Apotheke und in den Verlag (dort griff sie sich jeweils einen Stapel unverlangt eingesandter Manuskripte, um sie an Monas Krankenbett zu sichten).

Die meisten Termine sagte sie früh ab, nur die beiden Nachmittage mit Moritz (Monas Spielgruppen-Tage) hielt sie so lange wie möglich offen. Und als sie Moritz, zwei Stunden bevor sie sich hatten treffen wollen, schweren Herzens anrief und ihm sagte, dass Mona das Bett hüte, antwortete er zwar: »Okay«, doch offenkundig hatte er ihren Anruf nicht als Absage verstanden, denn pünktlich um 14:15 Uhr stand er in der Tür.

»Hier«, sagte er und drückte Julia eine Packung Gummis in die Hand.

»Sind das Kondome?«, fragte sie und sah ihn befremdet an.

»Luftballons«, erklärte er, »diese langen, dünnen, aus denen man Tiere formt.« Er wollte sie küssen, doch Julia schob ihn weg.

»Ich habe zwei Tage nicht geduscht«, sagte sie. »Mona heult jedes Mal los, wenn ich ins Bad will.«

»Das würde mich nicht stören«, sagte er und nahm ihr die Ballons wieder ab, »doch meinetwegen geh duschen, ich kümmere mich um Mona.«

Mona und er begegneten sich öfters im Hausflur oder auf der Straße vor dem Haus, und statt zu reden, schnitten sie einander jeweils Grimassen. Diesmal allerdings klopfte Moritz höflich an den Türrahmen zu ihrem Zimmer und sagte: »Mona, es wird Zeit, dass wir miteinander reden.« Julia erschrak, sie glaubte kurz, er wolle Mona allen Ernstes in ihre kleine Liaison einweihen. Stattdessen sagte er: »Ich habe hier hundert Ballons. Was mir aber fehlt, ist Fantasie. Du musst mir sagen, was ich daraus formen soll. Geht das?«

Mona nickte.

Julia ging also duschen, ließ vorsichtshalber die Tür offen und lauschte ab und zu, doch alles blieb friedlich. Sie malte sich auch aus, Moritz steige zu ihr in die Wanne, und während sie sich abtrocknete, nahm sie Posen ein, in denen sie gern von ihm überrascht worden wäre. Irgendwann war ihre Lust so groß, dass sie ihn rief, obwohl sie befürchtete, dass Mona gleich losschreien würde. Doch Moritz hörte sie nicht oder wollte sie nicht hören.

Die Wohnung war noch immer unterkühlt, trotzdem zog Julia nur einen dicken Trainingsanzug an, darunter blieb sie nackt. Sie lachte über ihre unsinnige Hoffnung, sie und Moritz fänden irgendwie Gelegenheit, auf die Schnelle miteinander zu schlafen, aber aufgeben mochte sie sie nicht.

Als sie ins Kinderzimmer trat, hatte Moritz aus den Ballons eine Art Haus gebastelt, darum herum standen Ballonblumen, und Mona trug eine Ballonkrone.

»Wir haben Froschkönig gespielt«, erzählte Mona. »Moritz war der Frosch, und damit ich ihn nicht küsse, hat er mir die Krone geschenkt. Jetzt spielen wir aber Schneewittchen.«

»Du bist ja ein munteres Schneewittchen«, stellte Julia fest, setzte sich auf die Bettkante und fühlte ihre Temperatur.

»Aber ich bin doch nicht Schneewittchen, Mama«, rief sie, »ich bin die Königin! Moritz ist Schneewittchen, wobei – jetzt nicht mehr. Jetzt bist du Schneewittchen, und Moritz ist der Prinz.«

»Und du bist ein Zwerg?«, fragte Moritz. »Soll ich dir eine Laterne basteln?«

»Später, vor allem muss Mama schlafen, und du musst sie küssen«, sagte Mona.

Julia legte sich neben sie und wartete auf den Kuss, doch Moritz sagte: »Du verwechselst das mit Dornröschen, Mona. Ich küsse sie nicht, ich hebe sie aufs Pferd.«

»Nein, zuerst musst du sie küssen«, insistierte Mona. Und kaum war Moritz auf den Knien und wollte Julia küssen, rief sie: »Nicht so. Richtig!«

»Wie geht denn ›richtig‹?«, fragte Moritz und richtete sich wieder auf.

»Wie im Fernsehen eben«, sagte Mona.

Mehrmals beugte er sich nieder, um Julia zu küssen wie im Fernsehen, aber Mona war nie zufrieden.

»Schön«, sagte Julia endlich zu ihr und stand auf, »ich schlage vor, du spielst Schneewittchen und schläfst jetzt eine Runde, Moritz und ich üben währenddessen Küssen.«

Doch Mona hatte eine bessere Idee. »Moritz reitet mit dir ins Schloss, und du erbrichst den Apfel. Und dann heiratet ihr.«

Also bastelte sich Moritz Zügel, er gab ein Pferd voller Anmut ab. Julia setzte sich rittlings auf ihn und trabte ins Schloss. Als sie abgestiegen war, machte Moritz sie mit einem kleinen Fingerzeig darauf aufmerksam, dass in ihrem Schoß ein feuchter Fleck war. Er grinste.

»Das ist nicht witzig«, flüsterte sie, »ich leide.« Sobald sich Gelegenheit bot, tastete sie ihn nach einer Erektion ab, doch Moritz schien ganz im Spiel aufzugehen und zeigte keinerlei Erregung.

»Jetzt trinken die Zwerge schön Tee und schlafen«, startete sie einen zweiten Versuch, »damit das Fieber wegbleibt.«

»Ihr habt noch nicht geheiratet«, stellte Mona klar. »Ihr müsst heiraten, und die böse Königin muss sterben. Das weißt du doch.«

»Dann lass uns heiraten«, sagte Moritz.

»Aber wie im Fernsehen«, befahl Mona.

»Und wer stirbt?«, fragte Julia.

»Ich«, sagte Mona.

»Ich will aber nicht, dass du stirbst«, rief Julia.

»Mama, ich spiele doch nur«, sagte Mona. »Und ihr legt mich dann mit Salbei und Rosmarin in einen Koffer, wie wir Malkovic.«

›Wie im Fernsehen‹ hieß, dass sie Musik brauchten, einen Schleier und Blumen. Mona spielte das Blumenmädchen, den Schleier formte Moritz aus Ballons, und während er ihn Julia anpasste, flüsterte sie: »Beim zweiten Date heiraten, so dumm war ich schon mal.«

Moritz sagte trocken: »Mein Vater hat mich gewarnt: Hüte dich vor sitzen gelassenen Frauen, die kriegst du nie mehr los.«

»Mich hat noch niemand sitzen lassen«, stellte sie klar.

»Noch schlimmer, sagt er, sind Frauen, die dem Vater ihres Kindes den Laufpass geben, um es ganz für sich zu haben«, entgegnete Moritz.

»Hört auf zu quatschen«, rief Mona, »ihr müsst heiraten.«

»Kleine Bestie«, murmelte Julia, während Moritz bereits den Hochzeitsmarsch summte. Weil sie keine Blumen hatten, die Mona werfen konnte, gab er ihr sein Kleingeld. Das war schmerzhaft.

Immerhin ließen sie das Sterben aus, denn Mona wollte plötzlich essen, das erste Mal seit Tagen. Allerdings musste es Moritz sein, der kochte. Es gab Buchstabensuppe, Mona blieb im Bett liegen – das Kopfende wurde hochgestellt – und wollte von Moritz gefüttert werden. In jeden Löffel musste er erst etwas schreiben, und so fütterte er sie mit Mona, Mama, Eis, Liebe, lustig, breit und Langmut. Das dauerte kleine Ewigkeiten.

»Ich habe lauter W und L«, stellte Julia fest. Sie schrieb auch, auf den Rand ihres Tellers, und tauschte ihn schließlich mit dem von Moritz. »Will dich lutschen – wann wo – leben i kurz«, stand darauf, der Buchstabennot folgend.

Moritz lachte kurz, dann schob er die Buchstaben in die Suppe zurück. Und weil Mona satt war und befohlen hatte, dass er nun Julia füttere, schob er ihr den mit ihrem eigenen Erguss gefüllten Löffel in den Mund, wozu er reimte: »Das Leben ist kurz, der Rest ist Hoffen. Bei uns auf dem Land lässt man nachts die Türen offen.«

Das tat sie denn auch. Doch in jener Nacht bekam Mona Husten. Sie schlief fast gar nicht, und falls sich Moritz irgendwann in die Wohnung geschlichen haben sollte, machte er unbemerkt wieder kehrt.

Asexualität (24)

Schon im März kaufte Hubert Brechbühl erste Balkonpflanzen, weil er die Erfahrung gemacht hatte, dass sie sich besser einlebten und im Sommer schöner blühten, wenn er ihnen Gelegenheit gab, sich in der behaglichen Wärme seiner Küche an ihn zu gewöhnen, ehe er sie ins Blumenkistchen unterm Küchenfenster pflanzte. In diesem Jahr erstand er in der Migros verbilligte Begonien, leider stellte er zu Hause fest, dass sie von Blattläusen befallen waren.

Erst wollte er sie zurückbringen. Dann erinnerte er sich, wie seine Mutter geduldig den Panzer jeder einzelnen Laus mit den Fingernägeln geknackt hatte, um sie auszurotten, und beschloss, es ihr nachzutun. Ihm grauste etwas davor, doch nachdem er sich eingearbeitet hatte, fühlte er sich – durch die einfache und demütige Tätigkeit, aber auch durch die schöne, beiläufige Art, seiner Mutter zu gedenken – regelrecht beseelt. Als beide Begonien frei von Läusen schienen, wusch er sich sorgsam die Hände und ging mit einem Gefühl zu Bett, wie er es von der Christnacht seiner Kindheit her kannte, geweiht und beschenkt.

Nur waren schon am nächsten Tag die Pflanzen erneut befallen, an einem Stock zählte er 23 Läuse, am anderen gar 33.

»Wie kann das sein?«, fragte er die Blumenverkäuferin der Migros (eine Frau Spinnler, die leider die Pflanzen nicht zurücknehmen durfte, da es sich um eine Aktion handelte, die ihm aber dafür das Läusegift mit 10 % Rabatt verkaufte).

»Legen die Eier?«

»Vermutlich haben Sie eine übersehen, das reicht«, erklärte ihm Frau Spinnler. »Blattläuse vermehren sich nicht nur ungeschlechtlich – was bedeutet, dass ein Weibchen im Nullkommanichts beliebig viele weitere Blattlausweibchen gebären kann –, darüber hinaus können schon die Embryonen wieder Embryonen in sich tragen. Das Weibchen gebärt also Tochter und Enkelin zugleich.« Darüber wusste sie so gut Bescheid, weil ihr Bruder seine Abschlussarbeit als biodynamischer Gärtner über asexuelle Fortpflanzung im Gartenbau geschrieben hatte.

Das interessierte Hubert Brechbühl außerordentlich, und er erlaubte sich, ihr seine Adresse zu geben mit der Bitte, ihr Bruder möge ihm jene Arbeit zuschicken – selbstredend mit einem Einzahlungsschein, damit er für die Unkosten aufkommen konnte.

Seither betrachtete er die Blattläuse in den Begonien mit anderen Augen und dachte schon daran, die Begonienstöcke ihrem Wohl zu opfern, doch nur zwei Tage lang. Dann klingelte es an der Tür, und draußen stand Frau Sommer aus dem vierten Stock.

»Das habe ich in meinem Briefkasten gefunden«, sagte sie. »›An Herrn Hubert‹, steht darauf. Ob Sie damit gemeint sind?«

Da Hubert Brechbühl gerade Spiegeleier briet, bat er sie hinein, auf sein Bitten hin öffnete sie auch den Umschlag und zog einen Stapel Papier heraus. »Asexualität im Gartenbau«, las sie.

»Ja, das ist für mich«, bestätigte er. »Liegt ein Einzahlungsschein bei?«

Julia Sommer suchte vergeblich, dann überflog sie die Einleitung und sagte: »Das ist ja interessant. Dass Regenwürmer und Mollusken sich ohne Sex vermehren, wusste ich. Doch Erdbeeren, Kartoffeln und sogar Ihre Begonien?«

»Ach, auch Begonien?«, rief er betroffen. Er wendete die Spiegeleier, dann schilderte er seine Erfahrungen der letzten Tage. »Was soll ich tun?«, fragte er. »Solange ich nichts über sie wusste, schienen mir Blattläuse so überflüssig. Inzwischen wollte ich ihnen sogar die Begonien opfern. Nun aber fürchte ich, je mehr ich wiederum über die Begonie lerne, desto weniger kann ich sie opfern. Wo soll das enden?«

»Beim biodynamischen Gartenbau, denke ich mal«, antwortete Julia Sommer und schlug vor: »Lesen Sie doch erst einmal in Ruhe Ihre Post.«

Das hielt er für eine blendende Idee, und da sie schon so nett beisammen saßen (die Eier hatte er zwischen Brotscheiben geklemmt und – mit Julia Sommers Erlaubnis – zu essen begonnen), brachte er auch gleich das Zweite zur Sprache, das ihn nicht losließ: »Denken Sie daran, sich wieder zu verbinden? Mit einem Mann, meine ich?« Und errötend schob er nach: »Verzeihen Sie, dass ich so direkt frage.«

»Tatsächlich erhält meine mehrjährige Asexualität gerade erste Risse«, flachste sie. »Wer weiß, womöglich ende ich doch eines Tages wieder in einer Zweier- beziehungsweise Dreierkiste, ich kann es nicht mehr ganz ausschließen. Warum, möchten Sie mir einen Antrag machen?«

Hubert Brechbühl verschluckte sich leicht. »Ich frage nur«, erklärte er, »weil Ihre Tochter mich vor ein paar Wochen aufgefordert hat, die Wohnung mit Ihnen zu tauschen, damit Sie eine Katze halten können.«

»Herrje, nehmen Sie das nicht so ernst«, bat Julia. »Mona ist vier. Sie hat das längst vergessen.«

»Ach so«, sagte er. »Denn mich hat es seither beschäftigt. Ich dachte sogar darüber nach, mir selbst etwas zuzulegen. Keine Katze, denn womöglich wird sie trächtig, und wohin soll ich mit all den Tieren. Kater wieder schreien bei Vollmond ganz fürchterlich, das hielte ich nicht aus, gar nicht zu reden von den Nachbarn. Aber vielleicht ...«

»Eine asexuelle Molluske«, fiel Julia ihm ins Wort. »Die können Sie braten, wenn sie sich zu sehr vermehren.«

Diese Art Humor überforderte Hubert Brechbühl etwas. Trotzdem lächelte er höflich, dann erklärte er: »Ich bin jedenfalls froh zu hören, dass Ihre Familienplanung noch nicht abgeschlossen ist, wenn ich das so sagen darf. Denn damit kommt ein Wohnungstausch ohnehin nicht infrage. Angeblich plant die Genossenschaft, in Zweizimmerwohnungen wie dieser bald nur noch Einzelpersonen zuzulassen.«

»Ich würde auch nicht tauschen wollen«, versicherte Julia. »Und Mona kommt darüber hinweg, dass wir keine Katze haben. Vielleicht laden Sie sie ja mal ein, sich Ihre Mollusken anzusehen.«

»Ich will nichts versprechen«, entgegnete Hubert Brechbühl eilig. »An Mollusken dachte ich noch überhaupt nicht.«

»Oder Ihre Blattläuse«, sagte Julia, stand auf und ging zur Tür. »Mona wird es lieben, sie zu zerquetschen.«

»Oh, ich zerquetsche sie nicht mehr«, antwortete Hubert Brechbühl. »Oder sollte ich? Den Begonien zuliebe?«

»Das steht sicher alles in dem Typoskript«, beruhigte Julia.

Und wirklich war der Aufsatz so überreich an Wissenswertem, dass ihm der Kopf schwirrte, als er abends ins »Schwänli« jassen ging. »Habt ihr euch schon mit der faszinierenden Welt der asexuellen Vermehrung befasst?«, fragte er zwischen zwei Runden Schieber.

Doch damit geriet er an die Falschen.

»Nur gut, dass die nicht beim Menschen funktioniert«, antwortete Bertram. »Noch einen, der sich mit den Ansagen so verhaut wie du, könnte die Menschheit nicht verkraften.«

Und Ahmed sagte: »Dass du asexuell bist, Hubi, wissen wir schon lange. Aber der Bertram hat recht, das Vermehren solltest du bleiben lassen.«

Diese beiden Sprüche trafen ihn tiefer, als er erwartet hatte – so tief, dass er zwar die Runde noch zu Ende jasste, dann ließ er sich aber von Alex vertreten und ging auf einen Nachtspaziergang an der Limmat entlang. Dort flogen ihn fette, dicke Falter an, wann immer er ins Licht einer Laterne trat. Er wunderte sich, wie früh sie dieses Jahr geschlüpft waren, und ärgerte sich, dass er die helle Windjacke anhatte. Aber er mochte den Faltern auch nicht mehr böse sein, denn er begriff inzwischen, dass sie nur Signalen folgten, die stärker waren als ihr kleiner Wille, Signalen, die sie zur Fortpflanzung und Erhaltung ihrer Art drängten.

Und eben da begriff er auch den Kern der Kränkung seiner Jasskollegen: Er selbst nämlich hatte solche Signale nie erhalten. Nie hatte es ihn gedrängt, sich fortzupflanzen, nichts war seiner Liebe zum Tram gleichgekommen, und schon gar keine Frau. Wohl fand er vieles in der Welt beachtenswert und faszinierend – und zunehmend, je älter er wurde –, doch nie wäre er auf den Gedanken verfallen, es könnte seine Lebensaufgabe sein, in welcher Art und Weise auch immer zu ihrem Fortbestand beizutragen.

Nun, mit über sechzig Jahren, quälte ihn deshalb plötzlich das Gewissen. Wie einfach hatte er es sich doch gemacht! Sein Leben war – im Ganzen besehen – ein Zuckerschlecken gewesen, und wann oder wem gegenüber oder wie hatte er dafür Dankbarkeit bewiesen? Nahezu jedes Wesen dieser Erde, musste er annehmen, pflanzte sich fort, die meisten umständlich und vermutlich schmerzhaft, Vergnügen jedenfalls mochten die wenigsten empfinden, nicht wenige starben seines Wissens gar dabei. Und weshalb das alles?

Er fand dafür nur eine Antwort: Weil das große Ganze es erforderte. Weil das große Ganze so viel wichtiger war als jedes Wesen. Weil kein Wesen im Recht war, wenn es sich über das große Ganze stellte. Die Fortpflanzung – und für den Menschen hieß das nun einmal: die Sexualität – war die einzig mögliche Art, das große Ganze wertzuschätzen.

Ein Satz, den er nach Neujahr im *I Ging* geworfen hatte, fiel ihm wieder ein: »Bringen Sie Ihr Vorhaben mit den kosmischen Zielen in Einklang.« Und er verstand ihn völlig anders als damals. Julia Sommer musste es bereits geahnt haben, als sie ihn verdächtigt hatte, um sie zu werben. Der Gedanke, sich sexuell fortzupflanzen, erschreckte und ekelte ihn auch etwas. Er fand ihn dennoch unausweichlich.

Als er vom Fischerweg zum Sihlquai abbog, traf er auf den Vikar der Sankt-Josef-Kirche. Er hatte nicht vorgehabt, ihn zu grüßen, doch der Vikar erinnerte sich genau an ihn und streckte ihm die Hand hin. »Sie sind der Mann mit den großartigen Träumen«, sagte er dabei.

»Nun ja, der war ich einmal«, antwortete Hubert. »Seither ist viel geschehen.«

»Haben Sie über meine Thesen nachgedacht?«, fragte der Vikar.

»Andauernd denke ich daran«, gestand er, »und fast täglich ändert sich meine Ansicht.«

»Welcher Ansicht sind Sie heute?«, fragte der Vikar.

Hubert dachte kurz nach, dann sagte er: »Unscheinbar zu werden, wenn das heißt, so zu werden wie alle, erfordert viel Kraft und Mut. Ich habe Zweifel, dass ich dazu bereit bin. Gleichzeitig frage ich mich, ob es etwas wie Unscheinbarkeit überhaupt gibt. Ob es nicht eine Frage des Wissensstands ist. Wussten Sie, dass Blattläuse in der Lage sind, sich asexuell fortzupflanzen? Ja, dass das ungeborene Blattlauskind bereits wieder ein Kind in sich trägt? Ist nicht letzten Endes alles ein Wunder? Muss ich also ein Wunder in mir tragen, um unscheinbar zu sein, wenn ›unscheinbar sein‹ heißt, zu sein wie der Rest der Schöpfung? Und welches Wunder wäre das? Sie fragten umgekehrt auch, ob der Mensch nur glücklich werden könne, wenn er glaube, zu Höherem geboren zu sein, nicht wahr? Nun, wie verträgt sich das miteinander?« Er wunderte sich selbst mehr über seinen unerwarteten Redeschwall als offensichtlich der Vikar.

»Denken Sie weiter nach«, sagte der freundlich. »Und gegen Blattläuse helfen Marienkäferlarven. Manche stecken auch Knoblauchzehen in die Erde. Andere sagen, es helfe zu beten.« Dann sah er das Vierertram kommen, reichte Hubert Brechbühl hastig nochmals die Hand und rannte, um es noch zu erwischen.

Grübelei (25)

Die Schlussentspannung im Yoga war diesmal alles andere als entspannend gewesen. Das hatte sich schon beim Kopfstand abgezeichnet, den sie nach wenigen Sekunden abbrechen musste. Sie war überhastet hochgestiegen, die Ausrichtung der Ellbogen stimmte noch überhaupt nicht, und als Tonja herbeieilte, um sie zu stützen, fühlte sie bereits den altbekannten Schmerz im Nacken und brach ab. Der Schmerz ließ bald nach, das im Grunde völlig unsinnige Gefühl aber blieb, die gesamte Yogastunde habe damit ihren Sinn verloren. Der Kopfstand war so etwas wie die Gipfelankunft bei einer Bergbesteigung, ihn abzubrechen hieß, den Kulminationspunkt zu kappen, auf den alles ausgerichtet war. Drüber brütete sie während der Entspannungsmeditation, anstatt die Gedanken fahren zu lassen, wie es sich gehörte. Während ihre Nachbarin Leyla einschlief und leise schnarchte, ärgerte Selina nicht nur der verpatzte Abend, sondern immer mehr, dass sie nicht einmal in der Lage war, die Niederlage anzunehmen.

Nachdem Tonja endlich das Licht heller gedreht und sie mit einem OM erlöst hatte, ging sie zu ihr und sagte das Bier ab, zu dem sie verabredet waren. »Heute ist nicht mein Tag«, erklärte sie (obwohl bis zu jenem Kopfstand nichts Wesentliches vorgefallen war).

»Wie schade«, sagte Tonja. »Ich hätte zu gern gehört, wie es mit Mallaya weiterging.«

»Ich habe mich noch nicht entschieden«, antwortete Selina knapp, und während Tonja vielsagend die Brauen hochzog, fühlte sie wieder den Schmerz im Nacken und gestand sich ein, dass ebendies der Grund dafür sein mochte, dass sie am Kopfstand gescheitert war.

»Es gibt keine falschen Entscheidungen. Es gibt nur segeln oder die Segel fahren lassen«, zitierte Tonja und grinste, denn üblicherweise war sie diejenige, die zauderte, und Selina lieferte die Sprüche.

Selina lächelte nur müde und ging heim, um sich ein Bad einlaufen zu lassen. Doch auf den Stufen vor der Wohnungstür saß Petzi. Sie schrieb in ein Ringheft, die Zungenspitze vorgeschoben, und hielt den Stift so umständlich und verkrampft, als lerne sie das Schreiben erst.

»Seit ich hier sitze, geht es schon viel besser«, sagte sie, sah auf und strahlte Selina an.

»Das freut mich«, sagte Selina. »Was geht besser?«

»Hier oben …«, sagte Petzi und ließ den Finger an der Schläfe kreisen, »… dreht sich alles. Erinnerst du dich noch, was du mir gesagt hast?«

»Nein«, sagte Selina, »wann?«

»Damals eben«, sagte Petzi, schlug die erste Seite ihres Ringhefts auf und las Selina vor. »Es ist schwer auszuhalten, neben jemandem zu leben, den du liebst, und nicht zu verschmelzen.« Die letzten Worte betonte sie, indem sie mit dem Finger den Takt vorgab.

»Das soll ich gesagt haben?« Selina schloss die Tür auf. »Dabei habe ich von Liebe keinen Schimmer.«

Petzi war aufgesprungen. »Ach, komm schon«, rief sie, »jetzt mach dich nicht klein. Dieser Satz hat mir so geholfen! Du hattest recht, es ist furchtbar schwer, nicht zu verschmelzen.« Sie ging an ihr vorbei in die Küche und setzte sich auf denselben Stuhl wie damals.

»Ich wollte eigentlich ein Bad nehmen«, sagte Selina. »Ich fühle mich nicht besonders.«

»Oh ja, nimm ein Bad«, rief Petzi und stand gleich wieder auf. »Ich setze mich neben dich aufs Klo, und wir quatschen. Das ist gemütlich.«

Immerhin setzte sie sich aufs geschlossene Klo. Und als sie sah, dass Selina sich den verspannten Nacken rieb, massierte sie sie eine Weile. Dazu erzählte sie von ihren Sorgen. »Es ist nicht mehr nur der Sex. Zwar vögeln wir noch immer mindestens einmal täglich, eher zwei- oder dreimal, und mir tut inzwischen alles weh, die Muschi, der Arsch, die Brüste, sogar die Zunge – da ganz hinten, das Zungenbein.« Sie zeigte es ihr. »Du ahnst ja nicht, wo meine Zunge überall hin soll. Pit gibt nicht mal Ruhe, wenn ich meine Tage habe, im Gegenteil. Er hat jetzt so Theorien gelesen über Menstruationsblut. Diese Theorien sind das Hauptproblem. Pit findet dauernd was Neues, in der Sozio, in der Ethno, jetzt haben wir an der Uni auch noch ein Internetkonto. Es begann mit dem Kamasutra, dann war das Tantra der Liebe an der Reihe, danach Theorien zur Polyamorie: Bukowski, Henry Miller, überhaupt allerhand Männer. Jetzt gerade sind es die Fruchtbarkeitsrituale indigener Völker, Tempelrituale, Opferrituale. In den ersten Wochen hat das ja noch Spaß gemacht, doch inzwischen ist es eine Manie. Pit kommt da nicht mehr raus, wir können nicht mal mehr in Ruhe vögeln, er philosophiert dabei andauernd. Und nicht entspannt, sondern es quält ihn, er hat das Gefühl, da muss doch was Höheres sein, ficken kann doch nicht nur ficken sein, daran grübelt er fast rund um die Uhr. Jetzt sollten wir gemeinsam eine Gruppenarbeit zu Persönlichkeitsmodellen schreiben, wir waren so blöd, uns zwei als Gruppe einzuschreiben. Aber glaubst du, wir könnten uns auf irgendein Thema einigen? Da sind so spannende Ansätze, die wir reflektieren könnten – das wäre eigentlich auch die Aufgabe. Aber was will Pit? Einen ganz neuen Ansatz erfinden: sexuelle Grundtypen. Laut ihm bin ich einer, er ist ein anderer, doch natürlich sind da noch mehr, zehn oder zwölf, vermutet er, und mit jedem müsste er geschlafen haben: keine Theorie ohne Feldforschung. Nun gibt es ja Jungs, die können locker am einen Tag mit der ins Bett, am anderen mit der. Aber Pit ist nicht so. Der versteigt sich sofort in tausend Fragen, Zweifel, Hypothesen, der interpretiert nonstop Dinge in einen rein, die ihn dann furchtbar quälen, dabei existieren sie nur in seinem Kopf. Verstehst du, was ich meine?«

Selina wollte etwas antworten, doch Petzi sprach gleich weiter.

»Manchmal – nein, die meiste Zeit – verschwindet er mir völlig hinter einer finsteren Mauer von Behauptungen, verkrampften Theorien, Selbstzerwürfnissen (gibt es das Wort?) und Anschuldigungen an andere, wobei andere natürlich vor allem ›die Gesellschaft‹ meint, die böse, böse Gesellschaft. Und das Anstrengendste ist: Ich muss permanent mitziehen, sonst dreht er durch. Wenn ich mal nicht gleich Feuer und Flamme für seinen neuesten Floh bin, geht bei ihm sofort eine Zwickmühle los: Einerseits will er mich bekehren, und zwar ums Verrecken, gleichzeitig nagt aber in ihm schon der Wurm, der die ganze schöne Theorie zerlegt und widerlegt – puh! Dabei könnten wir es so schön haben! Wenn wir mal einfach nur Sex haben könnten!« Sie sah zu, wie Selina mit dem Fuß den Stöpsel zog, dann fuhr sie fort: »Pits Körper ist so wunderschön, er hat eine ganz zarte Haut. Überhaupt ist er im Grunde total kindlich. Oh, er kann so süß staunen! Nur ist da etwas in seinem Kopf, das ihn nicht frei lässt, etwas in ihm sucht dauernd den Mehrwert.« Sie grinste. »Wir lesen gerade Marx. Jedenfalls ist es monströs schwierig, du, nicht dauernd umzukippen und ihm nach dem Mund zu reden. Da hat mir dein Satz bestimmt schon hundertmal geholfen. Warte.« Sie zog das Heftchen aus der Hosentasche und zählte, auch dabei schob sie die Zunge vor. »123-mal«, sagte sie schließlich. »Ich habe mir jedes einzelne Mal notiert, für den Fall, dass er mir mal vorwirft, ihn zu wenig geliebt zu haben. Lieben, ohne zu verschmelzen – ich sage dir, da muss man einen zehnmal mehr lieben, als wenn man sich einfach gleichschaltet.«

Sie steckte das Heft wieder weg, dann stellte sie ganz unerwartet fest: »Du bist so schön, Selina. Pit würde durchdrehen, wenn er wüsste, dass ich bei dir an der Wanne sitze. Das ist sein neuester Floh, mal ein Dreier oder Vierer. Dazu gibt's auch ellenlange Theorien. Und ich hätte ja nichts dagegen – nur nicht, solange er so drauf ist.«

»Hm«, sagte Selina und stieg aus der Wanne. »Und wo genau ist dein Problem? Du klingst, als hättest du alles im Griff.«

»Echt?«, fragte Petzi, und solange Selina sich trockenrieb,

dachte sie nach. »Ich fühle mich irgendwie völlig von der Rolle«, erzählte sie dann. »Aber vielleicht hast du recht. Vielleicht habe ich tatsächlich alles im Griff, und es macht nur halt gerade keinen Spaß. Doch nein, da ist schon ein Problem: Bis zum Ende der Semesterferien müssen wir diese Arbeit schreiben und kommen nirgends hin. Ich habe wirklich keine Lust, mich durch einen Katalog von Menschentypen zu vögeln! Am liebsten würde ich uns ja einen Monat Enthaltsamkeit verordnen. Nur wie!« Das rief sie so laut, dass man sie, durch die Abwasserleitung hindurch, gewiss in allen Badezimmern hörte. »Ich müsste Pit etwas vorlügen von wegen Pilz oder so. Aber ach, nicht einmal das würde ihn vom Vögeln abhalten. Ich dachte sogar schon daran, mich einer anderen Gruppe anzuschließen. Das würde ihn brutal kränken, aber ich muss schließlich an mein Studium denken. Oder ich fahre einfach die Ferien über nach Hause. Nur will ich das gar nicht, ich liebe ihn! Siehst du, ich wusste doch, Selina, ich hatte einen Grund, zu dir zu kommen.«

Selina hatte sich inzwischen angezogen, setzte in der Küche Tee auf und nahm eine einzelne Tasse aus dem Schrank. »Ich bin müde, Petzi«, gestand sie. »Und ich glaube nicht, dass ich dir helfen kann. Aber weißt du, es gibt gar keine falschen Entscheidungen. Es gibt nur segeln oder die Segel fahren lassen.«

Petzi sah sie kurz mit offenem Mund an und rief: »Genau das meine ich! Man denkt, die hört ja gar nicht wirklich zu, und dann kommt so ein Satz, ein einzelner Satz, der alles verändert.«

Sie fiel ihr um den Hals und küsste sie, dann war sie auch schon aus der Tür. Selina hörte sie die Treppe hinunterpoltern – offenbar überhüpfte sie immer ein paar Stufen – und gleich darauf Efgenia Costa, die ihr etwas nachrief. Die beiden stritten, und als Selina in den Hausflur trat, um womöglich zu schlichten, hörte sie Petzi gerade noch rufen: »Sagen Sie das Pit, nicht mir! Dafür wäre ich Ihnen sogar dankbar.« Dann schlug eine Tür, und es wurde still.

Rauheit (26)

Als Pit gegen zwei Uhr früh nach Hause kam – er hatte sich einem Zirkel angeschlossen, der die Existenzialisten las, und die Diskussionen waren jeweils endlos –, fand er auf dem Küchentisch eine Notiz: »Denkst du an die Wäsche? Fahre früh weg, Mamas Geburtstag. Sind nur morgens eingeschrieben.« Und damit er die Wäsche auch wirklich nicht vergaß, hatte Petzi ihm den Wecker auf neun Uhr gestellt und auf den Abschaltknopf einen Zettel geklebt, auf dem stand: »Die Kochwäsche läuft schon. ACHTUNG, meinen Wollpulli nicht schleudern.«

Am nächsten Morgen ließ er das Frühstück aus, trank, während er sich rasierte, eine halbe Tasse Kaffee, die Petzi hatte stehen lassen, dann zog er sich an und trug die Wäsche in den Keller. Der Kochwaschgang war schon beendet, doch als er die Wäsche aufhängen wollte, stellte er fest, dass ein kratziger, nach nassem Hund stinkender Filzteppich über alle Wäscheleinen ausgebreitet war, so frisch, dass er noch tropfte. Er sah auf der Liste nach, ob vielleicht Petzi das Datum verwechselt hatte, doch das war nicht der Fall, und so faltete er den Teppich und hängte ihn über eine einzelne Leine zuhinterst im Trockenraum. Als er gerade alle Wäsche aufgehängt hatte, riss die Leine, und da sie von Bahn zu Bahn nur lose durch einen Haken lief, lag auch ihre ganze

Bettwäsche auf dem Boden, der voller Haare und Flusen war. Pit suchte im Wäschewust nach den Klammern, löste die Laken wieder von der Leine und trug sie zurück, um sie ein zweites Mal zu waschen. Dann ging er hoch, um sein klamm gewordenes Sweatshirt zu wechseln und im Kühlschrank etwas zu essen zu suchen.

Während er kalte Spaghetti aß, hörte er im Radio eine Sendung über die Herrschaft Iwans des Schrecklichen (1547–1584) und seine acht Ehefrauen. Die meisten hatte er umgebracht, die anderen steckte er ins Kloster. Den Liebhaber seiner sechsten Frau, Wassilissa Malentjewa, ließ er pfählen, sie ertränkte er. Ganze Dörfer rottete er aus, Frauen und Kinder ließ er gefesselt in den Wolchow werfen, wer nicht ertrank, wurde mit der Axt erschlagen oder unters Eis gedrückt. Eines schönen Nachmittags ließ er zweihundert Moskauer, die er des Hochverrats verdächtigte, so lange abwechselnd mit siedendem Wasser und Eiswasser übergießen, bis sich ihr Fleisch vom Knochen löste. Er ließ Männer lebend zerstückeln, von Hunden zerfleischen oder auf einem Pulverfass reitend in die Luft sprengen.

So war Pit in sonderbarer Stimmung, als es klingelte und Efgenia Costa vor ihm stand, leicht verwahrlost wie meist, in abgetragener Trainingshose, ärmellosem T-Shirt und Adiletten. Sie schien sich nur mühsam zu beherrschen, als sie sich erkundigte, ob er vielleicht ihren kostbaren kirgisischen Shyrdak in den Dreck geworfen habe.

»Nein«, sagte er und sah mit Genugtuung, dass er sie aus dem Konzept brachte.

»Sie sind doch aber eingeschrieben«, hakte sie nach.

»Ja, und ich bin auch dabei zu waschen«, sagte Pit. »Aber

Ihr Teppich fiel von selbst, er war zu schwer für die Leine. Und meine gewaschene Wäsche fiel mit.«

»Aber er lag hinten, wo sich der ganze Dreck sammelt«, sagte Efgenia Costa, »ich hatte ihn dort nicht aufgehängt. Sie müssen ihn hingeschoben haben.«

»Ich hatte ihn bloß umgehängt, damit wir Platz für unsere Wäsche haben«, erklärte Pit. »Heute sind wir zum Waschen eingetragen, nicht Sie.«

»Zum Waschen vielleicht, aber nicht zum Trocknen«, sagte Efgenia Costa. »Für den Trockenraum schreibt man sich nicht ein.«

»Die Waschküche ist jedenfalls kein Ort, um einen stinkenden, überdimensionierten Teppich aufzuhängen«, sagte Pit, doch Efgenia Costa überhörte ihn.

»Sie werden ihn mir nochmals waschen«, forderte sie. »Sie werden ihn waschen, aufhängen und in meine Wohnung bringen. Ich habe einen kaputten Rücken.«

»Das könnte ich wohl tun«, sagte Pit betont unaufgeregt. »Aber ich könnte vorher auch drauf pinkeln. Drauf scheißen. Ihn mit Rattengift bestreuen.«

Efgenia Costa starrte ihn erst nur an, dann trat sie zwei Schritte vor und gab ihm eine Ohrfeige. »Leg dich nicht mit mir an, Bürschlein, das bekommt dir nicht«, sagte sie in sonderbar gleichgültigem Ton, drehte sich um und ging wieder hinunter, zur Waschküche.

Pit schloss die Tür und setzte sich in die Küche zurück. Das Radio spielte inzwischen Strawinskys *Sacre du Printemps,* darüber hatte er gerade erst eine Maturaarbeit geschrieben. Die Situation eben hatte ihn erregt – um so mehr, als er am Morgen ohne Unterhose in die Jeans gestiegen war, des Waschtags wegen, und sein Penis während der Unterhaltung immer wieder am kühlen Stoff gerieben hatte. Er öffnete den Reißverschluss und onanierte, doch dann schloss er die Hosen wieder und folgte Efgenia Costa in den Keller.

Er hatte erwartet, dass sie sich entweder über seine Wäsche hermachen oder einfach im Bottich nochmals ihren Teppich waschen würde. Stattdessen stand sie im Trockenraum bei ihrem Teppich und starrte vor sich hin. Eigenartigerweise erregte ihn ihre Apathie. »Sag nur, ein blöder Teppich bringt dich so aus dem Konzept«, sagte er, und es steigerte noch seine Lust, dass er sich traute, sie zu duzen, obwohl sie doppelt so alt wie er sein musste.

Sie drehte sich um und schlug ihn ansatzlos nochmals ins Gesicht. »Meinetwegen piss ihn an«, antwortete sie. »Oder hast du nur eine unverschämte Klappe?«

Pit fühlte, wie das Adrenalin in seine Adern schoss. Während er die Hosen öffnete, schlotterte er am ganzen Körper. Die Hosen rutschten ihm gleich bis zu den Knien herab. Er nahm seinen Penis in die Hand, schob sich näher an den Teppich heran – in lächerlichen Schlurfschritten, der herabgelassenen Hosen wegen – und versuchte vergeblich zu pinkeln. Er erwartete, dass sie einen dummen Spruch machen würde, doch Efgenia Costa sah nur schweigend auf seinen Schwanz und atmete heftiger.

Er fragte sich, was Henry Miller in dieser Lage getan hätte. »Du Fotze«, sagte er zu ihr, musste sich aber räuspern, er hatte einen Kloß im Hals.

Efgenia Costa lachte heiser, aber nicht böse, sondern vergnügt, und als er die Schuhe abstreifte und aus den Hosen stieg, wandte sie sich ab, doch nicht, um zu gehen, sondern sie wartete offenbar darauf, dass er sie von hinten nahm. Pit stieß sie über den Bottich und versuchte, ihre Trainingshosen zu zerreißen. Das misslang ihm ebenso wie das Pinkeln, er schob sie daher über Efgenia Costas wulstige Hüften hinunter, befreite den ausgeleierten Slip, der in ihren Gesäßbacken klemmte, schob die Backen mit beiden Händen auseinander und drang in sie ein. Er hatte eine so heftige Erektion, dass sie schmerzte, und er musste Efgenia Costa lange und fast gewalttätig vögeln, um zu kommen. Sie stöhnte erst, dann grunzte sie und biss sich in den Handballen, um nicht zu schreien. Als Pit fertig war, blieb sie noch kurz über den Bottich gebeugt und keuchte, dann erhob sie sich mit schmerzverzerrtem Gesicht, offenbar des Rückens wegen. Als sie sich ihm zuwandte, lachte sie zwar, doch dabei hatte sie wieder diesen gleichgültigen Blick. Ächzend beugte sie sich vor, um Slip und Hose hochzuziehen, kurz suchte sie noch eine Adilette, dann stieg sie mit Schlappschritten die Treppen hoch.

Pit wusste nicht recht, was tun. Schließlich wusch er den Teppich im Bottich, knüpfte für ihn eine doppelte Leine und hängte auch seine Wäsche auf. Die Erregung verließ ihn so wenig wie die Scham, die ihn schon während des Orgasmus überfallen hatte. Als er zurück in der Wohnung war, onanierte er immer wieder oder roch an seiner Hand, die auf interessante Weise stank – nach allem, wonach man seiner Erfahrung nach stinken konnte, Haschisch, Kot, Galle und altem Schweiß –, einmal leckte er sie auch ab.

Als Petzi heimkam (sie hatte ihm, in eine Papierserviette gewickelt, ein Stück Geburtstagstorte mitgebracht), fragte sie sehr bald: »Was stinkst du so?«

»Ich habe Efgenia Costas Teppich gewaschen, der nach nassem Hund roch«, sagte er erst, dann – sie wollte schon nachfragen – fasste er Mut und sagte: »Ich habe sie gefickt.«

Petzi wusste nichts zu sagen, sie wurde etwas bleich. »Wo? Hier, in unserer Wohnung?«

»Nein, in der Waschküche«, antwortete Pit und fühlte sich gleichzeitig stolz und schuldig.

Petzi nahm noch mehrmals Anlauf, um etwas zu sagen, dann ging sie aber doch nur stumm ins Bad. Dort blieb sie lange, nur einmal öffnete sie die Tür einen Spalt, rief ihn und fragte: »Hast du ein Kondom benutzt?«

»Nein, es war alles ganz archaisch«, erklärte er großspurig und hätte gern ausgeholt, doch Petzi verschwand gleich wieder und schloss die Tür ab.

Als sie endlich herauskam, sah sie verheult aus. Sie hatte das Necessaire bei sich, holte das Köfferchen, mit dem sie eingezogen war, packte ihre Bücher und Ordner hinein und sagte: »Wir können jetzt sowieso nicht miteinander schlafen. Ich weiß nicht, wie lange du warten musst, bis du einen Aidstest machen kannst, aber so lange werden wir warten. Und all die anderen Tests.«

»Was für andere Tests?«, fragte er überrumpelt.

»Ich habe keine Ahnung, womit man sich da anstecken kann«, sagte sie. »Frag deinen Arzt. Jedenfalls stinkst du, und wenn du mich fragst, riecht so keine gesunde Frau.«

»Na gut, ich werde diese Tests machen«, versprach er, »und wir brauchen auch nicht miteinander zu schlafen. Aber deshalb musst du doch nicht ausziehen!«

»Ich sagte auch nicht, dass ich ausziehe«, antwortete Petzi und kämpfte wieder mit den Tränen. »Ich würde gar nicht ausziehen wollen, Pit, ich liebe dich. Aber wenn ich dich sehe, will ich dich küssen, und wenn du dich mit etwas angesteckt haben solltest, darf ich nicht einmal das. Hast du sie geküsst?«

Er schüttelte energisch den Kopf. Doch als sie fragte: »Hast du sie geleckt?«, sah er nur schweigend weg.

»Ich melde mich, wenn ich wieder klar im Kopf bin«, versprach sie ihm und bat: »Mach keine solchen Dummheiten mehr. Pit, ich will dich nicht verlieren.«

Er konnte auch jetzt nur nicken und ging ihr nach bis zur Wohnungstür. Auf der Treppe sah sie zurück und versuchte sogar zu lächeln. »Für Simone de Beauvoir wäre das alles überhaupt kein Problem gewesen«, sagte er, dabei hätte er etwas ganz anderes sagen wollen.

Etwas später sah er vom Fenster aus, dass Efgenia Costa das Haus verließ, und ging hoch, um mit ihrem Mann zu reden. Er hatte sich alles genau zurechtgelegt, seine Theorie zur Polyamorie, die Chance der Costas, Teil einer Studie zu werden, die die Menschheit in einem Ausmaß befreien mochte, wie es zuletzt Sigmund Freud gelungen war. Doch als er klingelte und Adamo Costa öffnete, kam er gar nicht zu Wort.

»Ich habe schon gehört, dass es einen Zwischenfall gab«, sagte Adamo sofort. »Aber als ich unten war, hing der Teppich schon wieder und schien auch frisch gewaschen. Das warst du, oder? Danke.«

Im Fernsehen oder Radio lief ein sonderbarer Sender, vermutlich Sport, kommentiert auf Italienisch. Doch Pit konnte die Disziplin nicht einordnen.

»Interessierst du dich für Pferdewetten?«, fragte Adamo, als er bemerkte, wie Pit lauschte.

»Pferdewetten? Keine Ahnung«, sagte Pit.

»Ich bin auch kein Pferdenarr«, sagte Adamo. »Aber wenn man den richtigen Riecher hat, kann man leicht viel Geld verdienen. Heute habe ich mit Kayab, einer mexikanischen Vollblutstute, über tausend Franken gewonnen. Natürlich muss man das Risiko lieben.« Er zwinkerte Pit zu.

»Oh, das tue ich«, versicherte er und fragte sich, was Adamo Costa ihm sagen wollte. »Nur Petzi leider nicht.«

Worauf Adamo lachend sagte: »Zum Glück wissen wir beide, wie man eine Frau zu nehmen hat, nicht wahr? Bist du überhaupt schon 18? Unter 18 darf man nicht wetten, zumindest nicht offiziell.«

Pit nickte. »Sogar 19«, sagte er. Doch da trat das Rennen in die entscheidende Phase, und Adamo schob ihn hinaus.

Direktheit (27)

Eigentlich hatte Julia sich ja einfach einen schönen Nachmittag mit Moritz machen wollen. Doch als sie kurz vor zwölf Uhr den Verlag verließ, um Mona vom Hort abzuholen, rannte ihr Sebastian nach, der Verlagsleiter, und sagte: »Ich muss auch in die Richtung.« Julia war in Eile, im Hort gab es um zwölf Uhr Essen, und man mochte es nicht, wenn die sogenannten Halbzeitkinder abgeholt wurden, nachdem die anderen zu essen begonnen hatten. Aus Kostengründen besuchte Mona den Hort nur von acht bis zwölf, an zwei Nachmittagen war sie außerdem in einer Spielgruppe eingeschrieben. Julia arbeitete dementsprechend morgens im Verlag, nachmittags, wenn immer es ging, zu Hause. Zwei Nachmittage hatte sie außerdem frei, denn sie war zu 80 Prozent angestellt. Doch jetzt eröffnete ihr Sebastian, dass es so nicht weitergehe. »Ganz offen«, sagte er, »deine Leistung genügt nicht. Ich zweifle nicht daran, dass du eine tolle Lektorin bist, und Mona ist ein wunderbares Testpublikum. Aber was du zu Hause erledigst, erledigen auch wir zu Hause, *nach* der eigentlichen Arbeitszeit.«

»Du willst mir sagen, ich soll gratis arbeiten?«, fragte Julia, vielleicht etwas gereizter, als klug war. Doch es war zwei Minuten vor zwölf, und das war kein Gesprächsstoff für kurzen Straßentratsch.

»Nein«, sagte Sebastian, »das könnten wir von einer alleinerziehenden Mutter nie verlangen. Deshalb will ich dir raten, dich nach einer anderen Stelle umzusehen. Wenn möglich, sind wir dir dabei behilflich.«

So ließ er sie stehen (denn sie hatten inzwischen den Hort erreicht), doch Julia hakte nach: »Sag mir noch, was genau das Problem ist, Sebastian. Soll ich generell mehr arbeiten oder mehr Zeit im Verlag verbringen?«

»Beides«, sagte Sebastian. »Doch eben, das können wir von dir nicht fordern. Dazu kommt, das du zu oft krank feierst.«

»Krank *feiern*?«, rief sie. »Ich habe ein Kind, und Kinder sind nun mal öfters krank. Sie feiern nicht, sie sind es.«

Er machte eine Geste, die wohl »geschenkt« bedeuten sollte, rief: »Sorry!«, und bog zum *Little China* ab. Dort aß die Verlagsbelegschaft häufig (alle außer Julia).

Mona schrie, als Julia sie abholte, und wollte nicht aus dem Hort weg. Julia packte sie einfach und ließ sie schreien, obwohl Susanne, die Hortleiterin, sich einschaltete und gegen das Geschrei anrief: »Drei Minuten können wir ihr noch geben.«

»Willst du chinesisch essen gehen?«, fragte Julia stattdessen, und damit hatte sie Mona. »Führ dich aber gut auf«, bat sie, »das ist heute doppelt wichtig.«

Am Verlagstisch im *Little China* war kein Platz mehr für sie beide, doch Sebastian erhob sich gleich und bot an, im Stehen zu essen, Mona setzte sich auf Julias Schoß. Die anderen Frauen – neben Sebastian arbeiteten nur Frauen im Verlag – waren alle in Mona vernarrt, und die ersten Minuten entwickelten sich locker. Dann kam das Essen (gebratener Reis mit Pilzen für Julia, weißer Reis mit Sojasauce für Mona), und während Mona sich dem Spiel widmete, jeden Löffel Reis einzeln in Sojasauce zu ertränken, fragte Julia in die Runde: »Findet ihr denn alle, ich soll gehen?«

Die Blicke wanderten sofort zu Sebastian, sie wussten also zumindest Bescheid.

»Nein, Julia«, sagte Ursula, die Buchhalterin und Dienstälteste. »Ich finde dich toll, als Lektorin und als Mutter. Wie du das mit Mona hinkriegst: *Chapeau*. Aber du weißt, wie spitz wir rechnen müssen. Wir müssten eigentlich zwei Titel mehr pro Jahr verlegen und doppelt so viele Lizenzen verkaufen, um halbwegs profitabel zu sein. Ohne zusätzliches Personal.«

Und Julia II, die sie Julchen nannten, weil sie kaum 1,50 m groß war, einen roten Krauskopf hatte und ein Gesicht wie ein Affenbaby, schmeichelte: »Ich habe so viel von dir gelernt, Julia! Aber es stimmt schon, seit Mona auf der Welt ist, bist du nicht mehr dieselbe.«

Ayse nickte dazu stumm, und nur Britta, die Volontärin, winkte ab, als Julia sie ansah, und sagte: »Lass mich raus, ich will dazu nichts sagen.«

Sebastian hatte hinter Julia gestanden, den Teller in der Hand, und Mona jeweils »Stopp« zugerufen, wenn der Löffel fast von Sojasauce überlief.

»Kannst du dich bitte auf die andere Seite des Tisches stellen?«, bat Julia.

»Klar«, sagte er und ging hinüber.

»Ich brauche ihn aber, Mama«, schimpfte Mona. »Er sagt so lustig Stopp.«

»Das kann ich auch von hier aus«, beruhigte sie Sebastian.

Doch Julia nahm ihr sowieso die Flasche weg und sagte: »So wirst du noch zum Stockfisch. Iss deinen Reis.«

Natürlich aß Mona ihn demonstrativ nicht, doch Julia ignorierte das. »Wir haben einen Kindergarten direkt im Hof«, erzählte sie den anderen. »Mona liebt ihn. Sie liegt mir dauernd in den Ohren, dass sie hinwill. Im Herbst ist sie alt genug. Das Tolle ist, ich müsste sie mittags nicht mal abholen, der Weg nach Hause ist nur ein paar Meter weit. Wenn Mona ganztags im Kindergarten wäre und ich ganztags im Verlag, wäre damit das Problem gelöst? Ich käme 5 Tage die Woche, bezahlt würde ich für 4, dafür dürfte Mona ab und zu ›krank feiern‹.«

»Sorry«, murmelte Sebastian nochmals.

»Und alle unverlangten Manuskripte«, fuhr sie fort, »lese ich nach Feierabend beziehungsweise wenn Mona schläft.«

»Das klingt gut«, sagte er.

Ursula warf ihm einen erstaunten Blick zu und sagte zu Julia: »Vielleicht müssten wir dein Gehalt etwas nach unten korrigieren. Wir hatten eigentlich damit gerechnet, dass deine Nachfolgerin uns billiger zu stehen kommt.«

»Ach, ihr habt schon eine Nachfolgerin in Sicht?«, fragte Julia.

»Natürlich nicht«, sagte Sebastian. »Aber du kennst die Branche, es sind immer Leute im Gespräch.« Und wohl, um sein schlechtes Gewissen zu besänftigen, übernahm er ihre Rechnung.

Mit den gesparten zwanzig Franken erkaufte Julia Mona eine halbe Extrastunde Spielgruppe und ging, bevor sie Moritz traf, noch schnell in den Hof, um sich zu erkundigen, wo und ab wann sie Mona für einen Platz im Kindergarten einschreiben konnte. Die Kindergärtnerin war offenbar neu, jedenfalls wusste sie es nicht, sie nahm nur Julias Telefonnummer auf und versprach, sich zu melden.

Julia blieb geladen. Um sich abzureagieren, brachte sie das Altglas weg und pfefferte jedes Glas in die Tonne, doch das half nur wenig.

Als sie bei Moritz klingelte und er sie sah, sagte er erst gar nichts, sondern schüttelte nur sorgenvoll den Kopf und versuchte ihre Mundwinkel zu einem Lächeln zu verschieben. Reflexartig schlug sie seine Hand weg. »Entschuldige«, sagte sie gleich darauf und lehnte sich an ihn, um zu verschnaufen.

»Vögeln oder an die Sonne?«, fragte er, während er ihre Haarsträhnen sortierte.

»Erst an die Sonne«, sagte Julia.

An der Limmat war es so herrlich, dass sie mit dem Gedanken spielten, bis zum Kloster Fahr zu laufen. »Dort kaufen wir dir diesen Nonnenschnaps«, sagte Moritz. »Der klärt deinen Kopf oder macht dich so betrunken, dass wieder etwas Feuer in dich fährt.«

»Wirke ich so verbiestert?«, wollte sie wissen.

»Ja«, sagte er bloß.

Und als sie fragte: »Hattest du dir etwas anderes erhofft?«, sagte er: »Erhofft habe ich mir gar nichts. Aber immer nur Rettungsdienst spielen werde ich nicht.«

Das verstand sie gut, und weil das Wetter so prächtig war, nahmen sie sich sogar vor, im Wald hinter der Werdinsel miteinander zu schlafen. Dann lagen aber schon in der Wiese am Zipfel der Insel so viele nackte, tief gebräunte Männer mit runzliger Haut und Ganzkörperrasur, dass ihnen alle Lust abhandenkam.

»Wildheit sieht irgendwie anders aus«, sagte Moritz betrübt. Julia schlug vor, sich mit einem Eis ans Ufer zu setzen und dem Tanz der Mücken auf dem Wasser zuzusehen, doch Moritz hatte eine bessere Idee.

Sie liefen zurück bis zum Tennisplatz, borgten beim Platzwart zwei Schläger und hämmerten Bälle gegen die Trainingswand, bis sie in Schweiß badeten. Danach rannten sie zur Haltestelle – Julia hätte beinahe verschlafen, Mona abzuholen –, und zwischen Hardhof und Förrlibuckstrasse, als sie allein im Tram waren, hatten sie immerhin eine Andeutung von Sex.

Mysterium (28)

Als Selina an einem der ersten richtig schönen Märztage im Fahrradkeller ihr Mountainbike fit machte – viel gab es nicht zu tun, sie musste es nur aufpumpen, den Staub abwischen und ein neues Rücklicht montieren, weil das alte irgendwann im alten Jahr gestohlen worden war –, sprach sie der Junge mit dem Wuschelhaar aus dem zweiten Stock an. Er hatte ein altmodisches Minivelo (eines dieser Klappdinger), das ebenfalls Luft brauchte, doch seine Pumpe schloss nicht gut ab, und sie borgte ihm ihre.

»Leg sie mir einfach ins Kellerabteil, das erste links«, bat sie und wollte ihr Rad hochtragen.

Doch er fragte: »Dann gehört dir – oder Ihnen – das bezaubernde Bianchi?«

Tatsächlich hatte Selina zuhinterst in ihrem Abteil ein Rennrad aus den Achtzigern verstaut, das sie nie fuhr, weil die Bereifung so empfindlich war und im Quartier von den Partygängern her immer Scherben lagen.

»Ja, das ist meines«, bestätigte sie, »und ich bin Selina.«

»Ich weiß«, sagte er, »ich habe dich schon auf der Bühne gesehen. Ich bin Moritz.« Er hielt ihr die verdreckte Hand hin. »Weißt du, dass dein Name ein Oxymoron darstellt?«

Sie stellte ihr Rad wieder hin, nahm seine Hand und fragte lachend: »Was bitte ist das?«

»Ein Widerspruch in sich«, erklärte er, »eine rhetorische Figur. ›Hassliebe‹ ist ein Oxymoron, ›alter Knabe‹ ist eines. Und Selina May. Selina – oder Celine, so heißt nämlich meine Schwester – bedeutet ›dem Mars geweiht‹. Mars ist der Kriegsgott, sein Monat ist der März. Mai ist bekanntlich der Blütenmonat, benannt nach der römischen Fruchtbarkeitsgöttin Maia.«

»Donnerwetter«, sagte Selina, »bist du Namensforscher?«

»Nein, aber ich wollte dir mal schreiben«, gestand Moritz. »Und man muss ja irgendwo anknüpfen.«

»Wegen dem Fahrrad?«, fragte sie und glaubte einen Scherz zu machen.

Aber Moritz erwiderte: »Genau. Also streng genommen wollte ich dir zweimal schreiben, einmal, nachdem ich dich hatte spielen sehen, das war vor etwa einem Jahr in der Winkelwiese. Das zweite Mal wegen dem Rad.«

»Und warum hast du es nicht getan?«, fragte Selina.

Moritz zögerte. »Das erste Mal begeisterte mich vor allem, wie jemand gleichzeitig so spitz und so herzerwärmend sein kann, und das schien mir doch ein zu sonderbarer Grund, jemanden anzumachen. Du wurdest stattdessen zu einer meiner Übungen in Enthaltsamkeit.«

Sie lachte und stellte fest: »Du bist ein rätselhafter Mensch.«

»Das höre ich öfter«, sagte Moritz. »Und wegen dem Rad wollte ich erst abwarten, ob du es fährst, wenn der Winter vorüber ist.«

»Nein«, sagte sie, »aber ich hänge daran. Ich habe es vor vielen Jahren im Unterengadin einem ehemaligen Radrennfahrer abgekauft. Alles daran ist original.«

»Dann wirst du es kaum verkaufen wollen«, stellte Moritz fest.

»Kaum«, sagte Selina. »Es ist aber auch nicht wirklich stadttauglich.«

»Ich glaube, ich würde es nur in die Wohnung stellen wollen und jeden Abend ein paar Worte mit ihm wechseln«, antwortete Moritz. »Wie mit einer Zimmerpflanze.«

Selina musste wieder lachen. »Redest du mit deinen Zimmerpflanzen?«, fragte sie.

»Ich glaube, ich rede so ziemlich mit allem«, erklärte Moritz. »Aber jetzt muss ich auch los.« Er schob die Pumpe unter der Absperrung von Selinas Abteil hindurch, und beide trugen ihre Fahrräder auf die Straße.

»Wie alt bist du?«, fragte Selina.

»23«, sagte Moritz. »Und es ist mir eine Ehre, mit dir und deinem Bianchi in einem Haus zu wohnen.« Dann radelte er davon – seine Reifen waren noch immer halb platt.

Selina fuhr in die Rote Fabrik, denn seit Armín ihr eine Maske versprochen hatte, war ein guter Monat vergangen, und sie hatte nichts von ihm gehört.

In seinem winzigen Atelier war er nicht. Im Probelokal wurde gerade eine Szene probiert. Selina wartete vor der Tür, bis sie hörte, dass unterbrochen worden war, dann schlich sie sich hinein. Ihr Herz schlug gleich höher, so sehr liebte sie das ewige Halbdunkel und den Geruch von Schweiß, verbranntem Staub und Pressspanplatten, der so typisch fürs Theater war. Auf der provisorischen Bühne stapelten sich Pappkartons einige Meter hoch, und zuoberst saß Anke, mit der sie auch schon gespielt hatte. Es wurde gerade die Sicherheit diskutiert.

»Ich habe nun mal Angst hier oben«, sagte Anke. »Und wenn ich Angst habe, kann ich nicht frei spielen.«

»Aber das ist doch die Idee«, erklärte Rolf, der Regisseur des Projekts. »Das Stück spielt am Berg, und am Berg ist man nie sicher.«

»Wir sind Schauspieler, weil wir *spielen* können, wir seien nicht sicher. Es gibt keinen Grund, dass wir nicht sicher *sind*«, entgegnete Anke ziemlich gereizt.

»Theoretisch stimmt das«, sagte Rolf auch nicht gerade entspannt. »Aber wir haben diese Kisten geholt, weil ihr ohne sie eben *nicht* in der Lage wart, das glaubwürdig zu spielen.«

»Erstens war das in der allerersten Probenphase, was erwartest du«, rief Anke, »und zweitens: Wer ist das da hinten? Wir brauchen keine Lauscher.«

›Das da hinten‹ war Selina. »Verzeiht«, sagte sie, »ich bin's nur, Selina. Ich suche Armín.«

Der hatte neben der Assistenz am Boden gesessen. »Hola«, rief er, stand auf, kam zu ihr und gab ihr Küsschen. »Trinken wir einen Kaffee?«, fragte er und führte sie hinaus.

Sie holten sich welchen im Restaurant und sprachen solange übers Wetter. Erst als sie sich nach draußen, an einen der Tische am See, gesetzt hatten, fragte sie: »Läuft's?«

Armín zog das sonst so kindlich glatte Gesicht in viele kleine Falten und meinte: »Irgendwie war von Anfang an der Wurm drin. Ich würde ja sagen, Anke ist eine Fehlbesetzung. Aber ich bin nicht der Regisseur.«

»Ich kenne Anke, sie ist nicht schlecht«, sagte Selina diplomatisch. »Wenn sie sich wohlfühlt.«

»Wenn«, sagte Armín und hob vielsagend die Hände.

»Ich habe auf deinen Anruf gewartet«, erinnerte ihn Selina. »Auf die Maske, meinen Geist. Erinnerst du dich?«

»Natürlich«, sagte Armín, »und mein Gewissen plagt mich. Sie ist nicht fertig. Nein, noch schlimmer, es gibt sie nicht mehr. Besser gesagt, sie ist nicht mehr deine.«

Selina verstand nur Bahnhof. Armín nahm ihre Hände in seine und sagte treuherzig: »Ich wollte sie vergolden.«

Sie zog ein Gesicht. »Selina, der Sonnenschein, das kenne ich zur Genüge.«

»Ich interpretiere meine Masken nicht«, sagte Armín nur, »ich baue, was ich sehe. Dein Geist könnte auch Oggún sein, der Stahlkrieger. Oder Ochún, die für die Liebe verantwortlich ist, für das Fließende.«

Selina dachte erst an das Frettchen, das sie gesehen hatte, dann fiel ihr ein, was Moritz aus ihrem Namen gelesen hatte: Mars, der Kriegsgott, Maia, die Fruchtbarkeitsgöttin, und sie staunte über die Übereinstimmung.

»Jedenfalls hatte ich das Geld für Blattgold nicht«, fuhr Armín fort. »Danach misslang Ankes Theatermaske, weil sie es unter dem Gips nicht aushielt. Und weil wir in Eile waren, benutzte ich deine.«

»Anke spielt in meinem Gesicht?«, fragte Selina ungläubig.

»Ja«, sagte Armín. »Vielleicht war das ein Fehler.«

»Was stellt die Maske denn dar?«, wollte sie wissen.

»Einen Fuchs«, sagte er.

Gleich war ihr klar: Was sie als ihren Geist gesehen hatte, war kein Frettchen gewesen, sondern ebenjener Fuchs. »Also spielt sie meine Rolle«, rief sie.

Es war noch mehr eine Mutmaßung als eine Behauptung,

doch Armín schien keineswegs überrascht. »Kann gut sein«, antwortete er.

Beide schwiegen, dann setzten sich Rolf und Nora zu ihnen – Nora war die Regieassistentin. Sie begrüßten Selina mit Küsschen, zündeten sich Zigaretten an und schwiegen ebenfalls.

»So schlimm?«, fragte Selina.

»Umbesetzungen sind immer schlimm«, sagte Rolf. »Außerdem sind die Flyer und bei manchen Veranstaltern die Ankündigungen schon gedruckt.«

»Wann kommt ihr denn raus?«

»In sieben Wochen«, sagte er. »Die reine Probenzeit ist fünf Wochen, wir müssen dauernd unterbrechen, weil wer ein Gastspiel hat. Du siehst, es wird eng.«

Inzwischen war Armín aufgestanden. »Ich komme gleich wieder«, sagte er und verschwand zum Probenraum hin.

»Was treibst du gerade?«, fragte Nora.

»Nichts als das Übliche«, antwortete Selina. »Zweimal die Woche Blindenhörbücherei, das ist das einzig Fixe.«

»Wieso? Es heißt, du seist die neue Muse von Mallaya«, sagte Rolf.

Sie lachte. »Kann sein, dass ich das bin. Aber das heißt nicht, dass ich für ihn spiele.«

»Wenn du das ausschlägst, spinnst du«, rief er, und Nora fügte hinzu: »Ich kenne eine, die mit ihm im Bett war, um dahinzukommen.«

Selina lächelte. »Hat euch Armín die verrückte Geschichte von der Maske erzählt?«

Eben da kam er wieder und reichte ihr eine frühe Magnolienblüte. »Für dich«, sagte er. »Es tut mir furchtbar leid.«

»Ich dachte, das wäre meine«, sagte Nora grinsend.

»Der Magnolien*ast* ist deiner«, versicherte Armín, »ich habe nur eine Blüte für Selina geborgt.«

»Und was war das mit der Maske?«, fragte Rolf nach.

»Armín hat sie nicht für Anke gemacht, sondern für mich«, antwortete Selina.

Als sie gegen Abend ins Haus kam, klingelte sie bei Moritz, doch er war nicht da. »Ruf mich an«, schrieb sie auf einen Zettel, den sie in den Türschlitz klemmte, dazu ihre Nummer.

Er rief nicht an, sondern klingelte bei ihr. »Bekomme ich etwa das Rad?«, fragte er, als sie öffnete.

Selina schüttelte den Kopf. »Mir fiel nur das Wort nicht mehr ein«, sagte sie. »Es tut mir leid, dass du extra hochgekommen bist.«

»Es wäre auch zu schön gewesen. Oxymoron.«

»Danke«, sagte sie, und Moritz fragte: »Dann gehe ich jetzt wieder?«

»Ich gebe dir ein Bier aus, wenn du willst«, sagte sie, und als sie in der Küche saßen, fragte sie ihn: »Kennst du Heinz Mallaya?«

»Natürlich, also seine Filme«, sagte Moritz. »Wieso?«

»Du hast doch Gespür«, sagte Selina. »Was hältst du von ihm?«

»Nichts«, sagte er sofort. »Einen Film habe ich mir angetan, beim zweiten, *Von der höchsten Brücke,* bin ich rausgelaufen.«

»Er hat dafür ein Dutzend Preise bekommen«, sagte sie.

»Ja und? Er ist kein guter Mensch«, sagte Moritz. »Und wer kein guter Mensch ist, macht auch keine gute Kunst.

Er tut, als wolle er Missstände anprangern, Selbstmord bei Jugendlichen, Übergriffe an Behinderten, das sind große Themen, aber er banalisiert sie, und das mit erhobenem Zeigefinger. Er suhlt sich im Elend seiner Figuren. Er haut noch eins drauf und behauptet dann, für sie zu kämpfen. Er macht die Menschen klein, um gleichzeitig zu behaupten, es sei die Gesellschaft, die sie kleinmacht. Das hat etwas Sadistisches, oder nicht?«

»Er gilt als einer der letzten politischen Filmemacher«, wandte Selina ein.

Moritz schnaubte. »Die Themen sind politisch, sein Menschenbild ist höchstens reaktionär.« Er war richtig in Fahrt. »Politisch gelesen sind seine Aussagen banal. Das wagt nur niemand zu sagen, weil die Bilder so drastisch sind.« Er trank, dann fragte er unsicher: »Bin ich zu böse?«

»Nein«, sagte Selina, »das war hilfreich. Du hast ausgesprochen, was ich fühlte, aber nicht zu denken wagte. Prost.«

»Meine ist schon leer«, sagte er, und während sie etwas von ihrer Flasche in seine goss, räusperte er sich und sagte: »Ich hätte auch noch eine Frage.«

»Das Fahrrad betreffend?«, fragte sie grinsend.

Er schüttelte den Kopf. »Hast du *Magnolia* gesehen? Das ist mal ein guter Film! Ich war schon zweimal drin, und das, obwohl ich Tom Cruise nicht mag. Würdest du ihn mit mir ansehen?« Und während Selina heute zum dritten Mal über einen Zufall staunte, denn Armíns Magnolie hatte sie schon auf der Heimfahrt verloren, zitierte er genüsslich: *»This was not just a matter of chance. Oh! These strange things happen all the time.«*

Durst (29)

Es dauerte dann doch etwas länger, bis die Waschmaschine kam, weil ein Ersatzteil nicht gleich lieferbar war. Aber der Tag, an dem Herr Cilic sie installierte, war für Wyssens ein Fest.

Bereits als Herr Cilic die Waschmaschine – mit einem eleganten elektrischen Treppenwägelchen immerhin – in den dritten Stock fuhrwerkte, raunte Gerda Erich zu: »Der Arme, geh in Anas *Lädeli* und kauf ihm eine Flasche Wein.« Dann dauerte es nochmals fast zwei Stunden, bis alles wunschgemäß lief, Herr Cilic musste immer wieder zum Auto, um etwas zu holen, dazwischen nahm er dankend eine Tasse Kaffee und ein Stück Tiroler-Cake.

Den Wein wollte er sich daher nicht auch noch schenken lassen. »Ich habe nur meine Arbeit getan, und für die werde ich bezahlt«, versicherte er. »Trinken Sie ihn selbst, stoßen Sie auf unsere Maschine an. Mit der haben Sie sich etwas wirklich Solides ins Haus geholt.«

Wyssens waren gerührt, und noch mehr, als er ihnen den Preis nannte, der nochmals unter dem veranschlagten lag. Nachdem Herr Cilic sie verlassen hatte, wuschen sie gleich mehrmals, denn sie konnten kaum glauben, wie einfach die Maschine zu bedienen war und wie sanft und leise sie schleuderte. Gerda stieg sogar mit Erich in den Estrich hinauf, all ihrer Beschwerden zum Trotz, und ließ sich zeigen, wie er gefegt hatte. Es roch zwar noch immer nach Staub, und durch eine Luke, die sich nicht schließen ließ, konnten zumindest theoretisch Katzen oder Vögel ein und aus. Dafür schien niemand außer ihnen seine Wäsche hier zu hängen, und der Weg hinauf war immerhin zwei Treppen kürzer als der in den Keller. Die letzte Wäsche hängte Erich nachts um halb zehn, und er ging auf Zehenspitzen, weil er fürchtete, Frau May zu stören. Doch als er schon auf dem Weg zurück in die Wohnung war, begegnete sie ihm im Treppenhaus und kam, wie sie sagte, erst gerade von der Arbeit.

»Das wird die nächsten Wochen so bleiben«, sagte sie ihm, »ich probe ein neues Stück. Und sowieso gehe ich selten vor zwölf ins Bett. Sie brauchen also keine Rücksicht zu nehmen.«

»Oh, wir werden auch nicht wieder so spät abends Wäsche hängen«, antwortete Erich und erzählte ihr von der neuen Maschine. Danach ließ er nicht locker, bis Selina sie sich ansah.

»Aber schläft Ihre Frau nicht schon?«, fragte sie.

»Wir sind viel zu aufgeregt zum Schlafen«, sagte er. »Unsere erste eigene Waschmaschine!« Erst öffnete er die Wohnungstür nur einen Spalt und rief: »Gerda, erschrick nicht, ich bringe Frau May. Sie will sich die Maschine ansehen.«

Wie Selina vermutet hatte, war Gerda Wyss schon im Bett gewesen. Sie stemmte sich aber nochmals hoch und zog den Morgenmantel an, denn ihre erste Waschmaschinenpräsentation wollte sie sich nicht entgehen lassen.

»Ist sie nicht wunderschön?«, fragte sie. »Frau May, das ist ein Luxus, von dem ich nur hoffen kann, dass Sie ihn sich auch einmal leisten werden.«

Worauf Erich Wyss gleich deutlich machen musste, dass sie nicht etwa geprasst hatten, und in allen Details erzählte, wie sie so günstig zu ihrer Maschine gekommen waren, einer echten *Sibir* wohlgemerkt, keinem Asienimport.

Selina wollte mehrmals einwerfen, dass sie die Geschichte bereits kannte, Erich Wyss hatte sie ihr erzählt, als er sich erkundigt hatte, ob sie etwas gegen eine Waschmaschine direkt unter ihrer Wohnung einzuwenden habe. Doch sie kam erst ganz zum Schluss zu Wort. Da schüttelte sie den beiden Alten die Hände und sagte: »Ich gratuliere und freue mich mit Ihnen. Nun wollen wir aber schlafen gehen, nicht wahr?«

Und das taten sie dann auch. Gerda wachte allerdings bald wieder auf. »Erich, schläfst du?«, fragte sie.

»Was ist, hast du Schmerzen?«, fragte er zurück.

»Ich hoffe, ich habe dich nicht geweckt«, sagte sie. »Mir fiel gerade ein, dass wir, wenn ich mich nicht irre, das Abendessen ausgelassen haben.«

Erich dachte nach. »Ja, das könnte sein«, sagte er. »Aber ich habe gar keinen Hunger.«

»Ich auch nicht, dafür Durst«, sagte Gerda. »Du nicht?«

Doch, Durst hatte er ebenfalls, und er stand auch gleich auf, trank in der Küche ein Glas Wasser, füllte es erneut und brachte es Gerda ans Bett. Nachdem er ihr hochgeholfen hatte, trank sie es in vielen kleinen Schlucken leer, dann seufzte sie und ließ sich wieder niedersinken. Erich löschte das Licht und hatte sich gerade neben sie gelegt, da fiel ihr ein: »Wir hatten doch aber anstoßen wollen.«

»Wer sagt so was?«, fragte Erich.

»Herr Cilic«, erinnerte sie ihn. »Er sagte, wir sollen auf die Maschine anstoßen.«

Nun erinnerte sich auch Erich. »Das sagte er doch nur aus Höflichkeit, weil er den Wein nicht haben wollte. Vermutlich ist er Moslem.«

»Ja, das könnte sein«, sagte Gerda. »Aber anstoßen könnten wir trotzdem. Jedenfalls habe ich noch Durst, und wir haben schon so lange keinen Wein mehr getrunken.«

»Gegen Durst haben wir noch überhaupt nie Wein getrunken«, sagte Erich.

»Doch, haben wir«, entgegnete Gerda. »Oder ist Retsina kein Wein?«

»Ich glaube schon«, sagte Erich, »aber wann haben wir zwei Retsina getrunken?«

Sie kicherte und sagte: »Denk darüber nach, während du die Flasche öffnest.«

Er ging und kehrte mit einem Valserwasser-Tablett zurück, auf dem er die geöffnete Flasche und zwei Gläser balancierte.

»Du hättest die guten nehmen können«, sagte sie. Die Gläser waren auch von Valserwasser.

»Es ist halb drei«, sagte er, »und an die guten Gläser komme ich nur, wenn ich einen Stuhl zum Schrank schiebe. Nachts verschiebt man keine Möbel. Vor allem nicht, wenn man schon späte Wäsche hatte.«

Der Wein schmeckte auch so sehr gut. Nur wollte Erich partout nicht einfallen, wo sie Retsina getrunken hatten.

»Na, wo trinkt man wohl Retsina?«, fragte Gerda und kicherte noch immer.

»In Griechenland?«, fragte Erich. »Wir waren nie in Griechenland.«

»Natürlich waren wir in Griechenland«, rief sie und hob

das Glas darauf. »Als Sepp sechzehn wurde, wollte er mit seinen Freunden hin, und wir haben es ihm verboten.«

»Nein, *du* hast es ihm verboten«, erinnerte sich Erich, »und ich sagte: Wir können dem Jungen nicht etwas verbieten, das wir gar nicht kennen. Und deshalb sind wir nach Griechenland getrampt.«

»Mit Rucksack und Schlafsack«, sagte Gerda, »wie es sich gehört. Was hat der Junge sich für uns geschämt!«

»Hat er das?«, fragte Erich verwundert. »Ich dachte, er war stolz auf uns.«

»Ist ja egal«, sagte Gerda. »Dann wanderten wir jedenfalls durch Kreta …«

»Durch Santorini«, verbesserte er.

»Auch«, sagte Gerda, »aber den Durst hatten wir auf Kreta. Weißt du nicht mehr? Wir waren viel zu früh aus dem Bus ausgestiegen. Wir wollten ans Meer, aber wir mussten erst über einen Berg kraxeln, es war Mittag und Hochsommer, wir haben geschwitzt wie die Ferkel.«

»Stimmt«, rief er, »du trugst diesen lächerlichen Hut aus Stroh.«

»Wir beide trugen diese Hüte«, sagte Gerda, »zum Glück, sonst wären wir vielleicht gestorben.«

»Ich erinnere fast gar nichts«, gestand Erich.

»Weil wir nachher so betrunken waren«, erklärte Gerda und stieß mit ihm an. »Wir trafen jemanden mit einem Esel und fragten, wo wir Trinkwasser finden. Nicht, wenn ihr hier weitergeht, sagte er, da ist nur das Meer. Geht da hoch, dort ist mein Dorf. Also gingen wir hoch, und da war diese Taverna.«

»Tabepna«, korrigierte sie Erich.

»Nein, Tabepna schreibt man es nur, man sagt Taverna«, sagte Gerda.

»Wir haben immer Tabepna gesagt«, beharrte Erich.

»Zum Scherz, es heißt Taverna«, versicherte ihm Gerda.

»Du weißt ja immer alles besser«, sagte Erich, obwohl er erkannte, dass sie recht hatte.

»Jedenfalls«, erzählte Gerda, »riss dann auch noch etwas an deinem Rucksack, du musstest alles in den Schlafsack packen und ihn schultern. Als wir in die Taverna kamen, warst du darunter klatschnass geschwitzt. Himmel, war dir das peinlich!« Sie jauchzte vor Vergnügen.

»Überhaupt nichts war mir peinlich«, sagte Erich. »Oder wenn, dann nur wegen dieser Wirtin.«

»Welche Wirtin?«, fragte Gerda irritiert.

Er trank erst das Glas aus, nahm die Flasche und verteilte den Rest auf beide Gläser, dabei dachte er nach. »Sie hieß Regi, er Stephan«, fiel ihm endlich ein. »Sie waren Schweizer.«

»Aus Uster«, erinnerte Gerda. »Aber sie waren viel jünger als wir.«

»Bei einer Frau ist das ja egal«, sagte Erich.

»Nun bilde dir bloß nichts ein«, entgegnete Gerda. »Ich erinnere jedenfalls nicht, dass da etwas passiert wäre. Und wenn, hättest du davon nichts mitbekommen, du warst sturzbetrunken.«

»Ja, es war das erste Mal, dass wir Retsina tranken«, sagte er.

»Und das letzte«, sagte sie. »Retsina gegen den Durst, nach so einer Wanderung!«

»Ich weiß nur noch, dass wir, als es ans Bezahlen ging,

zu wenig Geld hatten«, sagte Erich. »Dabei ist Retsina bestimmt nicht teuer. Was müssen wir gesoffen haben.«

Gerda kicherte wieder, dann hob sie wie ein Schulmädchen den Finger. »Und ich erinnere die Neonröhre. Sie waren so stolz auf die Neonröhre. Es war die erste im Dorf.«

»Das war aber nicht bei Stephan und Regi, das war beim Frisör«, sagte Erich. »Du musstest ja unbedingt noch zum Frisör.«

»Ach ja, der Frisör«, sagte Gerda. Dann seufzte sie und setzte nochmals das Glas an, doch es war leer. »Wie lange mag das alles her sein?«, fragte sie, und Erich begann zu rechnen, schlief aber darüber ein.

Dumpfheit (30)

Dieser Morgen entwickelte sich für Julia schwierig. Nachdem sie Mona in den Hort gebracht hatte, wollte sie nur schnell noch in der Wohnung einen Stapel Manuskripte holen, die sie im Verlag brauchte. Doch als sie die Treppe hochrannte, fiel sie fast über ihren Nachbarn Erich Wyss, der mit käsigem Gesicht halb auf den Stufen, halb auf dem Treppenabsatz lag. Efgenia Costa stand reglos im Türrahmen zu ihrer Wohnung und starrte auf ihn herab. Aus ihrer Wohnung drang eine Kommentatorenstimme von CNN.

»Wie lange liegt er schon hier?«, fragte Julia und beugte sich über ihn. Er schien nicht bewusstlos zu sein, obwohl er die Augen geschlossen hielt, sie glaubte ihn leise stöhnen zu hören.

»Keine Ahnung, ein paar Minuten«, sagte Efgenia Costa. »Ich hörte es poltern und sah nach, da lag er so da.«

»Haben Sie die Ambulanz gerufen?«, fragte Julia.

»Nein«, sagte Efgenia Costa.

»Dann tun Sie es«, rief Julia.

»Ich habe keine Nummer«, antwortete Efgenia Costa und rührte sich noch immer nicht.

Julia stand auf, stieß sie zur Seite und suchte in der Wohnung der Costas nach dem Telefon. »Ist nicht Ihr Mann

Ambulanzfahrer?«, fragte sie, während sie den Fernseher abstellte und die 144 wählte. »Und Sie kennen die Notfallnummer nicht?«

»Wozu sollte ich?«, fragte Efgenia Costa, die ihr gefolgt war und mit verschränkten Armen zusah.

Inzwischen war die Leitung freigeschaltet, und Julia meldete den Notfall.

»Gehen Sie runter und machen Sie denen die Haustür auf, sie sind in zwei Minuten da«, befahl sie anschließend Efgenia, dann setzte sie sich neben Herrn Wyss auf die Stufe, hielt seine Hand und sagte ihm, dass die Ambulanz unterwegs sei.

»Meine Frau«, flüsterte Erich Wyss.

»Was ist mit Ihrer Frau?«, fragte Julia. »Ich gehe zu ihr hoch, sobald die Ambulanz da ist.«

»Sie braucht Hilfe«, antwortete er. »Sie kommt allein nur schwer zurecht.«

»Ich werde dafür sorgen«, versprach sie.

Dann war die Ambulanz auch schon da. »Vermutlich nur ein Schwächeanfall«, erklärte ihr die Notfallsanitäterin, nachdem sie ihn untersucht und an den Tropf gehängt hatte. »Aber es ist möglich, dass er sich beim Sturz verletzt hat. Wir nehmen ihn auf alle Fälle mit.«

»Seine Frau braucht Pflege«, erzählte Julia ihr, »er kümmert sich normalerweise um sie. Können Sie jemanden rufen?«

»Ich wäre froh, wenn Sie das tun würden«, sagte die Sanitäterin. »Ich gebe Ihnen eine Nummer.«

Und während Herr Wyss auf die Trage gebunden wurde, ging Julia hoch zu seiner Frau, um ihr zu sagen, dass er gestürzt war, und sich zu erkundigen, worin genau sie Hilfe brauchte.

Frau Wyss zeigte sich erstaunlich gefasst. »Das ist die gerechte Strafe«, sagte sie. »Wir haben gestern einen draufgemacht und waren fröhlich, dabei muss unser Enkel ins Gefängnis. Steht es schlimm um ihn?«

»Ich glaube nicht«, sagte Julia, »aber er wird im Krankenhaus genau untersucht. Ich bestelle Ihnen jemanden, der solange für Sie sorgt. Darf ich von Ihrem Apparat aus telefonieren?«

Frau Wyss nickte. »Es eilt aber nicht«, sagte sie. »Ich brauche vor allem jemanden, der mir auf die Toilette hilft, das kann noch warten.«

Julia rief den Pflegedienst an, dann ging sie in ihre Wohnung und telefonierte in den Verlag. Es war Dienstag, dienstags war jeweils große Sitzung, entsprechend gereizt war Sebastian.

»Was sollte ich machen?«, fragte Julia, »ihn liegen lassen?«

»War denn im ganzen Haus sonst niemand?«, fragte er verständnislos.

»Doch«, sagte sie, »eine geistig abwesende Nachbarin und seine kranke Frau, die er normalerweise pflegt. Zu der musste ich auch noch.«

»Aber jetzt kommst du, oder?«, fragte er und schien nervös mit dem Finger an den Hörer zu tippen.

»Sobald die Pflege da ist«, versprach Julia und legte auf. Dann ging sie nochmals zu Frau Wyss.

»Wissen Sie schon etwas wegen Erich?«, fragte die.

»Ich bin sicher, man ruft Sie an«, sagte Julia. »Soll ich bei Ihnen warten, bis die Pflege kommt?«

Doch Frau Wyss sagte: »Mir wäre lieber, Sie gehen runter und machen die Haustür auf.«

Julia ging hinunter, öffnete die Haustür und blockierte sie, dann klingelte sie bei Efgenia Costa, um ihr zu sagen, dass für Frau Wyss gesorgt war.

»Und warum sagen Sie mir das?«, fragte Efgenia Costa. Sie hatte den Fernseher wieder angemacht.

»Ich dachte, Sie nehmen Anteil«, sagte Julia.

»Ich kann den alten Mann nicht ausstehen«, erklärte ihr Efgenia Costa und ging in die Wohnung zurück, ließ aber die Tür offen. »Er macht mir Angst. Ich habe nichts dagegen, wenn er stirbt.«

Julia war ihr ins Wohnzimmer gefolgt. »Vielleicht wäre jetzt der Zeitpunkt, sich zu versöhnen«, sagte sie, aber Efgenia Costa schien nicht zuzuhören. Sie hatte sich vor den Fernseher gesetzt, wo eine CNN-Reportage über die Zerstörung der Buddhastatuen in Bamiyan durch die Taliban lief. Im Anschluss berichtete der Sender über den Untergang einer Bohrinsel vor Brasilien.

»Immer in Brasilien«, sagte Efgenia Costa. »Letzten Sommer explodierte doch die Raffinerie in Bahia. Kennen Sie Bahia?«

»Nein«, sagte Julia.

»Wir waren beim Carneval«, erzählte Efgenia Costa, ohne den Blick vom Fernseher zu lassen. »Nach Bamiyan wollten wir auch immer. Aber das lohnt sich ja jetzt nicht mehr.«

»Sind Sie krank?«, fragte Julia offen.

»Warum?«, fragte Efgenia Costa und sah noch immer auf den Bildschirm.

»Es gibt zum Beispiel etwas, das heißt Prokrastination«,

erklärte Julia. »Ich kenne das Wort auch erst seit gestern. Ich habe Schwierigkeiten, Mona beim Kindergarten anzumelden. Erst meldet sich die Kindergartenlehrerin nicht, jetzt die Kreisschulpflege, dabei ist es dringend. ›Typischer Fall von Amtsprokrastination‹, hat Moritz gesagt, der Junge von schräg unten, als ich ihm davon erzählte. Ich musste das Wort nachschlagen: krankhafte Trägheit. Wenn man sich zu nichts überwinden kann.« Sie wartete vergeblich darauf, dass Efgenia Costa irgendwie reagierte. Schließlich verließ sie die Wohnung.

Als sie wieder bei Frau Wyss klopfte und – weil keine Antwort kam – die Tür öffnete, war bereits ein Pfleger da. Sie hörte die beiden im Bad.

»Wissen Sie etwas über Erich?«, hörte sie Frau Wyss fragen.

»Halten Sie mich an den Handgelenken, wie die Akrobaten«, forderte er sie auf, anstatt zu antworten, »und jetzt schön langsam hinsetzen. Das klappt doch prima.«

»Vielleicht könnte man anrufen«, versuchte es Frau Wyss nochmals.

»Möchten Sie Ihr Geschäft allein verrichten, oder soll ich dableiben?«, fragte der Pfleger.

»Ich kann das allein«, sagte Frau Wyss. »Aber rufen Sie inzwischen im Spital an?«

»Dann werde ich jetzt Ihr Bett neu beziehen«, sagte der Pfleger. »Und wer sind *Sie*?«, fragte er, als er aus dem Bad kam.

»Die Nachbarin«, sagte Julia. »Frau Wyss hat Sie gebeten, sich nach dem Zustand ihres Mannes zu erkundigen. Er liegt im Krankenhaus.«

»Tatsächlich?«, sagte der Pfleger. »Ich muss gestehen, wenn jemand dermaßen nach Alkohol stinkt, schaltet mein Gehör ab. Und Sie sollten die Bettwäsche sehen! Ich wurde gerufen, um bei der Morgentoilette zu helfen, das tue ich. Alles andere geht mich nichts an.«

»Frau Wyss«, rief Julia durch die Tür, »ich bin's, Julia. Ich erkundige mich jetzt nach Ihrem Mann. Darf ich Ihr Telefon benutzen?«

»Natürlich«, rief Frau Wyss zurück. »Falls die ihm Medikamente geben, sagen Sie ihnen, dass wir gestern etwas viel getrunken haben.«

Julia lachte. »Tue ich.«

Sie wählte nochmals die 144 und wurde mit einem Assistenzarzt im Triemli verbunden. Er sagte ihr, dass Erich Wyss schon untersucht worden war, außer einer starken Unterzuckerung und einem Kater schien nichts akut zu sein. Allerdings ließen einige Laborresultate noch auf sich warten.

»Können Sie ihm ausrichten, dass seine Frau gut versorgt ist?«, bat sie, und der Arzt versprach es.

Als sie im Verlag erschien, war die Sitzung längst vorbei.

»Es war wirklich ein Notfall«, sagte sie.

»Julia, bei dir ist immer Notfall«, stellte Sebastian fest. »Ratte im Sterben, Mona vergrippt, Nachbar gestürzt. Quasi im Wochentakt. Hier brennt's auch – falls du das noch nicht gemerkt haben solltest.«

»Aha, hier brennt's auch«, wiederholte sie. »Ein Achtzigjähriger stürzt die Treppe runter. Seine Frau kann nicht allein aufs Klo. Die Nachbarin, die ihn fand, hat offensichtlich psychische Probleme. Ich sehe hier nichts dergleichen.

Schlag mal in einer freien Minute ›Prokrastination‹ nach, Sebastian. Darüber sollten wir ein Buch machen.«

Und damit ging sie zu ihrem Schreibtisch.

Weltoffenheit (31)

Petzi brauchte einige Tage, um den Schock über Pits Abenteuer mit Efgenia Costa zu verdauen, doch dann fühlte sie sich sehr wohl. Sie genoss es, wieder zu Hause zu wohnen, mit den Eltern zu Abend zu essen und in ihrem alten Bett zu schlafen. Sie liebte den täglichen Weg den Kanal entlang zum Bahnhof zwischen duftenden Hecken und Weiden hindurch, und mehr noch liebte sie die langen, stillen Tage in der Bibliothek, in der sie für ihre Semesterarbeit recherchierte. Die zuständige Oberassistentin hatte mit viel Verständnis reagiert, als Petzi ihr gestanden hatte, ihr Plan, gemeinsam mit Pit die Arbeit zu verfassen, sei gescheitert, und Petzi ein Thema zugewiesen, das sie leicht allein bewältigen konnte.

Im Bereich der sogenannten Persönlichkeitsstörungen sollte sie über Schizophrenie und Familie schreiben und begeisterte sich schnell dafür. Und überhaupt machte sie die Schlichtheit ihrer Tätigkeit – dasitzen und lesen, hin und wieder aufblicken und anderen Menschen zusehen, die wie sie um den großen Tisch saßen, die lasen oder schrieben – auf stille Art glücklich. Wollte sie sich eine Pause gönnen, stieg sie hinab ins Handlager und freute sich darüber, wie blass und unscheinbar, dazu in schier endlosen Reihen, hier die Buchwelten Rücken an Rücken standen, einander verbunden ebenso in der Unscheinbarkeit ihres Gewandes wie in der Unfassbarkeit, Sperrigkeit und scheinbaren Absolutheit des Gedankengebäudes, das doch jedes einzelne Buch umfasste. Diese unübersehbare Weite menschlicher Welten war nicht nur faszinierend, sie öffnete auch Petzis eigenes Denken. Oft griff sie wahllos ins Regal, zog ein Buch heraus und las darin, um darüber zu staunen, was in einer anderen Zeit, einer anderen Gegend oder auch nur einem anderen Gehirn als unumstößlich galt. Gleich konnte sie über ihre eigenen Ängste, Vorurteile und oft kleinlichen Erwartungen herzhaft lachen.

Ähnlich ging es ihr, wenn sie in der Bibliothek mit anderen Menschen sprach. Sie wurde täglich angesprochen, nicht nur von Kommilitonen, die wie sie am großen Tisch lasen und sie heimlich beobachteten, sondern auch in der Cafeteria, wo oft Platznot herrschte und sich mehrere ein Tischlein teilten. Petzi machte es sich allerdings zur Regel, ausschließlich über Lektüre zu sprechen, und das zahlte sich aus.

So verriet ihr eine alte Dame, dass sie schon seit Jahren stets dasselbe Dutzend Bücher las. Und nicht etwa, weil sie daran zweifelte, dass es neben ihnen andere gute Bücher geben könnte. Sondern weil sich Bücher, wie sie behauptete, mit jedem Lesedurchgang wandelten. »Kennen Sie die Möbiusschleife?«, fragte sie, und Petzi nickte. »Etwas Ähnliches geschieht beim wiederholten Lesen. Jede Stelle scheint vertraut und doch ganz anders, beim zweiten Lesen anders als beim ersten, beim dritten wieder, auch beim vierten und fünften noch – ganz ähnlich, wie in einer langjährigen Beziehung zwischen zwei Menschen die bloße Wiederholung zu einer Tiefe und Innigkeit führt, die man sich in der ersten Verliebtheit unmöglich hätte vorstellen können.«

»Glauben Sie denn, Bücher haben eine Eigenständigkeit wie Menschen?«, fragte Petzi fasziniert.

»Das weiß ich nicht«, antwortete die alte Dame, »und es scheint mir auch nicht wichtig. Bleiben wir beim Bild des Möbiusbands, hinterlasse ich mit jedem Lesedurchgang nämlich selber Spuren auf dem Band, die sich überlagern. Dadurch wird das Buch, das zu Anfang eine mir ganz fremde Welt war, mit jedem Lesedurchgang mehr zu meiner eigenen oder, besser ausgedrückt, zu einer Umgebung, die mir so altbekannt wie überraschend vorkommt – am ehesten damit zu vergleichen, wenn man von einer längeren Reise heimkehrt und einem die eigene Wohnung zugleich vertraut und fremd erscheint.«

Und ein Theologiestudent, mit dem sie ins Gespräch kam, weil er nach demselben Buch wie sie griff (nämlich *Geist und Natur* von Gregory Bateson, das sie bereits zurückgestellt hatte, doch dann wollte sie eine bestimmte Stelle nochmals lesen), behauptete, er forsche am Phänomen Lesegenuss, das ihm ein völliges Rätsel sei. »Ich selbst quäle mich beim Lesen sozusagen permanent«, gestand er. »Dann sah ich, dass du gelächelt hast, als du dieses Buch ins Regal zurückschobst, und wurde neugierig. Glückliche Leser machen mich misstrauisch, und fast zwanghaft muss ich nachlesen, was sie gelesen haben.«

Petzi lachte und zeigte ihm die Passage, um derentwillen sie das Buch ein zweites Mal hatte aufschlagen wollen, doch sie schien ihm nicht dasselbe zu bedeuten. *Ein Mann wollte wissen, wie es sich mit dem Geist in seinem Computer verhält*, schrieb Gregory Bateson, *und fragte ihn daher: »Rechnest du damit, dass du jemals denken wirst wie ein menschliches Wesen?« Worauf nach einiger Zeit der Computer antwortete: »Das erinnert mich an eine Geschichte.«*

Doch der Student ging ihr nicht aus dem Sinn, und als sie ihn einige Tage später wiedersah, sagte sie ihm, was sie seither beschäftigte: »Ist die Frage, ob ich ein Buch genießen kann, nicht vor allem eine Frage meiner eigenen Haltung als Leser?«

»Eigene Haltung, gibt es so was überhaupt?«, fragte der Student, der Ivo hieß, zurück. »Sind Bücher nicht viel mächtiger als wir? Egal, in welchem Buch ich lese, ich verliere mich darin, und tauche ich wieder auf, fühlt es sich ganz so an, als hätte ich in einem Fluss gebadet, und ein Strudel hätte mich in die Tiefe gerissen und beinahe getötet. Ich bin nach dem Lesen erschöpft und ausgelaugt und kann kaum noch sagen, wo mir der Kopf steht.«

Das zu hören machte Petzi traurig, denn sie stellte sich vor, dass es Pit nach dem Lesen ganz ähnlich erging, wenn auch in seinem Fall ein Taumel der Wollust die Erschöpfung überwiegen mochte.

Vielleicht deshalb, vielleicht auch aus einer ganz unbegründeten Laune, fuhr sie an jenem Abend – zehn Tage nach ihrem Auszug – zu ihm. Sie hatte ihn bisher alle paar Tage angerufen, vor allem, damit er nicht glauben sollte, sie habe ihn vergessen, doch ihre Gespräche waren kurz und harzig gewesen. Jetzt wollte sie ihn einfach wiedersehen und freute sich uneingeschränkt darauf.

Sie drückte die Klingel, ganz, als sei sie in der Wohnung gar nicht mehr zu Hause. Pit öffnete mit nichts als der Pyjamahose an.

»Nicht, was du vielleicht denkst«, sagte er, während er wieder hineinging. »Ich war nur den ganzen Tag nicht draußen und wollte mich eben anziehen. Moritz von gegenüber hat mich zum Essen eingeladen. Aber ich kann ihm absagen.«

»Nein, wieso, ich komme mit«, sagte Petzi.

»Ich dachte, du willst reden«, sagte Pit.

»Nein, ich will dich einfach sehen«, antwortete sie. »Und das kann ich auch bei Moritz. Ich finde es schön, ihn kennenzulernen, er hat ein so offenes Gesicht. Findest du nicht?«

»Jedenfalls hat er etwas zu essen zu Hause, ich nicht«, sagte Pit und verschwand im Bad.

Petzi wollte nicht auf ihn warten und klingelte schon mal bei Moritz. »Ist es okay, wenn wir zu zweit kommen?«, fragte sie.

»Voll okay«, sagte Moritz. »Bist du experimentierfreudig?«

Petzi dachte an Pits Experiment mit der Nachbarin und sagte nur: »Kommt darauf an.«

Doch Moritz hatte vom Essen gesprochen. Es gab indonesische Zwiebelsuppe mit Trockenfisch und Lychee-Limonade, zum Nachtisch Milchreis mit Grünteepulver und zerstoßenen Zuckermandeln. Das alles schmeckte nicht wirklich gut, doch umso leckerer fanden sie das Karamelleis, das Selina aus der Roten Fabrik mitgenommen hatte und mit ihnen teilte. Pit und Petzi hatten draußen auf dem Balkon geraucht, als sie mit dem Rad in den Hof fuhr, Moritz hatte ihnen Gesellschaft geleistet und lud Selina spontan zur Runde dazu. »Ich habe alles getan, um den Kontrast zu diesem wunderbaren Eis hochzuhalten«, erklärte er zu seinem Kochversuch.

Das fand vor allem Petzi sehr witzig, und überhaupt war die Stimmung fröhlich und ausgelassen. Trotzdem wollte sie sich kurz nach elf Uhr auf den Weg zum Bahnhof machen.

»Schlaf doch hier«, sagte Pit. Es klang mehr nach Vorschlag als nach Bitte.

»Du weißt, dass das nicht geht«, sagte sie.

»Was geht nicht?«, fragte Selina verwundert.

»Ich habe auch ein Notbett«, sagte Moritz, ehe Petzi antworten konnte.

»Und ich eine Couch«, sagte Selina. »Aber wieso kannst du nicht in deinem Bett schlafen?«

Petzi zögerte. »Ist ja egal. Aber morgen beginne ich mit der Niederschrift meiner Arbeit. Dafür will ich ausgeschlafen und klar im Kopf sein.«

»Nichts ist egal«, sagte Selina, »erzählt.«

Und weil Petzi noch immer nichts sagen wollte, erklärte Pit: »Ich habe Efgenia Costa gevögelt. Jetzt will Petzi nicht mehr mit mir schlafen, weil sie fürchtet, ich hätte mich mit was angesteckt. Und damit sie nicht schwach wird, ist sie ausgezogen, bis ich getestet bin. Das kann ich aber erst nach einem Monat.« Der letzte Satz war an Petzi gerichtet.

Selina fragte sie: »›Mit was angesteckt‹ – ist das dein einziges Problem?«

»Ja«, sagte Petzi, »nein. Doch, eigentlich doch. Natürlich war das nicht schön von Pit, aber lieber Efgenia Costa als eine sexy Blondine in unserem Alter. Und inzwischen genieße ich die Auszeit auch.«

»Ich nicht«, stellte Pit klar.

»Na, du hattest ja schon deinen Spaß«, sagte Moritz.

»War es ein Spaß?«, fragte Selina.

Pit zögerte. »Es war Forschung«, sagte er dann. »Ich bin nun mal der wissbegierige Typ, das wusste Petzi auch.«

»Moment, mit wissbegierig hat das nichts zu tun«, sagte Moritz. »Wer Erfahrungen sammeln will, sammelt sie, egal, ob er mit einer oder zehn Frauen schläft. Man kann aber in die Breite oder in die Tiefe forschen. Du forschst offensichtlich in die Breite.«

»Danke« sagte Petzi.

Pit fragte misstrauisch: »Ist daran etwas falsch?«

»›Falsch‹ ist eine moralische Kategorie«, antwortete Moritz. »Die sinnvollere Frage scheint mir zu sein: Was ist ergiebiger?«

»Und was ist ergiebiger?«, fragte Selina und warf ihm einen amüsierten Blick zu, den Petzi nicht recht deuten konnte.

Moritz grinste und sagte nur: »Dazu fällt mir eine Geschichte ein ...«

Verspieltheit (32)

Bevor er die angekündigte Geschichte erzählen wollte, stellte Moritz seine Materialsammlung zur Untersuchung sexueller Erfüllung und Enthaltsamkeit vor.

»Du hast nur fünf Kategorien sexueller Erfüllung, aber zehn Typen von Enthaltsamkeit?«, wunderte sich Selina, und Pit gab gleich mit seinen Kenntnissen des Kamasutra an, das über hundert Arten beizuschlafen unterschied.

Doch Moritz sagte: »In meiner Untersuchung geht es nicht um Stellungen, sondern um die Korrelation von Sexualität und Kreativität. Liebe nach dem Kamasutra zu machen, finde ich so kreativ wie das Besticken eines vorgedruckten Tischtuchs, wie das meine Omama gern tut.«

Pit sagte dazu nichts, und Petzi, die noch immer stand und eigentlich den letzten Zug nach Rheineck hatte nehmen wollen, setzte sich wieder hin, sie witterte eine Lehrstunde für Pit, die sie nicht verpassen wollte. »Und wie weit bist du mit deinen Forschungen?«, fragte Selina.

»Immer wieder ganz am Anfang«, sagte Moritz mit Bedauern, »weil meine Hypothese sich andauernd ändert. Mittlerweile glaube ich, der kreativste Zustand liegt außerhalb meines Samples. Es ist der Weder-noch-Zustand, das Spiel mit den Möglichkeiten, die Phase vor der Entscheidung, ob wir sexuell aktiv werden oder nicht.«

»Aha«, sagte Selina und lächelte.

Pit wollte mehr vom Katalog sexueller Erfüllung hören, Petzi interessierte sich für die Kategorien von Enthaltsamkeit. Selina wartete, bis beide ausgeredet hatten, bevor sie fragte: »Und wo genau beginnt für dich das Sexuelle?«

Moritz fühlte, dass er unter ihrem Blick errötete. »Ich brauche erst noch etwas zu essen«, sagte er, stand auf und warf einen Blick in den Kühlschrank. »Wer will Würstchen mit scharfem englischem Senf?« Er setzte Wasser auf, und während er beim Herd wartete, gab er Antwort: »Wenn die Erotik da ist, kann alles Sex sein. Gleichzeitig braucht es dann gar keinen mehr. Der Sex selbst ist wie – na, wie Würstchen mit Senf nach einem Essen, das zwar hervorragend war, nur noch nicht satt gemacht hat.« Er grinste, und natürlich nahmen jetzt alle ein Würstchen.

»Autsch«, sagte Petzi beim ersten Bissen, denn der Senf war wirklich scharf, und fragte: »Wolltest du nicht ursprünglich eine Geschichte erzählen?«

»Doch«, sagte Moritz, und weil er inzwischen vergessen hatte, welche, erzählte er diese: »Im Winter war ich in der Kunstbuchhandlung in der Rämistrasse, unten im Keller, wo die Fotobände stehen. Ich war allein und sah mir Aktfotos an. Da kam eine unwirklich schöne Frau herunter, um ebenfalls zu stöbern. Sie hatte dichte, dunkle Locken und etwas vollkommen Grünes, Saftiges, wie frisch gepflücktes Obst. Ich wollte sie unbedingt küssen, und in der Vorstellung war das auch einfach. Doch als ich sie fragte, wurde mir dabei der Mund so trocken, dass das ein furchtbarer Kuss geworden wäre. Dazu kam, dass sie nicht Ja sagte, aber auch nicht etwa: ›Du hast einen Knall.‹ Sondern sie sah mich sehr offen an und fragte: ›Wozu sollte das gut sein?‹ Die Frage brachte mich aus der Fassung, ich stotterte völlig blöde etwas wie: ›Ich weiß auch nicht, es fiel mir eben so ein.‹ Freundlich sagte sie: ›Ich glaube nicht, dass das nötig ist‹, und wandte sich wieder einem Buch zu. Sie sah dermaßen bezaubernd und unberührbar aus! Ich entschuldigte mich tausendmal und ging aus dem Laden – das heißt: Ich stolperte und fiel vor ihr die Treppe hoch.«

Pit und Petzi lachten, sagten aber nichts dazu. Selina dagegen fragte: »Wäre der Kuss Sex gewesen?«

Moritz musste grinsen. »Das habe ich mir noch gar nicht überlegt«, gestand er. »Ich weiß nur, hätte ich sie nicht gefragt, wäre die Begegnung ein kreativer Impuls gewesen. Danach nicht mehr, weil die Sache eindeutig geworden war.«

»Mag sein«, sagte Selina, »aber du weichst mir aus. Kann ein Kuss Sex sein?« Dabei sah sie ihn so direkt an, dass er wieder errötete.

»Es kommt wohl auf den Kuss an«, sagte er, und gleich darauf küssten sie sich zwar, doch es geschah nichts Magisches. »Hm«, sagte er. »Vielleicht sind die Würstchen das Problem.«

Selina lachte. »Das finden wir heraus. Lass uns mal die Plätze tauschen.« Sie setzte sich neben Petzi und fragte sie: »Darf ich dich küssen?«

»Mich?«, fragte Petzi überrascht. Unwillkürlich blickte sie zu Pit hinüber, doch bevor er reagierte, sah sie wieder Selina an und nickte. »Ja, sehr gern. Lass mich nur noch runterschlucken.« Sie spülte den Mund mit dem billigen Rotwein aus, den Moritz aufgetischt hatte, Selina tat es ihr nach, und sie küssten sich.

»Moment«, rief Moritz, »ihr verfälscht das Resultat. So ist das kein Würstchenkuss mehr.«

»Dann koche uns nochmals welche«, schlug Selina fröhlich vor. »Jedenfalls war es ein schöner Kuss.«

»Das fand ich auch«, sagte Petzi leise.

»Ich habe keine Würstchen mehr«, erklärte Moritz, »und deshalb will ich jetzt auch einen Weinkuss.«

»Zwei«, verbesserte Selina, »einen mit mir und einen mit Petzi. Danach machen wir Auslegeordnung.«

»Und was ist mit mir?«, meldete sich Pit.

»Du hast dich noch nicht testen lassen«, antworteten Selina und Moritz unisono und brachten Petzi zum Lachen.

Nachdem sie sich geküsst hatten, stellte Petzi fest: »Ihr seht sehr schön aus.«

»Ihr zwei werdet auch schön aussehen«, sagte Selina und stand auf, um Moritz Platz zu machen. »Und der Kuss war schon viel besser.«

»Darf ich dich küssen?«, versicherte sich Moritz, als er neben Petzi Platz nahm. Flüchtig sah sie nochmals zu Pit hin, doch dabei nickte sie bereits. Allerdings spitzte sie die Lippen, und der Kuss wurde mehr ein Schmatzer.

»Das geht so nicht«, fand sogar Pit, der offenbar den guten Verlierer mimen wollte. »Eure anderen Küsse waren deutlich länger.«

»Auf die Länge kommt es nicht an«, behauptete Petzi, fragte aber trotzdem: »Wie lange müssen wir denn küssen?«

»Müssen gar nicht«, stellte Moritz klar und rückte etwas von ihr ab.

»Nein, ich will ja«, sagte Petzi eilig und hielt seinen Arm fest.

»Beim Film sagt man, ab zehn Sekunden wird es richtig heiß«, erklärte Selina.

»Dann zähle ich bis zehn«, kündigte Pit an, und nachdem Petzi zaghaft wieder ihre Lippen auf die von Moritz gelegt hatte, begann er zu zählen. Dieser Kuss begann mit einer längeren sehr zarten Berührung, bis Moritz probeweise leicht in Petzis Unterlippe biss. Sie seufzte, biss zurück, schob ihre Zunge vor, und plötzlich überschwemmte offenbar sie beide eine Lust, die derart heftig war, dass Petzi Moritz wegstieß.

»Ihr wart erst bei 9«, erklärte Pit, dem das offenbar entgangen war.

Und Selina stellte melancholisch lächelnd fest: »Womit unsere Forschungsfrage beantwortet wäre: Ein Kuss kann Sex sein.«

»Ja«, sagte Moritz.

Petzi ihrerseits bedeckte die Lippen mit den Fingern und blieb still.

»Und trotzdem ein kreativer Impuls, das ist interessant«, fuhr Moritz fort. »Ich habe uns unter einer Linde gesehen, und du?«, fragte er Petzi.

Sie schüttelte nur wieder den Kopf, sah ihn mit wässrigen Augen an, erhob sich und rannte in ihre Wohnung.

Pit sah ihr erstaunt nach, tat dann aber, als ginge sie ihn nichts an. Während er sich Wein nachschenkte, sagte er: »Jetzt finden wir heraus, was geschieht, wenn ihr zwei euch bis zehn küsst, oder?«

»Du bist so ein Blödmann, Pit«, antwortete Selina. »Nun geh ihr schon nach, und lass sie die ganze Nacht nicht los. Aber wehe, du versuchst mit ihr zu schlafen.«

Pit zögerte, schließlich stand er aber auf. »Danke für das Essen«, sagte er und ging hinüber.

Moritz goss den Wein aus Pits Glas in seines um, schenkte Selina aus der Flasche nach und fragte: »Magst du bis zehn zählen?«

Selina schüttelte den Kopf. »Aus dem Spiel bin ich raus«, sagte sie. »Wir müssen erst ein neues finden, du und ich.«

»Ausgestiegen oder rausgeflogen?«, fragte Moritz.

»Ist doch egal«, antwortete sie. »Aber sind die beiden nicht süß? Ich hoffe, es ist zwischen ihnen nichts kaputtgegangen.«

»Kaputtgegangen gibt's nicht«, sagte Moritz, »es gibt nur Zustandsveränderungen.«

»Sagt wer?«, fragte sie, doch Moritz winkte müde ab.

»Ist nur ein blöder Spruch«, sagte er. »Und ja, ich hoffe auch, den beiden geht es gut.«

Monogamie (33)

Dass Erich vor ihr sterben könnte, hatte Gerda bis zu seinem Sturz mindestens zehn Jahre lang nicht mehr ernsthaft in Betracht gezogen. Davor hatten sie manchmal davon gesprochen – dann, wenn wieder jemand starb. Inzwischen hatte Erich alle Männer ihres früheren Bekanntenkreises überlebt (nur sein älterer Bruder Adolf lebte noch), und zwar zwickte es auch ihn da und dort, doch Lunge, Herz und Kreislauf schienen unverwüstlich. Er sagte oft: »Solange in einem Haus die Heizung funktioniert und Öl im Tank ist, warum sollte man ausziehen?« Gerdas Lage war anders, ihr Arzt meinte bei jeder Untersuchung: »Wenn ich mir Ihre Werte ansehe, Frau Wyss, ist es ein Wunder, dass Sie noch so munter vor mir sitzen.« Die Wahrscheinlichkeit, dass sie zuerst starb, war also groß, beide hatten sich damit abgefunden, und Gerda freute sich darauf, Erich bei sich zu haben, wenn sie starb.

Die Nacht, die Erich in Konstanz im Gefängnis verbrachte – sie hätten ihn ja laufen lassen, doch es fuhr so spät kein Zug mehr heim –, war die erste seit vermutlich dreißig Jahren, in der sie nicht im selben Bett schliefen, und erstmals malte Gerda sich aus, wie es sein mochte, ihn zu verlieren. Die Abendtoilette hatte sie halbwegs auch ohne seine Hilfe geschafft, das freute sie. Doch danach hatte er ihr sehr gefehlt, und sie war erst eingeschlafen, nachdem sie sich mit ihm unterhalten hatte, als läge er an ihrer Seite. Am Morgen hatte er immerhin den Fünf-Uhr-Zug genommen, so hatte er, als sie erwachte, wieder neben ihr geschlafen – noch im zu weiten Anzug, den sie ihm fürs Casino im Rücken zusammengestichelt hatte.

Auch nach seinem Treppensturz blieb er nur eine einzige Nacht fort, dennoch war der Unterschied gewaltig. Nach Konstanz war er gefahren, um seinem Enkel zu demonstrieren, wie man mit System gewann, das hielt sie schon vorher für Blödsinn, aber gleichzeitig war sie stolz auf ihn. In der Nacht, die er im Triemli-Spital verbrachte, musste sie mit dem Schlimmsten rechnen. Wie schnell sich in ihrem Alter alles ändern konnte, hatten sie bei unzähligen Bekannten erlebt, ein simples Schlägli stellte das Leben auf den Kopf.

Das blieb ihnen zum Glück erspart – alles, wozu die Ärzte Erich bei seiner Entlassung geraten hatten, war, künftig Alkohol zu meiden und zu frühstücken, ehe er die Wohnung verließ. Trotzdem war alles anders. Als Erich aus dem Spital heimkam, zitterte er, und als Gerda fragte: »Warum zitterst du, bist du so schwach?«, wusste er erst keine Antwort, musste sich setzen, trank den Kaffee Hag, den sie ihm aufgoss, und sagte endlich: »Du hast es ja selbst gesehen, wir können uns nicht mehr darauf verlassen, dass ich für dich sorge.«

»Das macht doch nichts, dafür gibt es die Spitex«, antwortete sie. »Die kam heute Morgen auch, und alles lief ganz prima.«

Er sah sie finster an, dann fragte er: »Willst du nicht begreifen, oder kannst du nicht?«

»Was begreife ich nicht, Erich?«, erkundigte sie sich.

Er zögerte und fragte: »Warum hast du mich geheiratet?«

»Du warst meine Liebe, das weißt du doch«, antwortete sie. »Und ich habe es nie bereut. Jedenfalls nicht in den letzten vierzig Jahren.«

»Meinetwegen, aber was heißt das?«, bohrte er. »Warum ich, warum nicht ein anderer? Das muss sich doch benennen lassen oder beziffern, irgendwie dingfest machen.«

»Dingfest machen.« Sie lachte. »Du warst fesch, klug und witzig. Wenn du etwas wolltest, hast du dafür gekämpft. Manchmal warst du auch stur, das war nicht so schön. Aber im Ganzen gesehen warst du schon eine imposante Erscheinung.«

»Siehst du, und was bin ich jetzt?«, fragte er.

Sie lachte wieder und sagte: »Jetzt bist du der Mann, mit dem ich seit fünfundfünfzig Jahren verheiratet bin. Das kann kein anderer von sich behaupten.«

Er schwieg eine Weile, dann fragte er: »Kannst du dir vorstellen, was das für ein Gefühl ist, so hilflos auf der Treppe zu liegen, die Nachbarn starren dich an, und du bist sogar zu schwach, um sie zum Teufel zu jagen? Ich bin kein Mann mehr, Gerda.«

»Wir hatten davor gesoffen, Erich«, erinnerte sie ihn. »Wenn wir früher gesoffen haben, bist du auch manchmal umgekippt. Weißt du noch, die Silvesterfeier in der St. Galler Post? Wie wir da gekotzt haben? Vor all deinen Kollegen.«

»Du willst mich nicht verstehen«, stellte Erich fest. »Gerda, ich bin nicht mehr der, den du geheiratet hast.«

»Hoffentlich nicht«, rief sie aus. »Damals warst du ein regelrechter Schnösel und ich ein Tüpfi.«

»Jetzt bin ich nicht mal mehr ein Schnösel«, sagte er.

Gerda nahm sein Gesicht in beide Hände. »Hör zu, Erich«, sagte sie. »Letzte Nacht hatte ich große Angst. Ich hatte Angst, du könntest vor mir sterben. Aber das Schlimme war nicht etwa der Gedanke, dass ich danach allein weiterleben müsste. Das Schlimme war die Vorstellung, dass du dort im Spital stirbst, und ich bin nicht bei dir. Mir wäre es egal gewesen, wenn du ein Schlägli gehabt hättest oder etwas gebrochen oder einen Herzinfarkt und wir uns einrichten müssten. Es wäre mir egal gewesen, wenn es geheißen hätte, ihr müsst aus der Wohnung ausziehen, ihr braucht einen Lift, ihr braucht Pflege. Sofort wäre ich mit dir ins Heim …«

»Aber wenn ich im Kopf nicht mehr richtig wäre?«, fiel er ihr ins Wort. »Wenn ich böse würde?«

»Hast du Angst, böse zu werden?«, fragte sie zurück.

Leise sagte er: »Ja, ich kann mir vorstellen, dass ich böse werde, wenn ich schwach bin. Im Triemli hatte ich böse Gedanken.«

»So böse wie dein Vater?«, fragte sie. Er hatte Erichs Mutter geschlagen.

Erich kämpfte mit den Tränen, er nickte, und als er sich wieder in der Gewalt hatte, sagte er: »Wenn ich böse werde, musst du mich verlassen. Versprich mir das.«

Gerda dachte nach, dann sagte sie: »Nein, Erich, wenn du böse wirst, werde ich Abstand halten. Aber verlassen werde ich dich nie.«

Nun weinte er wirklich, dabei verbarg er das Gesicht in der Armbeuge. Gerda trug für den Fall, dass er sich auf die Tischplatte sinken lassen würde, die Kaffeetassen zur Anrichte, aber er blieb aufrecht. Noch in den Ärmel hinein sagte er schließlich: »Im Spital gab es Toast Hawaii.«

»Was gab es?«, fragte sie.

»Toast Hawaii«, wiederholte er und rieb mit den Handballen die Augen trocken. »Ich mag eigentlich keinen Toast Hawaii.«

»Ich weiß. Und hast du ihn gegessen?«, fragte sie.

Er nickte. »Ich sagte mir, wenn ich ins Heim muss, gibt es dort womöglich jeden Tag etwas wie Toast Hawaii, und ich bin zu schwach, um mich zu wehren. Da esse ich ihn besser gleich.«

»Und wie war er?«, erkundigte sie sich.

»Gar nicht so übel, sie hatten Ziger darüber gerieben«, erzählte er.

Und weil es schon halb zwei war, kochten sie gemeinsam Erbsensuppe mit Wienerli. Beim Essen schwiegen sie, nur Gerda sagte einmal: »Du brauchst nicht so zu schlürfen, sie ist nicht zu heiß.«

»Im Heim dürfen wir vielleicht nicht mal mehr schlürfen«, antwortete Erich, »schlürf auch.« Aber das war nicht Gerdas Art.

Er hatte Gerda am Spitalkiosk einen Riegel »Mon Chéri« gekauft und schlug vor, ihn zum Dessert zu essen. »Darfst du denn schon wieder Alkohol?«, fragte Gerda.

»Wieso, im Toast Hawaii hatte es auch Wein«, sagte er.

»Dann war es aber kein Toast Hawaii, sondern eine Käseschnitte«, erklärte sie.

»Die Schwester sagte Toast Hawaii dazu«, beharrte Erich, »es hatte auch eine Ananas und eine Kirsche darauf.«

»Da war der Koch wohl Ausländer«, sagte sie, und nachdem sie ihr »Mon Chéri« gegessen hatte, stellte sie fest: »Ich würde gern nochmals auswärts essen.«

»Ich hatte ja im Triemli einen im Zimmer«, erzählte darauf Erich, »der arbeitet für die Stadt, Hochbauamt. Er hat gesagt, auf dem Maag-Areal wird ein Hochhaus gebaut, ein richtiger Wolkenkratzer, 111 Stockwerke. Oder 111 Meter, ich weiß es nicht mehr.«

»Was für ein Blödsinn«, rief Gerda, »als bräuchte eine Stadt wie Zürich einen Wolkenkratzer.«

»Warte«, sagte Erich. »Zuoberst soll ein Restaurant sein, in 111 Metern Höhe, stell dir das mal vor. Da würde ich gern essen. Von dort aus sieht man bestimmt bis nach Rapperswil.«

»Meinetwegen essen wir dort«, sagte Gerda. »Wann wird denn das gebaut?«

Erich überlegte kurz. »Also mit Ausschreibung, Planung und Finanzierung dauert so was bestimmt zehn Jahre.«

Sie lachten, dann schlug Gerda vor: »Wir könnten zu Berta in die *Frohburg*. Falls die noch wirtet.« Die *Frohburg* war gleich gegenüber.

»Wir brauchen aber jemanden, der dir mit den Treppen hilft«, sagte Erich, »auf mich ist kein Verlass mehr.«

»Wir fragen Frau Sommer«, schlug Gerda vor. »Die war gestern schon sehr hilfreich.«

»Wir können sie einladen mitzukommen«, fiel Erich ein, »ihrer Tochter schulde ich auch noch was. Sie war doch in Konstanz meine Glücksfee.«

»Die ist aber erst vier oder fünf«, sagte Gerda, »da ist die *Frohburg* nicht das Rechte.«

»Nein?«, fragte Erich. »Ach so, weil geraucht wird.« Und etwas Passenderes fiel ihnen auf die Schnelle nicht ein.

Zauber (34)

Wenn du morgen aufwachst, bist du schon fünf«, sagte Julia, nachdem sie Mona ins Bett gebracht, das Licht gelöscht und sich wie jeden Abend neben sie gelegt hatte, um mit ihr die fluoreszierenden Sterne an der Zimmerdecke zu betrachten.

»Und wann genau werde ich fünf?«, fragte Mona.

»Um zwei Uhr neunzehn«, antwortete sie.

»Dann will ich wach sein«, sagte Mona. »Oder tut es auch weh?«

»Was tut weh?«, fragte Julia.

»Na, fünf zu werden«, rief Mona. »Oma sagt, sechzig zu werden tut weh.«

»Nein, fünf zu werden tut nicht weh«, versicherte Julia. »Auch sechzig zu werden vermutlich nicht. Oma tut oft etwas weh, das anderen Leuten nicht wehtut.«

»Dann ist sie ein Schwächling«, stellte Mona fest.

»Hast du das etwa aus dem Hort?«, fragte Julia.

Doch Mona war schon ganz woanders. »Kommt Moritz zur Geburtstagsfeier?«, fragte sie.

»Aber wir machen doch gar keine Feier«, erinnerte sie Julia, »weil schon übermorgen Tina Geburtstag feiert, zwei Feiern an zwei Tagen, das ist zu viel. Du hast morgen Hort und Spielgruppe wie immer. Oma holt dich ab, und wir essen zu dritt bei *McDonald's* zu Abend. Das haben wir vor einer Woche so besprochen.«

»Da war ich aber noch voll vier«, sagte Mona. »Jetzt bin ich fast fünf, und ich will, dass Moritz mit uns feiert. Und ich will auch nicht in die Spielgruppe, ich will mit Moritz in den Wald.«

Julia stöhnte. »Ich wollte dir am Nachmittag die Torte backen«, sagte sie.

»Das kannst du ja«, sagte Mona, »ich gehe nämlich mit Moritz allein in den Wald.«

»Fängt das schon an? Meine Tochter spannt mir den Liebhaber aus«, sagte Julia, als sie Moritz anrief und ihm Monas Wunsch mitteilte, denn sie hatte nicht nur die Torte backen wollen, sondern war für ein Stündchen mit ihm verabredet.

»Na ja, wenn sich Mona das wünscht, gehe ich natürlich mit ihr in den Wald«, sagte er. »Dafür will ich aber ein Stück Torte auf deiner nackten Haut serviert.«

Julia legte lachend auf und wollte Mona die frohe Botschaft bringen, doch Mona schlief schon.

Dafür sprang sie nachts um zwei auf Julia drauf und rief: »Bin ich schon fünf?«

»Fast«, sagte Julia, nachdem sie auf die Uhr gesehen hatte. »Jetzt schlaf weiter.«

»Nein, ich will wach sein, wenn es passiert«, erklärte Mona. »Wie lange dauert es noch?«

»Drei Minuten«, schwindelte Julia. »Also gut, setz dich aufrecht hin, so fühlst du es am besten. Man spürt es vor allem im Nacken, wenn man fünf wird. Man spürt, wie man ein bisschen wächst.«

»Schnell, hol Moritz«, rief Mona. »Er muss dabei sein.«

»Was hast du nur heute mit Moritz?«, wunderte sich Julia. »Ich werde ihn wohl noch nachts um zwei aus dem Bett holen, damit er dir beim Wachsen zusieht.«

Doch Mona begann gleich zu weinen, und weil zu fürchten war, dass sie damit Costas weckte, rief Julia nochmals Moritz an. »Entschuldige«, sagte sie, »aber Mona besteht darauf, dass du dabei bist, wenn sie fünf wird.«

»Ich sagte doch, ich hole sie ab«, antwortete er. »Ich bastle gerade ein Geschenk für sie.«

»Du verstehst nicht, sie will, dass du jetzt kommst«, sagte Julia. »Sie will wach sein, wenn sie fünf wird, und sie will, dass du dabei bist.«

»Ach so, und wann ist das?«, fragte Moritz.

»Ich denke, fünf Minuten kann ich sie noch hinhalten«, sagte Julia.

Drei Minuten später war er da, küsste Julia in die Halskuhle und Mona auf den Scheitel, dabei berührte er sie flüchtig an der Stirn. Dann setzte er sich zu ihnen auf Julias Bett und sagte: »Danke für die Einladung, Mona.«

»Ich muss gerade sitzen, dann kommt das neue Jahr«, erklärte Mona.

»Ich glaube, ich kann es schon riechen«, sagte Moritz und schnupperte. »Wenn man wächst, riecht es nämlich grün.« Gleichzeitig versprühte er hinter ihrem Rücken etwas wie einen Raumduft, der nach frisch geschnittenem Gras roch.

»Ich rieche es auch«, rief Mona. »Dann bin ich jetzt schon fünf? Aber ich habe noch gar nichts im Nacken gefühlt.«

Julia blies ihr sanft in den Nacken und erklärte: »Man spürt nur ein leises Kribbeln.«

»Aber man hat danach einen Punkt auf der Stirn«, sagte

Moritz. »Den macht das Jahr, damit es nicht aus Versehen zweimal kommt. Sonst würdest du schon sechs. Hier, sieh mal in den Spiegel.« Er zog einen kleinen Spiegel aus der Hosentasche und gab ihn ihr.

Tatsächlich entdeckte Mona einen roten Punkt auf ihrer Stirn. »Dann bin ich jetzt also schon fünf«, sagte sie leicht enttäuscht. »Nächstes Jahr stehe ich dafür aber nicht mehr auf.«

Julia stand auf und hob sie hoch. »Komm, Große, ich bringe dich in dein Bett zurück«, sagte sie.

Doch Mona strampelte sich frei und sagte: »Das ist nicht nötig, Mama. Wenn Moritz hier ist, habe ich keine Angst.« Dann ging sie ganz allein in ihr Zimmer.

»Das heißt, ich bleibe wohl oder übel hier«, sagte Moritz grinsend und zog das Hemd aus.

Julia ging Mona nach, doch die hatte sogar die Zimmertür geschlossen. Julia hörte sie mit Friedel Fertig reden, einem ihrer unsichtbaren Freunde.

Als sie zurückkam, war Moritz nackt.

»Ich weiß nicht, ob das richtig ist«, sagte sie.

»Ich auch nicht«, sagte Moritz. »Aber immerhin haben wir jetzt den Segen deiner Tochter.«

Trotzdem war er schon fort, als Mona sie am Morgen weckte, und Mona fragte auch nicht nach ihm, sondern schrie nur: »Aufwachen, Mama, wir haben Geburtstag!«

Beim Frühstück fragte Julia: »Bleibt es dabei, dass du mit Moritz in den Wald willst?«

»Natürlich«, rief Mona, »er ist doch unser Freund!«

Und offenbar vergnügten sich die beiden blendend, Julia hörte jedenfalls den ganzen Nachmittag lang nichts von ihnen. Etwas wehmütig, gleichzeitig sonderbar beseelt backte sie die Torte, machte Limonade und deckte den Tisch. Mehrmals dankte sie dem Schicksal für die vergangenen fünf Jahre und dachte mit Schmerz und Verwunderung, wie schnell Mona doch flügge wurde. Dazwischen glaubte sie öfters, die Hände und den Atem von Moritz auf ihrer Haut zu spüren, erinnerte sich an die Nacht, daran, wie einfach und gut es gewesen war, und sehnte sich nach mehr.

Als sie kurz vor sechs zu *McDonald's* kam, saßen die beiden schon plaudernd bei riesengroßen Milkshakes, und vor Mona stapelten sich Vögel aus Papier und Zahnstochern. Julia begriff nur die Hälfte von dem, was Mona von ihrem Abenteuer erzählte, so sehr sprudelte sie. Jene Vögel waren angeblich Feen beziehungsweise in den Vögeln wohnten Feen, sie hatten sie im Wald von den Bäumen gepflückt. Aber auch Räuber hatten sie getroffen, und die hatten Mona das Pfeifen beibringen wollen.

Deshalb pfiffen die beiden denn auch den ganzen Abend kreuzfalsch *Das Wandern ist des Müllers Lust* – das heißt, Moritz pfiff, und Mona pustete durch die gespitzten Lippen. Das Musizieren verging ihnen erst, als sie in die Röntgenstrasse einbogen und Julias Mutter Lisbeth vor der Haustür wartete. Denn Julia hatte zwar Mona in der Spielgruppe abgemeldet, sie hatte jedoch vergessen, Lisbeth zu sagen, dass sie a) Mona nicht abholen musste und b) wo sie zu Abend aßen. Tatsächlich hatten sie sie den ganzen Abend über nicht vermisst, und nun war Monas Oma doppelt sauer, weil sie nicht nur stundenlang gewartet hatte, sondern auch noch mit leerem Magen. Aus Trotz wollte sie nicht einmal mehr Torte essen. Erst als Mona weinend klagte: »Es ist doch aber mein Geburtstag, und ich kann schließlich nichts dafür, wenn Mama dich vergisst«, riss die Oma sich zusammen und aß ein kleines Stück.

Nachdem Moritz sich verabschiedet hatte, gab Oma Mona ihr Geschenk, ein rosarotes Prinzessinnenkleid mit Schühchen, Schleier und Krone, das sie aus London mitgebracht hatte, wo es richtige Königinnen und Prinzen gab (eine Postkarte mit der frisch gekrönten Prinzessin Diana war schon länger einer von Monas liebsten Schätzen). Und was das Allerbeste war: Als Prinzessin gelang es Mona sogar, ein paar Töne zu pfeifen!

Stille (35)

Selina bereitete es keine Mühe, sich in das Stück hineinzufinden, obwohl die Proben schon seit gut zwei Wochen liefen. Dass sie ein unangepasstes, aufmüpfiges Mädchen spielte, das einen spitzen Humor hatte und sich mithilfe dieses Humors immer etwas abseitsstellte, kam ihr entgegen. Sie hatte Rolf um eine Einzelprobe gebeten, ehe er und sie sich füreinander entscheiden sollten, doch schon nach zehn Minuten war ihnen klar gewesen, dass sie perfekt in die Produktion passte. Der Stücktext war sperrig, nicht schweizerdeutsch, nicht hochdeutsch, und sie genoss es, ihn zwischen Zunge und Gaumen zu wälzen wie einen kantigen Eiswürfel. Im Bühnenbild, das einen zerklüfteten, steil aufragenden Berg darstellte, bewegte sie sich (dank einer Kindheit im Leichtathletik-Club), als wäre sie darin aufgewachsen.

»Wie konnten wir das Stück überhaupt planen, ohne an dich zu denken?«, wunderte sich Rolf zum Schluss der Probe, und Nora, seine Assistentin, frotzelte (in Anlehnung an Selinas Erfahrungen mit Mallaya): »Ich wette, du hast mit dem Autor geschlafen.«

Das hatte Selina nicht, und fast bedauerte sie es. Denn obwohl sie gleich alles las, was von ihm greifbar war, die Romanvorlage zum Stück gar mehrmals, blieb ein Leerraum, den sie nicht füllen konnte. Zu Anfang spürte sie ihn kaum, da war einfach immer wieder eine Lücke, die sie im Spiel übersprang, wie man auf dem Weg über Karrenfelder eine Felsspalte überspringt. Doch je länger sie probten, desto mehr störte sie, dass da etwas war, das sich ihr entzog – und nicht nur ihr, sondern offensichtlich allen. Nur hatten die anderen die Kluft gar nicht wahrgenommen, bevor sie sie darauf ansprach, und nicht einmal ihr Bühnenpartner Pierre, der einen verschupften und übersensiblen Halbwüchsigen spielte, sah die Notwendigkeit, die Leerstelle zu fassen.

»Zurückgefragt: Was gibt es, sagen wir, an einer Zahnlücke zu begreifen?«, fragte schließlich Rolf, der Regisseur. »Wir haben einen Text, der brüchig und unvollständig ist wie Schwemmgut. Wir haben unsere Spiellust, die wir diesem Schwemmgut widmen, das ist alles, was es braucht. Niemand will wissen, wozu das Schwemmgut einmal diente, ob diese oder jene Planke einen Matrosen erschlagen oder einem Schiffbrüchigen das Leben gerettet hat, wer sie auf welcher abgelegenen Insel in welchem Jahrhundert zurechtgehobelt oder ihr Bootslack aufgetragen hat. Wir würden durchdrehen, wollten wir all dem nachgehen. Und ich glaube nicht einmal, dass das produktiv wäre, denn es lenkt uns vom Wesentlichen ab. Das Wesentliche des Theaters nämlich sind wir, das heißt ihr, die Schauspieler. Ihr seid das Material, das wir, das heißt das Publikum, sehen wollen. Euch wollen wir ganz, von euch wollen wir alles. Vom Stück wollen wir so gut wie nichts.«

Diese Rede hielt er offenbar so oder ähnlich öfters, und sie verfing immerhin bei den anderen.

Nur Selina wandte ein: »Ich brauche es aber, dass das

Stück mich trägt. Für mich ist es nicht Strandgut oder Schwemmgut, für mich ist es der Strand, das Schwemmgut sind, wenn schon, die anderen Spieler. Das Stück ist einerseits der Boden, auf dem ich mich bewege, andererseits ist es meine Mutter, die mich im Hintergrund begleitet und mich stützt, wenn sie fürchtet, dass ich fallen könnte.«

»Dann wirst du dir diesen Boden aber selbst erobern müssen«, sagte Rolf lachend, und Selina lachte mit, denn sie wusste, wie gefährlich es ist, sich mitten in einer Produktion in Grundsatzdebatten zu verbeißen. Dafür fragte sie Nora: »Fährst du mit mir am Sonntag ins Klöntal?«

Denn im Klöntal, genauer: dahinter, auf einer Alp, die Dräckloch hieß, spielte ihr Stück. »Nur zu gern«, sagte Nora und wollte dafür das Auto ihres Freundes borgen. Der brauchte es jedoch kurzfristig selbst, und weil Nora ihrer Körperfülle wegen schlecht zu Fuß war, fuhr Selina schließlich allein.

Im Zug kam sie mit einigen Glarnern ins Gespräch und erfuhr, dass ins Klöntal zu dieser Jahreszeit noch kein Bus fuhr und zudem der Weg ins Dräckloch zugeschneit war. Sie dachte zwar bei sich, das wäre perfekt, aber allein wagte sie den Aufstieg nicht. Stattdessen spazierte sie kurz durch Glarus, das an diesem Sonntagmorgen leer und öde wirkte, danach verließ sie das Dorf und stieg einem Spazierweg nach die Glärnischflanke empor. Schnell gewann sie an Höhe, und nachdem sie einen Hügel umlaufen hatte, der lang gezogen und kraftvoll wie ein angespannter Muskel fast noch in der Talsenke lag, kam sie zu einem Waldweg, dem sie ohne besondere Erwartungen folgte. Allgemein war sie etwas enttäuscht, denn die Leere, die sie mit dem Ausflug hatte füllen wollen, schien mit der Reise eher zuzunehmen. Alles wirkte belanglos und flach, sie vermisste das Rohe, Wilde, Unmittelbare der Berge. Unmittelbar war höchstens der Duft des Harzes und der Borke der Bäume, das Flirren des Neuschnees, der auf den hart gefrorenen Harsch gefallen war und beim leisesten Windhauch zerstäubte, und die Stille, die je nachdem, woher der Wind kam, fast vollkommen oder aber mit dem leisen Rauschen der Kantonsstraße unterlegt war.

All diese Eindrücke und Bilder versuchte sie ohne Wertung zu speichern, ebenso ihre eigenen Regungen – »den Fresskorb füllen« nannte sie diesen Vorgang, der Teil ihrer üblichen Vorbereitung auf eine Rolle war.

Irgendwann wurde der Weg für kurze Zeit steiler, führte aus dem Waldstück hinaus und durch ein kleines Tal, eigentlich nicht viel mehr als eine Mulde. Bis auf einen Zaun, ein Mäuerchen und ebenjenen Weg schien es unberührt, nicht einmal Spuren von Füchsen, Hasen oder Rehen konnte Selina ausmachen. Der Wind, das sah sie an den Verwehungen in den Wipfeln auf der Krete, blies hoch über das Tal hinweg. Dazu war der Himmel diesig geworden und streute das Licht so breit, dass kaum noch Schatten auszumachen waren. In seiner Leere und Konturlosigkeit sah das Tal aus wie eine bloße Skizze, und Selina hatte eine sonderbare Scheu davor, es zu betreten. Und als sie es endlich tat (in Wirklichkeit hatte sie nur Sekunden gezögert), fühlte sie sich schon nach drei, vier Schritten allem Bisherigen so sehr entrückt, als habe sie damit, wie durch einen unsichtbaren Vorhang hindurch, die Welt, wie sie sie kannte, verlassen und sei in ein Geisterreich eingetreten. In der Mulde herrschte fast grenzenloses Schweigen, Selina hörte nichts als ihre Schritte, ihren Atem und die Reibung ihrer Kleider. Stand sie still, stand gleich alles still. Sofort verlor sie jedes Zeitgefühl, und nicht nur das, ihr ganzes Empfinden wandelte sich – in einer Welt, die nur aus Licht und Leere bestand, gab es auch für ihren eigenen Körper keine Notwendigkeit mehr, und diese Erkenntnis wiederum – oder besser Erfahrung – gab ihr ein Gefühl von Ruhe und Zufriedenheit, das so stark war, dass sie in jenem Moment mit Leichtigkeit ihr Leben hätte fahren lassen. »Die Stille hinter der Stille« war der Name, den sie für dieses Gefühl fand. Eine unermessliche Zeitspanne lang stand sie nur da, auf dem kleinen Weg inmitten der Talsenke, den sie nicht zu verlassen wagte, fühlte sich völlig aufgehoben in der Leere und zweifelte gleichzeitig nicht daran, dass die Senke dicht bevölkert war, von Wesen, die sie deshalb nicht sehen konnte, weil die Wesen womöglich durch die Zeit von ihr getrennt waren, womöglich durch ihre andersgeartete Stofflichkeit und womöglich überhaupt nicht, denn sehr leicht schien ihr auch denkbar, dass der Hauch von Leben, den sie wahrnahm, schon alles war, das zählte, und so auch ihr wahres Wesen, das sie, wenn sie nun weiterging, womöglich hier zurückließ, wo es heimisch wurde. Ja, plötzlich schien ihr sogar sehr wahrscheinlich, dass alles Wesentliche hier in dieser kleinen Mulde versammelt war, und der ganze, große Rest des Universums war nur Hülle.

»Hallo, Geister«, sagte sie irgendwann. Die Geister antworteten mit Stille. »Wenn ich eure Existenz auf dem Theater darstellen soll«, fragte sie, »wie kann ich das anstellen?« Die Frage, schien ihr, verursachte eine kleine Aufregung in der Stille, kurz schien das Tälchen wie frisch belebt, dann gab sie selbst die Antwort. »Mit Leichtigkeit«, sagte sie und wiederholte damit, was die Stille ihr eingab. »Ist das alles?«

Das schien tatsächlich schon alles zu sein, denn das Tal versank nun wieder in Ruhe, und schon während sie weiterging, verlor sie das Gefühl, hier eine Heimat zu haben.

»Wie heißt die Senke hinter der Krete?«, erkundigte sie sich, als sie im »Zwetschgenhof« einen *Kaffee fertig* trank, die Hausspezialität.

Die Wirtin begriff nicht recht, wovon Selina sprach. »Vielleicht das Haltengut«, sagte sie. Unbedingte Stille wiederum wollte sie auch kennen, von einer Schieferhöhle tief im Plattenberg. »Wenn man dort die Lampe löscht, ist es schwärzer als schwarz«, erzählte sie in zerklüftetem Glarner Dialekt, »und dazu still und leer, als wäre man im Weltall. Ich habe das keine zehn Sekunden ausgehalten. Von der Stille toste es mir in den Ohren wie ein Wasserfall.«

Das war denn auch der Satz, den Selina anderntags mit zur Probe brachte. »Wem diese Stille normal wird«, sagte sie dazu, »der lebt in jener Welt, aus der unsere Figuren kommen.« Den Rat zur Leichtigkeit, den die Stille ihr gegeben hatte, gab sie nicht weiter – Leichtigkeit, das hatte sie von George Tabori gelernt, kann man nicht spielen. Doch wenn sie fortan im schwierigen Text stolperte, erinnerte sie sich daran, welche Stille ihrer Figur natürlich war und wie absurd ihr allein der Versuch erscheinen musste, sie durch Worte zu brechen, das ließ sie alle Patzer leicht verzeihen.

Blockade (36)

Efgenia Costa war in einen Zustand geraten, den sie so nicht kannte. Zu Beginn, als die Rückenschmerzen so heftig gewesen waren, dass sie alles andere verdrängten, hatte sie vor allem Wut und Verzweiflung gefühlt. Nachdem sie arbeitsunfähig geschrieben worden war, fühlte sie Angst, sie fühlte Leere, sie hasste und bemitleidete sich. Doch jetzt fühlte sie immer weniger. Die Schmerzen wurden ihr normal und besetzten das Hirn in einer Weise, die sie mit ähnlicher Faszination beobachtete, wie sie beobachtete, wie Schimmel im Kühlschrank um sich griff. Sie war nicht in der Lage, etwas dagegen zu tun – oder vielleicht wäre sie in der Lage gewesen, aber sie kam nicht auf den Gedanken. Als Erich Wyss nach seinem Sturz im Treppenhaus lag, sah sie ihn jammernd daliegen und dachte nur, wie hässlich er war. Wurde sie angesprochen, gab sie Antwort, doch die Worte kamen automatisch, sie hatte damit nichts zu tun. Nach Erich Wyssens Sturz war es die Nachbarin von oben gewesen, die etwas von »Hilfe holen« gesagt hatte. Efgenia Costa hatte zwar wahrgenommen, dass sie sich mit ihr unterhielt, doch sie hätte nicht wiederholen können, was sie selbst zur Antwort gegeben hatte. Dafür wusste sie noch, dass die Frau, die Frühling oder Sommer hieß, etwas leuchtend Violettes getragen hatte, einen Ring oder ein Haarband, vielleicht auch eine Tasche.

War Adamo zu Hause, erging es ihr oft kaum anders. Sie sah ihn und wusste, das ist Adamo, das ist mein Mann, aber sie verband den Gedanken mit nichts. Sie ließ sich gern von ihm vögeln, auch Schläge halfen. Leider brauchte es dazu sehr viel, er schlug höchstens zurück. Gewalt jedenfalls durchdrang den chronischen Schmerz – nicht sehr, doch immerhin genügend, damit sie überhaupt wieder merkte, dass sie Schmerzen hatte und vielleicht ihretwegen wie gelähmt war. In welchem Ausmaß tatsächlich die Rückenbeschwerden Auslöser ihrer Blockade waren, in welchem ihr Erschrecken über die eigene Verwüstlichkeit oder die schlichte Tatsache, dass sie, seit sie die Tage allein zu Hause verbrachte, so unerbittlich auf sich selbst zurückgeworfen war, konnte sie nicht sagen, und sie kam nur selten mehr in einen Zustand, der ihr erlaubte, darüber nachzudenken. Sie fühlte sich wie ein Tier, dessen Instinkt es ist, in Momenten der Panik in Lähmung zu verfallen, und das in jenem Zustand des Gelähmtseins nicht einmal erkennen kann, was die Panik ausgelöst hat.

Eines Abends wollte Adamo ihr ins Gewissen reden, und sie begriff, dass er keine Ahnung hatte, wo sie war. »Hör auf, dich zu verschanzen«, riet er ihr, »sieh das Leben endlich wieder mal von der komischen Seite. Weißt du noch, wie wir über Missgeschicke lachen konnten? Das Leben ist ein Witz, Efgenia, genauso wie das Sterben.« Ja, das hatten sie einmal geglaubt, und wie damals erzählte er absurde Geschichten von Unfallopfern, die er gerade transportiert hatte. »Du hast über so was mal gelacht«, behauptete er, und das war gut möglich, doch sie erinnerte sich nicht.

Manchmal brüllte sie jetzt und merkte erst mit der Zeit,

dass jemand brüllte, und nochmals später, dass sie selbst es war. Manchmal sah sie fern, CNN am liebsten, und bildete sich ein, was sie sehe, sei ein Bild ihres inneren Zustands.

Als es wärmer wurde, gab es eine kurze Phase, in der sie sich fast normal fühlte. Sie nahm die Umwelt wieder wahr und entdeckte, dass die beiden Jugendlichen in der Wohnung unter ihnen nicht mehr miteinander schliefen. Sie vermisste die Geräusche, die sie einmal so belästigt hatten, so sehr, dass sie hinunterging und den Burschen, der an die Tür kam, fragte: »Lebst du jetzt allein?«

»Nein«, sagte er, »aber Petzi weiß, dass ich mit dir gevögelt habe, und befürchtet, dass du krank bist. Sie will sich nicht mit was anstecken.«

Das hatte sie gar nicht erinnert, oder besser, sie hatte geglaubt, sie habe sich nur ausgemalt, sie sei das Mädchen und der Junge vögle sie. »Ich bin nicht ansteckend«, sagte sie. »Ich habe einen kaputten Rücken.«

»Davon rede ich nicht«, sagte der Junge. »Petzi fürchtet, du hast Tripper oder so was.«

»Warum?«, fragte sie.

»Warum?«, äffte der Junge sie nach, »weil du stinkst.«

»Wieso stinke ich?«, fragte sie.

Er rief: »Das weiß ich doch nicht! Inzwischen glaube ich, dass du spinnst. Wieso bist du hier? Willst du wieder vögeln?«

»Ich weiß nicht«, sagte sie. »Ich möchte vor allem, dass ihr es wieder tut. Es ist dann nicht so tot in diesem Haus.«

»Ich darf gar nicht mehr«, sagte der Junge, der, wie sie plötzlich zu erinnern glaubte, Peter hieß. »Achte mal darauf, ob du einen Ausfluss hast.«

»Was für einen Ausfluss?«, fragte sie.

Er benutzte ein Wort, das sie nicht kannte: ›süderig‹. »Vielleicht hast du Syphilis. Baudelaire und Nietzsche hatten Syphilis. Die sind auch verrückt geworden.«

»Wer?«, fragte sie und ertrug, dass er über sie lachte. »Du heißt Peter, nicht wahr?«, fragte sie.

»Ja, warum?«, wollte er wissen.

»Nur so, ich kann mir Namen schlecht merken.«

Als sie wieder hoch in ihre Wohnung ging, war sie richtig guter Laune. Dass sie seinen Namen wusste, nahm sie als Zeichen, dass sie und die Welt noch nicht völlig getrennt waren.

»Peter, der unter uns wohnt, meint, ich hätte eine Geschlechtskrankheit«, erzählte sie Adamo, als er nach Hause kam. »Was hältst du davon?«

Adamo stutzte, dann lachte er und rief: »Nicht schlecht! Ich dachte gar nicht, dass du das noch draufhast.« Er zündete sich eine Zigarette an und bemerkte: »Die Verwaltung hat übrigens am Freitag angerufen. Sie fragen, ob wir Hauswartsdienste übernehmen wollen, erst mal nur vorübergehend. Herr Vogler geht in Pension, und sie haben noch keinen Nachfolger. Dafür reduzieren sie die Miete.«

Efgenia erinnerte sich, in der Genossenschaftszeitung gelesen zu haben, dass er in Pension ging. »Das ist eine gute Idee«, sagte sie sofort. »Das sollten wir tun.«

Adamo sah sie verwundert an und sagte: »Du. Ich arbeite schon genug.«

»Ja, ich«, sagte sie.

Sie fand den Gedanken, das Haus in Ordnung zu bringen, nicht nur aufregend, sondern regelrecht beglückend, und das erste Mal seit ihrem Unfall freute sie sich, als sie schlafen gingen, auf den nächsten Tag. Adamo hatte Frühschicht und war schon aus dem Haus, als sie wach wurde. Ebenfalls das erste Mal seit Langem nahm sie die Rückenschmerzen nicht als normal hin, sondern ärgerte sich darüber und ermahnte sich, wieder die Medikamente zu schlucken. Das vergaß sie allerdings wieder, als sie ihr Vorgehen in der Hausreinigung plante. Da sie fürs Dachgeschoss erst Schlüssel anfordern musste, beschloss sie, von unten nach oben zu putzen. Bis zum Mittag hatte sie die Waschküche und alle zugänglichen Kellerräume gefegt und feucht aufgenommen, außerdem den Kübel im Trockenraum geleert und die Flusensiebe der Waschmaschine und des Trockners gereinigt. Zum Mittagessen rührte sie Tomatensuppe an, dazu nahm sie endlich die Tabletten, danach wollte sie sich kurz hinlegen, schlief aber ein und wachte erst gegen drei Uhr auf. Sie fühlte sich wie verkatert und kam kaum hoch, doch sie hatte sich vorgenommen, noch einen besseren Wischer und einen großen Eimer zu kaufen, und das war ihr wichtig.

Im Treppenhaus begegnete sie Erich Wyss und fuhr ihn unwillkürlich an: »Starren Sie mich nicht so an mit Ihren bösen Augen. Ich kann nichts dafür, dass Sie gestürzt sind.« Er sagte darauf nichts, aber Efgenia war über sich erschrocken und fragte sich, ob sie sich ihre Fröhlichkeit vielleicht nur eingebildet hatte.

Dann kam sie heim, mit Wischer und Eimer, und als sie sah, dass Adamo schon da war, freute sie sich wiederum wie ein Kind darauf, ihm den geputzten Keller zu zeigen. »Ich bin richtig froh, wieder mehr als nur dein Hemmschuh zu sein«, erklärte sie, während sie vor ihm her in die Waschküche abstieg. »Sieh mal. Was, glaubst du, bekommen wir dafür?«

»Wofür?«, fragte er, offenbar begriff er nicht gleich, dass sie geputzt hatte.

»5 Stunden 40 habe ich dafür gebraucht«, sagte sie, »dazu das Putzmittel und die Geräte.«

Adamo lachte verwundert und sagte: »Gestern war der 1. April, Liebling. Hast du das vergessen?«

»Was willst du mir sagen?«, fragte sie. »Dass ich schon gestern hätte putzen müssen? Ich weiß, dass der Vogler am 31. den Letzten hatte, aber gestern war Sonntag. Die Verwaltung wird ja kaum erwarten, dass wir sonntags putzen, außerdem hast du mir doch erst am Nachmittag davon erzählt.«

»Da hast du ganz recht«, sagte er, »entschuldige. Ich werde morgen Barbara Zbinden anrufen und mich erkundigen, wie sie uns das verrechnen.«

»Frag gleich nach dem Estrichschlüssel«, sagte sie. »Oder besser nach einem Passepartout. Ohne Schlüssel kann ich nicht putzen.«

Pioniergeist (37)

Es dauerte nicht lange, bis Erich Wyss wieder vorwärtsblickte. Und zwar beschloss er, sich und Gerda für die Zukunft zu wappnen. Nachdem er sich im Kreisbüro eine Liste der Alters- und Pflegeheime im Kreis 5 hatte geben lassen, klapperte er alle ab, angefangen mit den beiden in der Limmat- und der Quellenstrasse. Später reiste er auch nach Wipkingen und Aussersihl. Von Gerda hatte er sich ebenfalls eine Liste erbeten, sie sollte enthalten, was ihr für ein gutes Heim unabdingbar erschien. Sich selbst traute er zu, am »Ort des Geschehens«, wie er es nannte, spontan das Wesentliche zu erfassen und sich ein Urteil zu bilden. In der Papeterie Ryffel am Limmatplatz hatte er sich ein Planbrett und einen Block gekauft, dazu einen Stifthalter, der ihm erlaubte, einen Bleistift wahlweise ans Brett oder ans Revers zu heften. Zudem setzte er sich etwas auf, das er Blendschutz nannte, das war eine Art Schirmmütze ohne Kopfteil, die er von einem Versuch vor fünfzig Jahren aufbehalten hatte, Tennis zu lernen (damals hatte die Post ihren Angestellten noch kostenlose Kurse angeboten). Der Schirm war notwendig, damit er ohne Störung den Sonneneinfall in die Zimmer berechnen konnte, denn Gerda wünschte sich ein helles Zimmer, er hingegen wollte auch tagsüber fernsehen können, das bedingte indirekten, aber reichlichen

Lichteinfall. Auch Pantoffeln steckte er ein. Das alles kam in seine einstmals schöne, handgenähte Aktentasche, die Gerda ihm zur silbernen Hochzeit geschenkt hatte, zusammen mit einem Taschenmesser, einem Metermaß, seiner Lesebrille und Taschentüchern – ohne sie ging er ohnehin nirgends hin, denn von seiner Mutter hatte er gelernt: »Ein Herr hat immer ein sauberes Taschentuch dabei.«

Anfangs betrat er die Heime durch den Haupteingang – in jenem eigentümlich tippelnden Gang, den er sich nach seinem Sturz angewöhnt hatte – und bat am Empfang, sich umschauen zu dürfen. Das führte aber stets dazu, dass eine Schwester oder ein Pfleger gerufen wurde, die ihn führten, und solche Führungen waren reine Zeitverschwendung. Begleitete ihn eine Schwester, schwärmte sie unablässig von Nichtigkeiten wie wöchentlich erneuertem Blumenschmuck und monatlichen Kränzchen mit Prominenz wie Kurt Felix oder Peach Weber, die er schon am Bildschirm kaum ertrug, während sie von den zentralen Punkten keine Ahnung hatte: Wie viele und welche Fernsehkanäle ließen sich empfangen, was kostete eine Einheit Telefongebühren oder – auf Gerdas Liste – wie wurde in der Wäscherei Schonwäsche gepflegt. Die Pfleger waren für solche Fragen eher empfänglich, zumindest sahen sie deren Notwendigkeit. Dennoch wussten die wenigsten Bescheid, und die meisten verstanden auch gar nicht genügend Deutsch, um sich zuverlässig kundig zu machen.

Daher änderte Erich bald die Taktik. Bei Regen tippelte er mit einer Zeitung überm Kopf ins Heim und am Schalter vorbei, bei schönem Wetter suchte er Zugang zum Garten oder zur Veranda. Von dort aus führte in der Regel eine Tür in die Kantine (die »Cafeteria«, »Stübchen« oder »Begegnungsraum« hieß). Die Kantine lieferte erste Aufschlüsse. Waren kleinere salzige Speisen wie Salatteller, Suppen und Kanapees im Angebot, sprach das beispielsweise dafür, dass die Heimbewohner Freiheiten hatten, ihr Leben nach dem eigenen Rhythmus zu gestalten, gelegentlich ein Essen auszulassen oder sich gar selbst zu verpflegen. Ein gewisses Maß an Hausgebackenem musste auch sein, denn beschränkte sich das Süßigkeiten-Angebot auf Schokoladenriegel und industriell gefertigte Linzertörtchen, leistete die Heimküche zweifellos auch zu den Hauptmahlzeiten wenig.

Gutes Essen hatte Gerda auf ihrer Liste doppelt unterstrichen. »Schlechtes Essen«, hatte sie ihm erklärt, »führt dazu, dass wir zwischendurch naschen, und das heißt zu viel Zucker, Bluthochdruck und Depression. Außerdem leidet die Verdauung, wir werden verstopft, und kommt es nicht zum Darmverschluss, verursacht Verstopfung auf alle Fälle Hämorrhoiden, das Sitzvermögen ist eingeschränkt, das wiederum schlägt auf den Rücken, wir werden bettlägerig, die Muskulatur schrumpft, das erhöht die Gefahr von Knochenbrüchen, und landen wir damit erst im Spital, fangen wir uns todsicher eine Lungenentzündung ein.« Und Erich war mit ihr völlig einig, dass dies nicht die Art war, wie sie sterben wollten.

Von der Kantine aus erschloss sich ihm leicht das ganze Heim. Entweder suchte er das Gespräch mit einem der Bewohner und ließ sich durchs Gebäude führen, oder er hängte einfach die Jacke über einen Stuhl, zog seine Pantoffeln an und schlurfte durch die Gänge, als gehöre er dazu, öffnete jede Tür und spazierte überall hinein. Wollte jemand ihn aufhalten, sagte er, er sei gerade zugezogen und noch etwas verwirrt, das führte ausnahmslos dazu, dass er mit Hallo begrüßt wurde, und war er in eine laufende Gruppentherapie- oder Unterhaltungsrunde geplatzt, durfte er meist gleich mitmachen.

Dabei gewann er weitere Erkenntnisse, doch nicht die besten. »Dem ganzen Heimwesen fehlt eindeutig der Zunder«, war sein Fazit nach der zehnten Inspektion. »Heute war ich tanzen, aber willst du wissen, was?«, fragte er Gerda. »Polonaise! Wann haben wir zuletzt Polonaise getanzt? Kurz nach dem Krieg. Und sie tanzen sie nicht etwa zu Herb Alpert oder James Last, was noch eine gewisse Klasse hätte, sie lassen Vico Torriani laufen! Und so ist alles. Willst du wissen, wohin sie ihre Ausflüge machen? Ins *Disney Land* und zur *Suisse Miniature*!«

»Wolltest du nicht längst wieder zur *Suisse Miniature*?«, fragte Gerda.

»Du begreifst nicht«, sagte Erich ungeduldig. »Wenn man einen solchen Laden schmeißt, gönnt man den Leuten etwas Spektakuläres, die Mailänder *Scala* oder wenigstens ein Musical in Romanshorn. Schließlich ist es ihr Geld, das da verlocht wird. Jedenfalls habe ich im Altersheim Sihl schon angeregt, dass eine Programmkommission gebildet wird, beziehungsweise zwei, eine für die Veranstaltungen, eine für die Kurse. In diesen Heimen ersäuft man in Makramee, irgendwann ist es einfach genug. Sie sollen Englisch unterrichten oder Fliegenfischen, die Fische kann man essen, und dann sind sie weg. Aber weißt du, was die mir gesagt haben? Fliegenfischen sei zu gefährlich. Was bitte ist an Fliegenfischen gefährlicher als an einem Makrameedeckchen? Darauf kann man auch ausrutschen. Und für Englisch, sagen sie, fehle die Notwendigkeit. Dann sollen sie eben Kroatisch unterrichten, damit man sich mit den Pflegern auch unterhalten kann, wenn sie einem den Hintern wischen.« Er hatte sich in Rage geredet.

Und weil sich auch Gerda schlecht vorstellen konnte, dass sie in einem solchen Heim gut aufgehoben wären, sah Erich sich in den Alterssiedlungen um. Hier war alles edler, größer und vor allem teurer. Nach nur zwei Besuchen brach er ab. »A«, sagte er, »kann man sich gar kein umfassendes Bild machen, alles ist verriegelt, ohne Führung kommst du nirgends hin. Wer weiß also, was die wirklich dort treiben. Und B kenne ich dich, Gerda. Selbst wenn wir das Geld hätten, würdest du es lieber dem Augustin ins Füdle schieben, damit er seine halbe Million Schulden abstottert, als in einer Hollywoodschaukel mit Blick auf die Limmat zu verhocken.«

»Bestimmt«, sagte Gerda, »zum Glück eilt es ja auch nicht. Und wenn es so weit ist, passen wir uns eben an. Wichtig ist doch nur, dass wir zusammen sind.«

»Ich habe eben eine Idee«, verriet er. »Wenn wir uns zu sechst, sagen wir, zusammentun, drei Ehepaare, und eine schöne städtische 5-Zimmer-Parterre-Wohnung mieten, können wir uns immer noch jemanden leisten, der die Hausarbeit macht, wir haben Gesellschaft, und wenn einer von uns stirbt, ist der andere nicht allein.«

»Das klingt schön«, sagte Gerda. »Aber warum fragen wir nicht bei unserer Genossenschaft nach?«

»Die hat gar keine so großen Wohnungen«, entgegnete Erich. »Außerdem muss mein Sturz doch zu etwas gut gewesen sein. Ich gehe zu dem vom Hochbauamt, mit dem ich im Triemli-Spital das Zimmer geteilt habe, der soll uns die Wohnung besorgen. Dann setzen wir in die Genossenschaftszeitung ein Inserat, oder noch besser, die sollen einen Artikel über uns schreiben, schließlich ist die Idee nicht alltäglich, und darin steht, dass sich Paare bei uns bewerben können. Denn natürlich nehmen wir nicht jeden. Sie müssen auch unser Reglement unterschreiben.«

»Welches Reglement?«, wollte Gerda wissen.

»Das Reglement eben, nach dem wir leben. Ich habe alles schon genau im Kopf.«

»Und wer soll haushalten?«, fragte Gerda. »An meine Wäsche lasse ich nicht jeden. Jemand muss mir auch von der Toilette aufhelfen. Jetzt machst du das, oder zur Not schaffe ich es selber, aber wie lange noch? Ich kann nicht jedes Mal die Spitex kommen lassen, und Windeln will ich auch nicht tragen.«

»Alles schon überlegt«, sagte Erich. »Der Augustin soll kommen. Anstatt dass er seinen gemeinnützigen Dienst in Berlin verrichtet.«

»Ist er denn schon verurteilt?«, fragte Gerda. »Ich habe gar nichts mitbekommen.«

»Ich auch nicht«, gab Erich zu. »Aber ins Gefängnis stecken die ihn bestimmt nicht, und vor allem nicht, wenn die Richter hören, was die Alternative ist.«

»Die lassen ihn doch aber nicht nach Zürich, da können sie ihn gar nicht kontrollieren«, wandte Gerda ein.

»Brauchen sie auch nicht, *ich* werde ihn kontrollieren«, sagte Erich. »Der Sepp war viel zu lasch mit ihm. Bestimmt schicken sie ihn, immerhin unterstützen sie damit ein revolutionäres Projekt. So etwas gefällt den Deutschen, glaub mir. Und wenn sie nicht wollen, fahre ich hoch und blase denen den Marsch.«

»Dass du dich nur nicht übernimmst«, bat Gerda. »Im Augenblick geht es uns hier doch sehr gut.«

Leider entwickelte sich alles schwieriger als gedacht. Es begann damit, dass Erich den Namen seines Bettnachbarn nicht erinnerte und das Spital sich weigerte, Auskunft zu geben. Die Genossenschaft lehnte es ab, für ein fremdes Projekt zu werben, und Sepp berichtete aus Berlin, dass Augustin eine Haftstrafe auf Bewährung zu erwarten hatte. Doch so leicht wollte Erich sich den Schneid nicht abkaufen lassen.

Barmherzigkeit (38)

Adamo Costa fühlte das Gewissen nagen. Der Eifer, den seine Frau als Hauswartin an den Tag legte, berührte ihn so sehr, dass er ihr nicht gestehen mochte, dass sie einem Aprilscherz aufgesessen war. Stattdessen rief er vom Einsatz-Natel des Rettungswagens aus die Genossenschaftsverwaltung an. »Meine Frau ist körperlich wie psychisch angeschlagen«, sagte er offen. »Doch sie blüht auf, seit sie glaubt, sie sei als Vertretung von Herrn Vogler eingestellt, der ja in Pension gegangen ist.«

»Was tut sie denn konkret?«, fragte Frau Zbinden.

»Bisher putzt sie«, sagte er.

»Wie dumm, wir haben für die Siedlung schon einen Putzdienst gebucht«, erklärte sie. »Das ist ein fixer Vertrag für drei Monate. Bis dahin wollen wir die Stelle neu besetzen.«

»Wie sieht es mit dem Garten aus?«, fragte Adamo.

»Bedaure, das macht für alle Kolonien dieselbe Firma«, antwortete Frau Zbinden. »Doch falls nochmals Schnee fällt, kann sie ihn wegschaufeln. Sie kann auch das Trottoir wischen. Alles andere ist bereits geregelt.«

Adamo beschloss, die Strategie zu wechseln. »Wer macht denn den Garten, und wer putzt?«, fragte er. »Vielleicht lässt man sie unentgeltlich helfen.«

Das schien Frau Zbinden unwahrscheinlich, doch sie nannte ihm die Firmen.

Im nächsten Moment läutete der Alarm, ein Rettungssanitäter kletterte zu ihm ins Auto, und Adamo fuhr mehrere Einsätze. Erst kurz vor Büroschluss kam er dazu, die Putzfirma anzurufen. »Wann putzen Sie die Röntgenstrasse 93?«, fragte er.

Der Mann am Telefon sah nach und sagte: »Immer mittwochs, warum?«

»Wo putzt die Equipe morgen?«, forschte Adamo weiter.

»Morgens in der 89, nachmittags in der 91«, sagte der Mann. »Warum, ist etwas gestohlen worden?«

»Nein, nein«, sagte Adamo nur und hängte auf.

Als er nach Hause kam, hatte Efgenia das ganze Treppenhaus gewienert und die Fenster geputzt.

»Mach dir um Himmels willen nicht zu viel Arbeit, sie wollen uns nur 200 Franken Miete erlassen«, log er.

»200, das ist lächerlich!«, rief Efgenia. »Aber ich werde ihnen beweisen, dass ich mehr wert bin. Morgen ist der linke Estrich dran. Hast du den Passepartout besorgt?«

»Ich kann ihn nach sechs beim Materialwart holen«, behauptete er und verließ die Wohnung wieder, um bei Moritz Schneuwly zu klingeln. Er schien ihm der unkomplizierteste Mieter auf der linken Seite zu sein. Moritz war aber nicht zu Hause, also lief er zweimal um den Block und ging wieder heim.

»Er war schon weg«, sagte er, »ich versuche es morgen fruh nochmals.«

Efgenia hatte inzwischen eines ihrer Familienrezepte gekocht, gefüllte Aubergine. Während des Essens schlief sie fast ein. »Trotzdem, es tut gut, wieder zu arbeiten«, sagte sie.

»Wie geht es deinem Rücken?«, fragte er.

»Solange ich die Medikamente nehme, gar nicht allzu schlecht«, sagte sie. »Aber sie machen müde.«

Am anderen Morgen rief er Mario an, der die Frühschicht fuhr, und bat ihn, um eine Stunde zu verlängern, dann klingelte er Moritz Schneuwly aus dem Bett. »Eine Katze hat sich offensichtlich in den linken Estrich verlaufen, man hört sie schreien«, erzählte er. »Könntest du mir kurz den Wohnungsschlüssel leihen? Meiner passt nicht für die linke Tür.«

Moritz gab ihm einen seiner Wohnungsschlüssel, Adamo ging hoch, schloss auf und blockierte das Türschloss. Danach sah er nochmals kurz bei Efgenia vorbei und sagte: »Der Materialwart hat versprochen aufzuschließen, ein Passepartout für dich muss angeblich erst vom Genossenschaftsvorstand beschlossen werden.«

Als Nächstes suchte er im Nachbarshaus die Putzequipe auf, es handelte sich um zwei Frauen und einen Mann aus dem Kosovo. Er bat sie, die 93 auszulassen und stattdessen ins Kino zu gehen.

»Warum sollten wir das tun?«, fragte der Mann.

»Im Haus wurde gestohlen«, sagte Adamo. »Nicht, dass ich glauben würde, das hätte mit Ihnen zu tun. Aber nun hat meine Frau Angst und putzt lieber selber.« Er gab ihnen 50 Franken Trinkgeld und fuhr zur Arbeit.

Bevor er nach Feierabend heimfuhr, versuchte er, Moritz' Schlüssel kopieren zu lassen, doch der Mann vom Schlüsselservice sagte: »Streng verboten. Außerdem hätte ich die Maschine dafür gar nicht.«

Also ging er wieder zu Moritz und bat darum, den Schlüssel fürs Erste behalten zu dürfen. »Die Katze ist jung und hat sich schon zweimal verlaufen«, behauptete er.

»Wem gehört sie überhaupt?«, fragte Moritz. »Doch nicht etwa Mona? Ich war eine ganze Weile nicht mehr oben.«

»Nein, Leuten aus der Ottostrasse«, sagte Adamo. »Sie kommt übers Dach.«

Als er heimkam, traf er Efgenia weinend an. Sie erzählte, Erich Wyss habe sie nicht putzen lassen. »Der ganze Estrich ist mit ihrer Wäsche voll gehängt.«

»Ich nehme an, das ist ihr gutes Recht«, sagte er.

»Aber er hat nicht das Recht, mich anzuschreien«, rief sie. »Ich hatte die Wäsche nur etwas umgehängt, um wenigstens dazwischen putzen zu können. Es war alles voller Flusen. Plötzlich stand er da und stach mit dem Finger auf mich ein. Er hat gesagt, ich verpeste die Wäsche. Er hat gesagt, er beschwert sich bei der Verwaltung. Und er behauptet, ich hätte das Schloss kaputt gemacht. Ich habe das Schloss nicht angefasst.«

Adamo nahm eine Flasche Hennessy, die der Überlebende eines Auffahrunfalls ihm geschenkt hatte, nachdem er ihn durch eine Fahrt mit 180 Sachen vor dem Verbluten bewahrt hatte, und ging damit hoch zu Wyssens. »Ich möchte für meine Frau um Verzeihung bitten«, sagte er, als Erich Wyss an die Tür kam. »Sie weiß vor Schmerzen nicht ein noch aus. Sie therapiert sich mit Arbeit, das Putzen tut ihr gut. Ich hoffe, sie hat nichts beschädigt.«

»Na, Sie scheinen ja in Pomp zu leben«, sagte Erich Wyss, als er die Flasche sah, und führte ihn ins Wohnzimmer, um ein Gläschen mit ihm zu trinken, während Gerda kochte.

»Haben Sie die Verwaltung schon angerufen?«, fragte Adamo.

»Das Büro war nicht besetzt«, sagte Erich Wyss, und nachdem er Adamo die angebrochene Flasche wieder mitgegeben hatte, versprach er, die Sache auf sich beruhen zu lassen. »Aber richten Sie Ihrer Frau aus, dass Gerda es nicht mag, wenn Fremde ihre Wäsche anfassen.«

»Alles geregelt«, sagte Adamo, als er zurück in die Wohnung kam, und machte sich daran, Spaghetti zu bereiten, denn Efgenia war zum Kochen zu aufgelöst gewesen.

Sie schluckte gerade ihre Medikamente. »Hast du ihm gesagt, dass ich ab jetzt jeden Mittwoch ihren Estrich putze?«, fragte sie. »Schließlich sind sie Rentner, und eine eigene Waschmaschine haben sie auch. Sie können an jedem andern Tag waschen.«

»Ich werde es ihm noch sagen«, versprach Adamo.

»Am Samstag machst du übrigens mit mir den Hof«, sagte sie. »Das Wetter soll gut sein. Wir brauchen also einen Rasenmäher.«

Daher rief er am anderen Tag von der Arbeit aus die Gartenpflege an, um sich zu vergewissern, dass für die laufende Woche kein Einsatz in ihrer Siedlung geplant war, und bevor er abends heimfuhr, kaufte er im Brockenhaus für 80 Franken einen Rasenmäher.

Efgenia hatte an jenem Tag den rechten Estrich geputzt, diesmal ohne Belästigungen, und war entsprechend glücklich. Am Freitag jedoch legte sie sich gleich mit mehreren Nachbarn an, als sie beschloss, die Genossenschaftsrichtlinien durchzusetzen, die verlangten, dass das Treppenhaus von Gegenständen frei blieb, ausgenommen ein Paar Schuhe pro Bewohner. Außerdem waren ihre Medikamente aufgebraucht, und sie hatte verpasst, Nachschub zu holen. Sie weinte vor Schmerz und Wut, als Adamo nach Hause kam, und statt zu Abend zu essen, nahm er das Rezept und fuhr damit zur Bahnhofsapotheke. Dort erfuhr er allerdings, dass die Tabletten, die der Arzt ihr mitgegeben hatte, noch für eine Woche hätten reichen müssen.

Als er nur ein rezeptfreies Schmerzmittel heimbrachte, hatte sie einen Tobsuchtsanfall, bei dem sie das Apothekerschränkchen leer fegte, dabei das Quecksilber-Thermometer zerbrach und eine Flasche mit Franzbranntwein. Die Tabletten warf sie erst ins Klo, dann – als ihr nicht gelingen wollte, sie zu spülen –, fischte sie sie wieder heraus und warf sie vom Balkon. Es war schon dunkel, als die Schmerzen so heftig wurden, dass sie sich fluchend hinunterquälte, um sie mithilfe einer Campinglampe zu suchen. Adamo hatte angeboten, für sie zu gehen, doch sie wünschte ihn gerade zum Teufel. Als sie eine halbe Stunde weg war, ging er ihr dennoch nach und fand sie damit beschäftigt, die Rabatten von Abfall zu säubern. »Sieh mal, sogar Spritzen habe ich gefunden«, sagte sie und schien ihre Schmerzen ganz vergessen zu haben.

Am Samstag kam sie dafür gar nicht mehr aus dem Bett, und Adamo mähte allein. Der Rasenmäher machte einen furchtbaren Lärm und qualmte so sehr, dass Leute aus den umliegenden Häusern sich beschwerten. Dennoch genoss er es, im Freien zu arbeiten, und nachdem er erst mit den Leuten ins Gespräch gekommen war und von der Pensionierung des Hauswarts, der Notlage der Verwaltung und Efgenias Einsatz erzählt hatte, lobten sie gar ihrer beider Genossenschaftssinn. Probleme machte ihm nur das Grüngut, ohne Schlüssel für den Container konnte er es nicht entsorgen. Schließlich kaufte er eine Rolle Abfallsäcke, stopfte das gemähte Gras hinein und versteckte die Säcke im Kellerabteil der Gästewohnung.

Während des Wochenendes wurden Efgenias Schmerzen so stark, dass er die Einsatzzentrale anrief und einen der diensthabenden Ärzte bat, Efgenia neue Medikamente zu verschreiben. Der Arzt verwies sie allerdings nur an die Permanence, also quälte sich Efgenia in seiner Begleitung zum Bahnhof, wartete zwei Stunden und erhielt endlich eine Spritze und Tabletten, jedoch nur eine Wochenration, und die Ärztin betonte, dass Efgenia sich erstens dringend schonen müsse und zweitens keinesfalls die Dosis überschreiten dürfe.

Danach ging es ihr wesentlich besser. Am Montag war zum zweiten Mal die Waschküche an der Reihe, und diesmal fiel Efgenia alles schon viel leichter. Auch am Dienstag- und am Mittwochabend empfing sie Adamo fröhlich. Am Donnerstag hatte er frei und hatte vorgehabt, ihr zu helfen und danach mit ihr ein Ruderboot zu mieten und auf den See hinauszufahren, denn nach einigen kalten Tagen war die Sonne zurückgekehrt. Doch schon in der Nacht weinte sie vor Rückenschmerzen, und als er ihr die Tabletten holen wollte, stellte er fest, dass sie aufgebraucht waren.

»Was willst du, sie sind viel zu schwach«, sagte sie. »Ich brauche Morphium.«

»Morphium ist keine Lösung«, sagte er. »Schonung brauchst du.«

»Der Hauswartsdienst *ist* Schonung«, sagte sie. »Endlich ist mein Kopf wieder frei. Ich war doch nahe daran durchzudrehen, Adamo. Mir ist, als wäre ich aus einem bitterbösen Traum erwacht.«

»Aber was ist«, fragte er vorsichtig, »wenn die Genossenschaft wieder einen Hauswart einstellt?«

»Sie werden mich einstellen«, sagte sie sofort in einem Ton, der frei von jedem Zweifel war. »Es wird niemand Besseren geben.«

»Oder wenn alles ein Irrtum gewesen wäre, oder ein Scherz«, versuchte er es nochmals.

»Was wäre das für ein Scherz?«, fragte sie zurück. »Den Kerl würde ich erschießen. Und dann würde ich aus dem Fenster springen.«

»Es gibt doch sicher auch noch andere Dinge, die du tun könntest«, sagte er sanft.

»Vielleicht«, sagte sie. »Aber solange ich diese Schmerzen habe, kann ich darüber nicht nachdenken. Besorge mir Morphium.«

»So ein Unsinn«, sagte er. »Du wirst schon wieder gesund. Du brauchst nur etwas Geduld.«

Sie versuchte das Wasserglas nach ihm zu werfen, doch gleich durchfuhr sie ein Schmerz, der so stark war, dass sie einige Minuten lang nicht sprechen konnte. »Weißt du, was du da verlangst?«, fragte sie danach. »Weißt du, wie es sich in mir anfühlt?«

»Nein«, sagte er.

»Faul, verrottet«, sagte sie. »Wenn der Schmerz da ist, denke ich, ein Tier würde man jetzt notschlachten.«

»Ich sage ja, du brauchst Schonung«, antwortete er.

»Ich brauche Morphium«, sagte sie. »Ihr habt doch Morphium im Koffer.«

»In welchem Koffer?«, fragte er, obwohl er wusste, wovon sie sprach.

»Im Notfallkoffer deines Einsatzwagens«, sagte sie. »Wenn bei einem Einsatz der Koffer runterfällt und etwas liegen bleibt, wird doch niemand etwas sagen.«

»Wenn das einmal passiert, vielleicht nicht«, antwortete er.

»Ich verspreche dir, wenn ich klar im Kopf bin«, sagte sie, »denke ich mir eine Arbeit aus, die den Rücken schont.«

»Das habe ich gehört«, sagte er.

Harmonie (39)

Die Wochen, in denen sie in der Roten Fabrik das Bergstück probte, waren für Selina eine fast bizarre Erfahrung. Sie war gewohnt, im Probenprozess zu kämpfen, mit der Rolle und dem Text, mit der Regie, mit den Launen der Mitspieler und nicht zuletzt mit sich selbst. Davon konnte diesmal keine Rede sein. Der Probenprozess verlief so friedfertig, dass sie irgendwann ausrief: »Ja, sind wir denn hier alle vom Heiligen Geist beseelt?«

Worauf Rolf sagte: »Mir ist selbst nicht ganz geheuer, wie konstruktiv wir unterwegs sind. Vielleicht hat es damit zu tun, dass es mit Anke diesen Riesenknall gab, bevor du kamst. Lass es uns jedenfalls genießen, es kommen auch wieder andere Zeiten.«

»Bestimmt«, sagte Selina. Doch sie kamen nicht. Selbst als Anke sich eine Probe anschaute, blieb die Stimmung entspannt, und bevor Anke wieder ging, umarmte sie Selina und sagte: »Du bist genau die Richtige für dieses Stück. Und weißt du was? Wäre ich hier nicht rausgeflogen, hätte ich nicht Ovomaltine zusagen können.«

»Drehst du für die einen Spot?«, erkundigte sich Selina.

»Nicht einen Spot, eine ganze Kampagne. Für die nächsten zwei Jahre ist das Haushaltsgeld geregelt. Und ich kann für Benjamin da sein, der im Herbst in die Schule kommt.«

Nicht nur im Theater herrschte Sonnenschein. Selina fühlte sich, als habe sich tief in ihr ein Knoten gelöst. Sie konnte eine Stunde lang zu Hause auf dem Sofa sitzen, die Wand betrachten und sich dem Gefühl hingeben, die Welt sei vollkommen. Sie legte sich abends ins Bett und schlief nicht nur besser als sonst, nein, lag sie einmal wach, genoss sie sogar das. Sie ließ frei die Gedanken spielen und vergnügte sich an den Schlaufen und Kapriolen, die sie machten.

Selbst die Frage, wie sie Mallaya absagen sollte, bereitete ihr inzwischen keine Sorgen mehr, und ganz unkompliziert setzte sie sich eines Morgens, nachdem sie viel zu früh erwacht war, an den Frühstückstisch, aß Buttertoast und schrieb: »Lieber Herr Mallaya, verzeihen Sie, dass ich mich so lange nicht gemeldet habe, und danke für Ihre Geduld. So leid es mir für Sie tut, ich möchte Ihren Todesengel nicht spielen. Ich bin Hals über Kopf in eine Theaterproduktion geraten, die mich gerade sehr glücklich macht. Vielleicht ist es nicht die Produktion. Jedenfalls genieße ich das Leben wie noch nie, und mir fehlt schlicht die Lust, mich auf Ihr sicherlich gutes, richtiges, notwendiges und kluges Filmvorhaben einzulassen. Lassen Sie mich offen mit Ihnen sein, anfangs klang es atemberaubend, inzwischen halte ich es für verkrampft und aufgeblasen. Das ist, auch wenn es so klingen mag, kein qualitatives Urteil, Arbeiten unter solchen Vorzeichen können zweifellos großartig sein. Doch ich genieße gerade die völlige Entkrampfung und möchte sie so bald nicht aufgeben. Drum haben Sie Dank und seien Sie versichert, ich werde vor dem Fernseher beide Daumen drücken, wenn Sie eines Tages im Rennen um den Oscar für den besten ausländischen Film sind.«

Den Brief schickte sie Michelle, ihrer Agentin, weil sie Mallayas Anschrift nicht hatte, und belohnte sich, indem sie zu Fuß zur Probe ging. Es herrschte herrliches Wetter, und sie machte sich ein Spiel daraus, in der frühen Morgenstunde in der Innenstadt nur Straßen zu folgen, in denen die Sonne bereits bis zu ihr hinabreichte.

Auf ihrem Spaziergang dachte sie – vielleicht ihres Schlusssatzes an Mallaya wegen – an Oskar, den Straßenkünstler, den sie im Januar in Pankow kennengelernt hatte. Seine Frage: »Wann ist Licht viel Licht, und wann ist Dunkelheit sehr dunkel?«, hatte sie damals für neunmalklug gehalten, inzwischen fand sie sie weise. Zumindest traf sie etwas, das sie beschäftigte – nicht nur, aber auch wegen ihrer Rolle im Bergstück.

Sie spielte ein Mädchen, das eine Fuchsseele hatte und sich auch in einen Fuchs verwandeln konnte. Dafür hatte sie sich die Füchse im Zoo angesehen und eine halbe Nacht auf dem Balkon eines Schauspielkollegen verbracht, von dem aus sie beobachten konnte, wie ein Paar Stadtfüchse im Innenhof seine Jungen großzog. Vor allem aber verbrachte sie viel Zeit damit, die Welt zu betrachten, wie ein Fuchs sie sehen mochte. Das verzauberte alles. Gerade die trivialsten menschlichen Qualitäten – ihr recht eintöniges Weibeln in niederer Intensität, das sich kaum von ihrem Ruhen unterschied, denn das Ruhen seinerseits war selten wirkliches Ruhen, dann ihr Drang zu permanenter Lautäußerung und ihr verzetteltes Fressverhalten – hatten plötzlich den Reiz des Exotischen.

»Wie würde ein Fuchs den Menschen darstellen, und wie viel Füchsisches würde er dafür ablegen können«, fragte sie sich und versuchte, aus diesem Gedanken heraus ihre Rolle zu gestalten. Doch worin lag, im Kontrast zum Menschen, das Füchsische? Ebendarin, dass wenig Licht für ihn schon viel war, große Dunkelheit für ihn erst Dämmerung. Natürlich war das nicht alles. Das Bedürfnis nach tiefer Ruhe kam hinzu, die Fähigkeit zu explosiver Kraftentfaltung und die Tatsache, dass ihm ein kurzes Kläffen reichte, um sich auszudrücken, ebenso wie das Fließende seines Gangs und seine Empfindsamkeit im Lauschen.

Nahm sie dies alles für gegeben und normal und beobachtete von dieser Warte aus den Menschen, gewann seine Trivialität unerwartete Schönheit. An ihren Lichthunger im winterlichen Pankow beispielsweise und ihre Kältescheu dachte sie inzwischen mit derselben Rührung, mit der sie einmal ein Katzenjunges beobachtet hatte, das versuchte, sein Spiegelbild zu lecken.

Auch ein zweiter Satz von Oskar ließ sie, seit sie probte, nicht mehr los. »Warum werten Sie das Desinteresse so gering?«, hatte er sie gefragt. »Weshalb sollte ich nicht etwas mit Freude und von ganzem Herzen tun können, ohne daran interessiert zu sein?« Ebendiese Haltung, nahm sie sich vor, sollte ihren Fuchs prägen, und schnell stellte sie fest, dass diese einfache Setzung ihr Brüche und Übergänge erlaubte, die sich so überraschend und frisch anfühlten, dass sie ihr wesentlicher wurden als die eigentliche Szene. Aber auch als Schauspielerin konnte sie sich dank dieser Haltung plötzlich auf Dinge einlassen, denen sie bisher zwiespältig gegenübergestanden oder die sie gar gemieden oder offen bekämpft hatte.

Oft eröffnete Rolf morgens beispielsweise die Probe mit

einem Tanztraining, das Ilona leitete, seine Partnerin und Mutter seiner beiden Kinder. Solche Trainings grassierten in der freien Szene, sie hatten den Zweck, die Spielenden zu lockern und aufeinander einzustimmen. Beides hielt Selina für überflüssig, und auch in dieser Produktion hatte sie früh erklärt: »Ein Schauspieler, der sich nicht selbst lockern kann, gehört so wenig auf eine Bühne wie einer, der Gesellschaftsspiele braucht, um teamfähig zu werden.« Im Unterschied zu früher hinderte sie das allerdings nicht daran, mit Neugierde und Einsatz bei der Arbeit zu sein.

An diesem Morgen nun beteiligte sich auch Armín am Training, und Selina verabredete sich mit ihm zum »Pas de deux«. So nannten sie eine Übung, in der Paare zu Klaviermusik von Erik Satie miteinander tanzten, und zwar einer mit verdeckten Augen, einer mit Ohrstöpseln. Selina ließ sich als Erste die Augen verbinden, und Armín nahm dazu nicht eine der Schlafmasken, die Ilona mitgebracht hatte, sondern das schwarze Seidentuch, mit dem er sich oft das Haar zurückband. Das Tuch roch nach Gips, heißem Wachs und Straßenstaub, das mochte Selina ebenso sehr wie die trockene Hitze seiner Hände und die Tatsache, dass er, wenn sie ihm den Rhythmus mit den Fingerspitzen auf die Schulter klopfte, leise mitskandierte – und zwar nicht »eins-zwei-drei, eins-zwei-drei« (sie tanzten den Walzer *Je te veux*), sondern »vier-drei-zwei, vier-drei-zwei«. Immer wieder musste sie darüber lachen. Als die Musik zu Ende war, erzählte Armín ihr, dass in Kuba, wenn man etwas an den Fingern abzählte, der kleine Finger die Eins war, nicht der Daumen, und dass er, seit er in Europa unterwegs war, deswegen so verwirrt war, dass er alles durcheinanderbrachte, was mit Zählen zu tun hatte. Sie fand das so rührend, dass sie ihm spontan über die Nasenspitze leckte.

»Hör auf, Fuchs«, sagte er freundlich, ehe sie überhaupt begriff, was sie getan hatte.

»Ich glaube, ich hatte dich eigentlich küssen wollen«, sagte sie.

»Lass uns lieber wieder tanzen«, schlug er vor. Und nachdem Selina ihm die Augen verbunden hatte, tanzten sie, wie vielleicht Füchse miteinander tanzen würden, sehr behutsam, leise zitternd und meist lächelnd.

Vertrauenswürdigkeit (40)

Hubert Brechbühl sah gerade einen Beitrag über die Legalisierung der aktiven Sterbehilfe in Holland, als an seiner Tür geklingelt wurde. Er hatte es davor schon bei den Nachbarn klingeln hören, die Zeugen Jehovas konnten es aber nicht sein, die klingelten jeweils von unten nach oben. Vielleicht Efgenia Costa, die ihn zwei Tage zuvor aus dem Mittagsschlaf geweckt hatte, um durchzusetzen, dass er seine Schuhe in die Wohnung nahm. »Ihre Schuhe stinken«, hatte sie gesagt.

»Ich weiß, ich kann nur leider nichts dagegen tun«, hatte er geantwortet. »Ich leide nun einmal an Fußschweiß. Und meines Wissens ist es nicht verboten, Schuhe vor der Wohnungstür zu lassen.«

»Laut Hausordnung ist ein Paar Schuhe pro Person erlaubt, sofern sie in einer Abtropfschale stehen«, hatte sie erklärt. »Sie haben aber zwei Paar Schuhe dort stehen und keine Abtropfschale.«

»Die haben doch die anderen auch nicht«, hatte er erwidert, worauf sie angekündigt hatte: »Bei den anderen werde ich auch klingeln.«

Inzwischen hatte er eine Abtropfschale, doch da die Schale Platz für zwei Paar Schuhe bot, hatte er auch weiter beide Paare vor der Tür gelassen, und seither wartete er darauf, dass Efgenia Costa wiederkam. Das Klingeln erschreckte ihn aber auch, weil er miterlebt hatte, wie vor gut zwei Wochen der Krankenwagen Erich Wyss abtransportiert hatte, der die Treppe hinuntergestürzt war, und seither ein neues Unglück fürchtete.

Vor der Tür standen zwei junge Frauen, die einen sehr fröhlichen Eindruck machten. Sie hatten leuchtend bunte Regenschirme, und eine trug das Haar zu Pippi-Langstrumpf-Zöpfen geflochten.

»Wir sind Meret und Larissa«, sagte die mit den Zöpfen, »also ich bin Larissa. Wir haben ein kleines Unternehmen gegründet und suchen Kunden.« Und ehe er sie abwimmeln konnte, fragte die andere, die also Meret sein musste: »Wer kümmert sich eigentlich um Ihre Wohnung, wenn Sie weg sind, Herr Brechbühl? Wer füttert Ihre Katze? Wer leert den Briefkasten? Wer gießt die Blumen?«

»Ich habe keine Katze«, sagte er, »und warum wollen Sie das wissen?«

»Weil wir uns darum kümmern möchten«, sagte Meret. »Das ist unser Service. Und wir tun noch mehr. Dürfen wir kurz reinkommen?«

»Bitte«, sagte er, »ich kann Ihnen aber nichts anbieten.«

»Wir sind nicht hier, um zu nehmen, sondern um zu geben«, erklärte Larissa. Sie stellten ihre Schirme in die Abtropfschale, schlüpften aus den Schuhen und traten ein.

»Sie leben allein, Herr Brechbühl, richtig?«, fragte Meret nach einem Blick in die Zimmer.

»Ich lebe in Freiheit«, sagte er wie üblich und lachte.

»Herzlichen Glückwunsch!«, rief Larissa. »Ich lebe auch wieder allein. Es geht doch nichts über ein schönes, großes, leeres Bett an einem Sonntagmorgen. Kein Stress, keine Gehässigkeiten, nur Friede.«

»Ganz meine Rede«, sagte Hubert Brechbühl und zeigte ihnen sein 1,40-m-Bett mit Kopfteilautomatik. »Wollen Sie sich vielleicht setzen? Also nicht hier, aber vielleicht in der Küche?«

Sie setzten sich in die Küche, und er stellte immerhin drei Gläser Wasser auf den Tisch, außerdem fand er noch eine Dose Nüsschen.

»Nur bekam ich im Winter die Grippe«, fuhr Larissa fort. »Und niemand kaufte für mich ein, niemand kochte Hühnerbrühe, niemand putzte mir die Wohnung.«

»Das ist nicht wahr«, fiel Meret ihr ins Wort, »ich habe dir Suppe gebracht.«

»Stimmt«, sagte Larissa. »Und das brachte uns auch auf die Idee zu unserer kleinen Firma.«

»Denn Freiheit und Bedürftigkeit, Herr Brechbühl, sind enge Verwandte«, sagte Meret geheimnisvoll.

»Nun bin ich aber neugierig«, sagte er, obwohl er vor allem Freude daran hatte, in die beiden fröhlichen Gesichter zu blicken.

»Es ist ganz einfach«, sagte Larissa. »Genießen Sie ihr Junggesellenleben ohne Sorge. Denn sollten Sie krank werden, rufen Sie uns an, und wir kümmern uns ums Notwendige. Nicht wie die Spitex, das können wir nicht, eher wie liebe Verwandte. Wollen Sie verreisen oder müssen Sie einmal ins Krankenhaus, pflegen wir die Wohnung und lassen es so aussehen, als seien Sie zu Hause.«

»Der Diebe wegen, Sie wissen schon«, ergänzte Meret. »Wir übernehmen es sogar, nach Ihrem Ableben Annoncen zu schalten, Trauerkarten zu versenden und die Bestattung zu organisieren. All das eben, was sonst liebe Verwandte tun.«

»Damit Sie bis an Ihr seliges Ende sorglos in den Tag hinein leben können«, sagte Larissa nochmals.

»Ich hatte so weit noch gar nie gedacht«, gestand Hubert Brechbühl. »Ich sorge mich eigentlich nicht. Ich fühle mich noch ganz rüstig, und zu verreisen habe ich nicht im Sinn.«

»Das ist schade«, sagte Meret. »Dann waren wir umsonst hier.«

»Moment, wir übernehmen auch andere Aufgaben«, beeilte Larissa sich zu sagen. »Wir machen Ihnen die Wäsche, bügeln Hemden, stopfen Socken. Und wenn es doch mal brennen sollte – die Grippe oder ein gebrochenes Bein erwischt ja jeden irgendwann –, sind wir einander schon vertraut.«

Hubert Brechbühl hätte gern zu etwas Ja gesagt, doch beim besten Willen konnte er das meiste ebenso gut selbst erledigen, und die Trauerkarten waren ihm egal. »Was mich aber brennend interessiert«, sagte er, um sie noch etwas zu halten, »ist: Wie gehen Sie mit der Verantwortung um? Die Leute verlassen sich ja auf Sie. Was ist, wenn ich mir ein Bein breche, und Sie sind in den Ferien? Oder Sie gehen bankrott? Oder heiraten und ziehen weg? Sie gehen eine ganz schöne Verpflichtung ein.«

»Wir könnten auch vor Ihnen sterben, zugegeben«, sagte Meret. »100 Prozent Zuverlässigkeit können wir nicht bieten. Aber welche echte Familie kann das? Wir werden jedenfalls unser Bestes geben, das verspreche ich Ihnen, und darauf können Sie bauen.«

Das wollte Hubert Brechbühl gerne glauben. Dennoch wollte er sich ihre Dienste nicht einmal unverbindlich offerieren lassen.

»Klingeln Sie bei Wyssens«, riet er ihnen, als sie wieder in die Schuhe schlüpften.

Doch Larissa sagte: »Haben wir bereits, sie ziehen weg. Die brauchen uns nicht mehr.«

»Oh, davon weiß ich gar nichts«, sagte er betroffen. Und nachdem Meret und Larissa versprochen hatten, ihm eine Karte mit ihrer Telefonnummer in den Briefkasten zu schieben (die letzte, die sie bei sich hatten, war vom Regen völlig durchnässt), die Schirme aufgespannt und das Haus verlassen hatten, zog er die rutschfesten Slipper an und ging hinauf zu Wyssens.

»Ich habe gerade gehört, Sie ziehen weg«, sagte er, als Erich Wyss die Tür öffnete. »Wir hatten nie viel miteinander zu schaffen, aber ich muss sagen, das trifft mich. Nach über 30 Jahren Nachbarschaft. Gehen Sie denn aus freien Stücken?«

»Ob wir gehen, ist noch überhaupt nicht raus«, erklärte Erich Wyss, ging vor ihm her in die Küche und bot ihm einen Stuhl an. Dann holte er seine Frau.

»Wir sehen uns so selten, dabei sind wir Nachbarn«, sagte auch Gerda Wyss, nachdem sie sich ächzend aus dem Sofa gequält hatte, gab Hubert Brechbühl die Hand und ließ sich auf einen Stuhl sinken. »Aber man hat auch immer zu tun, nicht wahr?«

Ehe er antworten konnte, fragte Erich Wyss: »Waren die Mädels also auch bei Ihnen?« Und wieder ohne die Antwort abzuwarten, fuhr er fort: »Ein Gläschen nehmen Sie doch sicher.« Er nahm eine angebrochene Flasche Kochwein aus dem Kühlschrank und schenkte ein.

»Aber nur das eine Gläschen, Erich«, sagte Gerda, »du weißt schon.«

»Larissa und Meret«, sagte Hubert Brechbühl, »zwei tüchtige Frauen. Auf die Idee muss man erst mal kommen.«

»Alles Mumpitz!«, schimpfte Erich Wyss, bevor er trank. »Wie die nur schon ausstaffiert waren! So was macht sich doch nicht freiwillig dreckig! Die zwei, das sage ich Ihnen, wischen jedenfalls keine Kotze auf und putzen fremde Klos.«

»Nein, vielleicht nicht«, gab Hubert Brechbühl zu. »Die Sache mit den Dieben ist es aber wert, dass man darüber nachdenkt.«

»Jemand, der einem den Briefkasten leert, wenn man dazu nicht in der Lage ist, wäre schon praktisch«, sagte auch Gerda Wyss.

»Für Frau May vielleicht, die noch eins höher wohnt«, sagte Erich, »dort steigen sie am ehesten ein. Ihr Briefkasten quillt jedes Mal über, wenn sie auf Tournee ist, aber noch nie ist einer eingestiegen. Alles Panikmache, wenn Sie mich fragen.«

»Ich fände es trotzdem nicht falsch, jemandem im Haus die Schlüssel zu geben. Es könnte auch sein, dass man in der Wohnung stürzt«, sagte Hubert Brechbühl.

»Und wem wollen Sie die geben, der Costa etwa, die sich neuerdings als Hauswart aufspielt?«, fragte Erich Wyss. »Dann wundern Sie sich nicht, wenn Sie eines Tages Ihre Briefmarkensammlung nicht finden.«

»Ich sammle keine Briefmarken«, sagte Hubert Brechbühl. »Und auch sonst gibt es bei mir nicht viel zu holen. Dennoch wird mir der Gedanke, ganz auf mich gestellt zu sein, allmählich unangenehm. Vielleicht könnten ja Sie und ich Schlüssel tauschen – ich meine, solange Sie noch hier wohnen.«

»Natürlich, warum nicht?«, rief Gerda Wyss.

»Du hast leicht reden, du musst ja nicht die Post holen«, sagte Erich Wyss rau, und zu Hubert Brechbühl: »Erstens kennen wir uns so gut nun wirklich nicht, dass ich Ihnen beliebigen Zugang zu unserer Wohnung gestatten möchte, und zweitens kann ich nicht garantieren, dass ich Zeit finde, Ihren Briefkasten zu leeren, wenn Ihnen etwas zustoßen sollte.«

»Erich!«, bat Gerda.

»Was willst du? Er muss doch wissen, worauf er sich einlässt«, erklärte Erich, und wieder zu Hubert Brechbühl sagte er: »Sie sollten zudem wissen, dass unser Enkel vorbestraft ist – und hierbei geht es um ganz andere Summen als bei einem kleinen Einbruch –, und dass ich selbst auch kürzlich auf dem Posten übernachten musste. Überlegen Sie sich gut, wem Sie Ihren Schlüssel anvertrauen möchten, uns jedenfalls nicht.«

Das Gespräch hatte eine unangenehme Wendung genommen, und um das Thema zu wechseln, fragte Hubert Brechbühl: »Haben Sie das Neueste aus Holland gehört?«

Erich Wyss hielt kurz inne. »Die Sache mit der Homosexuellen-Ehe meinen Sie? Das geht uns nichts an. Ich gehe davon aus, dass Homosexuelle Menschen sind wie alle.«

»Nein, nein«, sagte Hubert Brechbühl eilig. »Ich meine, weil sie jetzt auch die aktive Sterbehilfe legalisiert haben.

Das fiel mir eben so ein, weil Sie von Vertrauen sprachen. Ein Wohnungs- oder Briefkastenschlüssel ist ja das eine …«

»Ich weiß nicht, was Sie uns damit sagen wollen«, fiel Erich Wyss ihm ins Wort. »Dass Sie zehn oder fünfzehn Jahre jünger sind als wir, erlaubt Ihnen noch lange nicht, über unser Recht zu leben zu urteilen.«

»Um Himmels willen«, sagte Hubert Brechbühl, und auch Gerda Wyss wollte die Sache zurechtrücken. Doch Erich Wyss schimpfte nun wortreich über den Verlust an Würde, den das Alter mit sich bringe, und als Hubert Brechbühl sich verabschiedete, fasste er ihn grob am Arm und sagte: »Es kommt ein Alter, da können Sie nichts und niemandem mehr vertrauen, vor allem nicht sich selbst. Und wäre es nicht Sünde, würde ich sagen: Das ist der Zeitpunkt, sich zu erschießen.«

Umsicht (41)

Hubert Brechbühl schlief wenig in jener Nacht. Zum einen konnte er die hübschen, fröhlichen Gesichter von Meret und Larissa nicht vergessen und fragte sich, ob er sie nicht vorschnell abgewimmelt hatte. Dazwischen schob sich immer wieder Erich Wyssens gehässige Miene und dessen offensichtliche Verzweiflung darüber, dass er alterte. So schlief er erst, nachdem er nochmals aufgestanden war und sich notiert hatte: »Dringend Vorsorge treffen.«

Am nächsten Morgen wusste er nicht mehr genau, was er damit gemeint hatte, aber während er noch darüber nachdachte, klingelte Erich Wyss an der Tür. »Ich war gerade am Briefkasten«, sagte er, »und musste an Sie denken. Ich fürchte, ich muss mich bei Ihnen entschuldigen.«

Hubert Brechbühl bat ihn erst einmal hinein und bot ihm ein Glas Vitamalz an. »Der perfekte Start in den Tag«, erklärte er. »Ein Vollkornbrötchen in ein Glas Vitamalz getunkt, dazu eine zerdrückte Banane mit Zitronensaft. Seit ich so frühstücke, bin ich nie erkältet gewesen, von Schlimmerem ganz zu schweigen.«

Doch Erich Wyss wollte nur ein Glas Wasser. »Ich war gestern nicht ganz bei Sinnen«, sagte er bedrückt. »Ich darf keinen Alkohol mehr trinken. Seit meinem Sturz – obwohl der sehr erklärbar war und an sich auch harmlos – bin ich nicht mehr derselbe. Plötzlich ist diese Angst da, und sie lässt nicht nach. Ich hatte nie daran gedacht, dass ich schwach und verletzlich werden könnte. Das ängstigt mich mehr als das Sterben an sich. Hilfsbedürftig zu werden, vielleicht inkontinent, alle Würde zu verlieren, ist das Schlimmste, was einem Menschen blühen kann.«

»Meinten Sie das gestern ernst?«, fragte Hubert Brechbühl. »Denken Sie daran, sich zu erschießen?«

Erich Wyss starrte eine Weile auf sein Glas, dann antwortete er: »Nicht, solange meine Frau lebt. Sie erträgt all ihre Schmerzen und Behinderungen völlig klaglos. So feige kann ich nicht sein, mich aus dem Staub zu machen und sie allein zu lassen.«

»Es gibt Paare, die gemeinsam in den Tod gehen«, sagte Hubert Brechbühl, der wieder an den Beitrag über Sterbehilfe in Holland dachte.

Erich Wyss lächelte erstmals leicht, als er sagte: »Meine Frau hat kein Bedürfnis danach. Sie nimmt alles, wie es kommt. Sie ist ein sehr demütiger Mensch. Außerdem sind unser Sohn und unser Enkel gerade in einer schwierigen Lage.«

Hubert Brechbühl verbot sich nachzufragen, obwohl er nach dem wenigen, das er am Vortag aufgeschnappt hatte, schon neugierig war. Stattdessen tippte er auf seine Notiz und sagte: »Jedenfalls lässt mich unser Gespräch von gestern nicht los. Was kann ich tun, um wirkungsvoll Vorsorge zu treffen?«

In Erich Wyss kam Leben. »Haben Sie ein A4-Blatt und einen Stift?«, fragte er, und nachdem Hubert Brechbühl beides geholt hatte, diktierte er: »Als Erstes machen Sie eine

Aufstellung aller laufenden Kosten und deponieren sie gut sichtbar. Im Krankheitsfall muss jemand Ihre Zahlungen erledigen können, sonst kommen noch Mahnungen hinzu. Auch Ihre Blutgruppe, allfällige Allergien und Ihre Wünsche, was lebenserhaltende Maßnahmen angeht, schreiben Sie nieder und tragen sie immer bei sich. Dann müssen Sie unbedingt jemandem eine Postvollmacht geben und bei der Filiale hinterlegen, denn womöglich kommt die Mahnung eingeschrieben, niemand nimmt sie entgegen, sie wird zurückgeschickt, damit explodieren die Kosten.«

»Ist das alles?«, fragte Hubert Brechbühl, als er fertig notiert hatte.

»Es fängt erst an«, sagte Erich Wyss. »Besuchen Sie alle Heime, ich gebe Ihnen eine Liste. Entscheiden Sie frühzeitig, wie Sie den Lebensabend verbringen wollen, wobei Sie jede Möglichkeit in Betracht ziehen müssen: eingeschränkte physische Mobilität, geistige Umnachtung oder bloße Bequemlichkeit. Gehen Sie auch in ein Sanitätsfachgeschäft und verschaffen Sie sich einen Überblick über das Sortiment, solange Sie gesund sind. Sie können sich nicht darauf verlassen, dass das Personal, das Sie pflegen wird, später aktiv mitdenkt. Geistig rüstig, wie Sie sind, können Sie sich auch überlegen, Internet anzuschaffen. Unser Enkel findet darin die erstaunlichsten Dinge und recherchiert immer wieder für mich, die Nebenwirkungen von Medikamenten beispielsweise. Den Beipackzetteln kann man ja nicht mehr glauben.«

Er war längst nicht am Ende seines Vortrags, da klingelte das Telefon, es war seine Frau: »Ich vermisse Erich, er wollte nur die Post holen«, sagte sie zu Hubert Brechbühl. »Könnten Sie bitte nachsehen, ob er wieder gestürzt ist?«

Hubert Brechbühl versicherte ihr, dass alles in Ordnung war, riet Erich Wyss, hoch in die Wohnung zu gehen, und begann die Liste abzuarbeiten. Eine Aufstellung der laufenden Kosten war bald gemacht, er schob sie in ein Klarsichtmäppchen, das er an den Spiegel im Flur klebte. Beim Kleben entdeckte er das »Tagblatt«, das Erich Wyss vergessen hatte, hierdurch wiederum wurde er daran erinnert, selbst den Briefkasten zu leeren. Währenddessen dachte er darüber nach, wen er bevollmächtigen könnte, im Bedarfsfall seine Post zu beziehen, und noch halb in Gedanken öffnete er einen Umschlag, dessen Absender ihm nichts sagte, es handelte sich um eine Anwaltskanzlei. Vielleicht, dachte er, habe ich bei einem Preisausschreiben gewonnen.

Stattdessen las er: »Wir dürfen Sie freundlich darauf hinweisen, dass noch Gebühren und Prozesskosten für Ihre mit Valuta 9.1.1999 gültig gewordene Scheidung im Gesamtbetrag von 4237,75 Schweizer Franken offen stehen. Im Verzugsfall drohen Strafzinsen von 1 % *p. d.*« Kurz ärgerte er sich über die Dreistigkeit der Betrüger, die offensichtlich hinter dem Schreiben steckten – er wollte nicht ausschließen, dass er, wäre er geschieden, guten Glaubens die Rechnung beglichen hätte –, außerdem fragte er sich, was *»p. d.«* bedeuten mochte. Dann endlich las er die Anrede: »Sehr geehrte Frau Sommer«.

Er schob den Brief in den Umschlag zurück, und weil er ihn etwas grob aufgerissen hatte, flickte er ihn in der Wohnung, so gut es ging, mit Tesafilm.

Wie lustig, nun spiele ich gleich zweimal Postbote, sagte er sich. Er schrieb auf einen Post-it-Zettel noch schnell eine Notiz für den Fall, dass Julia Sommer nicht daheim sein sollte (einen aufgerissenen Umschlag mit solch brisantem Inhalt konnte er unmöglich kommentarlos in ihren Briefkasten werfen), dann ging er hoch.

»Ich spiele Postbote«, sagte er zu Erich Wyss, als der die Tür öffnete, und übergab ihm das »Tagblatt«.

»Haben Sie Ihr Papier dabei? Dann führen wir die Liste gleich zu Ende«, sagte Erich Wyss.

Doch Hubert Brechbühl bat: »Lassen Sie mich erst alles erledigen, was Sie mir aufgetragen haben, sonst wächst mir die Sache über den Kopf. Außerdem muss ich noch einen Stock höher.«

Dort klingelte er zweimal vergeblich bei »Sommer« und wollte gerade wieder in seine Wohnung, als er Getrippel hörte und Mona die Tür aufriss.

»Herr Brechbühl«, rief sie und tanzte einmal um ihn herum, dann rannte sie in die Wohnung zurück und schrie: »Er hat es sich überlegt, er hat es sich überlegt!«

»Wer hat sich was überlegt?«, fragte Julia Sommer und kam im Morgenmantel aus dem Bad. Um ihr Haar war ein Handtuch geschlungen, und bevor Mona antworten konnte, sagte sie: »Ehe du noch ausrutschst, zieh dir die *Froggies* an.«

Mona setzte sich auf den Boden und zog die *Froggies* an, dabei sang sie: »Wir kriegen eine Katze, wir kriegen eine Katze!«

»Guten Tag, Herr Brechbühl«, sagte Julia. »Um was für eine Katze geht es?«

»Um gar keine«, sagte er verlegen. »Diesmal bringe ich Ihnen einen Brief. Ich habe ihn aus Versehen geöffnet und auch gelesen, tut mir leid.«

»Scheiße«, sagte Julia Sommer.

»Ich werde schweigen wie ein Grab«, versprach er. »Eine Scheidung ist doch heutzutage keine Schande mehr.«

»Darum geht es nicht«, sagte Julia. »Ich habe das Geld nicht.«

»Was ist das?«, fragte Mona und riss ihr den Brief aus der Hand. »Tauschen wir jetzt die Wohnung oder nicht?«

»Wir tauschen keine Wohnung«, sagte Julia. »Wir schulden jemandem Geld, sehr viel Geld. Aber Herr Brechbühl hat damit nichts zu tun.«

»Sind viertausend Franken für Sie wirklich so viel Geld?«, fragte er betreten.

»Wir kommen jeden Monat gerade so durch«, erklärte Julia. »Jeder Franken mehr ist ein Problem. Und dann noch für diese …« Diesmal fluchte sie nur innerlich.

»Haben Sie denn keine Rückstellungen?«, fragte Hubert Brechbühl. »Man hat doch etwas auf dem Sparbuch.«

»Wir haben kein Sparbuch«, sagte Julia, und nachdem sie sich vergewissert hatte, dass Mona in ihrem Zimmer verschwunden war, flüsterte sie: »Ich musste sogar schon ihr Kässelchen plündern.«

Hubert Brechbühl dachte dankbar, wie wenig Probleme er doch hatte, verglichen mit anderen. »Vielleicht könnten wir einen Handel abschließen«, schlug er zaghaft vor, und obwohl Julia Sommer ihn ausgesprochen skeptisch ansah, fuhr er fort: »Für den Fall, dass mir etwas zustößt, brauche ich jemanden, der die Post holt und die Rechnungen bezahlt. Ich würde Ihnen gern eine Vollmacht sowohl für die Post als auch für mein Konto geben. Und Sie geben mir diese Rechnung wieder mit.«

Julia Sommer sah ihn sprachlos an. »Das ist Unsinn«, sagte sie dann. »Das läuft unter Nachbarschaftsdienst, dafür brauchen Sie mich nicht zu bezahlen.«

»Sie müssten auch meine Blumen gießen«, erklärte er, »Sie wissen schon, die Begonien mit den Läusen. Und womöglich schaffe ich mir eines Tages eine Katze oder Fische an, dann müssten Sie die auch füttern.«

Sofort war Mona zurück, rannte um ihn herum und rief: »Herr Brechbühl kauft sich eine Katze! Darf ich sie jeden Tag besuchen?«

»Das hat er nicht gesagt«, stellte Julia richtig.

»Es ist aber auch nicht auszuschließen«, sagte Hubert Brechbühl, dem die Vorstellung, das Mädchen jeden Tag zu Besuch zu haben, gefiel.

»Ich werde Ihnen das Geld nie zurückzahlen können«, nahm Julia den Faden wieder auf.

»Brauchen Sie auch nicht«, sagte er, »Geld ist nicht alles.« Er freute sich, dass ihm dieser Satz eingefallen war. Und endlich gab Julia Sommer ihm den Einzahlungsschein und bedankte sich.

»Darf ich das Kätzchen aussuchen?«, rief Mona dazwischen.

Gleichzeitig sagte Hubert Brechbühl: »Ich bringe Ihnen dann den Beleg und die Formulare für die Vollmachten. Und vielleicht darf ich Ihnen einmal zeigen, was ich wo ablege.«

»Sind Sie denn krank?«, fragte Julia Sommer.

»Nein, nein, ich will nur Vorsorge treffen«, sagte er. »Man kann nie wissen. Vielleicht ist es lediglich eine Frage der Gemütlichkeit.«

Sie begriff nicht recht. »Meinen Sie, der Behaglichkeit?«, fragte sie.

»Genau«, sagte er, und zu Mona: »Ja, falls ich mir jemals ein Kätzchen zulege, darfst du es mit mir aussuchen gehen.«

»Hand drauf?«, fragte Mona.

»Hand drauf«, sagte er und war gerührt, wie klein so eine Kinderhand war.

Stärke (42)

Wenn Petzi an die Nacht mit Pit zurückdachte, nachdem sie bei Moritz das Kussspiel gespielt hatte, drehte es ihr fast den Magen um. Selina zu küssen, die so wunderschön war und fast doppelt so alt wie sie, war noch einfach aufregend gewesen: Von einem Moment auf den anderen hatte sie das Gefühl gehabt, zu den richtig Erwachsenen zu gehören und sie nicht mehr nur von fern zu bewundern. Moritz zu küssen, hatte sie sich quasi als Bestätigung gedacht – obwohl er nur drei Jahre älter war als sie und Pit, hatte er ganz offensichtlich eine Reife, die ihn auf eine Stufe mit Selina oder anderen Mittdreißigern stellte.

Doch dann hatte der Kuss mit Moritz begonnen, und während Pit sich einen kindischen Spaß daraus gemacht hatte, die Sekunden abzuzählen, wie etwa Kindergartenkinder einander die Sekunden abzählen, wenn sie in der Wanne Tauchen üben, waren tausend Dinge geschehen, die sie so nicht erwartet hatte: Die erste Sekunde war noch Riechen und Tasten. Sie fühlte Bartstoppeln, die sie vorher übersehen hatte – wohl, weil sie blond waren –, roch seine Haut, dachte an Tanne und wie sie einmal in einem Ameisenhaufen gesessen hatte. Dazu kam eine feine Ausdünstung von Alkohol, die sie unerklärlich fröhlich machte. In der zweiten Sekunde fühlte sie zuerst die Wärme seiner Lippen und den lauen

Atem, der aus seinen Nasenlöchern drang. Dann breitete sich eine Hitze in ihr aus, anfangs nur so zart, wie Wellen in einem Teich sich verbreiten, nachdem eine Libelle sich aufs Wasser gesetzt hat. Während Pit »drei« zählte, wallte sie aber plötzlich auf wie übersiedende Milch. Petzi erschrak gleich doppelt, denn Moritz biss sie ganz fein, sodass es kribbelte, wie wenn im Bodensee beim Baden die Weißfische an ihren Zehen knabberten. Danach hörte sie Pits Stimme nicht mehr, und von jetzt an wurde jede Berührung zu Farbe. Erst war sie von orange-gelbem Licht umgeben, dann, als sie zurückbiss, sah sie etwas, das wie ein Krokodil aussah, dann wie grasgrüne Rippen, die sie auseinanderschob, als sie mit der Zunge zwischen seine Zähne fuhr. Hinter jenen Rippen sah sie schwarzbraune Erde sich öffnen, die sich wiederum verwandelte und zu einem Lockenbusch wurde, dem Lockenbusch der Frau im Bücherladen, von der Moritz früher am Abend erzählt hatte, und sie schien nun nicht mehr nur Moritz zu küssen, sondern gleichzeitig jene Frau, denn sie fühlte mit der Zunge ihre kleinen, blendend weißen Zähne, dann ihre Ohrläppchen. Das war, bevor sie die Augenlider etwas hob und Moritz' zause Augenbrauen sah, die sie an eine Flaschenbürste denken ließen. Für kurze Zeit war alle Leidenschaft verflogen, sie hätte den Kuss abbrechen können, doch als sie sich dafür schon aufrichten wollte, überfiel sie eine Lust, dass sie sich am liebsten in seinem Mund verbissen oder vergraben hätte, und in einer Mischung aus Begierde und tiefster Sehnsucht wollte sie nichts heftiger, als dass er in sie eindrang. Im selben Augenblick hatte sie Pit wieder gehört, er war bei 9 angelangt, ihr Denken hatte halbwegs eingesetzt, und aus Furcht, sich auf ewig in diesem

Kuss zu verlieren, hatte sie Moritz von sich gestoßen, war in ihre Wohnung geflohen, ohne Licht zu machen, hatte sich auf die Matratze geworfen, die noch so tröstlich nach dem Haus ihrer Eltern und nach Kindheit roch, und sich eingeigelt.

Eine Zeit lang hatte sie geglaubt, den Spuk los zu sein, doch dann hatte sie begriffen, dass sie – entgegen aller Vernunft – auf Moritz wartete, darauf, dass er sie auszog und mit ihr schlief. Stattdessen war Pit zu ihr gekommen, hatte sich zu Boden gesetzt und gesagt: »Scharfe Nachbarn haben wir. Schade, dass du schon gehen wolltest.«

»Du kannst ja zurück«, hatte sie erwidert, hatte sich aufgesetzt, die Knie unters Kinn gezogen und sich gegen die Wand gelehnt.

»Quatsch«, hatte Pit gesagt, »wenn du schon mal wieder da bist. Gehen wir schlafen?«

Das wäre das Einfachste, hatte sie gedacht, dann wäre morgen alles wie früher. Aber sie hatte es nicht über sich gebracht. So waren sie im Dunkeln sitzen geblieben, ohne einander zu berühren. Vor dem Fenster hatte ab und zu die Kirchturmuhr geschlagen, und Petzi hatte das Gefühl gehabt, mit einem Menschen im Zimmer zu sein, der sie nicht das Geringste anging. Ab und zu hatte sie sich gefragt, was Moritz auf der anderen Seite des Flurs machte, ob er schlief, und ob allein oder mit Selina. Für Augenblicke hatte sie auch große Zärtlichkeit für Pit gefühlt, die aber stets verflogen war, sobald sein Bild vor ihren Augen an Schärfe gewann.

»Kennst du das Möbiusband?«, hatte sie gefragt, als schon der Morgen graute.

»Das kennt jedes Kind«, hatte er geantwortet, »wieso?«

»Nur so«, hatte sie gemeint. »Ich habe mich gefragt, wo wir in unserer Beziehung hinkommen, wenn wir so weitermachen.«

»Wie weitermachen?«, hatte er verständnislos gefragt.

»Na ja, so eben«, hatte sie begonnen. »Ich habe irgendwie nicht das Gefühl, wir leben in einer Beziehung.«

»Du bist ausgezogen, nicht ich«, hatte er sofort bemerkt.

»Aber eine Frau in der Bibliothek hat mir gesagt«, war sie fortgefahren, als hätte sie ihn überhört, »eine Beziehung ist wie ein Möbiusband. Man kommt immer wieder an die gleiche Stelle, und doch ist sie nicht dieselbe. Selbst wenn man nach zwei Runden wieder die erste Seite des Bands berührt, ist sie anders, denn mittlerweile trägt sie die Spuren aus dem ersten Durchgang, dann aus dem ersten und dem zweiten und so weiter. Ich fand das schön. Ich würde mir wünschen, in einer Beziehung zu leben, in der es immer weitergeht und die zugleich so klar umrissen ist wie so ein Möbiusband.«

»Wir haben doch schon super viel geteilt«, hatte Pit gesagt. »Ohne dich wäre ich total woanders. Und nicht nur, was den Sex angeht.«

»Wo denn noch?«, hatte sie wissen wollen und gleich gefühlt, dass die Frage falsch gestellt war.

»Na, menschlich halt«, hatte er erklärt. »Ich bin sicher, wir zwei zusammen können irre viel erreichen. Das fandst du doch bisher auch. Wir zwei heben die Welt aus den Angeln, oder nicht? Was ist an dieser Ansage weniger klar als an deinem Möbiusband?«

»Das ist keine Ansage, sondern eine Fantasie«, hatte Petzi entgegnet. »Außerdem bin ich nicht mal der Ansicht, wir hätten sexuell viel erreicht.«

»Na hör mal, vor vier Monaten warst du ein Mauerblümchen, das Sex nur aus dem Fernsehen kannte«, hatte Pit gerufen.

»Ich glaube, das tue ich immer noch«, hatte sie ruhig geantwortet. »Es stimmt, wir haben viel rumgemacht, aber viel mehr als Doktorspiele war das nicht.«

Pit hatte eine ganze Weile geschwiegen. »Was wäre denn nicht Doktorspiele?«, hatte er leiser gefragt.

Petzi hätte gern geantwortet, doch gleich hatte sie die Erinnerung an ihren Kuss mit Moritz so heftig überfallen, dass sie hätte weinen mögen. Sie war aufgestanden, hatte dabei flüchtig seine Schulter berührt und gesagt: »Ich nehme den ersten Zug. Wir sehen uns bei Semesterbeginn. Mach bis dahin deine Tests. Ich will, dass wir einigermaßen unbeschwert von vorn beginnen können.«

»Von vorn beginnen ist eine Illusion«, hatte er trotzig gesagt und war sitzen geblieben.

»Von vorn wie auf dem Möbiusband«, hatte sie erwidert.

Die Tage seither waren schwierig. Die Erinnerung an jenen Kuss wollte nicht verblassen. Sie arbeitete zu Hause, weil sie befürchtete, Pit würde ihr in der Bibliothek auflauern. Schließlich merkte sie, dass das gar nicht wirklich ihre Angst war, sondern dass sie fürchtete, Moritz zu treffen. Daher rief sie ihn an. »Ich muss mit dir sprechen«, sagte sie, »aber nicht bei dir zu Hause.«

»Kennst du schon die heiße Schokolade im Café Schober?«, fragte er. Sie musste lachen und verabredete sich mit ihm für dort. Er saß auf einer plüschigen Eckbank hinter einem dichten Ostergesteck, die Trinkschokolade hatte er schon bestellt.

»Hier setze ich mich mit dir nicht hin«, sagte sie und suchte ein Zweiertischlein in der Mitte des Raums aus, an dem sie einander gegenübersitzen konnten.

»Was kann ich für dich tun?«, fragte er.

»Dich entzaubern«, sagte sie. »Erzähl mir von dir. Ich habe Angst, mich in dich zu verlieben.«

Er lachte verwundert und sagte: »Junge Frauen haben normalerweise Angst vor mir.«

»Dann mach mir Angst«, sagte sie.

»Und wenn ich nicht will?«, fragte er und sah sie herausfordernd an.

»Hör auf«, sagte sie. »Ich will nicht mit dir flirten, ich will dich nicht küssen. Ich weiß, was dabei herauskäme. Ich wäre erst im siebten Himmel, dann überfordert, ich hätte Angst, es dir nicht recht zu machen, würde dumm und zickig, du würdest dich fragen, was du mit mir Backfisch verloren hast, wir würden uns trennen, und ich würde dir viel zu lange nachweinen. Pit ist mit mir auf Augenhöhe. Mit ihm kann ich umgehen, wir können gemeinsam wachsen. Zu dir müsste ich immer aufsehen, und dazu habe ich überhaupt keine Lust. Also verrate mir etwas, wodurch meine Lust auf dich vergeht.«

»Probier erst die Schokolade«, sagte er, und sie tranken schweigend Schokolade. »Wenn du künftig wieder einmal Lust auf mich hast, komm hierher und trinke eine Tasse dieser Schokolade. Danach fehlt dir nichts mehr.«

Nachdem sie die halbe Tasse getrunken hatte, fragte sie: »Gibt es jemanden, wegen dem du hier Schokolade trinkst?«

»Du liebe Güte, das könnte ich mir gar nicht leisten«, rief er. »Die Tasse kostet sieben Franken. Bei Liebeskummer kaufe ich bei *Coop* zwei Tafeln der 70-prozentigen Lindt-Schokolade, die wirkt fast so gut. Aber du bekommst bestimmt noch Geld von zu Hause.«

Sie trank die Tasse leer und fragte: »Sag mir, wieso ist Pit ein solcher Kindskopf? Sind alle Jungs so, wenn man sie besser kennt?«

Moritz gab sich Mühe nachzudenken, doch dann stellte er fest: »Ich habe nicht die geringste Lust, mich über Pit zu unterhalten. Rasend gern würde ich dich nochmals küssen. Ein Mund wie deiner gehört einfach geküsst. Nur schon die Schokoladenränder in deinen Mundwinkeln sind ein zwingender Grund. Nein, nicht wegwischen.«

Doch sie hatte sie schon weggewischt. »Du bist ein Blödmann«, stellte sie fest.

»Ich bin ein Mann«, antwortete Moritz.

»Du würdest mich unglücklich machen, und es wäre dir egal«, sagte sie.

»Ja«, gab er zu, »ohne mit der Wimper zu zucken. So sind wir Männer. Ich würde dich unglücklich machen, um dich danach trösten zu können. Keiner könnte dich so gut trösten wie ich.«

»Das glaube ich dir sogar«, sagte sie.

»Ich mir auch, und deshalb lasse ich mich auf Mädchen deines Alters normalerweise gar nicht ein«, erklärte er.

»Hast du was mit Selina?«, fragte sie.

»Leider nein«, sagte er. »Ich habe den Zeitpunkt verpasst.«

»Wir zwei auch, oder?«, fragte sie.

»Wir zerreden es gerade recht erfolgreich«, stellte er fest. »Zum Vögeln würde es noch reichen, aber den Zauber unseres Kusses würden wir nicht mehr ...« Er unterbrach sich. »Ich erzähle Quatsch. Ich glaube, wir könnten großartig küssen.«

»Ja, das befürchte ich auch«, erwiderte Petzi. »Ich werde jedenfalls nie mehr mit dir trinken.«

»Auch keine Schokolade?«, fragte er.

Statt zu antworten, fragte sie: »Hörst du eigentlich, wenn Pit und ich vögeln?«

»Witzig, das hat mich Julia auch gefragt«, bemerkte er.

»Wer ist Julia?«, wollte sie wissen.

»Julia Sommer, die mit der kleinen Mona im vierten Stock wohnt.«

»Und die fragt, ob du hörst, wenn sie im vierten Stock, quer über den Flur, vögelt?«, fragte sie ungläubig.

»Nein, sie hat gefragt, ob ich euch höre«, erklärte Moritz. »Sie kann euch hören. Und seither höre ich euch auch. – Hörte«, verbesserte er sich.

»Oh Gott«, stöhnte Petzi.

»Ihr solltet wieder miteinander schlafen«, riet er ihr. »Ich wette, damit regelt sich alles. Zumindest solltet ihr euch küssen.« Nach kurzem Nachdenken sagte er: »Vielleicht solltet ihr auch nur küssen. Ja, das könnte das Rezept sein.«

»Pit küsst wie ein Menschenfresser«, antwortete Petzi nur.

»Schlag ihm vor, ein Buch übers Küssen zu schreiben, dann wird er sich schon Mühe geben«, empfahl er. »Oder wir zwei schreiben dieses Buch.«

»In zwanzig Jahren vielleicht«, sagte Petzi. »Und jetzt muss ich gehen.«

»Warum schon?«, fragte er.

»Weil ich traurig werde«, erklärte Petzi. »Weil ich einen Berg Arbeit vor mir sehe. Weil ich keine Ahnung habe, ob ich die richtige Entscheidung getroffen habe. Und weil ich es auch nicht wissen werde, ehe Pit und ich das Möbiusband nicht drei, vier Male abgelaufen haben.«

»Müsste ich das verstehen?«, fragte Moritz.

»Nein«, sagte Petzi und legte sieben Franken auf das Tischlein. Bevor sie ging, schenkte sie ihm einen Fisch, den sie während des Gesprächs aus ihrem Zuckertütchen gefaltet hatte. »Solche Fische habe ich bei unserem Kuss gesehen«, bemerkte sie dazu.

Eros (43)

Ein angenehmer Nebeneffekt der Leichtigkeit und Wachheit in jenen Wochen war, dass Selina sich in einem Grundzustand leichter Erregung befand, die nirgends hinzielte. Es war mehr ein Gefühl der Lebendigkeit als des Begehrens, und offensichtlich war es ansteckend. Jedenfalls wurde während der Proben geflirtet auf Teufel komm raus – und das, obwohl sie im Stück eine rohe, ungeschlachte Bergler-Welt behaupteten, in der Körperlichkeit mehr Zusammenstoß denn Zärtelei bedeutete. Hierüber legten sie – den allmorgendlichen Nebelschwaden auf dem See ähnlich, die in der ersten Sonne schon goldgelb leuchteten, wenn das Wasser noch eisgrau und bleischwer schien – eine stete Spielerei, so unbeschwert und zart, dass Selina, wenn sie von der Truppe sprach, sie »die Elfen« nannte. Und irgendwie schien allen klar zu sein, dass dieses Spiel zu kostbar war, um durch eine leichtfertige Handlung zerstört zu werden, denn trotz der aufgeladenen Stimmung benahmen sich ausnahmslos alle für Theaterleute unüblich manierlich.

Dass das latente Knistern dann aber doch ein handfestes Geschwister bekam, lag daran, dass sie nach Ostern ihren Kreis notgedrungen öffneten. Marlies, die Pressefrau der Roten Fabrik, besuchte mehrere Proben, Susanna von der Präsidialabteilung kam und schließlich auch Frank, ein alter

Bekannter von Selina, der Szenenfotos schießen sollte. Er reiste aus Berlin an, und als Nora, Regie- und Produktionsassistentin in einem, fragte: »Wer hat ein Bett für ihn?«, rief Selina von der vier Meter hohen Bergspitze herab, auf der sie die meiste Zeit des Stücks thronte: »Lass ihn mir, lass ihn mir! Wir haben immer endlos viel zu bequatschen.« Was so nicht stimmte, doch die Wahrheit ging niemanden etwas an.

Zwei Stunden später meldete Frank, er sei gelandet, und nochmals eine gute Stunde später betrat er während des Durchlaufs den Saal, um sich in die zweitvorderste Reihe zu setzen. Das tat er sehr gesittet, und doch veränderte sein Erscheinen die Stimmung im Raum so sehr, dass die Szene kurz wackelte.

Er war eins neunzig groß und trug meist Cordsamthosen, karierte Hemden und Pullover mit V-Ausschnitt, darüber eine Rindslederjacke. Sein Haar war noch voll, er trug Koteletten, war stets sauber rasiert und hatte etwas vom perfekten Schwiegersohn, dennoch wirkte er sehr männlich. Selina kannte ihn, seit sie Schauspielschülerin gewesen war, er hatte Filmregie studiert und sie für seinen Abschlussfilm gebucht. Es war eine schwierige Produktion gewesen und für ihn generell eine schwierige Zeit, denn Joëlle, seine Kamerafrau, war von ihm schwanger, ohne dass sie davor eine ernsthafte Beziehung gehabt hätten. Er hatte immer wieder Selinas Rat gesucht, und sie hatten viel Zeit miteinander verbracht. Unter anderen Umständen wären sie zumindest im Bett gelandet. Sie hatten über freie Lebensformen gesprochen, über Patchworkfamilien und das Leben in der Großsippe, doch Frank hatte auch immer wieder betont, dass er dazu nicht der Typ sei. Kurz nachdem der Film abgedreht war, hatte er Joëlle geheiratet, und sie waren – der niedrigen Lebenshaltungskosten wegen – nach Berlin gezogen. Dort arbeitete er seither als Cutter, Gebrauchsfilmer und Fotograf, während Joëlle die Kinder aufzog (das zweite war nur ein Jahr später geboren). Joëlle hatte oft Krisen, dann wurde Frank zu Hause gebraucht, daher nahm er gar keine größeren Projekte mehr an. Allerdings schrieb er seit inzwischen wohl zehn Jahren am Drehbuch für seinen ersten Langspielfilm, eine Geschichte über Heimkinder, an die jedoch, wie er sagte, nur noch er und sein Produzent glaubten.

Wenn sie sich begegneten, fragte Selina daher immer als Erstes: »Wievielte Fassung, Frank?«

Er antwortete: »Die fünfte«, »siebente«, »neunte.«

»Wie viele Seiten?«, fragte sie darauf.

Und er antwortete: »300«, »280«, »250.« Dann lachten sie, denn beide wussten, dass ein finanzierbarer Erstling höchstens 90 oder 100 Minuten, sprich: Seiten lang ist.

Auch diesmal sprang sie, sobald der Durchlauf vorbei war, von der Bühne, fiel ihm um den Hals und küsste, was sie gerade erwischte, den Hemdkragen oder sein Nackenhaar, sog den altvertrauten Geruch von *Acqua di Parma* ein, das er trug, seit sie ihn kannte, und das, wie er behauptete, einfach nicht alle werden wollte, dann fragte sie: »Wievielte Fassung, Frank?«

»Ich glaube, die neunte«, sagte er.

»In der neunten warst du schon letztes Mal«, erinnerte sie ihn.

Er nickte. »Dabei wird es auch bleiben.«

»Darüber reden wir noch«, erklärte sie entschieden. »Du wohnst natürlich bei mir. Wie lange kannst du bleiben?«

Daraufhin sah er sie nur schweigend an, erst schien ihr, er suche etwas in ihrem Blick, doch vielleicht wunderte er sich nur. Schließlich sagte er: »In Berlin war es ausgesprochen garstig, als ich in den Flieger stieg. Hier herrscht voll der Frühling. Und du mittendrin.«

»Ja, nicht wahr?«, rief sie. »Ich bin gespannt, ob du das auf die Fotos bringst.« Dabei wusste sie, wenn jemand das Kunststück schaffte, komplexes Geschehen auf ein Foto zu reduzieren, dann Frank – er galt als einer der Besten, und das, obwohl das Fotografieren ihm wenig bedeutete.

Nachdem sie alle gemeinsam gegessen hatten, begann auch schon die Abendprobe, ein Durchlauf in angedeuteten Kostümen, speziell damit Frank seine Arbeit planen konnte, danach besprachen sie den Nachmittagsdurchlauf, und so wurde es fast Mitternacht, bis Selina und Frank Zeit füreinander hatten. Sie fand ihn draußen auf dem Bootssteg, er fotografierte, wie der Sternenhimmel sich im Wasser spiegelte, und rannte mit ihm hoch zur Straße, um den letzten Bus nicht zu verpassen.

Während der Fahrt schwiegen sie eine Weile, Selina ließ sich einiges aus der Nachbesprechung durch den Kopf gehen. Schließlich sagte Frank: »Es verwirrt mich mehr als sonst, dich zu sehen.«

»Auf der Bühne oder privat?«, fragte Selina.

»Überhaupt«, sagte er.

»Wie läuft es denn bei euch?«, erkundigte sie sich.

»Die Jungs machen mir Freude«, wich er aus, dann schwiegen sie wieder. Selina lehnte den Kopf an seine Schulter und schloss kurz die Augen. Sie war vom langen Tag erschöpft, doch auch aufgedreht, vom Spielen, von Franks

Gegenwart, von der klaren Frühlingsluft, die durchs offene Fenster wehte und ihr das Haar verblies.

»Zu Hause werde ich tot ins Bett fallen«, warnte sie ihn, als sie vor ihm her die Treppen hochstieg, doch nachdem sie geduscht hatte, war sie wieder hellwach. Im Nachthemd kam sie in die Küche und lehnte sich von hinten an den Stuhl, auf dem er saß. Er hatte sich ein Bier aus dem Kühlschrank genommen und sah in der Kamera die Bilder durch, die er geschossen hatte. Sie roch das Leder seiner Jacke, fuhr ihm mit den Fingern durchs Haar und sagte: »Am liebsten würde ich mit dir verreisen.«

»Wohin?«, fragte er, nachdem er die Kamera weggelegt hatte, lehnte sich zurück und legte den Kopf an ihren Schoß.

»Weiß nicht, eine Reise ins Blaue«, schlug sie vor. Er schüttelte den Kopf, und sie fühlte, wie sich unter der Reibung ihre Beckenmuskeln spannten.

»Auf einer Reise ins Blaue bin ich seit dreizehn Jahren mit Joëlle«, sagte Frank. »Jeder Tag ist für eine Überraschung gut. Lieber würde ich endlich irgendwo ankommen.«

»Fühl dich hier zu Hause«, sagte sie. Frank lachte, gab ihr sein Bier und stand auf, um ins Bad zu gehen.

»Wo schlafe ich?«, fragte er, als er herauskam.

Selina war schon im Bett. »Bei mir«, sagte sie und schlug die Daunendecke zurück.

»Ich will keinen Blödsinn machen«, sagte er.

»Dann machen wir auch keinen«, sagte sie leichthin. »Siehst du, ich trage sogar noch mein Nachthemd.«

Frank zog sich bis auf die Unterhose aus, dann legte er sich auf den Rücken und musterte die Zimmerdecke.

»Kannst du Joëlle nicht kurz vergessen?«, fragte sie.

Er schüttelte den Kopf. »Sie sorgt schon dafür, dass ich es nicht kann.«

Selina beugte sie sich über ihn, um zärtlich seine Lippen zu küssen. »Ganz freundschaftlich«, sagte sie leise.

»Schöne Freundschaft«, sagte Frank. »Weißt du, was ich die ganze Zeit über denke?«

»Was?«, fragte sie und nahm etwas Abstand.

»Als ich mit Joëlle schlief und sie schwanger wurde, wollte ich nicht in ihr kommen«, erzählte er. »Aber sie umklammerte mich mit den Beinen und ließ mich nicht rechtzeitig raus. Sie wollte, dass ich sie schwängere.«

»Ich kann es ihr nicht verdenken«, antwortete Selina. »Du hast keine üblen Gene.«

»Warte«, bat er. »Direkt davor hatten wir über die Besetzung des Films geredet. Wir hatten die Testaufnahmen gesichtet. Dabei wollte sie mir ausreden, dich zu besetzen.«

»Ach«, sagte sie.

»Genau«, erwiderte Frank. »Du und ich, wir hatten zu dem Zeitpunkt noch kein einziges Wort privat gewechselt. Sie wusste offenbar vor uns, dass da etwas ist.«

»Eine feinfühlige Frau«, stellte Selina fest.

»Zumindest eine Frau mit Instinkt«, sagte er.

Selina fühlte nun wieder die ganze, schwere Müdigkeit des langen Tags. Sie drückte ihm einen Kuss auf die Wange und wandte sich ab, um das Licht zu löschen.

Eine Weile lagen sie so da, dann drehte Frank sich auf die Seite – auf ihre Seite, fast berührten sie einander. »Ein bisschen löffeln dürfen wir ja vielleicht«, sagte sie leise, und Frank schob sich näher, bis sie eng aneinanderlagen. Sie fasste seine Hand, die lose über ihrem Becken hing, lag mit offenen Augen und fühlte seinen Atem an ihrem Hals, der nicht ruhiger werden wollte. Doch weiter geschah nichts, und sie wollte ihm schon gute Nacht wünschen, als er so behutsam, als sei er sich nicht sicher, ob sie schon schlief, ihre Hand losließ und tiefer glitt. Er raffte den Stoff an ihrem Schenkel, schob ihr das Nachthemd über die Hüfte und machte sich an seiner Unterhose zu schaffen. Beide waren so erregt, dass er ohne Mühe in sie eindrang. Danach geschah kaum noch etwas. Frank bewegte sich gerade so viel, dass seine Erektion erhalten blieb, Selina tat gar nichts. Sie roch nur die Nachtluft, die durchs geöffnete Fenster drang, zählte jeweils die Stundenschläge auf der Kirchturmuhr und konnte nicht begreifen, wie die Zeit verfloss. Die halbe Nacht lang lagen sie so da, sprachen nichts, und Selina fühlte sich so reich und auch so traurig, dass sie, kurz bevor sie einschlief, eine – immerhin nur eine – Träne fühlte.

Ambivalenz (44)

Als Selina erwachte, hatte sie erst das Gefühl, sie sei in einem fremden Zimmer oder stecke in einer fremden Haut. Dann fühlte sie, dass da ein zweiter Mensch lag, und dachte, dass sie gern noch lange liegen bleiben würde. Doch es war schon neun Uhr, um halb elf wurde sie zur Kostümprobe erwartet. So leise wie möglich stand sie auf und stellte sich unter die Dusche, dort schloss sie die Augen und versuchte zu erinnern, wie es zu dieser Nacht gekommen war. Sie öffnete sie wieder, als die Ringe des Duschvorhangs klapperten. Frank stieg zu ihr in die Wanne, umfasste ihre Hüfte, bog freundlich, doch bestimmt, ihren Oberkörper zurück, um sein Gesicht unter die Brause halten zu können, gurgelte und sagte: »Ich fühle mich, als sei ich in einem anderen Leben erwacht.«

Sie freute sich darüber, wie ihre Gedanken sich kreuzten, umarmte seinen wunderbar sperrigen Körper und fragte: »Wer von uns beiden hat das eigentlich angezettelt?«

Frank antwortete darauf nicht, doch sein Blick war gleich wieder so ernst wie am Abend zuvor. Sie biss ihn spielerisch in die Schulter und drohte: »Sag nicht Joëlle! Können wir irgendetwas unternehmen, ohne dass sie mit von der Partie ist?«

Frank schüttelte den Kopf, dann küsste er sie unterm

Brausestrahl, bis beiden die Luft ausging. Nachdem sie aus der Wanne gestiegen waren und einander abgetrocknet hatten, gingen sie nackt in die Küche, um zu frühstücken.

»Letztes Jahr hat sie Ferien auf Rügen gebucht«, erzählte Frank, »versehentlich im FKK-Resort *Freie Aussicht*. Sie hatte geglaubt, wir hätten dort freie Sicht aufs Meer. Am Nacktstrand mit zwei pubertierenden Jungs – du kannst es dir denken. Es waren die anstrengendsten Ferien meines Lebens.«

»Kommst du mit zur Probe?«, fragte sie, um das Thema zu wechseln, und ging kurz ins Schlafzimmer, um Unterwäsche anzuziehen.

»Nein, ich fahre ins Glarnerland«, sagte er. »Rolf will auch Fotos von den Schauplätzen.«

Sie hätte ihm gern von dem verwunschenen Tälchen beim Zwetschgenhof erzählt, doch die Vermutung, er denke auch dort nur an Joëlle, hielt sie davon ab. »Bleibst du über Nacht?«, fragte sie.

»Ja«, sagte er, »des Lichts wegen. Ich werde im Klöntal übernachten.«

»Ich möchte mitkommen«, sagte sie, obwohl sie Probe hatte. Er antwortete auch nichts darauf.

»Gehen wir bis zum Bahnhof zusammen?«, fragte sie.

»Ich fahre erst am Mittag«, sagte er, »ich muss noch Kram erledigen, das Büro schläft nicht. Darf ich dein Telefon benutzen? Mein Handy funktioniert im Ausland nicht. Und bekomme ich einen Schlüssel?«

Sie gab ihm einen und sagte spitzer als beabsichtigt: »Grüß sie von mir.«

»Warte«, sagte er, fing sie ein und hielt sie fest. »Wir haben eine Nacht das Bett geteilt, Selina, mehr war nicht. Wir haben keine Beziehung. Keine Liebesbeziehung, meine ich. Das ist auch falsch. Aber keine, die irgendwelche Ansprüche rechtfertigen würde.«

Sie befreite sich und klopfte ihm kumpelhaft auf die Schulter. »Geschenkt, *old horse*«, sagte sie. »Wenn du übrigens nett sein willst, kauf in Glarus in der Milchzentrale einen Laib Alpkäse für die Premierenfeier, am liebsten einen vom Dräckloch.«

Er versprach es zu tun, dann sagte er: »Es war eine schöne Nacht. Vielleicht meine schönste bisher.«

Sie nickte und sagte: »Leider.« Dann zog sie los.

Sie freute sich nicht eben auf die Kostümprobe, denn das hieß ewiges Stillstehen und An-sich-rumfummeln-Lassen, das machte schläfrig und gereizt, oft wurde sie beim Abstecken gestochen. Viel lieber hätte sie sich auf der Bühne ausgetobt.

Wenigstens sah sie, als sie zur Roten Fabrik kam, Armín auf einem Mäuerchen rauchen. »Komm mit, leiste mir Gesellschaft«, bat sie. »Erzähl mir irgendetwas.«

Er drückte die *Beedi* aus, sprang vom Mäuerchen und fragte: »Wo hast du deinen hübschen Fotografen gelassen?«

»Mein ›hübscher Fotograf‹ fährt heute in die Berge«, sagte sie. »Und morgen oder übermorgen wieder heim zu Frau und Kind.«

Dazu sagte er nichts. Priska, die Schneiderin, wartete schon in der Garderobe und hetzte etwas, denn Selinas Fuchskostüm riss so leicht, dass Rolf ihr aufgetragen hatte, bis zur Abendprobe ein Ersatzkostüm zu nähen.

Erst als Selina sich umgezogen hatte und Priska die

Nähte absteckte, sagte Armín: »Das passt zu dir. *Oggún* und *Ochún*, Krieg und Liebe. Bloß nichts Eindeutiges. Wäre er zu haben, wäre er nicht halb so interessant für dich.«

»Du sollst mich ablenken, nicht durchleuchten«, stellte Selina fest.

»Aber gib zu, verheiratete Männer sind sexy«, sagte er und grinste.

»Sexy Männer sind meist verheiratet«, sagte sie. »Ich glaube übrigens, die Bänder meiner Maske lösen sich. Könntest du das eben prüfen?«

Nach der Kostümprobe hatte sie bis abends frei und legte sich erst aufs Ohr, dann beschloss sie, den Balkon sommertauglich zu machen. Dabei dachte sie darüber nach, was Armín gesagt hatte. Tatsächlich wollte sie es wohl nicht anders. Doch warum tat sie dann so zickig? Warum spielte sie die Eifersüchtige, wenn sie in Wirklichkeit nur froh war, dass Frank anderswo verankert war? Darauf fand sie keine Antwort.

Sie verordnete sich, den herrschenden Zustand zumindest probeweise als gut und richtig zu betrachten (*if-exercise* hatten sie das auf der Schauspielschule genannt). Schließlich führte sie im Grunde ein bezauberndes Leben und hatte nicht den geringsten Anlass zur Klage. So fand sie bald die Leichtigkeit wieder, die sie in den letzten Wochen getragen hatte.

Pfeifend radelte sie zum Durchlauf, und nicht einmal, dass er völlig missglückte, brachte sie aus der Fassung. Auch auf dem Heimweg tauchte zwar gelegentlich ein Gefühl der Kränkung oder Eifersucht auf, doch es gelang ihr immer schnell, es zur Seite zu schieben. Zwei andere Gefühle wurden dafür immer klarer, zwei sehr widersprüchliche, und doch existierten sie ganz unbehelligt voneinander. Selina fühlte, dass sie Frank liebte, innig liebte, genau so, wie er war, inbegriffen seine unsinnige Treue zu einer offensichtlich unwürdigen Ehefrau, seine Entscheidungsschwäche und latente Wehleidigkeit. Gleichzeitig und ebenso sehr genoss sie es, ihn auf Distanz zu wissen, erreichbar nur für Momente, um ihn kämpfen zu können und mit ihm zu spielen, wie eine Katze mit einem lose angebundenen Ball spielt.

Als sie heimkam, hatte er auf den Anrufbeantworter gesprochen, er werde sich nochmals melden, und sie freute sich darauf, ihn nach Joëlle und den Kindern zu fragen. Doch als er tatsächlich anrief und erzählte, dass es ihm gelungen war, einen Fuchs zu fotografieren, war unerwartet die Eifersucht zurück. »Dazu brauchst du nicht in die Berge zu fahren«, entgegnete sie schnippisch, »hier liegt einer und wartet auf dich.«

»Selina, ich werde nicht mehr mit dir ins Bett gehen«, erklärte er.

»Ich weiß«, sagte sie müde.

»Warte, lass mich reden«, bat er. »Hier oben, nach einem Tag in den Bergen, sehe ich alles wieder ganz eindeutig. Ich habe vor dreizehn Jahren eine Entscheidung getroffen …«

»*Sie* hat eine Entscheidung getroffen«, unterbrach Selina.

»Nein, das ist nicht wahr«, widersprach er. »Es war meine Entscheidung, sie zu heiraten und mit ihr das Kind großzuziehen. Ich wollte klare Verhältnisse. So bin ich eben: Wenn ich zwischen Klarheit und großen Gefühlen wählen muss, wähle ich die Klarheit.«

»Und dafür liebe ich dich«, sagte sie leise.

Er schwieg kurz, dann fragte er ebenso leise: »Könntest du nicht bitte aufhören, mich zu lieben?«

Gegen ihren Willen musste sie lachen. »Fällt mir nicht im Traum ein«, sagte sie. »Meine Liebe soll dich verfolgen bis an dein unseliges Ende. Aber keine Sorge, ich erwarte nichts dafür.«

Er schien zu stutzen. »Wirklich nicht?«, fragte er.

»Nein«, sagte sie, obwohl sie keine Ahnung hatte, ob sie nicht gerade log.

»Es ist nämlich so, dass ich es eigentlich sehr genieße, von dir geliebt zu werden«, sagte er. »Mich quält nur, dass ich deine Liebe nicht erwidern kann.«

»Moment«, fragte sie, »dass du sie nicht erwidern kannst oder deine Liebe nicht ausleben kannst?«

Wieder zögerte er. »Das kann ich gar nicht beantworten«, sagte er, »ich habe mich nie gefragt, ob ich dich liebe. Ich weiß nur, dass deine Liebe sehr verführerisch ist und dass mir Joëlles Verbot im Nacken sitzt.«

»Quatsch, so was weiß man doch«, sagte sie gereizt. »Liebst du mich, oder liebst du mich nicht?«

Aber er sagte nur: »Ich habe Angst davor, mir diese Frage zu beantworten. Und es spielt auch keine Rolle mehr, oder?«

»Doch«, rief sie, »für mich spielt es eine Rolle, sogar die allergrößte!« Dann legte sie auf.

Durcheinandersein (45)

Alle hatten Britta gemocht, doch als ihr Volontariat endete, war auch niemand besonders traurig. Nur Britta selber vergoss Tränen, und zwar, als sie sich von Julia verabschiedete.

»Ach Gott, so ist das nun mal mit Volontariaten«, sagte Julia und nahm sie kurz in die Arme. »Man kommt, man geht, mit etwas Glück hat man zwei, drei Dinge gelernt.«

»Ich habe sogar sehr viel mehr gelernt«, schluchzte Britta. »Ich weiß jetzt, dass ich nach dem Studium unbedingt in einem Verlag arbeiten will. Das ist es aber nicht. Ich schäme mich furchtbar vor dir und muss mich entschuldigen.«

»Bei mir?«, wunderte sich Julia, »wofür?«

»Ich hatte darum gebetet, dass sie dich entlassen«, sagte Britta. »Ich hoffte, ich kriege dann deine Stelle.«

Julia hatte Lust, sie zu ohrfeigen, stattdessen sagte sie: »Aber das ist doch ganz verständlich. Verlagsjobs sind Mangelware. Ich könnte dir da Geschichten erzählen …«

»Ach ja?«, sagte Britta schniefend und hoffte wohl, eine zu hören, doch Julias Telefon klingelte, und sie nutzte die Gelegenheit, Britta mit einer flüchtigen Geste zu verabschieden. Sie hatte den Hörer schon in der Hand, als sie sie zurückrief. »Hat Sebastian dir etwa Hoffnungen gemacht?«, fragte sie.

»Überhaupt nicht«, sagte Britta. »Nachdem ihr euch ausgesprochen hattet, sagte er klar, dass deine Stelle nicht zur Disposition steht.« Das hörte Julia gern.

Die nächste Volontärin kam zwei Tage später und hatte, wie Ayse es ausdrückte, »richtig Dampf im Arsch«. Monique war fünfundzwanzig und sah aus wie eines dieser Mädchen in Internatsbüchern, die unablässig allen Streiche spielen, ein Schlaks mit dunklem Pferdeschwanz, Sommersprossen und Ringelpullover. Sie hatte vier kleinere Geschwister und dadurch eine ganz spezielle Kompetenz, was die Interessen eines jungen Publikums anging. Sie redete auch gleich überall mit, und was sie vorschlug, war zwar oft nicht praktikabel, aber alles andere als dumm.

»Wenn die erst einmal die Marktgesetze und Verlagsmechanismen begriffen hat, ist sie eine echte Stütze«, meinte Julia, als Sebastian sie nach einer Woche um ihre Einschätzung bat. »Nur viel mehr lesen müsste sie, sie kennt nicht einmal die Klassiker.«

»Interessant«, sagte Sebastian, und bei der nächsten Wochensitzung kündigte er ein neues Projekt an. »Ich stelle mir eine Art Leseliste vor, einen Kanon der besten Kinderbücher. Ein übersichtliches, schön gemachtes Buch für Eltern und Lehrpersonen. Natürlich sollen unsere besten Stücke darin nicht fehlen. Jeder Titel wird kurz zusammengefasst, dazu kommt eine pointierte Notiz zur Wirkungsgeschichte und – ganz wichtig – eine Anekdote, die Trulla Meisnitz illustrieren wird. Titel: *Fünfzig beste Kinderbücher*.«

»Ist für so ein Buch der Markt nicht zu klein?«, wandte Julia ein.

»Doch, vielleicht«, sagte Sebastian. »Aber wir profilieren uns als kompetente Stimme.«

»Logisch. Wer die besten Bücher kennt, wird ja wohl auch die besten verlegen«, sagte Monique.

»So in etwa«, bestätigte Sebastian.

»Und wer hat Zeit dafür?«, fragte Julia, die noch immer nicht begeistert war. »Wir stecken alle bis zum Hals in laufenden Projekten.«

»Monique«, sagte er. »Und du wirst sie coachen.«

Darüber staunte nicht nur Julia. Doch mehrere Abende lang listete sie, sobald Mona schlief, die ihres Erachtens schönsten Kinderbücher der letzten zweihundert Jahre auf. Sie kam auf über dreihundert Titel.

Die Liste überreichte sie Monique. »Sieh nach, was wo verlegt ist«, sagte sie, »bestelle beim jeweiligen Verlag ein Belegexemplar mit Hinweis auf den geplanten Führer, und lies es. Ist ein Titel nicht mehr auf dem Markt, finde heraus, wo die Rechte sind und ob eine Neuauflage geplant ist. Vielleicht können wir nebenbei das eine oder andere Schnäppchen machen. Dann schreibst du zu jedem Buch eine zehnzeilige Zusammenfassung.«

»Wieso von jedem?«, fragte Monique. »Das sind ein paar Hundert Titel, ins Buch kommen fünfzig.«

»Tu es einfach«, sagte Julia, »es wird dir nicht schaden.«

Doch Monique bestellte weder, noch las sie. Stattdessen erstellte sie ein Raster, mailte es Julia, kam gleich darauf an ihren Tisch und fragte: »Wenn du je zehn Bilderbücher, Vorlesebücher, Jugendbücher, deutschsprachige und internationale Kultbücher aussuchen könntest, welche wären das?«

»Ein Konzept zu erstellen, war nicht die Aufgabe, die ich dir gestellt habe«, sagte Julia.

»Nein, aber es ist mein Projekt«, sagte Monique. »Du sollst mich coachen, nicht kommandieren.«

Julia sah sie überrascht an. »Du bist Volontärin, Monique. Volontärinnen kommen und gehen. Dieses Buch wird erscheinen, wenn du längst wieder weg bist. Jemand wird es verantworten müssen, und das bist nicht du.«

Monique schien ebenso überrascht. »Da bist du falsch informiert«, entgegnete sie. »Ich bin deine Nachfolgerin. Zumindest, wenn ich mich gut präsentiere. Und das tue ich nicht, indem ich nach deiner Pfeife tanze.«

»Ich habe nicht im Sinn zu gehen«, sagte Julia.

»Oh, jetzt wird's pikant«, stellte Monique fest. »Aber eigentlich auch egal, zumindest für den Moment. Tun wir beide einfach unsere Arbeit, ja?« Damit übergab sie Julia einen Ausdruck ihres Rasters.

Julia wollte Sebastian sprechen, doch der war den ganzen Tag über in Besprechungen. Sie konnte ihn erst abfangen, als er heimwollte.

»Es ist drei vor sechs, wartet Mona nicht auf dich?«, fragte er.

»Doch, aber ich will erst hören, was du zu Monique gesagt hast«, antwortete Julia.

»Ach das«, rief er leichthin. »Ich wollte etwas ihren Ehrgeiz anstacheln.«

»Brittas Ehrgeiz wolltest du nicht anstacheln«, stellte Julia fest.

»Britta war nur ein liebes Mädchen«, sagte Sebastian. »Monique dagegen hat was, das sagtest du selbst. Und dass du dich nicht mehr mit deinem Job identifizieren kannst, Julia, sehen alle.«

»Hallo! Immerhin lasse ich für dieses Gespräch meine Tochter warten«, rief sie. »Ich dachte, Sebastian, wir hatten uns geeinigt.«

»Ja, darauf, dass du Mona in einen Hort bei euch im Haus bringst, von dem aus sie allein nach Hause findet«, sagte er. »Hast du das getan?«

»Nicht Hort, Kindergarten«, korrigierte Julia. »Dorthin kann Mona erst im Herbst.«

»Anmelden wirst du sie nicht erst im Herbst können«, sagte er. »Ich will einen Beleg sehen.«

»Den wirst du bekommen, verlass dich drauf«, sagte sie und rannte los, um Mona abzuholen.

An ihrem freien Nachmittag führte sie Telefonate mit der Kreisschulpflege, der Kindergärtnerin, wieder der Kreisschulpflege, einer zweiten Kindergärtnerin, abermals der Kreisschulpflege. Niemand erklärte sich zuständig, bis sie endlich die Ombudsfrau am Draht hatte, die Zissig hieß, und erfuhr, dass Kinder prinzipiell in keinen Kindergarten aufgenommen wurden, der von der elterlichen Wohnung aus eingesehen werden konnte. »Glauben Sie mir, es gibt nichts Schlimmeres als Eltern, die mit dem Feldstecher darüber wachen, was ihr Spross im Kindergarten treibt.«

»Ich arbeite ganztags, ich habe nicht die Zeit, mein Kind zu überwachen«, sagte Julia. »Nur vom Kindergarten in unserem Hof aus findet es allein nach Hause. Ich will es nicht bemuttern, sondern seine Selbstständigkeit fördern.«

»Es ist eine Grundsatzfrage, tut mir leid«, erklärte Frau Zissig.

Julia sagte: »Ich verliere meine Arbeit, wenn ich das Kind nicht ganztägig betreuen lassen kann.«

»Hat es keinen Vater, der es holen kann?«, fragte Frau Zissig.

»Nein, und darum geht es auch nicht«, sagte Julia. »Aber sagen Sie: Wenn ich wegziehen würde, dürfte mein Kind dann in diesen Kindergarten?«

»Wenn es Platz hätte, ja«, sagte die Frau.

»Und hat es Platz?«, fragte Julia.

»Das zu wissen, nützt Ihnen doch nichts«, antwortete Frau Zissig.

»Vielleicht könnte ich mit meiner Mutter die Wohnung tauschen«, sagte Julia. »Dann könnte Mona zu ihr.«

»Dann stünde eben Ihre Mutter mit dem Feldstecher auf dem Balkon, das dulden wir genauso wenig«, sagte die Ombudsfrau.

»Unser Balkon geht zur Straße raus, und außerdem ist auch meine Mutter berufstätig«, sagte Julia. Und nachdem sie Frau Zissig noch nach Kindergärten mit Mittagstisch und Feierabendhort gefragt hatte (so etwas gab es aber nur in besser gestellten Quartieren, und zu entsprechenden Preisen), legte sie auf, um nochmals mit dem Kindergarten, der Kreisschulpflege und schließlich einem Rechtsdienst zu telefonieren. »Ich fühle mich diskriminiert und denke daran, die Stadt oder wen auch immer zu verklagen«, erklärte sie, doch der Mann vom Rechtsdienst machte ihr keine Hoffnung.

Inzwischen dröhnte ihr der Kopf, sie konnte nicht mehr klar denken und ging hinüber zu Selina, die sie in der Küche hantieren hörte. »Ich brauche deinen Rat«, sagte sie, »ich bin nahe dran, meine Arbeit zu verlieren. Und ich brauche ein Bier.«

»So plötzlich verlierst du deine Arbeit?«, fragte Selina verwundert, öffnete den Kühlschrank und gab ihr ein Bier.

»Nein, das kam nicht plötzlich«, sagte Julia, »ich begreife es nur erst jetzt.«

»Schöner Mist«, sagte Selina. »Ich fürchte nur, ich bin gerade keine gute Hilfe, in meinem Kopf dreht sich alles. Wir stehen kurz vor der Premiere. Und hier, lies das.« Sie gab ihr eine Postkarte. Sie zeigte einen schiefergrauen Bergmolch *(triturus alpestris)* mit leuchtend orangefarbenem Bauch. Auf der Rückseite stand: »Eine Seite wolkenverhangen, eine in Flammen – ein Tier wie Wetterleuchten. So fühle ich mich, Selina, seit wir eine Nacht lang Bauch an Rücken lagen. Es hört nicht auf zu brennen, und es frisst sich immer tiefer.«

Julia grinste und betrachtete nochmals das Foto. »Es gibt nettere Bettgefährten«, sagte sie.

»Das Verrückte ist, die Karte kam an, nachdem er mir den Laufpass gegeben hatte«, sagte Selina. »Er rief an und sagte, er sehe jetzt klar, seine Entscheidung sei getroffen bla, bla. Am nächsten Tag war er auf der Probe, aber er ging, bevor sie fertig war. Zurück zu seiner Frau. Dann kommt diese Karte. Wie passt das zusammen? Ich meine, sogar wenn er sie vor dem Telefonat geschrieben hätte …« Ebenda klingelte wieder das Telefon, und Selina beeilte sich abzunehmen.

Julia wollte sich schon auf Französisch verabschieden, da rief Selina: »Was hat er dir geschickt, einen Vertrag? Aber ich hatte doch abgesagt. Was heißt ›nicht weitergeleitet‹, du bist meine Agentin, du vertrittst meine Interessen. Die Gage, das sind deine Interessen, nicht meine, ich pfeife auf die Gage. Wie viel? Scheiße, das ist heftig. Ja, aber nicht mehr heute, und auch nicht morgen, ich habe morgen Premiere. So lange wird er wohl noch warten können, Michelle!« Dann legte sie auf.

»Klang aufregend«, sagte Julia.

Selina setzte sich an den Tisch zurück und verbarg das Gesicht in den Händen. »Ein Kotzbrocken von Regisseur will mich kaufen«, sagte sie. »Achtzigtausend plus Beteiligung für zwei Wochen Probe und sechs Wochen Dreh.« Sie spielte Weinen und sagte: »Ich will nur noch weg.«

»Erzähl mir noch von diesem Mann, dem Molch«, bat Julia, denn ihre Flasche war noch halb voll, und sie hatte nicht die geringste Lust, wieder in ihre Wohnung zu gehen.

Doch Selina seufzte nur und sagte: »Sei froh, dass du keinen hast.«

»Wer sagt das?«, fragte Julia.

»Oh, sollte mir etwas entgangen sein?«, fragte Selina verschmitzt.

»Na ja, ich weiß nicht«, sagte Julia. »Es gibt einen, aber er ist etwas jung. Du bist ihm sicher schon begegnet, er wohnt hier im Haus, Moritz heißt er.«

»Ach«, sagte Selina nur. »Ist es etwas Festes?«

»I wo«, rief Julia. »Aber irgendwie hängen wir beide sehr an ihm, ich und Mona. Und er an uns auch. Das ist schön.«

Selina zögerte: »An mir scheint er ebenfalls zu hängen.«

»Gut, wer hängt nicht an dir«, rief Julia.

»Warte. Petzi, der Kleinen aus dem zweiten Stock …«

»Die ich immer vögeln höre«, sagte Julia. »Wobei mir gerade auffällt, schon länger nicht mehr.«

»Weil sie und Pit in der Krise sind«, sagte Selina. »Der jedenfalls verdreht er gerade tüchtig den Kopf.«

»Moritz, unser Moritz?«, fragte Julia verwundert und fühlte einen leichten Schwindel, vielleicht nur vom Bier.

»Er ist eben ein Spieler«, sagte Selina. »Das hat was für sich, aber auch wieder nicht. Mein Molch ist dagegen ein ganz Properer. Das ist nicht besser.«

»In mir dreht sich alles«, sagte Julia, verbarg das Gesicht in den Händen und musste plötzlich weinen. »Ich weiß nichts mehr, nichts, nichts, nichts«, jammerte sie.

»Das ist doch schon mal was«, sagte Selina und legte ihr die Hand aufs Haar. »Wer keinen Schimmer hat, beginnt zu schauen. Ich weiß nicht mehr, wer das gesagt hat, aber es klingt tröstlich.«

Julia wischte die Tränen ab und trank noch einen Schluck Bier. »Selina, ich weiß nicht, wie ich mein Kind ernähren soll«, stellte sie klar. »Und einsam bin ich auch. Da gibt es nichts zu ›schauen‹.«

Verwegenheit (46)

Moritz hatte gerade geduscht, war nur eben in die Jeans geschlüpft und löffelte einen Joghurt im Stehen, als es an der Tür klingelte. Es war Julia. »Komm rein«, sagte er und ging vor. »Das heißt, eigentlich bin ich mitten in der Arbeit. Ich habe nur schnell geduscht, um wieder wach zu werden. Ich bin mit einer Abgabe verspätet, ich habe mir wieder etwas viel aufgehalst. Ich arbeite seit gestern früh durch.«

Er ging wieder ins »Labor«, wie er sein Studierzimmer nannte, und vermaß nochmals einzelne Federn eines ausgestopften Vogels, um sie mit dem Papiermodell zu vergleichen. »Das Ziel wäre, dass es fliegt«, erklärte er Julia. »Hier, siehst du? Man kann das Gummiband aufziehen, das bewegt ein kleines Räderwerk. Das Modell ist eigentlich Nebensache, die Hauptarbeit ist eine Analyse der Kraftübertragung im Flug der Mönchsgrasmücke, die habe ich erledigt. Aber das Modell ist das Sahnehäubchen.« Er ließ das Gummiband abschnurren, und das Modell flatterte über den Tisch, aber es war weit davon entfernt zu fliegen.

»Das war einer der schlechteren Versuche«, sagte er. »Zu viel Blei. Oder das Blei an der falschen Stelle, ich schwimme gerade. Na ja, da Vinci ist auch daran gescheitert. Wieso bist du hier?«, fragte er und wandte sich ihr zu. »Wollen wir miteinander schlafen?«

»Nein«, sagte sie. »Doch, eigentlich gern, aber vor allem muss ich mit dir reden.«

»Lass mich raten, du hast den Job verloren«, sagte er.

»Wie kommst du darauf?«, fragte sie verblüfft.

»Wusste ich's doch. Du warst so angespannt in letzter Zeit, das kommt nie gut«, antwortete er. »Und dass das Verlagswesen auf dem letzten Loch pfeift, ist allgemein bekannt. Die brauchen Leute, die spuren wie Maschinenrädchen, Arbeitstiere. Keine alleinerziehenden Mütter. Und was hast du vor?«

»Moment, mein Job wackelt zwar, aber geflogen bin ich noch nicht«, sagte Julia.

»Großartig, das erlaubt dir zu kündigen und in Würde zu gehen«, sagte er.

»Um meine Würde zu wahren, bin ich hier«, erklärte Julia. »Aber mit meiner ...«

»Weißt du, wieso ich die Mönchsgrasmücke gewählt habe?«, fiel er ihr ins Wort.

»Ich nehme an, weil du im Brockenhaus zufällig die da gefunden hast«, riet sie und zeigte auf das Präparat.

Moritz schüttelte den Kopf. »Die habe ich anfertigen lassen«, sagte er. »Nein, weil sie so unglaublich vielseitig ist. Man denkt doch allgemein, es gibt Zugvögel und Nesthocker. Es gibt Vögel, die fressen Insekten, andere knacken Körner. Deshalb sind die einen besonders aerodynamisch und haben einen langen Schnabel, die anderen haben einen dicken und sind kälteresistent. So ist es aber nicht. Die Mönchsgrasmücke tut, was immer gerade Sinn macht. In gewissen Breiten ist sie Langstreckenzieher, in anderen fliegt sie ein paar Hundert Kilometer oder überhaupt nicht. Sie kann in Afrika überwintern, aber auch in Deutschland oder Österreich. Sie frisst im Frühling Spinnen und Insekten, den Rest des Jahres Beeren, Früchte oder Nektar. Sie hat die Erfahrung gemacht, dass sie immer irgendwie überlebt und traut sich darum auch alles zu. Wir Menschen waren auch einmal so. Von unserer Konstitution her sind wir für tausend Dinge gut. Warum also tun die meisten Leute ein Leben lang dasselbe?«

»Vermutlich, weil sie es lieber mögen als alles andere«, sagte Julia. »So wie ich das Lektorieren.«

»Das eben kannst du gar nicht wissen«, rief Moritz, »du kennst überhaupt nichts anderes. Weißt du, was du tun solltest? Eine Liste machen von allen, wirklich allen Tätigkeiten, die dich reizen würden. Von Aasbestatterin bis Zyklenforscherin. Dann führe ein paar Telefonate und leg los: einen Monat da, einen da. Das klappt, glaub mir. Und ich wette, nach einem Jahr begreifst du nicht mehr, wie du dich ein Leben lang so einigeln konntest.«

»Das mag etwas für Leute wie dich sein, aber ich habe ein Kind«, sagte Julia. »Ein Kind frisst Geld und Zeit.«

»Zeit ist kein Problem«, erklärte Moritz. »Du willst ja nirgends bleiben, also kannst du dir auch erlauben, wie ein Mensch zu leben. Wirst du entlassen, ziehst du eben weiter. Aber es wird dich niemand entlassen. Unabhängige Menschen wirken ungeheuer attraktiv. Manche werden vielleicht sagen, die nervt, aber gleichzeitig werden sie dich bewundern und alles daransetzen, dass du in ihren Reihen bleibst. Weil nämlich deine Gegenwart sie adelt. Nur darfst du der Versuchung nicht erliegen, zu bleiben, wenn sie es dir anbieten, sonst bist du wie sie, und der ganze Zauber verfliegt.«

Julia lächelte endlich und sagte: »So zu leben, wäre schön. Aber eben, das Geld.«

»In Wahrheit braucht man nicht viel Geld«, erklärte Moritz entschieden. »Die Miete oder Untermiete, etwas Essen, etwas Kleidung. 1000 oder 1500 Franken reichen.«

»Du hast keine Vorstellung, was mit einem Kind so alles dazukommt«, sagte sie.

»Und du hast keine Ahnung, was von alldem dir wirklich fehlen wird, wenn du es nicht hast«, sagte er. »Gehen ihr die Maden aus, frisst die Mönchsgrasmücke Beeren. Ferien beispielsweise kannst du dir leicht sparen, wenn du auf einem Luxusdampfer anheuerst. Die brauchen Leute, und für Kinder gibt es volles Programm.«

Julia sah ihn warm an und sagte: »Du könntest tatsächlich so leben, nicht wahr?«

»Ich lebe schon so«, sagte er, während er begann, seinen Computer zu durchsuchen. »Kennst du *Sansibar, oder der letzte Grund* von Andersch?«, fragte er.

»Aus der Schule, lange her«, sagte Julia.

»Ich habe daraus für meine Arbeit etwas zitiert«, sagte er. »Weil es auch zur Mönchsgrasmücke passt. Vielleicht erinnerst du dich, es geht im Buch um die Statue eines lesenden Klosterschülers. Hör zu: *Er war gar nicht versunken. Er las aufmerksam. Er las genau. Er las sogar in höchster Konzentration. Aber er sah aus wie einer, der jederzeit das Buch zuklappen kann und aufstehen, um etwas ganz anderes zu tun.* Das ist jetzt mein Credo.«

»Ein schönes Credo«, sagte Julia und sah ihn an, als wollte sie ihn küssen. Doch als er es tun wollte, drehte sie sich weg, trat ans Fenster und sah hinaus.

»Kommt Mona?«, fragte er.

»Noch nicht«, sagte sie. »Aber wieso ich hier bin …«

»Warte, es gibt noch ein anderes Zitat«, sagte er und kramte auf dem Tisch, bis er das Taschenbuch fand. »Hier.« Während er las, trat er eng an sie heran. *»Es wäre jetzt leicht, die Arme um sie zu legen, und es wäre auch sehr schön. Es ist eine Beleidigung des Instinkts, den Dank des Fleisches nicht anzunehmen.«*

Julia entzog sich ihm nicht, sie tat aber auch nichts, um ihn zu halten, sondern sah weiter aus dem Fenster. »Efgenia Costa schneidet die Rabatten«, stellte sie fest, während er ihren Hintern freilegte.

»Kann sie uns sehen?«, fragte er, küsste sie hinters Ohr und legte zwei Finger an ihre Scham.

»Warum, hast du auch mit ihr geschlafen?«, fragte sie.

Moritz lachte und sagte: »Daher weht der Wind. Ich habe in diesem Haus mit niemandem geschlafen als mit dir.«

»Und wie viele hast du geküsst?«, wollte sie wissen.

Er versuchte in sie einzudringen, das war nicht einfach. »Beuge dich etwas vor«, bat er, »der Winkel ist zu spitz.«

Sie stützte sich aufs Fensterbett, faltete die Hände und legte das Kinn darauf. Dann fragte sie nochmals: »Wie viele hast du geküsst?«

»Zwei«, sagte er. »Es war ein Kussspiel, nichts Aufregendes. Sag lieber, ob es dir gefällt, dich so am Fenster zu zeigen.«

»Es gefällt mir, dich in mir zu haben«, sagte sie.

»Und mir gefällt vor allem, dass du dich nicht rührst«, sagte er. »Das ist, was ich vorhin meinte. Die Freiheit des entspannten Menschen beinhaltet auch, dass er einfach mal nichts tut.«

»Deine Philosophie hat übrigens einen Makel«, sagte sie, dann unterbrach sie sich und seufzte, weil er einige Male tiefer in sie eindrang.

»Ich komme fast, und ich will noch nicht kommen«, sagte er und reduzierte seine Bewegungen. »Welchen Makel?«

»Wo bleibt bei deiner Theorie die Standfestigkeit?«, fragte sie. »Die Verbindlichkeit? Mit einem Kind gehst du eine Verpflichtung ein. Das ist oft anstrengend, aber es ist auch das Schönste, was man erleben kann. Ein Hansdampf wie du kann nur sich selbst verpflichtet sein.«

»Nein, das stimmt nicht«, protestierte er. »Im Gegenteil. Wenn es mir gut geht, haben alle etwas davon. Ich darf mich ja auch für andere schinden, solange ich es mir zuliebe tue. Dann schuldet mir auch niemand etwas. Man kann sein Kind doch nicht zu Stolz und Würde erziehen und sich selbst unterwerfen. Nicht einmal dem eigenen Kind. Das verstehe ich unter Freiheit. Deshalb kann ich in diesem Haus auch küssen, wen ich will, ohne dass das verwerflich wäre. Verwerflich wäre einzig und allein, ich würde dich küssen, obwohl ich es nicht will, aus einem Gefühl der Verpflichtung heraus. Jetzt übrigens habe ich Lust zu kommen.«

Julia beschäftigte etwas ganz anderes. »Ich glaube, Efgenia Costa hat gerade einen deiner Vögel im Gebüsch gefunden«, erzählte sie. »Sie sieht hoch.«

»Sag mal, willst du nicht kommen, oder kannst du nicht?«, fragte er und war selbst knapp davor.

»Jetzt winkt sie«, sagte Julia. »Sie will, dass ich das Fenster öffne.« Sie öffnete es und rief: »Der Vogel gehört Moritz, aber der kann gerade nicht.« Dann schloss sie es wieder und sagte: »Ich glaube, ich will nicht.«

Liebe (47)

Nur unter der Bedingung, dass sie sich eine Operation nochmals ernsthaft überlege, hatte die Ärztin am Universitätsspital ihr stärkere Schmerzmittel verschrieben. Doch in Kombination mit den Morphium-Tabletten oder -Zäpfchen, die Adamo ihr immer wieder brachte, halfen sie Efgenia so gut, dass sie über einen Eingriff nie nachdachte. Sie lebte wieder wie ein gesunder Mensch und genoss es über die Maßen. Anfangs machte sie vor allem die Arbeit im Garten glücklich, das Berühren des Oleanders und der Forsythien beispielsweise, die gleichzeitig so liebenswert zart schienen und so zäh und überlebenswillig, oder der Duft, der ihr unter die Haut drang, wenn sie den Buchsbaum und die Heckenröschen schnitt, Löwenzahn oder Bärenklau stach und die lange vernachlässigte Erde in den Rabatten auflockerte. Sie fühlte große Dankbarkeit dafür, die Pflanzen pflegen zu dürfen, denn solange sie bei der Arbeit war, fühlte sie sich aufgenommen in die Natur, und anderes, allzu Menschliches, fiel von ihr ab. Fast war ihr, als käme sie sich selbst abhanden, gleichzeitig war sie mehr bei sich denn je – ja, vermutlich hatte sie sich noch nie so klar und vorurteilslos wahrgenommen wie an jenen halben oder ganzen Tagen im Grünen.

Diese Erfahrung verwandelte allmählich ihr ganzes Leben. Als Erstes meldete sie sich wieder bei ihren Eltern. Im

Hof stand eine Föhre, die seit Langem unkontrolliert wuchs, die wollte sie gern schneiden. Ihr Vater, seit seiner Pensionierung leidenschaftlicher Gärtner, wusste alles über Nadelhölzer, und obwohl ihre Gespräche seit Efgenias Wegzug in die Schweiz vergiftet schienen – wie überhaupt das ganze Familienleben vergiftet schien –, reagierte er sehr herzlich.

»Was bist du für eine Idiotin«, sagte er zwar auch diesmal als Erstes, »Föhren schneidet man im Winter, im Sommer bluten sie aus und verharzen alles.« Doch dann zählte er ihr nicht nur auf, was im Mai jetzt auf sie zukam und riet ihr, einen Steingarten anzulegen – »nichts duftet so schön und sieht so reizend aus« –, er ließ ihr auch über einen Gartenversand ein Paket mit Enzian-, Lavendel-, Steinbrech-, Fingerkraut- und anderen Samen schicken. Und schließlich nahm er gar wieder Kontakt mit seinem Bruder auf, mit dem er sich dreißig Jahre zuvor wegen einer marginalen Erbschaftsangelegenheit zerstritten hatte.

Der Anlass für ihre Versöhnung war Efgenias Entdeckung beim Putzen des Treppenhauses, dass das rot überstrichene Treppengeländer einen Handlauf aus eigentlich sehr schönem Holz hatte, der sie an die Olivenholzmöbel ihrer Kindheit erinnerte. Daher fragte sie ihre Mutter, wie sie den Handlauf auch so schön hinbekam.

»Du wirst ihn ablaugen müssen, aber vom Ablaugen verstehe ich rein gar nichts«, sagte ihre Mutter. »Für das Schmutzige war schon immer dein Vater zuständig.«

Der wiederum sagte: »So was erledigte dein Onkel Alexis, der war Schreiner und hatte sein ganz eigenes Laugenrezept. So unausstehlich er als Mensch ist, wenn es ums Restaurieren ging, war er der Beste.«

Denn selbst das Pflegen der öffentlichen Räume des Hauses war für Efgenia, je länger sie ihre Medikamente nahm, eher Belohnung als Herausforderung. Sie genoss es, sich den vernachlässigten Winkeln zu widmen und ihnen zu einer Schönheit zu verhelfen, die in ihren Augen die gesamte Architektur verschob. Einem kleinen Treppenabsatz oder -sockel konnte sie sich so lange widmen, bis er zum strahlenden Mittelpunkt des Stockwerks wurde. Stieg sie danach eine Etage höher, schien ihr das Treppenhaus, wie es sich dort darstellte und viele Jahre schon dargestellt hatte, wiederum plötzlich so verzerrt und surreal wie Gaudís »Sagrada Familia«, die sie mehr als einmal besichtigt hatten.

Am längsten Mühe bereitete ihr der Kontakt zu den anderen Menschen im Haus. Nur Adamo sah sie früh mit neuen Augen. »Du warst in dieser schweren Zeit so gut zu mir und bist es noch«, sagte sie. »Du warst mir alles, Mutter, Vater, Bruder. Jetzt will ich, dass du wieder mein Mann wirst.« Und nach einem langen Spaziergang die Limmat hinab und durchs Werdhölzli – auf dem sie immer wieder stehen blieben, weil Efgenia Bepflanzungen in fremden Gärten studierte und mit Adamo besprechen wollte, was davon für den Hof und die Trottoirbegrünung ihrer Siedlung taugen mochte –, nach einem Imbiss in der Raststätte des Klosters Fahr und einer Fahrt mit der Fähre schliefen sie hinter einem Holzstoß miteinander. Auch das war ganz anders als früher. Allein das Gefühl der trockenen Tannennadeln, die sich in die Haut prägten, der Geruch des geschlagenen Holzes, der Wiesen, auf denen das Gras schon hoch stand, und des nahen Flussufers, von dem her sie Enten schnattern und Fahrräder schnarren hörten, war betörend, irgendwie auch betäubend. Dazu kamen die Ameisenbisse, über die sie lachten, Adamos Haar, das lose über ihr Gesicht fiel, weil er den Pferdeschwanz geöffnet hatte, und ein Druck im Magen (die Medikamente verursachten Darmträgheit), der ihr beim Sex gar nicht unangenehm war. Und irgendwie war sie plötzlich auch überaus vernarrt in Adamos Gebiss, in das sie gern wiederum hineingebissen hätte, wie man in einen hart gebackenen Kringel beißt, und in das Ledrige seiner Zunge.

»Ist die Welt nicht wundervoll?«, fragte sie, als sie einander nach Tieren absuchten, bevor sie sich wieder anzogen.

»Ich glaube nicht, dass ich sie sehe wie du«, antwortete Adamo, »aber ja, ich finde auch, es gibt viele schöne Dinge.«

Das traf nicht, was sie gemeint hatte, und fast den ganzen Rückweg über versuchte sie ihm darzulegen, wie der Zauber der Welt beschaffen war und welche Rolle sie darin spielte. Das machte sie derart euphorisch, dass sie nach der Heimkehr sogar noch bei Hubert Brechbühl klingelte, nur um ihm zu sagen, dass sie inzwischen seine nach Fußschweiß riechenden Schuhe im Treppenhaus und sein Tubaspiel für kostbar hielt. Leider öffnete er nicht.

Dafür klingelte sie zwei Tage später, nachdem sie wieder den linken Estrich geputzt hatte, bei Erich Wyss. Sie wollte ihm sagen, dass sie ihn liebte – ihn, das Unterhemd seiner Frau, das sie verstaubt und beschmutzt in einer Ecke gefunden hatte, hinter einem Stapel Ziegel, und auch die wilde Katze, die sich, wie sie gehört hatte, manchmal unters Dach verlief und die vielleicht das Unterhemd geschnappt und sich damit ein Lager bereitet hatte. Als Erich Wyss an die Tür kam – er öffnete nur einen Spalt breit –, hatte er wieder diese starren Augen. Er schien auch nicht zu begreifen, wovon sie sprach. Das traf sie unerwartet heftig, zugleich fühlte sie einen Überschwang an Zärtlichkeit und wollte ihn umarmen, herzen. Er schlug jedoch die Tür zu, kaum streckte sie die Hände nach ihm aus – er brauchte dazu zwei Anläufe, weil sie zu klemmen schien –, und etwas bedrückt, aber auch dankbar für all die Erfahrungen des Tages, ging sie nach unten. »Der arme Mann«, sagte sie zu Adamo, »ich habe ihn im Verdacht, etwas zu nehmen, das ihm nicht guttut, irgendwelche Psychopharmaka.«

»Zeig deinen Finger«, sagte Adamo, »der ist doch gebrochen!«

Sie sah jetzt erst, dass ein Zeigefinger blau angelaufen und eigenwillig verformt war. »Ach was, mir tut nichts weh«, sagte sie. Und nur, weil Adamo sich so rührend dafür einsetzte, fuhr sie schließlich mit ihm in die *Permanence.*

Sie bereute es nicht. Sie liebte die Sauberkeit dort, die leise klickenden Leuchtstoffröhren und die so subtile Perforierung der Deckenplatten, die sie an einen unendlichen Sternenhimmel denken ließ. »Bin ich einmal tot«, sagte sie zu Adamo, »will ich in einem Sarg aus solchen Platten liegen.«

Adamo lachte und entgegnete: »In einem Zinksarg wirst du liegen, damit du nicht den Boden verseuchst.«

Efgenia lachte mit ihm, obwohl sie den Scherz nicht begriff. Sicherlich hatte es etwas mit ihrem Gärtnern zu tun, und daran zu denken, machte sie gleich wieder glücklich.

Lebendigkeit (48)

Der Sturz ihres Mannes hatte Gerda Wyss in einem Ausmaß verunsichert, das sie selbst zu Anfang gar nicht begriff. Erst als ihre Friseurin zu Besuch kam – Frau Mariani richtete ihr seit drei Jahren zweimal monatlich das Haar und machte Pediküre – und sie spontan sagte: »Ich glaube, heute lassen wir das Tönen aus«, erkannte sie, wie groß der Umbruch in ihrem Leben war.

»Was meinen Sie mit ›auslassen‹?«, fragte Frau Mariani. »Den Haaransatz werde ich doch wohl angleichen dürfen.«

»Nein«, widersprach Gerda, »ich möchte die Farbe gern herauswachsen lassen.«

»Das ist nicht so einfach«, sagte Frau Mariani. »Dann muss ich Ihnen Strähnen machen, erst ein paar, dann immer mehr, damit die Sache einigermaßen natürlich wirkt. Sonst sieht es furchtbar aus.«

Das sah Gerda ein, aber trotzdem wollte sie keine Farbe mehr auf ihrem Kopf.

»Fragen wir Ihren Mann«, schlug Frau Mariani vor.

Der sagte allerdings nur: »Wir sind in einem Alter, Frau Mariani, in dem man sich von vielem verabschiedet. Wenn meine Frau eine modische Frisur für nicht mehr nötig hält, kann ich gut damit leben.«

»Darum geht es aber gar nicht, Erich, im Gegenteil«, sagte Gerda.

Das verstand nun Erich so wenig wie Frau Mariani, und Gerda konnte es auch schlecht erklären.

Erst nachts – nachdem Frau Mariani ihren Haaransatz nochmals hatte nachtönen dürfen – sagte sie: »Erich? Ich hoffe, ich habe dich jetzt nicht geweckt.«

»Nein, nein«, sagte er.

Nachdem Gerda nochmals ihre Gedanken geordnet hatte, sagte sie: »Ich glaube, ich fühle mich jünger, wenn ich das Haar nicht färbe. Nein, nicht jünger – ach, siehst du, jetzt kriege ich es doch nicht hin. Im Kopf war alles schon ganz klar.«

»Dann denk noch mal in Ruhe nach«, schlug er vor und nahm ihre Hand.

»Ja«, sagte sie, und nach einigen Minuten wusste sie es besser. »Seit du auf der Treppe gestürzt bist, Erich, bist du nicht mehr derselbe. Warte«, bat sie, als sie fühlte, dass er die Hand zurückziehen wollte. »Du bist zerbrechlicher geworden, ängstlicher. Ich weiß, dass du dich so nicht magst, aber mir gefällst du sehr gut. Irgendwie ist dadurch alles weicher geworden, wenn du weißt, was ich meine. Wir hatten so viele Gewohnheiten, nicht nur im Alltag, auch im Denken. Wir hielten vieles für gegeben und haben uns gar nicht mehr gefragt, ob wir wirklich dieser Meinung sind.«

»Was zum Beispiel?«, fragte er skeptisch.

»Wir kaufen beispielsweise jede Woche Galakäse«, sagte sie. »Vor zwanzig Jahren haben wir ihn geliebt ...«

»Das ist noch keine zwanzig Jahre her«, sagte er, »schon falsch. Das war 1990, als wir das letzte Mal bei Sepp in Berlin waren. Da hat diese Deutsche, die immer den Buben gehütet hat, so sehr vom Schweizer Galakäse geschwärmt, dass wir ihr ein Päckchen schicken wollten, als wir zurück waren. Aber dann war diese Geschichte, die zu Sepps Scheidung führte, und irgendwann haben wir ihn selbst gegessen. Seit damals kaufe ich dir Galakäse. Ich mochte ihn schon damals nicht besonders leiden.«

Gerda stutzte. »Siehst du, das meine ich. Ich habe ihn immer auf die Einkaufsliste gesetzt, weil ich dachte, du magst ihn. Jetzt bin ich froh, dass wir darüber geredet haben.«

»Ja, ich auch«, sagte er. »Aber was soll ich denn nun kaufen? Etwas aufs Brot brauchen wir.«

Sie diskutierten länger über verschiedene Käsesorten und einigten sich darauf, es wieder einmal mit Ziger zu probieren, der leicht und fettfrei war, außerdem hatten beide das Glarnerland in schöner Erinnerung.

»Ich werde beim nächsten Einkauf daran denken«, versprach er.

»Ich werde es dir aufschreiben«, sagte Gerda, und sie hatten einander schon zum zweiten Mal eine gute Nacht gewünscht, als Gerda einfiel, dass sie noch gar nicht gesagt hatte, was sie hatte sagen wollen. »Erich?«, sagte sie wieder.

»Bist du noch wach?«, fragte er.

»Ich hoffe, du hast noch nicht geschlafen«, sagte sie. »Was ich vorhin eigentlich sagen wollte, ist, dass ich mich jetzt mehr um dich sorge. Und jetzt sag nicht gleich wieder etwas, sondern hör nur zu. Ich freue mich nämlich darüber. Ich habe das Gefühl, wir sind uns näher als davor.«

»Als wovor?«, fragte er.

»Als vor deinem Sturz, ich rede von der Zeit seit deinem Sturz«, erinnerte sie ihn.

»Ach ja«, sagte er. »Ich würde ihn gern vergessen, es war nichts weiter als ein dummer Sturz.«

»Mag sein«, sagte Gerda, »aber fühlst du es nicht auch? Wir büscheln uns gerade neu, wenn man das so nennen kann. Und das ist schön. Ich glaube, wir machen eine Entwicklung durch. Ich jedenfalls fühle mich anders, irgendwie wacher. Ich denke über alles mehr nach.«

»Aha«, sagte er. »Vor allem über dein Haar.«

»Das ist bei Frauen nun mal so«, erklärte Gerda, »wenn sie sich entwickeln, ändern sie als Erstes die Frisur.«

»Das wusste ich nicht. Männer tun das nicht, soviel ich weiß«, antwortete er.

»Doch, Sepp ließ sich damals einen Bart wachsen«, sagte sie. »Und Augustin hatte mal lange Haare, damit wollte er sicher auch etwas sagen.«

»Der Affe«, sagte Erich und wollte sich gleich wieder aufregen.

Doch Gerda nahm seine Hand und sagte: »Erich, jetzt geht es nicht um Augustin, jetzt geht es um uns.«

»Meinetwegen, aber ein Affe ist er trotzdem«, wiederholte Erich.

Gerda ging darauf nicht ein. »Denkst du noch manchmal daran, dass wir Mann und Frau sind?«, fragte sie. »Ich meine, dass du ein Mann bist und ich eine Frau? Ich muss jetzt viel daran denken. Ich hatte mich so viele Jahre nicht mehr wie eine Frau gefühlt, jetzt schon. Seit ich mich um dich sorge. Ich habe mich in all den Jahren auch oft gefragt: Wen liebe ich da eigentlich? Doch seit deinem Sturz weiß ich das ganz genau. Ich sehe dich fast wieder so, wie ich dich vor sechzig Jahren sah. Außer dass ich kein Tüpfi mehr bin. Damals war ich vor allem stolz auf dich, und auf mich, dass ich dich geangelt hatte. Heute ist es viel tiefer …«

»Moment«, unterbrach sie Erich, »wer hat da wen geangelt?«

Sie lachte. »Natürlich ich dich«, sagte sie nochmals. »Es ist immer die Frau, die wählt. Ihr Männer merkt das nur nicht.«

»Selbstverständlich, wir sind ja auch nur Totsche«, rief er.

»Ja, das seid ihr«, antwortete Gerda fröhlich, »und das macht euch auch so stark. Nun hör aber endlich auf zu schmollen, ich will dir nämlich etwas ganz, ganz Schönes sagen.«

»Ich höre ja zu«, sagte er. »Es geht um deine neue Frisur.«

»Ja, und darum, dass ich dich liebe«, sagte Gerda. »Die Sache ist nämlich die: Ich habe gemerkt, dass ich dich als Frau mit gefärbtem Haar gar nicht so lieben kann, wie ich dich lieben möchte. Du hast mit deinem Sturz etwas verloren, das ich lange Zeit für schick hielt, aber nun, da es weg ist, bin ich froh darüber.«

»Und was soll das sein?«, fragte er misstrauisch.

»Eine Attitüde«, antwortete sie, »sagt man so? Du bist dir selbst gegenüber viel unsicherer geworden, das macht dich schön. Deine Verletzlichkeit ist schön.«

Er brummelte etwas.

»Doch, doch«, sagte sie. »Und deshalb werde ich mein Haar ab sofort nicht mehr färben. Ich will auch so offen und verletzlich sein. Ich will auch die Frau sein, die ich eigentlich bin, und niemandem mehr etwas vormachen.« Danach schwieg sie, und weil auch Erich schwieg, sagte sie schließlich: »Jetzt darfst du reden.«

»Was soll ich denn sagen?«, fragte er.

»Zum Beispiel, dass du mich mutig findest«, schlug sie vor. »Oder dass du mich auch liebst.«

»Das weißt du doch alles«, sagte er. »Und ob du jetzt gefärbtes oder ungefärbtes Haar hast, ist mir gleich. Ich finde auch gar nicht, dass ich mich verändert habe. Ich werde mich schon wieder fangen.«

Gerda dachte nochmals nach. »Es hat mit Nacktheit zu tun«, sagte sie endlich. »Wir waren nie richtig nackt voreinander.«

»Ich habe keine Ahnung, wovon du sprichst«, sagte Erich ungeduldig. »Im Badezimmer sind wir doch fast immer nackt.«

»Ja, aber im Bett nicht«, sagte sie. »Wir sollten einmal wieder nackt zu Bett gehen.«

»Das haben wir früher oft getan, ich verstehe nicht, was daran neu sein soll.«

Gerda sagte: »Damals waren wir auf andere Art nicht nackt, Erich. Das sind wir erst jetzt. Aber ich sehe schon, ich kann es nicht erklären. Oder willst du nicht begreifen?«

»Was nicht begreifen?«, fragte er gereizt. »Meinetwegen gehen wir morgen nackt schlafen! Ich kann nur nicht kapieren, was das mit deinem Haar zu tun hat. Im Dunkeln sehe ich es sowieso nicht!«

»Ich glaube, wir sagen uns jetzt gute Nacht«, schlug Gerda vor, und Erich war dafür sehr dankbar.

List (49)

Wie Petzi es verlangt hatte, war Pit einen guten Monat, nachdem er mit Efgenia Costa in der Waschküche verkehrt hatte, endlich zum Arzt gegangen, um sich auf Geschlechtskrankheiten untersuchen zu lassen. Und wie Petzi vermutet hatte, war die Diagnose positiv. Obwohl sie gesagt hatte: »Wir sehen uns bei Semesterbeginn«, trafen sie sich an der Uni kaum, und wenn es einmal geschah, dann inmitten einer Schar von Leuten. Um ihr zu sagen, dass er mit Antibiotika gegen Chlamydien behandelt wurde und der Arzt ihr riet, sich ebenfalls behandeln zu lassen, musste er sie bei ihren Eltern anrufen. »Außerdem wüsste ich gern, wann du wieder bei uns einziehst«, sagte er.

»Sobald deine Behandlung abgeschlossen ist«, antwortete sie.

»Der Arzt sagt aber, mit Gummi können wir problemlos verkehren, und erst recht, wenn du auch die Kur machst.«

»Diese Chlamydien sind dein Problem, nicht meines«, sagte sie jedoch nur, und als er sie am anderen Tag vor dem großen Hörsaal abpasste und fragte: »Trinken wir nachher zusammen Kaffee?«, erinnerte sie ihn: »Pit, wir haben eine Vereinbarung, und ich will, dass du dich daran hältst.«

»Ich glaube ja, du willst mich gar nicht mehr«, sagte er, um sie zu provozieren. Das gelang ihm aber nicht.

»Momentan habe ich wirklich keine Lust auf dich«, antwortete sie ruhig. »Und ich habe keine Ahnung, was sein wird, wenn wir wieder zusammenleben. Aber ich will mich auch nicht trennen wegen einer so dummen Geschichte.«

»Man könnte das alles viel lockerer sehen«, sagte er. Doch darauf gab sie nicht einmal mehr Antwort.

Er fürchtete sehr, dass es nach ihrer Rückkehr so frostig weiterginge, und für den Tag, an dem er die Kur beendet haben und der Arzt ihn für gesund erklären würde, plante er deshalb etwas ganz Besonderes. Petzi besuchte neuerdings eine Mediävistik-Vorlesung, und er sah sie oft im Lichthof Hartmann von Aue oder Wolfram von Eschenbach lesen. Er hörte sich etwas um und erfuhr von einer Burgruine bei Winterthur, die sich über das sogenannte Totentäli erhob. Das, sagte er sich, würde sie weich machen. Bei Morgengrauen wollte er sie dort hinaufführen, eine bedeutungsvolle Ansprache zur Überwindung des »kleinen Todes« halten, als den er ihre lange Trennung bezeichnen würde, und sich danach mit ihr durch einen Liebesschwur, *tandaradei*, vor allem aber physisch vereinen – am liebsten in der Stellung, in der er Efgenia Costa gevögelt hatte und die ihm seither nicht aus dem Kopf wollte. Petzi würde sich dabei an die Burgmauer krallen, er würde von hinten in sie eindringen, und gemeinsam schleuderten sie ihre Lust über das Totentäli und die Töss hinaus der noch schlaftrunkenen Welt entgegen.

In angedeutet mittelalterlicher Handschrift verfasste er eine Einladung, in der er sie für sechs Uhr in der Früh an den Hauptbahnhof bat. Sie reagierte auch hierauf nicht, doch sie war pünktlich am Treffpunkt, bepackt mit einer schweren Tasche und frierend, denn sie war sommerlich gekleidet.

An beidem war, wie sie später verriet, ihr Vater schuld. »Wenn ihr euch so früh trefft, nehmt ihr bestimmt einen dieser Billigflüge nach Rhodos oder Antalya«, hatte er gesagt, »pack besser Sonnencreme ein.« Das hatte sie getan, dazu ein Strandkleid, zwei Paar Sandalen, eine Tauchausrüstung, die sie zur Konfirmation geschenkt bekommen und noch nie ausprobiert hatte, ein großes Strandtuch, zwei Flaschen Wasser für den Flug und die vermutlich ellenlange Taxifahrt vom Flughafen ins Resort sowie fünf dicke Bände Studienlektüre. Ihr Vater hatte sie auch nach Zürich gefahren, denn so früh gab es von Rheineck her noch keinen Zug.

Die Tasche schleppten sie abwechselnd den Hang empor, nachdem sie Winterthur erreicht hatten. Eigentlich hatte Pit beim Aufstieg La Mettrie zitieren wollen, er hatte einige Passagen extra auswendig gelernt. Petzi hatte aber schlechte Laune und ging zehn Meter hinter ihm. Und wartete er auf sie, sagte sie nur Dinge wie: »Warum konnten wir uns nicht in Winterthur treffen? Daran sind wir nämlich vorbeigefahren, Paps und ich. Wir hätten locker eine halbe Stunde länger schlafen können.« Oder: »Du hättest mir schreiben müssen, dass ich Bergschuhe brauche.« Denn sie trug nur *Espadrilles,* die sofort vom Morgentau durchnässt waren und ihr Blasen scheuerten.

Als sie endlich den Turm bestiegen, stand die Sonne längst überm Horizont, im Morgennebel war sie dennoch nur zu erahnen. Selbst das kleine, schon zuvor beschädigte Harmonium, das Pit im Heilsarmee-Brockenhaus gefunden und am Vorabend auf dem Turm deponiert hatte – mit einer IKEA Einkaufstasche geschützt, doch das Leder des Blasebalgs hatte sich über Nacht vollgesogen und pappte zusammen. Das bisschen Luft, das noch ein- und ausströmte, reichte gerade für die obersten Töne. So brachte er nur ein angedeutetes einstimmiges »Ave Maria« zustande, zu dem eine Krähe, die im Wipfel einer der Birken saß, eine Art Kontrapunkt setzte.

Endlich lachte Petzi etwas. »Pit, was soll der Quatsch?«, fragte sie und versuchte sich warm zu reiben. Denn die Sonne schaffte es noch immer nicht durch den Nebel, und Pits Blazer (ebenfalls aus dem Brockenhaus), den sie übergelegt hatte, war aus billigem Nylon.

»Komm, stell dich hierhin, sieh über die Zinne, und ich wärme dich«, sagte er. Da unten nämlich liegt das Totentäli, wollte er seine Ansprache einleiten, um danach den Akt zu besiegeln.

Doch Petzi sagte eilig: »Lieber nicht, Pit, ich bin doch nicht schwindelfrei! Lass uns wieder runtergehen.« Und bevor ihm einfiel, wie er sie zur Zinne locken könnte, war sie auf der Treppe.

Erst als sie den Wald verließen, durchstieß die Sonne den Nebel. Sofort war das Licht bezaubernd, und es wurde schnell wärmer. Petzi ließ sich etwas mehr Zeit – bergab war sie fast gerannt, weil sie barfuß gehen musste, der Blasen wegen, und der Waldboden so kalt war –, und für einen Augenblick nahm sie sogar seine Hand. Gleich brauchte sie sie aber wieder, um über die spitzen Kiesel zu balancieren, und Pit war froh, wieder beide Hände frei zu haben, weil er das Harmonium geschultert trug.

»Nun verrate mir aber endlich, was das Ganze sollte«, verlangte sie, als sie im Zug zurück nach Zürich saßen.

Pit fürchtete noch mehr zu verderben, wenn er ihr von

der kultischen Vereinigung erzählte, die ihm vorgeschwebt hatte, von der feierlichen Verbindung von Geist und Fleisch. »Ich wollte dir etwas schenken, das ich gelesen habe«, sagte er daher bloß. »Nicht ganz Mittelalter, aber fast. Der Ausflug sollte nur der Rahmen sein.«

»Dann schieß los«, sagte sie freundlich, denn inzwischen hatte sie ihre Füße warm gerieben, und seither schien auch ihr Ärger verflogen.

Pit zitierte La Mettrie, den er in den vergangenen Wochen verschlungen hatte: *Seht dort die beiden Kinder! Ein Junge und ein Mädchen, die man in Frieden miteinander leben lässt. Wie glücklich werden sie eines Tages sein! Nie wird es so zärtliche und treue Diener der Liebe gegeben haben wie sie. Ohne Erziehung und damit ohne Vorurteile aufgewachsen, werden sie ohne Schuldgefühl in schönstem Einklang miteinander leben. Ihre Triebe werden ihnen weisere Führer sein als die Vernunft, sodass sie nur dem sanften Drang der Natur folgen werden – und dieser kann, da man ihm nicht zu widerstehen vermag, gar nicht kriminell sein.*

Danach wartete er aufgeregt, was sie sagen würde. Ihn selbst hatte die Passage, als er sie die ersten Male gelesen hatte, getroffen und erregt, und er war sich ganz sicher gewesen, dass es ihr genauso ergehen würde.

Doch Petzi fragte nur: »Schon fertig? Etwas gestelzt, oder? Ich glaube, ich habe noch nicht ganz begriffen, worum es geht.«

»Auf Französisch klingt es sicher eleganter«, sagte er enttäuscht. »Es ist aus einem Buch von Julien Offray de La Mettrie über die Wollust. Verstehst du, Petzi, das sind wir!«

Den letzten Satz überhörte sie. »Über die Wollust, das hätte ich mir denken können«, sagte sie.

»Ja, aber es geht ebendarum, wie unschuldig die Wollust sein kann«, versuchte er zu erklären.

»Das habe ich schon begriffen«, sagte sie. »Dich macht das aber nicht unschuldiger.«

Darauf fiel ihm nichts mehr ein, und sie schwiegen, bis Petzi sich an ihn kuschelte, die Augen schloss und sagte: »Ich hatte in den letzten Wochen ein sehr schönes Leben, Pit, es fällt mir schwer, es aufzugeben. Aber ich will es unbedingt noch mal mit dir versuchen. Jetzt allerdings bin ich zu müde für alles. Nur etwas noch: Zur Mediävistik-Vorlesung habe ich mich nur eingeschrieben, um eine Entschuldigung dafür zu haben, dass ich den zweiten Teil der Vorlesung über Persönlichkeitsmodelle klemme. Ich hätte es nicht ausgehalten, mit dir in derselben Vorlesung zu sitzen.«

»Das heißt, das Mittelalter interessiert dich gar nicht?«

»Nicht mehr als dein La Mettrie«, sagte sie. »Kannst du noch mehr auswendig? Sag noch etwas auf, bitte.«

Er sagte drei der vier Absätze auf, die er gelernt hatte (*Wollust wird ihren Körper bis in die entlegensten Zonen durchströmen und sich dann, da die gewöhnlichen Wege ihr nicht genügen, einen Weg durch die Poren bahnen, gleich strömendem Wasser, das einen engen Schlauch zum Platzen bringt etc.*), der vierte fiel ihm nicht mehr ein. Und weil Petzi es so gemütlich fand, wiederholte er sie, bis sie Zürich erreichten. Bis dahin hatten sie auch für ihn ihre ursprüngliche Bedeutung verloren.

»Was machen wir jetzt?«, fragte sie, als sie ausstiegen, »es ist erst halb elf.«

Natürlich dachte er: Wir gehen heim und schlafen miteinander. Doch er wusste, dass er es klüger anstellen musste, und schlug vor: »Den Rest des Tages machen wir, was du willst.«

»Dann komm mit«, sagte sie und führte ihn ins Café Schober. Er steuerte eine der plüschigen Nischen an, doch Petzi setzte sich an ein Tischlein in der Mitte des Raums, an dem sie einander gegenüber saßen. »Wir nehmen heiße Schokolade«, erklärte sie der Kellnerin, ohne ihn zu fragen, und während sie tranken, sah sie ihn nur an – erst ihn, dann ihre Schokolade, dann wieder ihn.

»Was ist?«, fragte er, doch sie schüttelte den Kopf und lächelte müde. Sie sprachen über die Dekoration – im Café herrschte immer noch Ostern –, und Pit bestellte einen doppelten Espresso, kippte ihn in die Trinkschokolade und peppte sie so etwas auf, wie er es nannte. Und gerade wollte er das vierte La-Mettrie-Zitat anbringen, das ihm eben wieder eingefallen war (*Ihr merkt schon, dass er all dem natürlich die charmante Gesellschaft zu zweit vorzieht, bei der die Hände auf dem Tisch artig, die Füße unter dem Tisch aber weniger artig sind*), da bemerkte Petzi ansatzlos: »Ich muss mir immer wieder sagen, dass wir ganz am Anfang sind.« Sie sagte es, als wolle sie sich damit Mut machen.

»Ist das gut oder schlecht?«, fragte er.

»Weder noch«, antwortete Petzi. »Es ist wie eine Fahrt ins Leere. Ich bin einfach gespannt, wo wir in zehn Jahren sein werden.«

Er hatte mehrere intelligente Bemerkungen parat, konnte sich aber nicht gleich entscheiden, und schon fragte Petzi erstaunt oder auch amüsiert: »Kommt denn gar kein Spruch?«

»Für einmal nicht«, sagte er und gefiel sich in der Rolle des Schweigsamen ganz gut.

Petzi sah ihn wieder eine ganze Weile an, auf eine Art, dass ihm eine Erektion wuchs, dann sagte sie: »Ich muss dir etwas gestehen. Ich war kürzlich mit Moritz hier. Es war schön. Ich hätte ihn gern nochmals geküsst. Aber ich hatte mich ja schon für dich entschieden.«

»Das ist okay«, sagte er, während er sich fragte, was sie damit erreichen wollte.

»Als wir heute unterwegs waren, habe ich ihn vermisst«, fuhr sie fort. »Deshalb wollte ich hier Schokolade trinken.«

»Warum erzählst du mir das?«, fragte er. »Soll mich das spitz machen? Oder eifersüchtig? Oder beides?«

»Nichts von all dem«, antwortete sie. »Ich wollte es dir nur nicht verschweigen.«

Er lächelte wissend, obwohl er noch immer keine Ahnung hatte, was sie damit erreichen wollte, dann sagte er so locker als möglich: »Kein Problem, wirklich. Wir hatten auch eine schwierige Zeit.«

»Ja«, sagte Petzi und kramte nach Geld. »Weißt du was? Ich glaube, wir sollten nach Hause gehen und uns küssen.«

»Na endlich!«, sagte Pit und grinste. »Das war der Zweck der ganzen Übung.«

»Ich meine wirklich küssen«, sagte sie. »Nicht miteinander schlafen, küssen.«

Er nickte. »Meinetwegen küssen wir uns auch.«

Gleich darauf stellte er aber fest, dass er das Harmonium im Zug vergessen hatte, sie mussten aufs Fundbüro, und das hatte über Mittag geschlossen.

»Du«, sagte Petzi plötzlich, »ich fahre doch lieber noch

an die Uni und danach heim nach Rheineck, nehme ein warmes Bad, packe die Tasche um und komme morgen mit vernünftigen Kleidern wieder.«

Pit wollte sich erst aufregen, dann lachte er. »Du bist ein derart raffiniertes Biest!«, rief er. »Du schlägst andauernd Haken. Darüber hat La Mettrie nämlich auch geschrieben: das beste Mittel, um die Wollust zu steigern. Ich kriege sie jetzt nicht hin, aber morgen lese ich dir die Stelle vor.«

»Ach, Pit«, sagte Petzi müde und küsste ihn auf die Backe, dann ging sie.

Wärme (50)

Am Tag danach zog Petzi wieder in die Röntgenstrasse. »Jetzt lass uns aber versuchen, auch etwas daraus zu machen«, sagte sie als Erstes.

»Ist das schon mal eine vorsorgliche Drohung oder was?«, fragte Pit.

»Quatsch«, antwortete sie, »ich will nur nicht, dass wir es verschludern.«

»Und was müssen wir tun, um es nicht zu verschludern?«, fragte er.

»Miteinander in Kontakt sein«, sagte Petzi. Das hatte sie beim Zahnarzt in einer Frauenzeitschrift gelesen: *Achten Sie darauf, dass Sie einander fühlen. Bei allem, aber vor allem beim Sex. Sagen Sie stopp, wenn Sie Ihren Partner nicht fühlen. Kehren Sie dorthin zurück, wo Sie einander Ihrer Meinung nach verloren haben. Vielleicht hat er Sie schon früher verloren, dann kehren Sie dorthin zurück. Beginnen Sie von vorn. Achten Sie auch darauf, ob Sie sich selbst spüren. Sagen Sie stopp, wenn Sie es nicht mehr tun. Wenn nötig, wenden Sie sich von Ihrem Partner ab, bis Sie wieder in Kontakt mit sich sind. Vielleicht gelingt es Ihnen auch, zu sich zurückzufinden, ohne sich abzuwenden. Doch wichtiger, als dass Sie bei Ihrem Partner sind, ist, dass Sie bei sich sind.*

»Kontakt ist alles, was ich will«, sagte Pit.

»Schön«, sagte Petzi, »dann sind wir uns ja einig«, stellte die Tasche ab und ging in die Küche, um Tee zu machen. Während sie darauf wartete, dass das Wasser kochte, umarmte Pit sie von hinten, knutschte an ihrem Nacken rum und sagte: »Mensch, Petzi, das war eine verdammt lange Zeit.«

»Fand ich auch«, sagte sie. »Und ich freue mich darauf, mit dir zu schlafen.« Gleich schob er seine Hand in ihre Hose. »Stopp«, sagte sie.

»Was soll das heißen?«, fragte er.

Sie zog seine Hand heraus und drehte sich um. »Lass mich erst Tee kochen«, sagte sie.

»Mensch, stell doch das Wasser einfach ab«, rief er.

Doch Petzi sagte: »Nein, ich weiß etwas Besseres. Sieh mir in die Augen.« Das hatte in jenem Artikel auch gestanden: *Wenn Sie einander zu verlieren drohen, sorgen Sie für Blickkontakt. Auch Berührungen helfen – aber kein Gefummel, nur empathische Berührungen.*

Pit sah ihr in die Augen, doch nach ein paar Sekunden wollte er sie wieder küssen.

»Stopp«, sagte sie. »Sieh mich erst an.«

»Habe ich doch«, sagte er. »Mensch, was soll das?«

»Sieh mir in die Augen«, sagte sie, »einfach gerade in die Augen.« Und nachdem sie sich eine Weile angesehen hatten, küsste sie leicht seine Lippen. Gleich zog er sie an sich und steckte ihr die Zunge in den Mund.

Petzi stieß ihn weg und rief: »Stopp, verdammt noch mal!«

Das Wasser kochte, sie nahm Tee aus dem Schrank und goss ihn auf, Pit zündete sich währenddessen eine Zigarette an. »Das fängt ja gut an«, sagte er, und etwas später: »Scheiße, einfach nur Scheiße.«

»Überhaupt nicht«, antwortete Petzi. »Ich will nur, dass wir miteinander in Kontakt sind.«

»Was versuche ich denn die ganze Zeit?«, rief er. »Du bist es doch, die sich ziert!«

Schweigend wartete sie, bis der Tee gezogen hatte, dann schenkte sie zwei große Gläser voll und trug sie ins Schlafzimmer. »Komm mit«, sagte sie.

Sie setzte sich im Schneidersitz auf die Matratze. »Setz dich mir gegenüber«, bat sie, und als er saß, gab sie ihm ein Glas. »Vorsicht, heiß«, sagte sie. Er stellte es weg. »Trink«, sagte sie.

»Was jetzt?«, rief er gereizt. »Ich dachte, er ist zu heiß.«

»Nein, trink«, bat sie. »Trink eben in kleinen Schlucken.«

»Irgendwie bist du voll schräg drauf«, sagte er, aber er nahm das Glas wieder in die Hand und nippte.

»Und jetzt küss mich so, wie du gerade getrunken hast«, sagte sie.

Er sah sie kurz verwirrt an, dann stellte er das Glas ab und beugte sich vor, um sie zu küssen.

Sie legte die Hand in seinen Nacken. »Ich habe Lippen«, sagte sie leise zwischen zwei Küssen. »Fühlst du die Lippen?«

»Logisch fühle ich die Lippen«, sagte er und wollte sich schon wieder zurückziehen, doch da war ihre Hand, die ihn hielt.

»Warte«, sagte sie, »fühl erst die Lippen.« Sie küsste ihn wieder, und jetzt erst küsste er wirklich ihre Lippen. Gleich durchfuhr sie ein kleiner Schauer. »Warte, warte«, flüsterte sie, als er wieder die Zunge ausfuhr. »Du willst immer mehr, warum? Genügen dir meine Lippen nicht? Habe ich nicht schöne Lippen? Wenn du die Wahl hast, entweder nur meine Lippen zu küssen oder mich wieder gehen zu lassen, was wählst du? Ganz ehrlich.«

Er richtete sich wieder auf, und diesmal ließ sie ihn. Er musterte sie und sagte: »Also doch eine Drohung«, aber er sagte es nicht trotzig.

Danach sahen sie sich nur an. Irgendwann begann Petzi zu lächeln und fragte: »Wenn wir nur den Blick hätten, um miteinander zu schlafen, wie würdest du mich ansehen?«

Sofort wanderte sein Blick zu ihren Brüsten.

»Idiot«, sagte sie lachend, zog den Pullover übers Gesicht und gab den Blick auf ihre Brüste frei. Sie öffnete auch den BH. »Wie interessant ist das?«

»Darf ich jetzt anfassen?«, fragte er.

»Nein«, sagte sie, »nur gucken.«

»Na, dann ist es mäßig interessant«, sagte er. »Aber ich dachte, du willst mit mir schlafen.«

»Ich sagte nur, ich freue mich darauf«, stellte sie klar. Sie schloss den BH wieder und zog den Pullover runter. »Sieh mir wieder in die Augen«, bat sie. Sie sahen einander in die Augen. Ab und zu trank einer von ihnen einen Schluck Tee. »Wie sexy ist das?«, fragte sie.

»Immer noch mäßig«, sagte er.

Sie fasste seine Hand. »Fühlst du mich?«, fragte sie.

Er hatte offensichtlich einen doofen Spruch auf den Lippen, aber er schluckte ihn runter und nahm sich Zeit, bevor er sagte: »Ja, ich fühle dich.«

»Ich dich auch«, sagte sie. »Jetzt küsse mich noch mal.«

Er rührte sich nicht, also beugte sie sich vor und küsste ihn zart.

»Jetzt fühle ich deinen Atem«, sagte er.

»Ich habe Lust auf dich«, flüsterte sie.

»Ich auf dich auch«, sagte er, aber er tat nichts.

Und von einer Sekunde zur anderen fühlte sie nichts mehr. »Was ist los?«, fragte sie und lehnte sich zurück.

»Ich wusste nicht mehr, was ich darf«, sagte er. »Was hast du denn gespürt?«

»Na ja, plötzlich warst du weg«, erwiderte sie. »Wie wenn das Licht ausgeknipst wird.«

»Also noch mal«, sagte er, suchte in ihrem Blick, bis sie einander fanden, dann beugte er sich vor. Doch er küsste sie nicht, sondern berührte erst ihre Augenbrauen, dann die Nasenwurzel, dann die Augenlider. »Verflixt, ich habe dich noch nie so gesehen«, bemerkte er.

Petzi bereute plötzlich, dass sie nicht vorher in den Spiegel gesehen hatte, und fragte sich, ob sie vielleicht eine Schuppe oder einen Pickel hatte.

Gleich zog Pit die Hand weg. »Was war los?«, fragte er, griff nach dem Tee und trank. »Habe ich etwas falsch gemacht, bin ich irgendwie eklig? Du hattest plötzlich so einen Gesichtsausdruck.«

»Nein, um Himmels willen, im Gegenteil«, sagte sie. »Ich hatte Angst, dass *ich* eklig bin.«

»Das ist ein *heavy* Sport, den wir hier treiben«, stellte er fest.

Sie nickte und sagte: »Ich muss jetzt in den Spiegel sehen, sonst fühle ich mich nicht mehr wohl.«

»Ich habe nichts Ekliges gesehen«, sagte er, als sie

schon aus dem Zimmer ging, »du warst gerade verdammt schön.«

»Ich muss auch pinkeln«, sagte sie und ging ins Bad. Als sie zurückkam, hatte er das T-Shirt ausgezogen, lag und las in einem CD-Booklet. Sie zog den Pullover aus und legte sich neben ihn.

»Schlafen wir jetzt miteinander?«, fragte er.

»Ich weiß nicht«, sagte sie. »Ich glaube schon.«

»Die habe ich neu gekauft«, erzählte er noch.

Sie warf einen Blick darauf. »Seit wann hörst du Prince?«, fragte sie.

»Das Coverfoto ist ein Hologramm, das musste ich einfach haben«, sagte er. »Willst du sie hören?«

»Nein, nicht jetzt. Lass uns lieber noch mal küssen«.

Pit warf das Booklet locker hinter sich und zog sie an sich, dann berührte er mit zwei Fingern ihre Lippen und sagte grinsend: »Also wieder nur küssen.«

Sie küssten eine ganze Weile, und sie küssten ganz anders als früher. Trotzdem fragte sich Petzi schließlich, ob Pit wohl je so küssen würde wie Moritz.

»Stopp«, sagte Pit.

»Wieso stopp?«, fragte sie ertappt.

»Wo warst du gerade?«, fragte er. »Du warst plötzlich ganz weit weg.«

Petzi lief rot an und sagte nur: »Ganz schön anstrengend, so zu küssen.«

»Ich finde es heiß«, sagte Pit, »irgendwie sogar heißer als vögeln.«

»Na, das Ziel ist ja, irgendwann auch so zu vögeln«, sagte Petzi.

Pit grinste und fragte: »Bist du jetzt die mit dem Sportler-Ehrgeiz?«

Aber Petzi mochte nicht lachen. Das Bild von Moritz hatte sich in ihrem Kopf festgesetzt, und sie stellte fest, dass sie Pit nicht mehr in die Augen sehen mochte. »Ich bin müde, und ich friere«, sagte sie und zog den Pullover wieder an.

»Ich werde dich wärmen«, sagte Pit. Er stand auf, um *Diamonds & Pearls* einzulegen, dann kniete er hinter Petzi nieder und umschlang sie. So blieben sie die ganzen dreizehn Songs hindurch, ohne sich zu rühren, und bei *Insatiable* weinten sogar beide etwas.

Gutherzigkeit (51)

Hubert Brechbühl wartete, bis er Julia Sommer auf der Treppe traf, um zu fragen, wann sie Zeit habe, sich seine Ablage anzusehen. »Es eilt ja nicht«, sagte er, »ich kann mir denken, dass eine berufstätige Mutter anderes im Kopf hat. Andererseits, erledigt ist erledigt, nicht wahr?«

»Wenn ich Mona mitbringen kann, kommen wir gern gleich«, sagte sie, und darüber erschrak er etwas, denn er hatte noch nichts eingekauft, doch er sagte zu.

In *Anas Lädeli* besorgte er schnell eine herabgesetzte Packung Leisi-Kekse und für Mona Himbeersirup. Das stellte sich als unnötig heraus, denn Julia Sommer hatte gebacken, sie kamen mit einem vollen Tablett, auf dem eine Platte Streuselkuchen, zwei Gläser mit Latte Macchiato und ein Tässchen mit Milchschaum standen, außerdem eine brennende Kerze, die Mona angeblich im Hort verziert hatte, und eine klitzekleine Vase mit Gänseblümchen, die auch Mona gesammelt hatte.

»Ja, habe ich denn Geburtstag?«, rief er und klatschte in die Hände.

»Das weiß ich nicht«, sagte Julia, »aber Sie sind unser guter Geist. Ich hätte wirklich nicht gewusst, wie ich diese Rechnung bezahlen soll.«

Und Mona fragte: »Holen wir heute die Katze?«

»Nein, heute noch nicht«, sagte er, »wir wollen doch den Kuchen genießen.« Tatsächlich saßen sie lange am Küchentisch und spielten mit einem Tram-Quartett (sie bauten daraus Kartenhäuser, weil Mona noch nicht lesen konnte). Erst als Mona auf die Toilette musste und Julia sie begleitete, räumte er den Tisch ab, holte den Ordner und zeigte Julia, als sie wiederkamen, wie alles organisiert war. Er führte sie auch in den Flur, wo die Aufstellung der laufenden Kosten hing, und zurück ans Küchenfenster, auf dem Außensims standen jetzt die Begonien. Das alles dauerte allerdings viel weniger lange, als er erwartet hatte, und er wurde etwas traurig, als Julia, während sie wieder hineingingen, sagte: »Dann verabschieden wir uns jetzt, Herr Brechbühl. Wir müssen noch einkaufen, und Mona hat ein Bad nötig. Aber es war schön bei Ihnen.«

Das fand er auch, nur Mona konnte nicht schnell genug hinaus, als sie das Wort ›einkaufen‹ hörte, weil sie in der Migros immer auf dem Elefanten reiten durfte.

»Wir müssen aber erst das Tablett hochbringen«, erklärte Julia ihr.

»Das kann ich übernehmen«, sagte Hubert Brechbühl, »da kann ich mir gleich die Beine vertreten. Man wird bequem, wenn man im Parterre wohnt.«

»Ach, und dürfte ich wohl um die Quittung für die Überweisung bitten?«, fragte Julia verlegen, und er wurde noch verlegener, denn daran hätte er selbst denken müssen.

»Ich habe das gleich am nächsten Tag erledigt«, sagte er und zog die Quittung aus seinem dicken, speckigen Portemonnaie, das Mona am liebsten gleich ausgeräumt hätte.

Dann waren sie weg. Er wusch das Geschirr ab, brachte

das Tablett hoch und stellte es auf den Schuhabstreifer, danach ging auch er aus dem Haus, auf einen kleinen Spaziergang durchs Quartier. Dabei sah er, dass das »Schwänli« schloss – »zwecks Umbau« –, und weil Donnerstag war und er versöhnlich gestimmt war, beschloss er, wieder einmal seine Jasskumpanen zu besuchen. Bestimmt hatten sie ihn längst ersetzt, er hatte mehr als einen Monat gefehlt, ohne sich abzumelden. Es hatte sich aber auch nie jemand nach seinem Befinden erkundigt.

Tatsächlich saßen sie, als er kam, schon zu viert. Alex stand aber gleich auf, als er ihn sah, und sagte: »Umso besser, ich muss noch das ganze Lager räumen.«

Bertram, dessen Jasspartner er gewesen war, riet Hubert Brechbühl: »Dann streng dich mal an, Hubi, ich habe nämlich kein Geld im Sack.« Das sagte er, weil jeweils die Verlierer zahlten.

Es war schön, wieder unter ihnen zu sein. Zumindest, bis Hubert Brechbühl mehr spaßeshalber – er hatte eben Freude an seiner Entdeckung – bemerkte: »Ist euch schon aufgefallen, dass die Welt neuerdings von B's regiert wird? Erst der Bush, jetzt der Berlusconi. Und jede Wette, der Blocher wird noch Bundesrat.«

Sie würdigten die Entdeckung aber gar nicht, sondern der Paul lästerte gleich, was für ein Sauhund der Berlusconi sei, und »adieu Demokratie«. Der Ahmed sagte, der Bush sei noch schlimmer, und mit rechten Dingen gehe es sowieso nie zu, wenn einer in einem Land mit 300 Millionen Leuten mit einer Mehrheit von 500 Stimmen gewinne. Und dabei hatte Hubert Brechbühl gar nicht politisieren wollen, nur unterhalten. Deshalb sagte er auch nur: »Also ich habe Respekt vor jedem, der eine solche Aufgabe übernimmt. Ich jedenfalls müsste kein Land regieren.«

Der Ahmed rief aber gleich: »Und dabei bist du auch einer von diesen B's, Brechbühl!«

Und Bertram sagte: »Da jasse ich ja mit dem Rechten, mit dem Ultrarechten.« Das gab schon ein Gegröle. Dann fügte er noch hinzu: »Wobei wir ja den Schieber jassen, und schieben können diese Herren schließlich, oder, Hubi?« Danach lachten sie so heftig, dass der Paul das Bier im Maul nicht halten konnte und sabberte, und darüber wieder verschluckte sich Ahmed vor Lachen. Nur Bertram lachte dezent, weil er die Karten zu mischen begonnen hatte und die Zigarette mit den Lippen festhielt.

»Ich weiß schon, warum ich mit euch nicht jassen wollte«, sagte Hubert Brechbühl und stand auf, um Alex zu suchen, damit er ihn wieder ersetzte.

Doch Alex fand nur: »So, wie die drauf sind, sollen sie doch zu dritt weiterjassen, außerdem habe ich zu tun.« Er erzählte ihm, dass sie das Lager umbauten, das hieß, sie selber gingen so lange in die Ferien, weil es lärmig werden würde: Der ganze Betonboden wurde rausgespitzt.

»Wohin fahrt ihr?«, fragte Hubert Brechbühl, weil man das so fragt.

»Ruth wollte unbedingt auf die Seychellen, der Riesenschildkröten wegen«, sagte Alex, »und das ist auch das Problem.«

Hubert Brechbühl dachte, dass auf den Seychellen angeblich ein Schatz vergraben war, dort hatte er als Junge immer hingewollt. Er fragte aber nur: »Was für ein Problem?«

»Wir haben doch eine Katze«, sagte Alex. »Ins Flugzeug

können wir die nicht mitnehmen, und hierlassen geht auch nicht. Die würde durchdrehen bei dem Lärm, sie spinnt sowieso schon. Deshalb will sie auch keiner zu sich nehmen. Vielleicht setzen wir sie aus.«

Hubert Brechbühl wunderte sich, denn er hatte im ›Schwänli‹ nie eine Katze gesehen, und fragte: »Wo habt ihr sie denn?«

»Oben in der Wirtswohnung«, sagte Alex. »Sie ist ein richtiger Stubenhocker, und das ist auch besser so. In der Gaststube haben Katzen nichts verloren.«

»Also ich könnte mir schon vorstellen, eine Katze zu hüten«, sagte Hubert Brechbühl. »Darf ich sie mal sehen?«

»Komm mit«, sagte Alex und führte ihn die Treppe hoch. Hubert Brechbühl wollte noch nachfragen, was er mit »sie spinnt« gemeint hatte, aber Alex erzählte so begeistert, wie sie das Lager ausbauen wollten, dass er ihn nicht unterbrechen mochte, und als sie in die Wohnung kamen, vergaß er es. Denn erst stand Ruth in Unterwäsche da, weil sie vor der Reise noch alles waschen wollte, und er wusste gar nicht, ob und wie er sie begrüßen sollte (sie war dann sowieso schneller, sagte: »Ha, der Hubi«, und verschwand hinter der Schranktür), dann standen sie auch schon vor der Katze, die eingerollt hinter einem Gummibaum schlief.

»Er nimmt die Katze mit«, sagte Alex zu Ruth.

»Super, Hubi«, rief sie, »das gibt für den Rest des Jahres Freibier.« Erst einmal brachte sie aber ein Zwölferpack Futterdosen (inzwischen hatte sie immerhin die Schürze angezogen).

»Gefällt sie dir?«, fragte Alex ihn.

»Wer, die Katze?«, fragte er zurück. Er sah nur ein Knäuel

weißes Fell. Mona wird sie bestimmt gefallen, dachte er und fragte, wie sie hieß.

»Caruso«, sagte Alex, »es ist ein Kastrat. Deshalb ist sie auch so fett.«

Das hatte er noch gar nicht bemerkt. Alex stellte den Katzenkäfig vor Caruso hin und weckte ihn mit einem mittleren Fußtritt. Caruso rannte gleich hinein und quetschte sich an die Rückwand.

Tatsächlich war der Käfig mit der Katze schwer, und weil Hubert Brechbühl unter dem anderen Arm das Katzenfutter trug, wäre er auf der steilen, dunklen Treppe fast gestürzt.

Zuhause stellte er den Käfig ins Wohnzimmer und öffnete das Türchen. Er hatte Angst davor, dass Caruso ihn anspringen oder beißen könnte, aber der blieb eingerollt im Käfig, bis Hubert Brechbühl zu Bett ging. Davor hatte er Caruso ein Tellerchen mit Wasser und eines mit Futter in die Küche gestellt.

Nachts hörte er es durch die geschlossene Tür rumpeln und nahm es als gutes Zeichen, dass Caruso sich hervorgewagt hatte. Am Morgen entdeckte er, dass vieles verwüstet war. Die Tücher im Bad lagen am Boden, und der Duschvorhang war aufgeschlitzt, ebenso wie die Kissen im Wohnzimmer. In der Küche war die Anrichte abgeräumt, überall lagen Scherben, nur das Futter war nicht angerührt. Caruso selbst fand er erst nach längerem Suchen, er hatte sich inzwischen ins Schlafzimmer geschlichen und auf dem Schrank versteckt. Als Hubert Brechbühl auf einen Stuhl stieg und mit ihm reden wollte, verkroch er sich immer mehr zur Wand hin, und weil Hubert Brechbühl vermeiden wollte, dass er in den Spalt fiel und sich etwas brach, zog er sich zurück.

Er kleidete sich an und klingelte bei Julia Sommer. »Nun habe ich eine Katze, also leihweise«, sagte er, »doch ich komme nicht mit ihr zurecht. Kennen Sie sich mit Katzen aus?«

»Nein«, sagte sie, »und wir müssen auch gleich los, Mona muss vor halb neun im Hort sein.«

»Ist das Onkel Brechbühl?«, rief Mona aus der Küche. »Holen wir jetzt die Katze?«

»Nein«, rief Julia zurück, und leise sagte sie: »Ich kriege sie nicht in den Hort, wenn sie das erfährt. Wir kommen am Mittag vorbei.« Damit schloss sie die Tür.

Hubert Brechbühl wagte sich allein gar nicht mehr in die Wohnung. Ohne Jacke verließ er das Haus, um Alice, die mit der Wackelkatze, um Rat zu bitten.

Auch Alice wollte gerade zur Arbeit in die Buchhandlung, und auch sie versprach nur, in der Mittagspause vorbeizuschauen. »Solange lass ihr dies hier laufen«, sagte sie und gab ihm eine indisch beschriftete Musikkassette.

Er war schon fast wieder zu Hause, als ihm einfiel, dass er gar kein Kassettengerät besaß, und machte dankbar einen Umweg zur Migros. Dort fand er Kassettengeräte für Kinder und kaufte eines mit einer Schildkröte darauf. Vielleicht wusste Caruso von Ruths Vorliebe und fühlte sich dadurch heimischer.

Caruso lag wieder in seinem Käfig, als er heimkam, hatte inzwischen ein bisschen gegessen, vor allem aber in alle Räume uriniert und gekotet. Als Erstes legte Hubert Brechbühl die Kassette ein – es war eine sehr monotone Musik, die schläfrig machte –, dann putzte er. Währenddessen erzählte er Caruso von sich, das heißt, von seiner Laufbahn als Tramchauffeur und welche Modelle er besonders liebte, danach von seiner Mutter, die oft gesagt hatte: »Wenn eine Katze sich putzt, gibt es gutes Wetter.« Auch eine Lehrerin aus der Primarschulzeit fiel ihm ein, die eine Katze in den Unterricht mitgebracht hatte, das war allerdings eine niedliche, kleine gewesen.

Dann kam endlich Alice. Sie hatte ein Spielzeug mitgebracht, einen Ball an einem Faden, damit lockte sie Caruso schnell hervor. Auch sie redete mit ihm, doch in einer Art Katzensprache. Hubert Brechbühl fand das befremdlich, doch Caruso schien es zu mögen. Erst ließ er sich von ihr streicheln, dann fraß er ihr sogar aus der Hand. »Der Arme ist ganz erschöpft«, erklärte sie Hubert flüsternd, während sie die Katze weiter fütterte.

»Ich kann nichts dafür«, versicherte er, »ich habe getan, was ich konnte.«

»Daran zweifle ich nicht«, sagte Alice. »Seine Erschöpfung geht viel tiefer. Caruso lebt mit Menschen, die ihn nicht verstehen. Er sieht auch krank aus. Wohngifte, würde ich sagen.«

»Er wohnt über dem ›Schwänli‹«, sagte Hubert Brechbühl.

»Da haben wir's«, sagte Alice. »Katzen ertragen keinen Lärm und keinen Rauch.«

Es klingelte. »Das sind Frau Sommer und Mona«, sagte Hubert Brechbühl und ging zur Tür.

»Sag ihnen, sie sollen leise hereinkommen«, bat Alice, doch Mona kam schon hereingestürzt und wollte Caruso umarmen. Der floh wieder auf den Schrank.

»Komm runter, hässliche Katze«, befahl Mona, »sonst holt Onkel Brechbühl dich.«

»Das wird er nicht tun«, sagte Alice ruhig, doch bestimmt, dann fuhr sie fort, Hubert Brechbühl zu instruieren. »Caruso braucht viel Zuspruch«, erklärte sie. »Du musst seine Psyche aufbauen. Das Spiel mit dem Ball beispielsweise weckt seine Instinkte, er muss erst begreifen lernen, dass er eine Katze ist. Offensichtlich hat er nie gejagt. Eine Katze, die nicht jagen kann, entwickelt kein Selbstwertgefühl.«

»Und was meinst du mit Zuspruch?«, fragte Hubert Brechbühl etwas bang.

»Keine Ahnung«, sagte Alice. »Ich weiß nur, wie eine Frau das machen würde, du bist ein Mann und solltest ihm auch als Mann begegnen. Du wirst seine Vaterfigur sein.«

Er dachte daran, dass Caruso kastriert war, und fragte sich, ob das nicht alles noch verkomplizierte. »Ich soll ihn nur fünf Wochen hüten«, sagte er schließlich. »Ich fürchte, dass ich ihn in dieser Zeit mehr zusätzlich verwirre, als dass ich ihm guttue.«

»Ach so, das wusste ich nicht«, sagte Alice. Erst unterwies sie ihn noch schnell, wie er das Katzenklo einzurichten hatte und wo die Trinkgefäße und Fressnäpfe zu verteilen waren, dann sagte sie: »Gib euch einen Tag Zeit, Hubert. Behandle Caruso so liebevoll wie möglich, ohne ihm aber nachzustellen. Wenn er dich morgen Mittag noch nicht sucht, ruf mich an, dann hole ich ihn zu uns. Lizzy ist enorm empathisch und wird ihn schnell öffnen.«

»Wer ist Lizzy?«, fragte Julia.

»Meine Katze«, sagte Alice. »Und Ihre Tochter müssen Sie leider von Caruso fernhalten. Er kann mit so viel Ungestüm noch nicht umgehen.«

Mona hatte die ganze Zeit versucht, Caruso mithilfe der Gänseblümchen vom Schrank zu locken. »Ich wollte sowieso selber eine aussuchen«, sagte sie und gab auf. »Und ganz bestimmt nehme ich keine so fette.«

Schwindel (52)

Inmitten des Blätterwalds oberhalb des Triemli stand eine einzelne, etwas verwachsene Tanne, die nicht viel größer als Efgenia Costa war. Sie entdeckte den Baum bei ihrem ersten Ausgang und blieb stehen. Sie setzte sich nicht und berührte die Tanne nicht, sie stand nur davor und betrachtete sie, und je länger sie das tat, desto ruhiger wurde sie. Denn sie war noch sehr durcheinander von den Erlebnissen der vergangenen zwei Tage. Die Ärzte in der *Permanence*, die sie aufgesucht hatte, um ihren Finger behandeln zu lassen, hatten sie gleich weitergeleitet, nicht ins Universitätsspital, in dem man sie ihrer Rückenschmerzen wegen kannte, sondern ins Triemli. Sie wusste nicht, ob sie das als Fluch oder als Segen betrachten sollte. Denn die Ärztin im Triemli hatte nur einige allgemeine Worte mit ihr gewechselt, dann in ihre Pupillen geleuchtet und war mit Adamo vor die Tür gegangen. Als sie zurückgekommen war, hatte sie gesagt: »Frau Costa, Sie müssen entziehen.«

Efgenia hatte den Sinn des Satzes gar nicht verstanden. Doch da sie des Fingers wegen gekommen war, hatte sie geantwortet: »Es tut überhaupt nicht weh, aber ein Pflaster kann sicher nicht schaden. Vor allem, damit mein Mann sich beruhigt.«

»Der Finger ist gebrochen, den werden wir gleich röntgen«, hatte die Ärztin gesagt, die einen so komplizierten Namen trug, dass Efgenia Costa ihn nicht behalten konnte, »aber ich will, dass Sie hierbleiben. So, wie Sie drauf sind, brechen Sie gleich etwas anderes, wenn ich Sie laufen lasse. Zudem kann ein Medikamentenmix, wie Sie ihn schlucken, Sie leicht töten.«

»Ich will meinen Mann sprechen«, hatte Efgenia gesagt, und eine Schwester oder Assistenzärztin hatte ihn auch gesucht, aber er war schon gegangen.

»Ich musste so weinen, ich wollte nur raus«, erzählte er ihr später. »Ich bin den Üetliberg hinaufgerannt. Sie sagte, ich hätte dich fast umgebracht. Dabei wollte ich doch nur, dass es dir gutgeht.«

Das sagte er, als Efgenia von ihrem Spaziergang wiederkam, da war sie noch nicht so weit, dass sie viel verstanden hätte. »Warum solltest du mich umbringen? Du bist doch kein böser Mensch«, fragte sie.

»Man muss nicht böse sein, um jemanden zu töten«, sagte Adamo, und das verfolgte sie in der Nacht. Denn sie las daraus, dass er wolle, dass sie töte, und das hatte sie nicht im Sinn. Sie hätte auch gar nicht gewusst, wen. Inzwischen war ihr Finger operiert und geschient, sie hatte daran keine Erinnerung. Doch sie fühlte wieder Schmerz, und die Ärztin sagte, das sei gut so.

Mit jedem Tag sah sie etwas klarer, dazu trugen auch die Gespräche mit einer zweiten Ärztin bei, Frau Häfliger. Sie half Efgenia zu begreifen, was geschehen war. Frau Häfliger traf sich ebenfalls mit Adamo, und am fünften Tag setzten sie sich zu dritt an den runden, dunkel furnierten Tisch, den Efgenia so gut kannte, weil sie ihn während der Gespräche fast stets im Blick hatte und mit den Nägeln der gesunden Hand versuchte, die Kante aufzubrechen und das Furnier zu lösen.

»Am besten, Herr Costa, sagen Sie es Ihrer Frau selbst«, begann Frau Häfliger das Gespräch.

»Was willst du mir sagen?«, fragte Efgenia. »Dass ich abstoßend bin? Das weiß ich selbst.«

»Du bist nicht abstoßend«, sagte Adamo. »Aber ich. Ich war zu schwach, um dir zu helfen. Jetzt bezahlen wir dafür beide.«

»Wofür bezahlen wir?«, fragte sie, als er nicht gleich weitersprach.

»Seien Sie geduldig mit ihm, Frau Costa«, bat Frau Häfliger. »Was er Ihnen zu sagen hat, kostet Überwindung.«

»Ich verstehe nicht, worum es geht«, rief Efgenia. »Wenn er mich verlassen will, soll er es tun, da gibt es nichts zu reden. Ich bin ein kaputtes Auto, jeder vernünftige Mensch verlässt ein Auto, wenn es kaputt ist.«

»Unsinn, du bist kein kaputtes Auto«, sagte er mit belegter Stimme. »Es ist uns alles aus dem Ruder gelaufen, aber wir kriegen das hin. Was du einfach wissen musst, ist: Ich bin so sehr am Ende wie du seit letztem Jahr. Ich verliere meine Arbeit. Frau Häfliger und Frau Dschawachischwili werden mich zwar nicht anzeigen, obwohl sie es müssten. Aber Mario weiß, dass ich Morphin gestohlen habe. Er weiß nicht, wofür, aber er weiß, dass ich es war. Er meldet mich, wenn ich nicht kündige. Ich musste ihm und auch den Ärztinnen hier außerdem versprechen, dass ich keine Stelle mehr antrete, an der ich Zugang zu Medikamenten habe.«

»Und sich selbst, vor allem mussten Sie es sich selbst versprechen«, erinnerte ihn Frau Häfliger.

»Es war doch aber nicht böse, was du getan hast«, sagte Efgenia.

»Nein, aber falsch«, sagte er. »Richtig wäre gewesen, wenn ich dir geholfen hätte, entweder die Schmerzen zu ertragen oder deine Angst vor einer Bandscheiben-OP zu zähmen.«

Der Satz war zu kompliziert geraten, als dass sie seine Bedeutung erfasst hätte. »Auf wann hast du gekündigt?«, fragte sie.

»Auf Ende des Monats«, sagte er. »Bis dahin bin ich krankgeschrieben.«

»Wieso krank«, fragte sie verwirrt, »was fehlt dir?« Das Gespräch erschöpfte sie, und sie hoffte, es wäre bald zu Ende.

»Nichts«, sagte er.

»Das verstehe ich nicht«, sagte sie. »Aber dann kannst du putzen, solange mein Finger geschient ist.«

Adamo sah zu Frau Häfliger hin, die lächelnd zu ihm meinte: »Das Thema Putzen läuft uns nicht weg.«

»Ja, gut, ich werde putzen«, schlug er vor, »und du denkst über eine Rücken-OP nach, einverstanden?«

Während es Efgenia endlich um ein Haar gelungen wäre, die schmale lose Stelle des Furniers zu greifen, sagte Frau Häfliger zu Adamo: »Sie hat deswegen heute noch ein Gespräch mit Frau Dr. Dschawachischwili.« Dann erhob sie sich und löste die Runde auf.

Als Adamo Efgenia am nächsten Tag besuchte, nahm sie ihn mit zur Tanne.

Erst schwiegen sie, es ging bergauf. Schließlich fragte Adamo: »Wie war das Gespräch mit Frau Dschawachischwili?«

»Ach, das«, sagte Efgenia. »Gut, glaube ich. Es ging um etwas wie Versteifen und Ersetzen. Sie hat schöne Augen.«

»Ja, die hat sie«, fand auch Adamo. »Aber hast du dich entschieden?«

Efgenia überhörte die Frage. »Hast du mir gestern erzählt, dass du deine Arbeit verloren hast?«, fragte sie.

»Ja, das habe ich«, antwortete er.

»Meinetwegen?«, fragte sie.

Er zögerte. »Weil ich für dich Medikamente gestohlen habe«, sagte er. »Aber daran bin ich selber schuld.«

»Wenn du so was tust, musst du mich sehr lieben«, sagte sie. »Das findet jedenfalls Frau Häfliger.«

»Ja, das tue ich«, sagte er. »Ich will ohne dich nicht leben müssen.«

»Bin ich denn nicht unausstehlich?«, fragte sie in einem Ton, als spräche sie von jemand anderem.

»Doch«, sagte er. »Seit du den Rücken kaputt hast, ziemlich. Aber ich kann es nachvollziehen.«

Dann waren sie bei der Tanne angelangt. »Das ist meine Tanne«, sagte Efgenia. »Hierhin gehe ich jeden Tag. Sie ist wie ein Nagel im Berg.«

»Ja«, sagte er. Er war hinter ihr stehen geblieben, und ganz fern spürte sie seine Hände auf ihren Hüften.

»Wenn ich bei der Operation sterbe«, fragte sie, »was geschieht dann mit dir?«

»Es ist eine Routine-OP, du wirst nicht sterben«, sagte er.

»Es ist eine Narkose«, sagte sie. »Mein Großvater ist an einer Narkose gestorben. Es war doch mein Großvater?«

»Ja«, sagte er, »aber das waren andere Zeiten. Mit Äther wird heute nicht mehr betäubt.«

»Was wird dann mit dir?«, fragte sie nochmals. »Was wird dann mit all dem hier?«

»Ich weiß nicht, aber du wirst nicht sterben«, sagte er.

»Wenn alles weg wäre, fände ich es nicht schlimm«, sagte sie. »Schlimm ist, wenn alles noch da ist, nur ich nicht. Dann müsstest du mir versprechen ...«

»Was versprechen?«, fragte er, weil sie nicht weitersprach.

»Ich weiß nicht«, sagte sie und schüttelte den Kopf. »Vielleicht gibt es gar nichts, das du tun kannst.«

Am Tag darauf trafen sie sich wieder bei Frau Häfliger. Efgenia sah sie erst allein, dann kam Adamo dazu. Er trug ein Hemd mit spitzen Karos wie ein Harlekin. Sie lächelte, als er hereinkam.

»Was gibt es zu lächeln?«, fragte er.

Efgenia antwortete darauf nicht. Frau Häfliger sagte für sie: »Ihre Frau hat vorhin im Gespräch begriffen, wie sehr Sie sie lieben.«

»Das hatte sie schon gestern«, sagte Adamo, »das kann es nicht sein. Ist es mein Hemd?«

»Gestern hatte sie es gehört«, sagte Frau Häfliger, »aber eben hat sie es gefühlt.«

»Es macht mich etwas benommen«, sagte Efgenia. »Aber auf nette Art benommen.«

»Was, mein Hemd?«, fragte er.

»Nein, deine Liebe«, sagte sie.

»Das machen die Medikamente, du stehst noch immer unter Drogen«, erklärte er ihr.

Doch Efgenia erzählte: »Plötzlich fiel es mir ganz leicht, mich zu entscheiden. Wenn du mich liebst, ist das, wie der Blätterwald um die Tanne herumsteht. Wenn die Sonne scheint und die Blätter ganz hell sind, und die Tanne ist ganz dunkel. Plötzlich dachte ich, was ist, wenn die kleine Tanne vielleicht stirbt. Dann steht sie immer noch da. Sie verdorrt und wird braun, aber sie sieht immer noch schön aus. Sogar wenn die Sonne geht und die Dämmerung kommt, ist noch alles schön. Es macht mich schwindlig, das zu denken, aber nur, weil es sich so leicht anfühlt, so leicht, dass man wegfliegen könnte.«

»Tu das bitte nicht«, sagte er, »wegfliegen, meine ich. Ich fürchte, ich könnte dich nicht einholen.«

»Das brauchst du doch auch gar nicht, Blödmann«, sagte sie. »Der Wald ist schließlich überall. Und ich bin nur ein kleines Insekt mit durchsichtigen Flügeln. Ich weiß, irgendwann werde ich sterben, dann falle ich runter und bin auch Wald.«

Adamo wusste darauf nichts zu sagen. Efgenia lachte laut auf und sagte zu Frau Häfliger: »Sehen Sie, jetzt hat er Angst vor mir. Dabei ist es nur ein Gefühl, Adamo. Ich weiß selbst, dass ich kein Insekt bin. Aber wenn sie mir den Rücken aufschneiden, werde ich mir sagen, ich bin nur ein Insekt, und rundherum ist Wald, das macht alles einfach.«

Aalglätte (53)

Die Generalprobe war fast zu glatt gelaufen, die Premiere wurde dafür richtig klebrig. Der Applaus war trotzdem frenetisch, doch daraus ließ sich nichts ablesen, denn der Saal war voller Bekannter.

Selina mochte keine Premieren. Vor der Vorstellung, wenn sie einander »Toi toi toi« wünschten, sich umarmten und davon sprachen, wie toll die Probenzeit gewesen sei, waren alle viel zu nervös, um wirklich anwesend zu sein. Lagen sie sich nach dem Schlussapplaus wieder in den Armen, waren sie zu aufgedreht und rannten so schnell wie möglich raus, um sich von Familie und Freunden feiern zu lassen. Halbwegs innige Worte gab es höchstens nach ein, zwei Uhr morgens, wenn sich die Ersten verabschiedeten, allerdings war da niemand mehr nüchtern. Und danach sah man sich nur noch zu den Vorstellungen, da war jeder längst wieder in seiner eigenen Welt, und die ganze Verbundenheit der Probenwochen war weg.

Diesmal war Selina noch etwas trauriger, denn Armín nahm schon den Nachtzug nach Amsterdam, zu seinem nächsten Engagement. Er war ihr in den paar Wochen fast wie ein Bruder geworden. Nach der Premiere war er derart durcheinander, dass er immerzu lachte und »Super, super«, schrie. Sogar als sie ihn umarmte, rief er gleichzeitig Nora nach, die er gerade irgendwo im Gedränge entdeckt hatte: »Nora, Nora, super, super!«

Selinas Familie war gekommen, sie kam zu fast allen Premieren. Die Eltern waren wie üblich begeistert, wie gut Selina auf der Bühne ausgesehen hatte und wie die Leute gelacht und geklatscht hatten. »Kind, das wird ein großer Erfolg«, sagte ihre Mutter wie jedes Mal, und wie jedes Mal übte ihr Vater an Selinas Kollegen unangebrachte Detailkritik, um sie desto strahlender dastehen zu lassen. Ihr Bruder sagte auch diesmal nichts, und als sie fragte: »Na, Sven, war es zum Aushalten?«, sagte er: »Doch, doch, ich habe schon Übleres gesehen.«

Die Kritiker waren schon während des Schlussapplauses gegangen, Familien und Freunde waren unter sich. Nur einer, der fürs Lokalradio hospitierte, ging noch mit dem Mikrofon auf Stimmenjagd und kam auch zu Selina: »Und, wie fühlt man sich so nach der Premiere?«, wollte er wissen.

»Müde«, sagte sie.

»Tatsächlich?«, fragte er. »Sie saßen doch die meiste Zeit nur auf diesem Berg.«

Darauf zu antworten, war ihr zu doof, und da er ihr hartnäckig das Mikrofon unter die Nase hielt, fragte sie zurück: »Hat es Ihnen denn gefallen?«

»Ja, großartig«, sagte er. »Ich meine, für eine freie Truppe war das ganz beachtlich.«

»Danke«, sagte sie trocken und wollte sich schon abwenden, da hielt er sie am Arm zurück.

»Moment«, sagte er, »darf ich noch fragen, was Sie morgen machen? Die Proben sind ja jetzt vorbei. Wie verbringen Sie jetzt Ihre Tage?«

»Auf uns kommt eine ganze Reihe Vorstellungen zu«, sagte sie. »Wir spielen hier, dann in Aarau, Bern, Basel, Chur, wahrscheinlich auch in Schaffhausen und Bremgarten. Und hoffentlich noch anderswo, in Glarus beispielsweise.«

»Schon klar«, sagte er, »aber das sind ja nur abends zwei Stunden. Was machen Sie tagsüber? Und was kommt, wenn das Stück abgespielt ist? Wovon leben Sie normalerweise?«

»Ich bin Schauspielerin, was ich hier mache, ist mein Beruf«, sagte sie säuerlich.

»Und Sie sind zweifellos talentiert«, sagte er. »Aber Sie tun doch bestimmt noch andere Dinge.«

»Wollen Sie hören, dass ich mich prostituiere?«, fragte sie gereizt. »Sie sind hier, um über das Stück zu berichten, alles andere geht Sie nichts an.«

»Hu, man wird ja wohl noch fragen dürfen«, sagte er. »Viel Sinn für Humor scheinen Sie nicht zu haben.«

Inzwischen hatte Selina festgestellt, dass Rolf schon in Jacke und Mütze war, sie ließ den unangenehmen Reporter stehen und quetschte sich durch die Menge, um ihn kurz zu sprechen.

»Rolf, gehst du schon?«, fragte sie.

»Ich muss, Ilona liegt krank im Bett. Ich muss morgen früh die Kinder schulfertig machen.«

Sie wollte ihn zum Auto begleiten, um wenigstens ein paar Worte mit ihm zu wechseln, dabei wurden sie aber immer wieder von Bekannten aufgehalten (darunter Moritz, der Julia entschuldigte, sie hatte keinen Babysitter gefunden). »Weißt du was«, sagte sie schließlich, »nimm mich ein Stück im Auto mit, ich sammle nur eben meine Sachen ein.«

Sie holte in der Garderobe ihren Mantel, warf die Premierengeschenke in den Rucksack und suchte Rolf in der Menge. Sie fand ihn auf dem Parkplatz, als er schon das Auto aufschloss.

»Entschuldige, ich konnte nicht länger warten«, sagte er. »Wohin musst du?«

»Egal, lass mich einfach irgendwo in der Stadt raus«, sagte sie.

»Was ist denn los?«, fragte er, als sie auf die Straße eingebogen waren.

»Nichts, nur etwas Torschlusspanik«, sagte sie. »Was machst du als Nächstes?«

»Ich inszeniere für Biel-Solothurn«, sagte er.

»Und danach?«

»Ist noch nicht klar, warum?«, fragte er. »Hoffen wir erst mal, dass dieses Ding gut anläuft. Danach wirst du mehr als genug Anfragen haben.«

»Glaubst du das wirklich?«, fragte sie.

»Sicher, die werden dir die Tür einrennen«, sagte er so dahin.

»Wie dir die arbeitslosen Schauspielerinnen, was?«, fragte sie. »Du kannst mich hier aussteigen lassen.«

Tatsächlich war die Inszenierung nicht halb so erfolgreich, wie sie erwartet hatten. Die Kritiken blieben belanglos, meist waren es nur hilflose Nacherzählungen. Der lästige Lokalreporter hängte seinen Bericht an der Behauptung auf: »Nach der Premiere lagen die Nerven blank«, brachte sein Interview mit Selina in voller Länge und las daran ein Scheitern des gesamten Projekts ab.

Am nächsten Tag rief Frank aus Berlin an und behauptete, er habe auch eine gute Kritik gelesen, er erinnerte sich allerdings nicht, wo und was genau darin gestanden hatte. Und Selina interessierte sich auch mehr für anderes.

»Frank, wann hast du mir diese Karte geschrieben?«, fragte sie. »Oder besser, wieso? Das ist eine Liebeserklärung, oder verstehe ich das falsch? Du schickst mir eine Liebeserklärung, und am Telefon behauptest du, nichts von mir wissen zu wollen.«

»Ja, das mit der Karte war dumm«, gestand er. »Ich habe sie geschrieben, bevor ich dich anrief. Nachdem ich sie eingeworfen hatte, hätte ich am liebsten den Postkasten aufgebrochen, um sie zu zerreißen. Es war ein Fehler, eine dumme romantische Kurzschlusshandlung.«

»So etwas dachte ich mir«, sagte sie ruhiger. »Aber was stimmt denn nun?«

»Nichts«, sagte er. »Beides. Beides und nichts.«

»Geht es etwas klarer?«, fragte sie. »Du bist doch der große Verfechter der Klarheit.«

Er lachte knapp: »In einem anderen Leben wärst du vielleicht meine große Liebe.«

»Und was bin ich in diesem?«, fragte sie.

»Mensch, Selina, jetzt stochere doch nicht so«, rief er. »Du weißt so gut wie ich, dass das mit uns nichts wird. Ich habe Kinder. Ich habe hier in Berlin ein Leben.«

»Ja, das weiß ich«, sagte sie. »Ich will nur hören, welche Gefühle du für mich hast. Ist das zu viel verlangt?«

Er schwieg kurz, dann sagte er: »Du bist eine tolle Frau. Ich werde immer von dir träumen. Aber mach es nicht kaputt, indem du kleingeistig wirst.« Und damit legte er auf.

In diesen Tagen dachte sie oft an den Lokalreporter zurück. Seine Fragen waren nicht falsch gewesen, auch wenn sie ihr nicht geschmeichelt hatten. Sie überlegte sogar, ihn anzurufen und ihm ein Gespräch über den Alltag einer durchschnittlich erfolgreichen, durchschnittlich beschäftigten oder eben unterbeschäftigten Schauspielerin anzubieten. Das ließ sie dann aber doch bleiben.

Dafür rief sie Michelle in der Agentur an. »Du warst nicht bei unserer Premiere, warum nicht?«, fragte sie.

»Doch, ich war da«, sagte Michelle, »obwohl ich es mir eigentlich nicht leisten konnte. Danach bin ich gleich zurück ins Büro gerannt, es ging um Verträge, die nicht warten konnten. Aber du warst super.«

»Und wie gefiel dir das Ganze?«, fragte sie.

»Schön, kompakt, fordernd«, sagte Michelle routiniert. »Das habt ihr gut gemacht.«

»Ich wünschte, irgendjemand hätte mal den Mut zu sagen, was er wirklich denkt«, sagte Selina.

»Ach komm, Selina«, antwortete Michelle. »Es war bestimmt unterhaltsam, die Leute haben schließlich gelacht. Ich hatte halt den Kopf voll. Sag mir lieber, was ich Heinz Mallaya antworten soll.«

»Nichts«, sagte Selina. »Doch, sag ihm, er soll herfliegen und sich das Stück ansehen. Er hat mich noch überhaupt nie spielen sehen.«

»Das ist doch wurscht«, sagte Michelle. »Er bietet 80 000, da muss er dich nicht gesehen haben.«

»Hast du etwa Angst, er könnte es sich anders überlegen, wenn er mich in diesem Stück sieht?«, fragte sie.

»Blödsinn, du bist wie gesagt super«, sagte Michelle. »Und die Rolle ist mit der in seinem Film überhaupt nicht vergleichbar.« Dann stutzte sie. »Ja, doch, ich habe Angst.«

»Sag ihm, er soll kommen«, bat Selina nochmals.

Offenbar tat Michelle das auch, denn am nächsten Tag (nach einer sehr schlecht besuchten und schleppend gespielten Zweiten) rief Mallayas Sekretärin an.

»Es tut Herrn Mallaya schrecklich leid«, sagte sie, »aber es ist ihm ein Ding der Unmöglichkeit zu kommen. *Von der höchsten Brücke* läuft nun auf allen Festivals in Übersee, er ist pausenlos auf Achse. Dabei würde er Sie ja liebend gern spielen sehen! Er hat mich aber beauftragt, Sie nach Ihrem Geburtsdatum zu fragen. Nein, nicht nach dem Datum, in erster Linie nach der Uhrzeit.«

»Wie bitte?«, fragte Selina.

»Ihre Geburtszeit, er wüsste sehr gern Ihre Geburtszeit«, wiederholte die Sekretärin.

»Irgendwann früh, am 10. Oktober 1963, die Uhrzeit weiß ich selber nicht«, sagte Selina. »Meine Mutter bekam mich unter Narkose, und im Geburtsschein steht nichts. Aber was will er überhaupt damit? Etwa mein Horoskop erstellen lassen?«

»Das müssen Sie ihn schon selber fragen«, wiegelte die Sekretärin ab.

»Und wie stelle ich das an?«, fragte sie.

»Er meldet sich ganz bestimmt bei Ihnen, sobald er kann«, sagte die Sekretärin. »Haben Sie denn den Vertrag schon unterschrieben?«

»Nein«, sagte Selina. »Ich will, dass er kommt, um mich spielen zu sehen. Und ich will hören, was er von mir hält. Unverblümt. Ohne das kann ich nicht entscheiden, ob ich überhaupt mit ihm arbeiten will.«

Zynismus (54)

Zwei Tage später brachte der Postbote Selina ein Päckchen aus Berlin, es enthielt die neunte Fassung von Franks Drehbuch. Auf das Titelblatt hatte er geschrieben: »Du scheinst die Letzte zu sein, die noch auf diesen Film wartet. Oder warst du nur höflich? Jedenfalls, wenn du eine Idee hast, was man mit diesem Stapel Papier anstellen könnte, leg los. Ich habe damit nichts mehr vor.«

Selina blätterte kurz im Skript, doch für den Augenblick war ihr, was sie las, zu sehr Frank, und zudem hatte sie einen Termin bei der Blindenhörbücherei.

Sie wollte eben los, als gegenüber die Tür aufging. Julias Mutter wollte Mona ausführen, und die wollte offensichtlich nicht, sie heulte und klammerte sich am Türrahmen fest.

»Kann ich irgendwie helfen?«, fragte Selina.

»Danke, ich schaffe das schon«, antwortete die Oma, und zu Mona sagte sie: »Ich habe zu Hause auch Spielsachen. Es gibt überhaupt keinen Grund, alles mitzuschleppen.«

»Ich kann aber Doris und Bebe nicht allein lassen, sie haben Angst allein«, rief Mona.

»Wir können sie aber auch nicht mitschleppen«, erklärte die Oma. »Deine Turntasche platzt schon jetzt aus allen Nähten, und ich muss eine Hand frei haben für die Einkäufe. Du bist selber schuld, du musstest ja dein Köfferchen wegwerfen, darin war mehr Platz.«

»Ich habe es nicht weggeworfen, wir haben Malkovic darin beerdigt«, erklärte Mona schluchzend. »Und wenn Doris und Bebe nicht mitdürfen, bleibe ich auch hier.«

»Und wenn dich der Wolf frisst?«, fragte die Oma.

Mona stutzte. »Wieso, Mama ist doch da.«

»Und sowieso gibt es hier keine Wölfe«, beruhigte sie Selina.

»Mischen Sie sich nicht ein«, sagte die Oma. »Soviel ich weiß, war es Ihre Idee, die Ratte in dem Koffer zu begraben. Wissen Sie, was der gekostet hat? Und ich hatte ihn genau dafür gekauft, wenn Mona über Nacht zu mir kommt.«

»Das tut mir leid«, sagte Selina. »Der Koffer war ein wunderschöner Sarg für Malkovic. Und Malkovic war eine wunderbare Ratte. Wenn Sie möchten, bezahle ich für den Koffer.«

»Ohne Doris und Bebe gehe ich jedenfalls nicht«, rief Mona nochmals, gleich darauf riss sie sich los, holte die beiden und wartete halb hinter der Tür verborgen.

»Ich hätte auch noch einen kleinen Koffer«, sagte Selina, »den könnte ich ihr borgen.«

Mona hörte für einen Augenblick auf zu schniefen, doch ihre Oma sagte: »Darum geht es nicht. Man darf Kindern gegenüber nicht nachgeben, sonst fressen sie einem die Haare vom Kopf.«

Mona kicherte: »Soll ich dir die Haare fressen?«.

»Du sollst daran ersticken«, sagte die Oma. »Jedes Mal dieses Geschrei. Glaubst du, es ist ein Spaß, dich zu hüten?«

Gleich heulte Mona wieder los.

»Mona, wie wäre es, wenn deine Oma dich hütet, und ich hüte so lange Doris und Bebe?«, fragte Selina.

»Dann will ich aber auch zu dir!«, rief Mona.

»Nächstes Mal«, sagte Selina. »Heute Abend habe ich Vorstellung. Doris und Bebe kann ich mitnehmen, aber mein Rucksack ist zu klein, du passt da nicht mehr rein. Lass die zwei bei mir, und morgen erzählen sie dir, wie es war. Wenn es ihnen gefallen hat, kommt ihr bald mal eine Nacht zu dritt. Einverstanden?«

Mona nickte, Selina öffnete ihren Rucksack, und Mona steckte Doris und Bebe hinein. Selina küsste Mona auf den Scheitel, dann rannte sie die Treppe hinab, denn sie war spät dran.

Als sie zurückkam, war Heinz Mallaya auf dem Anrufbeantworter: »Frau May, morgen fliege ich über Zürich und könnte Sie treffen, falls Ihnen das recht ist. Kontaktieren Sie doch bitte meine Sekretärin.«

Das tat sie und erfuhr, dass er zwischen fünf und sieben Uhr früh in Zürich auf den Anschlussflug nach Johannesburg wartete. »Er trifft Sie in der *Bye bye Bar*«, sagte die Sekretärin.

Selina schluckte, denn nach den Vorstellungen kam sie selten vor ein Uhr ins Bett. Aber sie nahm am nächsten Morgen ein Taxi zum Flughafen und wartete auf einer Bank vor der *Bye bye Bar*, denn die öffnete erst um sechs. Sie hatte Franks Drehbuch mitgenommen und las darin, bis Heinz Mallaya sich zu ihr setzte.

»Film?«, fragte er.

Sie nickte.

Er stellte zwei Becher Automatenkaffee auf die Bank,

blätterte den Papierstoß mit dem Daumen durch und sagte: »Da hat einer den Mut zu einem Vierstünder, *chapeau*. Als ich jung war, träumte ich davon auch noch.«

»Und wovon träumen Sie heute?«, fragte Selina.

Er rührte Zucker in den Kaffee und dachte nach. »Nachts träume ich von Kritikern und Produzenten, die mir den Kopf abschneiden«, sagte er. »Tagsüber träume ich davon, dass ich ihnen den Kopf abschneide.«

»Dann möchte ich Ihnen lieber nachts begegnen«, stellte Selina fest.

Er trank, dann sagte er: »Sie wollten, dass ich Sie spielen sehe.«

»Ich weiß inzwischen, dass Sie dafür keine Zeit haben«, sagte sie.

»Das ist der Grund, den meine Sekretärin vorschiebt, weil ihr die Wahrheit zu peinlich ist«, antwortete Heinz Mallaya. »Ich sehe mir meine Schauspieler nie an. Es interessiert mich nicht. Ich will ja keinen Regisseur engagieren. Schauspieler sind wie Wachs, zumindest, wenn der Regisseur etwas taugt. Im Übrigen gibt es keine guten oder schlechten Schauspieler. Ich jedenfalls bringe jeden Menschen dazu, auf der Leinwand toll zu wirken.«

»Aber natürlich gibt es gute und schlechte Schauspieler«, rief Selina. »Die einen haben etwas zu erzählen, die anderen äffen nur nach.«

»Das sagen Sie, weil Sie bisher nur mit schlechten Regisseuren gearbeitet haben«, antwortete Mallaya. »Wer keine eigene Vision hat, ist froh, wenn sich die Spieler einbringen. ›Einbringen‹ ist doch das Wort, das Sie benutzen, oder?«

Selina ging darauf nicht ein. »Weshalb, wenn Sie es mit

Laien so gut können, bezahlen Sie dann teure Profis?«, fragte sie. »Sie könnten Ihr Budget gewaltig drücken und es gäbe ein paar Produzenten weniger, die Ihnen an die Gurgel wollen.«

»Das bringt nicht viel. Leider wollen mich auch die Spieler meist köpfen«, sagte er. »Für Profis steht immerhin einiges auf dem Spiel, die rennen nicht so schnell weg wie Laien.«

Selina gab die Hoffnung auf, dass die Bar vielleicht früher öffne, und begann auch am Automatenkaffee zu nippen. »Was Sie da erzählen, klingt alles nicht gesund«, stellte sie fest. »Fragen Sie sich nie, ob es nicht anders ginge?«

»Es klingt sogar ausgesprochen krank«, sagte er offen, »und ob ich mich das frage! Bisher kriege ich es nur nicht anders hin. Das Problem ist, dass ich mit meiner Methode enorm erfolgreich bin. Wo wir davon sprechen: Wie läuft Ihr Stück?«

»So, so«, sagte Selina. »Wir hatten uns mehr erwartet.«

»Warum? Weil die Proben toll waren?«, fragte er.

»Ja, das waren sie«, sagte Selina. »Wobei ›toll‹ nicht das richtige Wort ist.«

»Magisch«, sagte Mallaya, »verzaubert.«

»Genau«, sagte Selina. »Es war eine ganz besondere Zeit.«

»Da sehen Sie es«, sagte Mallaya nur und faltete wie ein Pastor die Hände.

»Moment, das hätte ich gern ausformuliert«, bat Selina.

Er produzierte einen leicht angewiderten Blick, dann tat er ihr den Gefallen. »Ein Regisseur, der seine Spieler nie aus der Komfortzone herausführt, erreicht auch nie den Zustand existenzieller Verunsicherung, der für das Publikum der Grund ist, ins Theater oder ins Kino zu gehen. Nett haben, sagen sie sich, können sie es auch zu Hause. In der Realität haben sie es natürlich genau dort am wenigsten nett, aber das gestehen sie sich nicht ein. Stattdessen suchen sie einen Ort, an dem ihre ganz private Verunsicherung auf eine Art gespiegelt wird, dass sie darüber lachen oder sich davor ekeln können, auf alle Fälle sich darüber erheben.«

»Etwa bei Marthaler«, sagte Selina.

»Kann sein, ich gehe nicht ins Theater«, erwiderte Mallaya.

Selina schüttelte zweifelnd den Kopf. »Sie klingen nicht wie jemand, der sich bessern will«, stellte sie fest.

Mallaya lachte laut auf. »›Bessern‹ ist in diesem Zusammenhang ein wunderbares Wort«, sagte er. »Tatsächlich würde ich nur zu gern dazulernen, und wenn ich Widerstand biete, dann nur, um die Standfestigkeit meines Gegenübers zu prüfen. Ich bin wie eines dieser Heimkinder, die permanent querschießen, doch nur, weil ihr Misstrauen so groß ist, ob das Zuhause, das man ihnen bietet, auch wirklich einen Sturm aushält. Ich sehne mich sehr nach jemandem, der mich heilt. Aber dieser Jemand muss stärker sein als ich, sonst mache ich ihn zur Schnecke. Bisher hat es noch niemand geschafft.«

»Wer hat es denn versucht?«, fragte sie.

»Nur so viel: Ich bin aus der Schule geflogen, mein Vater hat mich vor die Tür gesetzt, und ich bin dreimal geschieden«, sagte Mallaya.

Daraufhin schwiegen beide. Selina betrachtete ihn mit einer Mischung aus Interesse und Abscheu, und er hielt ihrem Blick stand.

»Wir sind noch nicht weiter«, sagte sie endlich, »ich meine, was Ihren neuen Film angeht.«

»Oh, wir sind sogar sehr viel weiter«, sagte er. »Ich sage Ihnen, was geschehen wird, Frau May. Sobald Sie nach Hause kommen, werden Sie Michelle, diese Ziege, anrufen und sie bitten, Ihnen die Verträge zu schicken. Und Sie werden sie unterschreiben.«

»Das Schlimmste ist, dass Leute Ihres Schlags mit ihrer Art auch noch erfolgreich sind«, sagte Selina.

»Ja, das ist traurig«, bestätigte er ohne einen Funken Ironie. »Ich wünschte mir auch eine andere Welt, glauben Sie mir. Aber sie ist nun einmal so und nicht anders.«

Damit eilte er auf seinen Flieger, und Selina fuhr heim, um noch etwas zu schlafen. Doch sie fand keine Ruhe, bis sie Michelle angerufen und um die Verträge gebeten hatte.

»Wie hat er dich herumgekriegt?«, fragte Michelle.

»Hat er nicht«, behauptete sie. »Ich will nur wissen, was er aus mir macht.«

»Einen Star«, sagte Michelle sofort, »daran habe ich keinen Zweifel.«

»Oder einen Fall für die Klapse«, sagte Selina.

»Das eine schließt das andere nicht aus«, antwortete Michelle. »Aber erst mal reicht uns, dass die Kasse stimmt, oder?«

Danach schlief Selina zwei Stunden. Sie wurde durch Julia geweckt, die kam, um Doris und Bebe zu holen. Als Dankeschön für die Rettungsaktion vom Vortag kochte sie Kaffee, während Selina duschte und sich die Haare wusch. Als sie in die Küche kam, las Julia in Franks Skript.

»Entschuldige, das Thema hat mich angesprungen«, sagte

sie und legte die Blätter zurück. »Ich wollte schon längst ein Buch über Heimkinder machen. Das ist in der Kinderliteratur immer noch ein Tabuthema.«

»Nimm es rüber und lies es«, schlug Selina vor. »Ich bin gespannt, was du dazu sagst. Der Autor hängt fest, vielleicht kannst du ihm ja einen Tipp geben.«

Dann erzählte sie von ihrem Treffen mit Mallaya, und dabei fiel ihr die sonderbare Forderung der Sekretärin wieder ein. »Sie wollte meinen Geburtstag wissen, nein, nicht den Tag, die Zeit.«

»Wann bist du überhaupt geboren?«, fragte Julia.

»Irgendwann früh, am 10. Oktober 1963«, sagte Selina. »Die genaue Uhrzeit kenne ich nicht.«

»Und wann wollte er dich treffen?«

»Heute früh, um fünf Uhr«, antwortete Selina.

»Aha«, sagte Julia. »Es gibt eine Theorie, wahrscheinlich von Freud oder Jung, nach der wir Menschen jeden Tag zur Zeit unserer Geburt besonders weich sind, besonders aufnahmefähig, empathisch, aber auch beeinflussbar.«

Selina ließ sich das durch den Kopf gehen. »Willst du damit sagen, dass er vielleicht nicht zufällig in Zürich war?«, fragte sie schließlich. »Dass er womöglich überhaupt nicht weiter nach Südafrika geflogen ist?«

»Ich habe keine Ahnung, was sich Filmregisseure alles ausdenken, um ihre Lieblingsdarstellerin zu casten«, erwiderte Julia. »Aber wie kam er morgens um fünf an den Flughafen? Die ersten Flieger landen um sechs, soviel ich weiß.«

»Na ja, er könnte nachts gelandet sein und sich für ein paar Stunden in der Transithalle aufs Ohr gehauen haben«, sagte Selina.

Julia hob die Schultern. »Eigentlich ist es ganz einfach«, stellte sie fest. »Schau nach, ob heute ein Flug nach Johannesburg ging.«

»Oder ob sein Film überhaupt dort läuft«, sagte Selina. »Es wäre tatsächlich einfach. Aber ich glaube, ich will es gar nicht wissen. Sonst ginge es mir wirklich nur noch ums Geld.«

»Ich denke auch, für 80 000 darf man sich schon was vormachen«, sagte Julia.

»Danke«, antwortete Selina. Und als Michelle zwei Minuten später klingelte, weil sie die Verträge unterzeichnet haben wollte, ehe es wieder einen Schwenk gab, unterschrieb sie.

Milde (55)

Hubert Brechbühl war ausgesprochen erleichtert, dass Alice den Kater Caruso umstandslos zu sich geholt hatte, und fühlte sich verpflichtet, etwas zurückzugeben. Am ersten Tag brachte er die Dosen Katzenfutter nach, die Ruth ihm für Caruso mitgegeben hatte. Er fand Alice im Buchladen. Doch sie sagte: »Geh mir weg damit, Hubert. Ich verfüttere nur Dinge, die ich selbst auch esse.«

»Ja, aber was kann ich dann beisteuern?«, fragte er. »Soll ich für euch kochen?«

»Gern später einmal«, sagte Alice, »erst müssen wir herausfinden, was Caruso guttut. Essen, Hubert, ist eine Wesensfrage.«

Zwei Tage später besuchte er sie zur Mittagszeit in ihrer Wohnung. Weil er sich erinnerte, ein Töpfchen des Restaurants *Chop Chop* bei ihr gesehen zu haben, hatte er dort zwei Portionen Chicken-Curry geholt und hoffte, ihr damit eine Freude zu machen.

Es war allerdings wieder nichts. Sie sagte: »So lieb das von dir ist, Hubert, Lizzy und ich essen vegetarisch, und bei Caruso sieht alles danach aus, dass er einen Überschuss an Pitta hat, das erklärt auch seine Darmentzündung. Nichts Scharfes für ihn. Und überhaupt möchten Katzen ungewürzte Nahrung.«

Außerdem hatte sie für sich schon gekocht. Damit Hubert aber nicht allein die beiden Teller Curry essen musste, holte sie ihre Flurnachbarin Edith-Samyra, eine fröhliche Rothaarige in buntem Batikkleid, das sie, wie er gleich erfuhr, selbst gefärbt hatte. Er erfuhr außerdem, dass Edith-Samyra einen Überschuss an Kapha hatte und zu Verschleimung neigte, aus diesem Grund trug sie ein Nelkenparfüm und Zimtlatschen. Chicken-Curry war für sie perfekt.

Wie Alice vorausgesagt hatte, taute Caruso in Lizzys Gegenwart auf. Er beobachtete sehr genau, was sie tat, und einmal, als sie, verkrüppelt, wie sie war, mehrmals daran scheiterte, die Kissenburg im Wohnzimmer zu erobern, schob er mit dem Kopf nach, bis sie oben war. Dann zog er sich bescheiden in seinen Käfig zurück.

»Sind die zwei nicht süß?«, rief Edith-Samyra.

»Hubert wollte Lizzy schon abtun lassen«, erzählte Alice ihr vergnügt. »Jetzt bist du anderer Ansicht, Hubert, was?«

Er lief rot an und murmelte einen Gemeinplatz, doch verlegen machte ihn vor allem, dass Edith-Samyra ihre Hand auf seine legte – solche Gesten war er nicht gewohnt.

»Man redet schnell mal etwas daher, ohne vorher auf das Herz zu hören«, sagte sie. »Alice hat mir auch erzählt, wie rührend Sie sich für Caruso eingesetzt haben. Da wusste ich schon, dass Sie ein guter Mensch sind. Und sehen Sie, jetzt ernähren Sie mich schon.«

»Ich bin in beides eher reingerutscht«, gestand er.

»Das ist das Merkmal guter Menschen«, erklärte Alice, »sie müssen sich um nichts bemühen, sie müssen nicht mal etwas wollen. Alles geschieht von selbst.«

»Dazu«, sagte wieder Edith-Samyra, »braucht es aber

die Gabe, das Leben zu nehmen, wie es kommt, sich nicht einzumischen. Es braucht dazu Geduld, Sanftmut und Vertrauen.« Noch immer hielt sie seine Hand.

»Edith-Samyra hat in ihrem Leben viel erlebt, Leichtes wie Schwieriges«, erzählte Alice, »sie trägt einen prall gefüllten Rucksack.«

»Ach ja«, seufzte Edith-Samyra und ließ endlich Huberts Hand los, um Lizzy zu streicheln, die darum gebettelt hatte. »Bis zu meiner Pensionierung führte ich ein wildes Leben. Dafür ist es jetzt fast zu ruhig.«

»Was, Sie sind pensioniert? Unmöglich«, rief Hubert.

»Doch, doch, seit letztem Jahr«, sagte sie. »Füllige Menschen sehen meist jünger aus.«

»Da lobe ich mir die Fülligkeit«, sagte Hubert und überraschte sich selbst mit seinem Überschwang.

Die Frauen lachten, und Edith-Samyra sagte: »Nur leider sterben sie auch früher.«

»Ach was, man darf den Ärzten nicht alles glauben«, sagte Hubert so dahin.

Doch Alice verriet ihm: »Edith-Samyra war Krankenschwester. Und nicht irgendeine, sie war auf der Intensivstation. Sie weiß, wovon sie redet.«

Das beeindruckte Hubert Brechbühl. »Donnerwetter«, sagte er. »Da war ich glücklicherweise noch nie.«

»Sie wirken auch wie ein Mensch, der früh den Seelenfrieden gefunden hat«, sagte Edith-Samyra. »Solche Menschen werden nicht krank.« Er hatte erwartet, dass sie wieder seine Hand fassen würde, doch diesmal nicht.

»Wenn, dann ist mir das in die Wiege gelegt worden«, sagte er. »Meine Mutter war sehr ruhig und einfach.«

»Einfachheit ist eine Tugend«, sagte Alice und erhob sich, um Kaffee aufzusetzen. Hubert und Edith-Samyra unterhielten sich solange über das kleine Krankenhaus in Glarus, in dem sie fast ihr ganzes Leben lang gearbeitet hatte, über die Zugverbindungen dorthin und Huberts Erfahrungen im Glarnerland, die er an zwei Fingern abzählen konnte: Er hatte als junger Soldat einen Wiederholungskurs in Netstal absolviert, und schon längst hätte er gern den Betriebsstollen des Wasserkraftwerks Linth-Limmern besichtigt, in dem während des Staudammbaus ein Zürcher Tram der Linie 6 verkehrt hatte, das die Arbeiter von der Seilbahn zur Baustelle gefahren hatte.

Der Kaffee schmeckte muffig, doch er sagte nichts, bis Edith-Samyra schwärmte: »Es geht nichts über türkischen Kaffee«, und Alice erklärte: »Kardamom ist eins der wenigen Gewürze, die allen Ayurveda-Typen guttun.« »Hervorragend übrigens für Leute mit Alters-Diabetes«, stellte wieder Edith-Samyra fest.

Das alles machte auf Hubert Eindruck, und gern hätte er etwas Geistvolles beigesteuert. »Bestimmt ist es auch gut für den Kreislauf«, sagte er auf gut Glück. »Heißt ›Karda‹ oder so nicht Herz?«

»Und ›Mom‹ heißt Mutter«, sagte Alice, und alle drei lachten, obwohl Hubert nicht recht wusste, warum.

Doch da sie so fröhlich waren, erlaubte er sich, den Scherz nochmals zu probieren, mit dem er in der Jassrunde gescheitert war. Diesmal brachte er ihn pointierter. »Ist Ihnen übrigens schon aufgefallen, dass die Welt neuerdings von B's regiert wird?«, fragte er. »Erst Bush, jetzt Berlusconi, und auch Blocher wird bestimmt noch Bundesrat.«

»Tatsächlich«, sagte Edith-Samyra.

Und Alice stellte gewichtig fest: »B wie Belzebub, ja, ja. Aber auch B wie der Erzengel Barachiel, Gottes Segen. Und wie bestimmt noch andere Engel, es gibt fast achtzig. Was mag das bedeuten? Darüber würde ich jetzt gern meditieren. Leider muss ich zurück in den Laden, aber ihr zwei solltet es tun. Macht es euch bei mir bequem. Ich bin gespannt, was ihr erzählt.« Damit ging sie.

Hubert fühlte sich, so allein mit Edith-Samyra, beklommen. »Meditieren Sie öfters?«, fragte er, um von Alices Vorschlag abzulenken.

»Hin und wieder, es besänftigt«, sagte sie. »Aber ich betreibe es nicht wissenschaftlich, mehr intuitiv.«

»Gibt es eine Wissenschaft des Meditierens?«, fragte Hubert überrascht. Wissenschaft hieß für ihn Zahlen oder Fakten, daran konnte man sich halten.

»Den Zen-Buddhismus«, sagte Edith-Samira. »Doch mir ist der zu streng, ich lasse mich nicht gern schlagen, zumindest nicht so lustlos. Wollen Sie wissen, Hubert, wie ich meditiere?«

»Gern«, sagte er und lehnte sich zurück, um ihr zu lauschen.

Doch Edith-Samyra stand auf. »Dann kommen Sie«, sagte sie und ging vor ihm her über den Flur. Ihre Wohnung war viel heller und schlichter als die von Alice. Sie ging direkt ins Schlafzimmer, in dem nichts weiter war als ein großes Bett mit einem Überwurf und Kissen aus Batik, eine Yuccapalme, die in alle Richtungen wuchs und mit vielen Schnüren und Haken an Decke und Wänden befestigt war, und ein riesiges Wandposter, das eine Art Schlosssaal zeigte.

»Der Löwenhof der Alhambra«, erklärte sie ihm. »Gibt es etwas Friedvolleres?«

»Waren Sie schon da?«, fragte er beeindruckt.

»Ja, zweimal«, sagte sie. »Das müssen Sie sich auch ansehen. Bestimmt fühlen Sie sich darin wie zu Hause, Sie strahlen auch diese sanfte Entschlossenheit aus.«

»Oh, ich glaube nicht, dass weite Flüge etwas für mich sind«, sagte er eilig, so als habe er den zweiten Teil der Bemerkung verpasst.

»Man braucht überhaupt nicht zu fliegen«, sagte sie. »Die Alhambra liegt in Spanien, in Granada.«

»Ach, ja dann«, sagte er und wollte erzählen, dass er bald dreißig Jahre zuvor in Valencia gewesen war, als Berater oder vielmehr Gast eines internationalen Kongresses, während dort die Straßenbahn eingeführt wurde. Doch da miauten im Treppenhaus die Katzen. Er begriff gleich, dass er die Tür zu Alices Wohnung nicht zugezogen hatte. Lizzy saß noch auf dem Treppenabsatz und ließ sich leicht hochnehmen, doch Caruso mussten sie eine Weile suchen. Glücklicherweise war er nicht auf die Straße gerannt, sondern hatte sich im Keller verkrochen. Hubert redete in Katzensprache mit ihm, wie er es Alice abgelauscht hatte, Edith-Samyra brachte ein Schälchen Joghurt, denn Alice hatte festgestellt, dass Caruso Joghurt liebte. So gelang es ihnen nach zwei Stunden, ihn in seinen Käfig zu locken.

»Sie sind sich dessen vielleicht nicht bewusst«, sagte Edith-Samyra, als Hubert das Türchen zum Käfig schloss und Caruso hoch in die Wohnung trug, »aber Sie haben ein Händchen für Katzen. Oder überhaupt für Lebewesen. Ihnen möchte man sich gern anvertrauen.«

In seiner Verlegenheit tat er auch jetzt, als habe er die Bemerkung überhört. Er redete über den Käfigverschluss und dass er sich vorstellen konnte, da gäbe es Praktischeres.

Als er heimging, wollte Edith-Samyras Bemerkung ihm dennoch nicht aus dem Kopf. Er machte einen kleinen Umweg durch die Limmatstrasse, um nachzudenken, und entdeckte so sonderbarerweise im Schaufenster eines spanischen Ladens einen Aushang: *Carreise nach Granada 80 SFR, inkl. Führung durch Albaicín.* Kurz spielte er mit dem Gedanken, Edith-Samyra dazu einzuladen. Allerdings fragte er sich sofort, was Alice dazu sagen würde, wenn er mit ihrer Nachbarin verreiste, während sie Caruso hütete, und sagte sich, dass er viel eher sie einladen müsste. Dann las er außerdem im Kleingedruckten: *Exkl. Übernachtung und Verpflegung*. Er dachte nach, wie das zu regeln wäre – wie viele Zimmer und wie teuer und auf wessen Kosten –, und da schien ihm alles so furchtbar kompliziert, dass er lieber wieder einmal allein verreisen wollte. Natürlich erst, wenn Caruso wieder bei Ruth und Alex war und Alice ihre Last los.

Mitteilsamkeit (56)

Eigentlich hatte Julia ihre Lektoratskollegin Julia II alias Julchen nach Hause zu Kaffee und Kuchen eingeladen, um sich auszuheulen. Denn Monique führte sich immer unverblümter als ihre Nachfolgerin auf, und der Verlag schien mitzuspielen. Nur Julchen hielt sich raus. Doch dann war sie es, die jammerte und Trost suchte. »Weißt du, was für ein Gefühl das ist? Alle sind von Monique begeistert, und ich wäre es eigentlich auch.«

»Warum sagst du das so vorwurfsvoll?«, fragte Julia. »Willst du sagen, ich bin dir im Weg, sie zu mögen?«

»Na ja, *dich* zu mögen, ist echt nicht mehr so einfach. Du bist nicht mehr die Julia von vor fünf Jahren.«

»Natürlich nicht«, rief Julia, »ich habe ein kleines Kind. Aber das ist doch keine Krankheit. Dieses Kind hat mich auf allen Ebenen weitergebracht.«

»Dann bring diese Ebenen ein«, sagte Julchen. »Und leg dich so ins Zeug wie früher. Monique tut das. Sonst kann ich nicht mehr ewig zu dir halten.«

»Monique ist ja auch achtzehn …«, begann Julia.

»Fünfundzwanzig«, korrigierte Julchen.

»Meinetwegen fünfundzwanzig, da waren wir alle besser drauf. Warum vergleicht ihr mich mit ihr? Vergleicht mich mit euch. Ihr seid auch keine Durchstarter mehr, du nicht,

Ayse nicht und am allerwenigsten Sebastian. Sie könnte gerade so gut einen von euch ersetzen.«

»Das ist unfair«, sagte Julchen. »Ich habe mich dir anvertraut, und jetzt greifst du mich an.«

»So ein Blödsinn«, rief Julia. »Ich finde ja gar nicht, dass man vierzig Jahre lang so Dampf geben muss wie die Schrulle. Ich sage nur, ihr tut es auch nicht.«

»Ich fehle nicht einen Bruchteil so oft wie du«, stellte Julchen fest.

»Glaubst du, ich tue es freiwillig?«, fragte Julia.

»Na ja, offenbar hast du genügend Zeit, um Kuchen zu backen«, stellte Julchen fest.

»Ich fasse es nicht!«, rief Julia. »Eine Roulade backe ich in zehn Minuten, und ich wollte dir damit eine Freude machen! Früher hast du meine Rouladen geliebt.«

»Es geht hier weder um mich noch um deine Rouladen«, sagte Julchen ebenso hitzig. »Es geht um den Verlag, und der steht auf der Kippe, wie du weißt. Und ich finde es überhaupt nicht schön, wie du hier versuchst, uns alle gegeneinander auszuspielen.«

»Wer spielt denn hier wen gegeneinander aus?«, rief Julia. Da klingelte es. Wütend öffnete sie die Tür, draußen stand Hubert Brechbühl.

»Ich komme wegen der Vollmachten«, sagte er. »Ich habe jetzt alles beisammen. Aber vielleicht komme ich besser ein andermal.«

»Nein, das passt blendend«, sagte sie. »Meine Kollegin mag den Kuchen, den ich ihr gebacken habe, sowieso nicht essen.«

»Ich muss auch gehen«, sagte Julchen und drückte sich an beiden vorbei.

»Danke für dein offenes Ohr!«, rief Julia ihr nach, dann schloss sie die Tür, bat Hubert Brechbühl in die Küche und setzte ihm ein Stück Roulade vor.

Eben wollte sie ihrem Ärger Luft machen, als er sagte: »Sehen Sie, Frau Sommer, hier und hier brauche ich Ihre Unterschrift. Danach können Sie am Limmatplatz meine Post beziehen und zur Not auch Geld von meinem Konto abheben. Ich hoffe nicht, dass das je nötig wird. Und hier ist auch mein Wohnungsschlüssel.«

Sie unterschrieb, Hubert Brechbühl kostete inzwischen die Roulade. »Schmeckt doch prima«, sagte er. »Was hatte Ihre Kollegin daran auszusetzen? Mag sie vielleicht keine Sahne? Menschen mit einem Überschuss an Pitta, habe ich mir sagen lassen, meiden besser Fettes.« Ehe Julia antworten konnte, fuhr er fort: »Ich habe ja jemanden kennengelernt. Eine Rothaarige wie Ihre Kollegin, nur um einiges korpulenter. Die hat nämlich einen Überschuss an Pitta. Aber das ist es überhaupt nicht, was mich beschäftigt. Sie sind doch eine Frau, vielleicht können Sie mir raten. Wenn mir jemand, eine interessante, reizvolle Frau in den besten Jahren, schon beim ersten Kennenlernen Komplimente macht, was ist davon zu halten? Ich meine, normalerweise ist es doch der Mann, der die Dame hofiert, und vermutlich ist es auch der Mann, der zuerst ihre Hand ergreift. Und ziemlich sicher ist es der Mann, der die Dame in sein Schlafzimmer entführt. Oder ist das heutzutage nicht mehr so?«

»Beim ersten Treffen hat sie Sie ins Schlafzimmer entführt?«, fragte Julia überrascht.

»Um mir ein Bild zu zeigen. Aber wer weiß, was geschehen wäre, wäre Caruso nicht wieder abgehauen.«

»Ach, reden Sie von Alice?«, fragte Julia.

»Alice hat doch keine roten Haare«, sagte er, »nein, von ihrer Nachbarin, Edith-Samyra, einer pensionierten Krankenschwester.«

»Krankenschwestern sind immer etwas direkter«, sagte Julia. »Ich würde Ihnen raten, schreiben Sie ein Kärtchen, etwas wie: Liebe Edith-Samyra, gern würde ich dich näher kennenlernen.«

»Wir sind noch per Sie«, sagte Hubert Brechbühl. »Und ich weiß gar nicht, ob ich so was will. Ich meine, was mögen die Konsequenzen sein? Kennen Sie das Gefühl, Frau Sommer, unverhofft an einer Weggabelung zu stehen, und eigentlich wollte man doch nur friedlich geradeaus?«

Endlich sah Julia eine Gelegenheit, sich den Ärger von der Seele zu reden. Doch da schellte der Wecker, der sie daran erinnerte, Mona abzuholen. »Es tut mir wirklich leid«, sagte sie, »mein Kind wartet.«

»Natürlich«, sagte Hubert Brechbühl, verschlang noch die letzten Bissen Roulade, während er sich schon erhob, sammelte die Formulare ein und verabschiedete sich.

Als Julia kurz danach selbst die Wohnung verließ, kreuzte sie den Weg von Adamo Costa. »Hallo«, sagte sie, und weil es ihr gerade auffiel: »Ich habe Ihre Frau länger nicht gesehen.« Dass das nicht klug war, ahnte sie schon, als sie es aussprach.

»Sie liegt im Krankenhaus«, sagte er, und natürlich konnte sie jetzt nicht einfach weitergehen. »Ach herrje«, sagte sie, »hoffentlich nichts Schlimmes.«

»Das Krankenhaus war die Rettung«, erklärte er, und sie merkte jetzt, wie verstört er wirkte. »Eigentlich ging sie nur wegen einem gebrochenen Finger. Doch bei den Untersuchungen stellte sich heraus, dass ich sie aus Versehen fast umgebracht hätte.« Er erzählte eine lange, dramatische Geschichte über Medikamentenmissbrauch und Lügen, die Julia nur in Ansätzen begriff, doch sie wagte nicht, ihn stehen zu lassen, bis er fertig war, und verspätete sich hoffnungslos.

Die Hortleiterinnen duldeten ihre Verspätungen inzwischen stumm, sie erwarteten nur, dass Julia für ihre Überzeit jeweils zwanzig Franken in die Kaffeekasse steckte. Mona dagegen schimpfte wie ein Rohrspatz, und zuletzt sagte sie: »Dafür musst du achtundvierzig Muffins backen.«

»Warum das denn?«, fragte sie.

Mona holte tief Luft und erklärte: »Weil alle abgeholt wurden, nur ich nicht, und Tim hat gesagt, du bist eine Rabenmutter und vergisst mich immer. Und da habe ich gesagt, du bist die beste Mutter, du bäckst mir sogar meine Lieblingsroulade, obwohl ich gar nicht Geburtstag habe. Und da hat Tim gesagt, wenn das stimmt, dann bring mir morgen ein Stück mit. Und da habe ich gesagt, das geht nicht, weil ich sie bis morgen aufgegessen habe. Und Tim hat gesagt, siehst du, du lügst. Und ich habe gesagt, gar nicht lüge ich, ich bringe nämlich dafür Muffins, die bäckt meine Mama auch. Dann aber für alle Kinder im Hort, hat Tim gesagt, und Frau Fromm hat gesagt, das wären achtundvierzig.«

»Und du hast zugesagt?«, fragte Julia müde.

»Ja«, sagte Mona stolz. Daher fuhren sie noch zum Bahnhof und kauften ein, damit Julia Muffins backen konnte, während Mona Roulade futterte und sie unterhielt, indem sie minutiös erzählte, was im Hort an jenem Tag geschehen war, vom verlegten durchsichtigen Legostein, den sie so dringend gebraucht hätte, damit das Haus ein Fenster hatte, über Leos Windel, die nicht dicht gewesen war, und wie Pedro Jasmin ein ganzes Büschel Haare ausgerissen hatte, bis hin zur großen Ungerechtigkeit, dass Frau Fromm Jasmins Zeichnung an die Wand gehängt hatte und Monas nicht, und bestimmt nur wegen der ausgerissenen Haare und gar nicht, weil sie schöner gewesen wäre, denn Monas Zeichnung war viel schöner gewesen als Jasmins, und das Gemeinste daran war gewesen, dass Mona Jasmin bei der Zeichnung noch geholfen hatte, weil Jasmin immer noch nur heulen konnte und gar nicht richtig zeichnen.

Irgendwann war Mona dann im Bett und das letzte Blech Muffins aus dem Ofen, und Julia hätte gern Moritz angerufen, um sich etwas an ihn zu lehnen, und beide würden schweigen und Tee trinken, und sie würde sich sagen, dass alles halb so schlimm war, weil es ihr noch immer tausendmal besser ging als Efgenia Costa beispielsweise und sie bestimmt wie Hubert Brechbühl nur an einer Weggabelung stand, in keiner Sackgasse.

Doch als sie schon das Wasser für den Tee aufsetzte, klopfte Selina an die Küchenwand, rief von drüben: »Bist du noch wach?«, und kam gleich darauf rüber. Sie sagte nicht mal Hallo, sondern legte gleich los: Wie fies die Vorsehung doch sei und dass sie schon wieder bereue, Heinz Mallaya für den Film zugesagt zu haben, weil ihr nämlich das Bergstück zu spielen inzwischen wieder richtig Spaß mache und Rolf, der Regisseur, ihr eine neue Rolle angeboten habe, und nicht irgendeine, sondern ihre Traumrolle, Brechts Mutter Courage, wie gemein sei das denn! Und während sie erzählte, aß sie Julia das letzte Stück Roulade weg.

Kurz nach Mitternacht war Julia endlich allein und schaltete den Fernseher ein. Um diese Zeit kamen nur noch Wiederholungen drittklassiger Serien, aber das war ihr gerade recht, sie fühlte sich selbst wie in einer schlechten Soap. Und als ein Fiesling in Schwarz-Weiß zu einem zweiten Fiesling sagte, bevor er ihn über den Haufen schoss: »Sorry, Kumpel, das Leben kennt kein Happy End«, konnte sie nur sagen: »Siehste.«

Leidenschaft (57)

Petzi war unterwegs zur Universität und gerade in der Zähringerstrasse, als es hinter ihr klingelte und plötzlich eine Fahrrad-Rikscha neben ihr her fuhr. Moritz saß im Sattel.

»Kann ich dich irgendwo hinbringen?«, fragte er.

»Ich muss den Berg hoch zur Uni«, sagte sie, »das wirst du dir nicht antun wollen.«

»Setz dich«, sagte er und hielt. »Zum Hauptgebäude?«

»Ja, aber ich kann nichts bezahlen«, erwiderte sie.

»Macht nichts, du bist werbewirksam«, erklärte er. Und nachdem sie eingestiegen war, kehrte er um und fuhr die Weinbergstrasse empor. Er fuhr ausgesprochen gemächlich.

»Soll ich schieben?«, fragte sie irgendwann.

»Nein, nein, es geht ganz leicht«, antwortete er, »es braucht nur seine Zeit. Außerdem werde ich dafür bezahlt.«

»Von mir nicht«, sagte Petzi.

»Ist auch nicht nötig, ich habe einen fixen Lohn«, erzählte er. »Das ist ein Job mit Sicherheiten.«

»Und wie hoch ist der Lohn?«, fragte sie.

Er trat schweigend, bis sie das steilste Stück der Kurve hinter sich hatten, dann antwortete er: »7 Franken die Stunde, plus Trinkgelder.«

»7 Franken?«, schrie sie fast, »das ist ja Sklaverei! Wenn ich in Rheineck serviere, bekomme ich 30.«

»Ich sehe es außerdem als Studie in Sachen Kraftübertragung«, erklärte er. »Gehe ich dafür ins Fitnesscenter, muss ich bezahlen. Diese Differenz solltest du dazurechnen.«

»Aber an der ETH kommst du doch fast gratis in den Kraftraum«, wandte sie ein.

»Stimmt. Aber ich liebe es, Rad zu fahren, und jetzt kann ich auch noch Geld damit verdienen«, sagte er. »Wie viel ist das wert?«

Sie lachte nur. Inzwischen waren sie auf der Universitätsstrasse, und kurz fuhr Moritz so schnell, dass sie einfach nur den Fahrtwind genoss.

»Soll ich dich noch um den Block fahren?«, fragte er, als sie das Hauptgebäude erreichten.

»Nein, der Haupteingang ist perfekt«, sagte sie, »ich muss zur Kanzlei.«

»Und was tust du danach?«, fragte er. »Kommst du mit mir schwimmen?«

»Ich habe keinen Badeanzug«, antwortete sie, doch das ließ er nicht gelten.

»Die Miete kostet 5 Franken«, erwiderte er, und nachdem Petzi ihre Bescheinigung abgegeben hatte, fuhr er sie nach Oerlikon.

»Warum gehen wir nicht ins Hallenbad City?«, fragte sie, »das ist so hübsch!«

»In Oerlikon trainiert die Elite«, erklärte er, »und es gibt keinen schöneren Anblick.«

Tatsächlich zogen, als sie aus der Umkleidekabine kamen, gerade zwei Schwimmerinnen ihre Bahnen.

»Sie sehen müde aus«, stellte Petzi fest.

»Nicht müde, träge«, widersprach Moritz. »Das macht

die optimale Abstimmung von Gleit- und Antriebsphase. Sieh mal nur den Händen zu. Sieh den Schub, den jeder Stoß entfaltet. Dahinter steckt viel Kraft.« Bestimmt eine Viertelstunde lang erläuterte er Petzi den Bewegungsablauf einer Leistungsschwimmerin beim Kraulen, die optimale Wasserlage und das Drehmoment des Rumpfs – denn tatsächlich rollten die Körper der Schwimmerinnen hin und her wie geflößte Baumstämme in einem Fluss, das machte es auch, dass sie so träge aussahen.

Schließlich sagte Petzi: »Ich friere.«

»Entschuldige, dann mal rein«, sagte Moritz und sprang ins Wasser.

Fröstelnd stieg sie hinter ihm her.

»Kannst du kraulen?«, fragte er.

Sie schüttelte den Kopf.

»Willst du es lernen?«

»Ich glaube nicht, dass ich dazu begabt bin«, wandte sie ein.

Doch Moritz sagte: »Das ist nur in deinem Kopf, den Körper dazu hast du jedenfalls.«

Das machte sie neugierig. Und sie genoss es dann vor allem, von ihm gehalten zu werden, während er sie erst die Beinbewegung üben ließ, dann die Arm- und Kopfbewegung und das Rollen während des Atmens.

»Das Gemeine ist, dass gewisse Dinge erst ab einer gewissen Geschwindigkeit funktionieren«, erklärte er. »Dazu gehört ausgerechnet das Atmen. Schnelle Schwimmer atmen im Wellental, die müssen den Nacken kaum drehen. Aber wenn du mehr aufs Gleiten als auf den Antrieb achtest, klappt es gut.«

Sie übten fast eine Stunde lang, seine Begeisterung für die Schönheit und die Einfachheit der Bewegungsmuster machte es ihr leicht, dranzubleiben.

Dann sagte er: »Jetzt will ich auch noch ein paar Längen schwimmen. Hat es Spaß gemacht?«

»Du machst mir Spaß«, sagte sie. »Du leuchtest ja richtig! Schwimm los, ich will dir zusehen.«

Er schwamm nicht halb so schnell wie die Schwimmerinnen, und sie konnte jetzt auch erkennen, wo er Mängel hatte. Schnell wurde das Zusehen ihr langweilig, doch lullten das Dämmerlicht, das Flimmern des Wassers, der Chlorgeruch und der permanente Geräuschpegel sie ein, und so genoss sie selbst die Langeweile irgendwie.

Dann hatte Moritz seine beiden Kilometer abgespult, schwang sich auf den Beckenrand und sagte: »Das Schwierigste am Ganzen ist, die Konzentration zu halten. Der Bewegungsablauf ist so monoton, gleichzeitig muss man derart achtsam sein, jedenfalls, solange man das Schwimmen nicht im Blut hat.«

»Wie lange schwimmst du schon?«, fragte Petzi.

»Erst ein paar Wochen«, sagte er, »dafür fast jeden Tag. Und ich höre wieder auf, sobald ich es begriffen habe.«

»Quatsch, du wirkst völlig angefressen«, sagte sie. »Nein, das ist das falsche Wort. Hingegeben.«

»Ich mag es, Zusammenhänge zu begreifen«, sagte er nur.

Und weil Petzi wieder allmählich fröstelte, legten sie sich draußen in der Sonne auf ein Holzpodest.

»Wie geht es eigentlich mit Pit?«, fragte er. »Habt ihr euch gefunden?«

»Wir arbeiten dran«, sagte sie diplomatisch.

Er zog die Augenbrauen hoch und sagte: »Leidenschaft klingt anders. Warum seid ihr überhaupt zusammen? Was verbindet euch? Habt ihr irgendwelche gemeinsamen Ziele? Oder fürchtet ihr euch nur vor der Einsamkeit?«

»Pit hat Pläne für uns«, sagte sie. »Er sieht in uns das Paradepaar des 21. Jahrhunderts, so, wie Simone de Beauvoir und Jean-Paul Sartre das Paar des 20. waren.«

Moritz lachte. »Sartre und de Beauvoir kämpften gegen Bonzen, ihr ganzer Lebensstil war eine Trotzreaktion, wenn auch meinetwegen auf hohem Niveau. Wisst ihr denn überhaupt, wogegen oder wofür ihr kämpft?«

»Ich kämpfe überhaupt nicht«, sagte Petzi. »Pit kämpft, glaube ich, vor allem darum, sich von seinen Eltern abzusetzen.«

»Da sollte er dich aber nicht mit reinziehen«, sagte Moritz.

»Na ja, leider bleibt daneben nicht viel Platz für etwas, das wir teilen könnten«, sagte Petzi.

»Gäbe es denn etwas, das du mit ihm teilen möchtest?«, fragte er. »Ich meine, eine richtige Leidenschaft?«

Sie dachte nach, dann sagte sie: »Ich finde das Studium gerade sehr aufregend. Außerdem backe ich gern. Und früher habe ich Querflöte gespielt.«

»Backen tue ich auch«, sagte Moritz und strahlte schon wieder. »Nur einmal im Jahr, dafür drei Tage lang. Lebkuchen, und du?«

»Cupcakes«, sagte sie etwas genant. »Zur Feier meiner Matura war ich mit meinen Eltern in New York. Im West Village gibt es eine fantastische Bäckerei, die *Magnolia Bakery*. Dort habe ich mich in Cupcakes verliebt.«

»Das sind diese Kalorienbomben mit Butterkrem, oder?«, fragte er skeptisch.

»Nein, ein gelungener Cupcake ist viel mehr«, versicherte ihm Petzi, »er ist wie eine kleine, wunderschöne, heile Welt, eine Art essbare Puppenstube. Das klingt schrecklich kindisch, ich weiß. Aber glaub mir, es hat etwas Magisches. Jeder wird weich, wenn du ihm einen guten Cupcake vorsetzt, wirklich jeder, selbst der hartgesottenste Bankier oder Soldat.«

Moritz grinste und sagte: »Das wäre ein Anknüpfungspunkt zu Sartre und Beauvoir. *Friede den Hütten, Cupcake den Palästen. Schwerter zu Cupcakes.* Oder besser noch: *Cupcake statt Kalaschnikow.*«

»Blödmann«, sagte Petzi. »Sartre und Simone de Beauvoir sind Pits Fantasie, nicht meine. Aber weißt du, was ich gern hätte? Irgendwo bei uns um die Ecke eine kleine Backstube mit Fensterverkauf, und jeden Tag gäbe es eine neue Sorte Cupcakes, 365 Tage im Jahr.«

»Das Neuheitending nützt sich schnell ab«, sagte Moritz. »Mach einfach die besten, mit besten, reinsten Zutaten, ohne Schnickschnack. Drei Sorten, die sich gewaschen haben.«

Sie lachte und sagte: »*Du* würdest das vielleicht so machen, Moritz, aber das ist mein Projekt.«

»Stimmt«, sagte er gutmütig. »Apropos *Magnolia Bakery* – hast du den Film *Magnolia* gesehen? Ich kann ja Tom Cruise nicht ausstehen, und trotzdem ist dieser etwas vom Besten. Seinetwegen wollte ich kurz sogar Drehbuchautor werden.«

»Inzwischen nicht mehr?«, fragte Petzi.

Er winkte ab. »Vielleicht nächstes Jahr«, sagte er leichthin. »Aber wie wär's, du bäckst mir einen deiner Meister-Cupcakes, und ich lade dich dafür ins Kino ein?«

»Ich backe dir auch so einen«, sagte sie, »als Lohn für die Schwimmstunde.«

»Und ins Kino gehen wir trotzdem?«, fragte er. »Offen gestanden zöge ich das dem Cupcake vor.«

»Ins Kino gehe ich nur mit meinem Freund«, erklärte Petzi. »Jedenfalls nicht mit dir. Du bist und bleibst mir einfach zu gefährlich, Moritz.«

Idealismus (58)

Ich konnte nicht schlafen und habe *Mutter Courage* nochmals gelesen«, sagte Julia, als sie auf dem Weg zum Briefkasten Selina begegnete. »Hast du dich entschieden, ob du zusagst?«

»Nein«, sagte Selina und suchte nach dem Schlüsselbund.

»Verrate mir, warum du sie spielen willst«, bat Julia.

»Sag erst, wo ist Mona?«, fragte Selina und schloss die Wohnungstür auf.

»Bei Moritz«, sagte Julia. »Er will ihr beibringen, einen Kreisel zu drehen.«

»Dann komm rein und trink Kaffee mit mir, ich habe noch nichts gefrühstückt«, sagte Selina.

Sie setzten sich in die Küche, Selina setzte den Kaffee auf und verstaute ihre Einkäufe im Kühlschrank, dann sagte sie: »Warum will ich die Courage spielen ... Es ist einfach eine großartige Rolle, findest du nicht?«

»Doch, überhaupt ein tolles Stück«, sagte Julia. »Und ich glaube, die Antwort auf meine Frage liegt im Stück selbst. Sag, warum spielt man dieses Stück?«

»Na ja, es ist ein Stück gegen den Krieg«, sagte Selina. »Mutter Courage wittert mit dem Krieg ein großes Geschäft, sie opfert ihm nach und nach alle drei Kinder und hat doch keine Wahl, als immer so weiterzumachen. *Und was noch nicht gestorben ist, das macht sich auf die Socken nun.*«

»Sie hat keine andere Wahl, oder sie will nicht anders?«, fragte Julia.

»Natürlich hätte sie eine andere Wahl«, sagte Selina, »wenn sie dafür in Kauf nimmt, dass sie vielleicht verhungert.«

»Wenn sie von vornherein wüsste, dass sie dem Krieg ihre Kinder opfert, glaubst du, sie hätte dann einen anderen Weg gewählt?«, fragte Julia.

»Nein, nicht Mutter Courage«, sagte Selina und nahm den Kaffee vom Herd. »Aber das ist das Gewaltige an diesem Stück, es moralisiert nicht, es stellt bloß diese Frage – oder besser gesagt, drei Fragen: Werden wir nur moralisch, wenn das Unmoralische uns zu viel kostet? Oder nicht einmal dann? Und wenn wir aus Eigennutz auf die moralische Seite wechseln, sind wir dann moralisch oder erst recht unmoralisch? Denn eigentlich sind wir ja nur dann moralisch, wenn wir moralisch handeln, obwohl uns dieses Handeln mehr kostet als das unmoralische.«

»Ja, so sehe ich es auch«, sagte Julia. »Also sag schon, warum willst du das spielen?«

Selina grinste. »Ich weiß, was du hören willst: Die schlimme, schlimme Zeit braucht dringend eine Predigt. Aber ich bin kein Moralapostel, Julia. Für mich ist es wirklich einfach eine tolle Rolle, die Courage ist gleichzeitig so radikal und so opportunistisch, diesen Spagat zu spielen muss einen Heidenspaß machen.«

»Mist, dann kann ich dir bei deiner Entscheidung doch nicht helfen«, sagte Julia. »Ich wollte darauf hinaus, dass du sie, wenn du moralisch handeln willst, eben nicht spielen darfst. Nachts im Bett sah alles so schön klar und eindeutig aus.«

»Ich habe übrigens inzwischen herausgefunden, dass ich vielleicht nur ein kleines bisschen schummeln muss, um beides spielen zu können«, erzählte Selina. »Der Vertrag mit Mallaya schreibt fest, dass ich für laufende Bühnenprojekte spielfrei bekomme. Sie haben gar nicht gefragt, was alles am Laufen ist. Wenn der Vertrag für die Courage entsprechend vordatiert wird, kann Mallaya nichts dagegen haben, dass ich in Solothurn spiele. Glaube ich zumindest. Und wenn wir wirklich im Tierfehd drehen, ist Solothurn nicht *so* weit weg. Aber jetzt sag mir, warum du schlecht schläfst.«

»Ach, das hat viele Gründe«, sagte Julia. »Zukunftssorgen sind das eine. Dann hustet Mona die ganze Nacht, wie immer, wenn die Kastanie im Hof blüht.«

»Ich verstehe auch nicht, warum sie da ausgerechnet Hasel, Birken und Kastanien pflanzen statt zum Beispiel Spitzahorn und Weiden«, sagte Selina. »Und was macht dich noch schlaflos?«

»Ein sonderbares Gefühl, das Leben zu vertun«, antwortete Julia. »Ich dümple in meiner kleinen Welt und gräme mich um Probleme, um die der Großteil der Menschheit mich beneiden würde. Selbst im Verlag fange ich kein Feuer mehr. Die Titel, die wir verlegen, sind einfach zu belanglos. Apropos, ich habe das Drehbuch gelesen, das du mir gegeben hast.«

»Und?«, fragte Selina. »Langatmig, unentschieden? Ich habe selbst nur reingelesen.«

»Nein, weder noch«, sagte Julia, »nur überladen. Eigentlich sind es zwei Geschichten, oder sogar zweieinhalb, eine über den Heimjungen, der sich durchschlägt und daran wächst, dann die des Heimleiters, der seine latente Homosexualität durch Gewalttätigkeit verbirgt und sich konsequenterweise am Ende, wenn du mich fragst, selbst richten müsste. Und schließlich die rührende Miniatur über diese Diakonissin und Deutschlehrerin, die von ihrer kranken Mutter so furchtbar drangsaliert wird. Übrigens auch eine tolle Frauenrolle, wenn du mich fragst.«

»Du bist vielleicht auf Zack!«, rief Selina. »Bringst nach einmal Lesen auf den Punkt, worum Frank seit zehn Jahren vergeblich ringt. Und was müsste man tun?«

»Aus der Distanz ist alles einfacher«, sagte Julia. »Man müsste es aufdröseln und drei Filme daraus machen, zwei Langspielfilme, einen Kurzfilm. Das zu tun ist reines Handwerk. Der Teufel steckt wie immer im Detail, aber wenn dieser Frank König mir freie Hand lässt, traue ich mir die Arbeit zu. Die Figuren dürften noch etwas pointierter werden, und jeder der drei Filme braucht sein eigenes, klar umrissenes Thema, das in jeder Szene irgendwie gespiegelt wird.«

»Leg los«, sagte Selina.

»Ich kann das nicht für ein Vergeltsgott tun«, erklärte Julia.

»Nein, natürlich nicht«, sagte Selina. »Holst du mal eben das Manuskript rüber?«

Julia brachte es ihr, dann musste sie zu Moritz, um ihm Mona abzunehmen. Als sie gemeinsam wieder hochkamen, hatte Selina bereits mit dem Produzenten gesprochen.

Sie fing sie an der Tür ab. »Ruf ihn an, er ist interessiert«, sagte sie.

»Es ist Samstag«, sagte Julia, doch Selina drückte schon die Wiederwahltaste ihres Telefons und reichte Julia den Hörer. Dann setzte sie sich auf den Treppenabsatz und bat Mona, ihr den Kreisel vorzuführen.

Der Produzent hieß Bänz Schär. »Eigentlich hatten wir den Film *ad acta* gelegt«, sagte er, »aber was Frau May da eben angedeutet hat, klingt vielversprechend. Schreiben Sie doch über jeden der drei Stränge ein Line-out. Nichts Voluminöses, je zwei, drei Seiten.«

»Ist das ein Auftrag?«, fragte Julia.

Herr Schär zögerte, dann sagte er: »Sie sind Kinderbuchlektorin, richtig? Sie haben mit Film keine Erfahrung. In diesem ersten Schritt geht es nur darum zu prüfen, ob Sie der Aufgabe überhaupt gewachsen sind.«

»Ich *bin* der Aufgabe gewachsen«, erklärte Julia gereizt. »Ein Kinderbuch muss genauso streng und konsequent komponiert sein wie ein Film, wenn nicht strenger. Vor allem aber bin ich Mutter, Herr Schär, alleinerziehende. Jede Minute, die ich in dieses Projekt stecke, ist mir und meinem Kind vom Mund abgespart. In unserer profitsüchtigen Gesellschaft ist es idealistisch genug, überhaupt ein Kind großzuziehen. Als alleinstehende Frau ist es ein Wahnsinn. Sie werden doch nicht ernsthaft erwarten, dass ich auch noch eine Produktionsfirma alimentiere, die einen Großteil ihres Budgets vom Staatsfernsehen gedeckt bekommt.« Bänz Schär wollte darauf etwas erwidern, aber Julia hatte sich in Rage geredet. »Erinnern Sie sich, woran die Diakonissin in Frank Königs Drehbuch leidet?«, fragte sie. »Wie sie von ihrer Mutter, von der Kirche, vom Schulleiter ausgenützt wird, so sehr, dass sie sich nicht mehr erlaubt, den Arzt aufzusuchen, als sie diese Blutvergiftung hat? Ich kann mir nicht denken, dass es Herrn König recht wäre, wenn für sein festgefahrenes Projekt eine minderbegütete Lektorin, die in der Lage und willens ist zu helfen, dermaßen geschröpft wird.« Und ohne den Produzenten nochmals zu Wort kommen zu lassen, legte sie auf.

»Hoppla, was hat der denn abbekommen?«, fragte Selina.

»Hier«, sagte Julia und gab ihr den Hörer zurück. »Ein Kind aufzuziehen sollte eine Selbstverständlichkeit sein. In unserer raffgierigen Gesellschaft ist es aber nicht einmal mehr Idealismus, sondern blanke Selbstzerstörung.«

»Und deshalb willst du dir jetzt auch dein Scheibchen abschneiden, wie Mutter Courage«, sagte Selina und grinste.

Julia musste lachen. »Ich habe überhaupt nicht an Geld gedacht, bis du diesen Produzenten ins Spiel gebracht hast«, sagte sie. »Ich habe das Skript aus reiner Neugierde gelesen und weil ich das Thema für wichtig halte.«

»Verstehe«, sagte Selina. »Lass mich mal Frank anrufen.«

Das tat sie, während Julia Mona mit in die Wohnung nahm und ihr Fischstäbchen briet (Mona stellte mit elf Stück einen neuen Rekord auf). »Ich war gerade noch rechtzeitig«, erzählte Selina, als sie nachkam. Sie hatte einen alten Schokolade-Osterhasen für den Nachtisch mitgebracht. »Bänz Schär hatte Frank schon eine Mail geschickt und ihn darum gebeten, den alten Vertrag zu reaktivieren. Er hatte Frank Anfang des Jahres alle Rechte zurückgegeben. Frank war gerade dabei zu antworten.«

»Nur die Ohren, das reicht, sonst schläfst du wieder nicht«, erklärte Julia Mona. »Und nun?«, fragte sie Selina.

»Nun verkauft er sie mir«, erzählte Selina vergnügt, »für

einen Apfel und ein Ei. Zu dritt sind wir ein *dream team*, du wirst sehen, das magische Dreieck.«

Julia kämpfte kurz mit Mona um den Kopf des Osterhasen, dann gab sie ihn verloren und sagte: »Das klingt gut, und für euch tue ich es natürlich auch ohne Geld. Zumindest fürs Erste.«

»Sollst du gar nicht«, antwortete Selina. »Wir starten erst, wenn ich von Mallaya Geld bekomme. So weiß ich wenigstens, wofür ich mich verkaufe. Oder noch besser, du schreibst jetzt ein Line-out, dafür bezahle ich dir tausend Franken. Dann haben wir schon etwas in der Hand, womit ich hausieren gehen kann. Und lasst mir wenigstens den Schwanz.«

Beharrlichkeit (59)

Hubert Brechbühl war froh, als Ruth und Alex von den Seychellen anriefen, um sich nach Carusos Befinden zu erkundigen. Das gab ihm einen schönen Vorwand, um Alice zu besuchen und hoffentlich – ganz beiläufig natürlich – Edith-Samyra zu begegnen. Ihre Komplimente konnte er nicht vergessen, und wenn er auch immer noch nicht recht wusste, wie er damit umgehen sollte, war er sich inzwischen doch im Klaren darüber, dass er sie wiedersehen musste, um eine Antwort darauf zu finden. Diesmal rief er Alice vorher an, erzählte ihr, dass Mona immer wieder nach Caruso frage, und bat um Erlaubnis, sie und Julia mitzubringen.

»Kommt doch alle am Sonntag zum Tee«, schlug Alice vor.

Tatsächlich hatte er ein bisschen gelogen, denn Mona fragte nicht nach Caruso, wenn sie ihn sah, sie fragte: »Kaufen wir heute endlich deine Katze, Onkel Brechbühl?« Deshalb hatte er ein etwas schlechtes Gewissen, als er Julia bat, ihn zu begleiten. »Alice hat eine sehr interessante Wackelkatze mit Namen Lizzy«, erzählte er, »und bestimmt ist es nur gut, wenn Mona Erfahrungen mit verschiedenen Katzen sammelt, bevor wir eine kaufen. Vielleicht merkt sie ja plötzlich, dass sie lieber einen Hund will.«

»Das ist gut möglich«, sagte Julia, obwohl Mona sofort –

in ihrem Sternchen-Pyjama, denn es war Abend – um ihn herumrannte und skandierte: »Eine Katze, eine Katze.« Und Julia sagte nicht nur zu, sie wollte sogar noch Teegebäck backen.

Am Sonntag um drei Uhr klingelten sie ihn aus der Wohnung, und zu dritt spazierten sie in die Josefstrasse. Mona trug die Roulade, Julia trug Mona, weil Mona Angst hatte, mit der Roulade zu stolpern, Hubert Brechbühl trug eine Flasche Eierlikör. »Ich hoffe, wir sehen bei der Gelegenheit auch Edith-Samyra«, sagte er zu Julia, »Ihr Urteil, Frau Sommer, wäre mir sehr wertvoll.«

»Ach, daher weht der Wind«, sagte sie. »Dann wollen wir hoffen, dass der Likör die Sache nicht noch mehr beschleunigt.« Der Gedanke beunruhigte ihn etwas.

Doch Edith-Samyra war gar nicht da, und Alice schloss den Eierlikör auch gleich weg. »Vor sechs Uhr abends gibt es bei mir keinen Alkohol, nicht mal sonntags«, sagte sie dazu.

Stattdessen kochte sie wieder türkischen Kaffee, was ihm Gelegenheit gab, Julia zu erklären, dass Kardamom als eines von nur wenigen Gewürzen für alle Ayurveda-Typen gleich bekömmlich war. »Und wo wir gerade dabei sind«, wandte er sich an Alice, »wie geht es eigentlich Edith-Samyra? Wie schön, wenn man gute Nachbarn hat, nicht wahr?«

»Ich weiß gar nicht, ich habe sie seit damals nicht gesehen«, sagte Alice. »Sie verkriecht sich manchmal. Vielleicht ist sie aber auch verreist, sie versucht seit vielen Jahren beispielsweise, ihre Höhenangst zu überwinden und das Vrenelis Gärtli zu besteigen.«

»Bitten wir sie doch herüber«, schlug er vor, »nur schon, dass sie sieht, wie prächtig sich Caruso mausert.« Wirklich hatte er den kastrierten Kater kaum wiedererkannt, er war schlank und wendig geworden und spielte ohne Scheu mit Lizzy. Um die Menschen machte er noch immer einen Bogen. »Aber hat er erst mal seine erste Maus erjagt«, sagte Alice, »wird er auch bei uns mehr Selbstvertrauen zeigen. Wir arbeiten jedenfalls daran. Fang, Caruso!« Dabei warf sie einen grauen Ball durchs Zimmer, dem er gleich nachsprang.

»Meinetwegen, lass uns schauen, ob sie da ist«, sagte Alice auf seinen Vorschlag und verschwand, kehrte aber gleich wieder und sagte: »Ich höre Musik, aber sie macht nicht auf.«

»Womöglich meditiert sie«, sagte Hubert Brechbühl.

Nun schaltete sich Julia ein. »Egal, die Gelegenheit kommt nicht so bald wieder«, sagte sie zu ihm. »Los, versuchen Sie Ihr Glück.«

Mona, die gelangweilt war, weil die Katzen sich nicht um sie scherten, versuchte ihn hochzuziehen (sie saßen auf Kissen am Boden) und rief: »Komm, Onkel Brechbühl, bestimmt ist es dort lustiger als hier.«

»Meinetwegen«, sagte er errötend, ging mit ihr hinüber und klopfte. »Vermutlich ist sie ausgegangen und hat nur vergessen, das Radio abzustellen«, meinte er, als sich nichts regte, und wollte schon zurückkehren. Doch Mona hämmerte und trat gegen die Tür und rief: »Onkel Brechbühl ist da! Wir haben Eierlikör und Roulade!«

Und wirklich rief Edith-Samyra: »Moment«, drehte den Schlüssel und öffnete die Tür. Ein Schwall von Weihrauch drang aus der Wohnung. Edith-Samyra war ganz in Weiß gekleidet und sah zerknautscht aus.

»Ich wollte die Gelegenheit nicht verpassen, wenigstens

Hallo zu sagen«, entschuldigte sich Hubert Brechbühl. »Sie sind ja schon ganz sommerlich gekleidet! Ich muss sagen, Weiß steht Ihnen ausgezeichnet.«

»Danke, aber ich bin in Trauer«, antwortete sie. »Weiß ist die nepalesische Trauerfarbe.«

»Oh, das tut mir leid! Jemand, der Ihnen nahestand?«, fragte Hubert Brechbühl, während Mona stöhnte: »Hier ist es ja noch langweiliger«, und zurück in Alices Wohnung rannte.

Edith-Samyra schüttelte den Kopf und riss sich sichtlich zusammen, um nicht in Tränen auszubrechen, dann räusperte sie sich und sagte: »Haben Sie nicht davon gehört? Die nepalesische Königsfamilie. Ein blutiges Gemetzel, und ganz sinnlos. König Birendra war ein vollkommen friedfertiger Mann, bezaubernd und gebildet. Stellen Sie sich vor, er hatte in Eton und Harvard studiert. In Nepal führte er die Demokratie ein, gegen den Willen so vieler. In meinen Augen war er ein Held, nicht nur als König, auch als Mann und Vater. Und denken Sie sich, die ganze Familie starb mit ihm, Königin Aishwarya, die Tochter und zwei Söhne, bildschön alle.«

»Wer hat sie denn umgebracht?«, fragte Hubert Brechbühl betroffen.

»Man weiß es nicht, es wird so viel gemunkelt«, sagte sie. »Aber darf ich Ihnen Bilder zeigen?«

Er nickte und ließ sich in die Wohnung führen. Auf einem Kommödchen im Wohnzimmer standen aus einer Illustrierten ausgeschnittene und auf Pappe geklebte Fotos, davor brannten Räucherstäbchen. Der König war ein Mann mit Brille, Schnauzbart und einem Chäppi, die Königin hatte ein

Puppengesicht und um den Mund einen leicht spöttischen Zug. An den Wänden hingen auch Bilder anderer gekrönter Staatsoberhäupter, darunter eines der jungen Lady Diana, mit Trauerflor, auf den von Hand gestickt war: *You will forever be my First Lady. Thank you.*

»Im September«, erzählte Edith-Samyra, »wollte ich nach Nepal reisen, um einen Blick auf die Königsfamilie zu erhaschen. Jetzt ist alles unklar. Vielleicht gibt es Bürgerkrieg, wer weiß? Wenn nicht, fahre ich womöglich trotzdem, um Blumen niederzulegen. Es ist jetzt wichtig, Zeichen zu setzen.«

»Ich war ja mal in Pjöngjang, Nordkorea, aber beruflich«, bemerkte er, hatte aber nicht den Eindruck, dass sie ihn hörte. Dafür nahm er schließlich mutig ihre Hand, und nachdem sie noch eine Weile auf die Bilder geschaut hatten, sagte er: »Drüben gibt es Kaffee und Kuchen, eine ausgezeichnete Bananenroulade. Und wenn wir bis sechs Uhr durchhalten, auch Eierlikör. Zudem müssen Sie Caruso sehen, er hat sich unglaublich entwickelt. Alice hat aber auch eine Geduld und Ausdauer!«

Edith-Samyra sah ihn mit matten Augen an und sagte: »Ich glaube nicht, dass ich schon wieder unter Menschen möchte, Hubert. Sie zu sehen war schön, Sie sind ein guter Mensch. Aber schon Alice wäre mir zu viel. Sie haben es vielleicht noch nicht erlebt, aber sie kann furchtbar taktlos sein. Das ist bestimmt keine Absicht, sie ist eben von Natur aus eher plump.«

»Oh, das hatte ich noch gar nicht bemerkt«, sagte er verwirrt. »Na, dann bedanke ich mich sehr, dass Sie mich eingeweiht haben. Sehen wir uns wieder?«

»Sicher«, sagte Edith-Samyra und fügte geheimnisvoll hinzu: »Man sieht sich immer dreimal.«

Als er in Alices Wohnung kam, waren Julia und Mona eben dabei aufzubrechen. »Sie ist in Trauer um die nepalesische Königsfamilie«, erzählte er noch schnell, »und wenn es Ihnen recht ist, komme ich gleich mit.«

»Wir gehen aber auf den Spielplatz«, sagte Julia, »Mona muss sich noch austoben. Ein paar Meter können wir gemeinsam gehen.«

Er verabschiedete sich von Alice, und als sie die Treppen hinabstiegen, fragte er Mona: »Wie steht's, willst du immer noch eine Katze?«

»Ja, natürlich, aber eine richtige«, sagte Mona, »eine zum Kuscheln.«

Auf dem Röntgenplatz sahen sie Erich Wyss, der einen Brief in den Postkasten warf. »Dir schulde ich noch etwas«, sagte er zu Mona, als er sie entdeckte. Dabei hatte er einen so stechenden Blick, dass Mona sich vor ihm versteckte.

Hubert Brechbühl schlug daher vor, sich hier zu trennen, und nachdem die Damen sich zum Spielplatz aufgemacht hatten, fragte er Erich Wyss: »Gehen wir gemeinsam heim?«

Er wollte ihn gern aushorchen, was er noch zu unternehmen hatte in Sachen Altersvorsorge. Erich Wyss war in Gedanken aber noch ganz bei seinem Brief. »Wissen Sie, was ich da eingeworfen habe?«, fragte er. »Eine Kontaktanzeige, tatsächlich. Nichts Frivoles allerdings. Ich plane, für Gerda und mich eine Wohngruppe mit Menschen unseres Alters zu gründen, nun suchen wir Gleichgesinnte. Natürlich nehmen wir nicht jeden, und das Bewerbungsverfahren läuft auch anonym – also genau gesagt bleiben wir anonym, die Bewerber natürlich nicht.«

Das fand Hubert Brechbühl interessant. »Haben Sie denn dafür schon ein Haus oder eine Wohnung?«, fragte er.

»Nein, aber ich gehe schwer davon aus, dass die Stadt sich einer so schlagenden Idee nicht entziehen wird«, sagte Erich Wyss. »Außerdem kenne ich jemanden im Hochbauamt, ich habe zwar seinen Namen vergessen, aber notfalls renne ich jede Türe ein. Dieses Projekt ist revolutionär, zumindest für Zürich, und irgendwem geben sie ihre Wohnungen ja schließlich.«

»Und wie funktioniert das Bewerbungsverfahren?«, fragte Hubert Brechbühl mehr aus Höflichkeit.

Doch Erich Wyss antwortete gleich: »Tut mir leid, jemanden wie Sie schließen wir von vornherein aus, wir nehmen nur Paare. Alleinstehende bringen Unruhe ins Gefüge, wenn Sie verstehen, was ich meine. Meine Frau und ich sind seit über fünfzig Jahren verheiratet – nicht immer glücklich, aber verheiratet, und wir wollen die sechzig noch erreichen. Deshalb ziehen wir nur Ehepaare in Betracht.«

»Fünfzig Jahre«, wiederholte Hubert Brechbühl staunend – und das erste Mal in seinem Leben fühlte er einen kleinen Stich bei dem Gedanken, dass er das von sich nie würde sagen können.

Lebenslust (60)

Nach der Operation, die komplikationslos verlief, war Efgenia Costa wie verwandelt. Sie lachte schon, während sie aus der Narkose erwachte, und obwohl ihr kurz darauf speiübel wurde und sie fürchtete, in Ohnmacht zu fallen, leuchteten ihre Augen so, wie Adamo es aus der Zeit ihrer ersten Verliebtheit erinnerte. So sagte er jedenfalls, und erst glaubten beide, es rühre von den Narkotika her. Doch nach ein paar Stunden verflog deren Wirkung, der Kreislauf stabilisierte sich, sie aß Hühnerfrikassee mit Toastbrot, und ihre gute Laune blieb.

»Es ist, als hätte man mir einen Stachel gezogen, oder eher einen Speer«, sagte sie. »Mein Rücken fühlt sich völlig anders an.«

»Die Schmerzen kommen noch, freu dich nicht zu früh«, warnte Adamo.

»Ich weiß«, sagte sie, »ich bin darauf gefasst. Aber für den Moment genieße ich es einfach.«

Wirklich nahmen die Schmerzen bis zum Abend permanent zu, und sie erhielt Ibuprofen. Aber sie bat Frau Dr. Dschawachischwili: »Geben Sie mir das Minimum, ich will fühlen, wo es weh tut.« Denn das tat es an ganz anderen Orten als früher. Sie spürte die Operationswunde, später hatte sie Schmerzen der Wirbelversteifung wegen, die den Nerv vor weiteren Quetschungen schützte, das fühlte sich eher wie eine Verspannung an. Der tiefe, alles durchdringende Schmerz jedenfalls, der sie so viele Monate gequält hatte, blieb aus.

Am liebsten hätte sie auch das Ibuprofen abgesetzt, doch Frau Dr. Dschawachischwili sagte: »Das hemmt vor allem die Entzündung. Drei Tage lang müssen Sie es unbedingt nehmen. Und nachdem wir es abgesetzt haben, bleiben Sie noch einige Tage hier – ich will sicher sein, dass Sie ohne Medikamente durchhalten. Noch einen Ausrutscher wie den vor der Operation machen Ihre Organe nicht mit.«

»Keine Sorge, ich werde keine Drogen mehr nehmen, dazu ist das Leben viel zu schön«, versicherte Efgenia. »Hätte ich doch die Operation nur viel früher gewagt.«

Adamo misstraute offenbar der Idylle, er wäre am liebsten rund um die Uhr bei ihr geblieben. Sie musste ihm ins Gesicht sagen, dass sie die Zeit allein genoss, damit er auch mal zu Hause blieb. »Aber bring mir die Gitarre vom Dachboden«, bat sie, »kaufe bei Jecklin einen neuen Satz Saiten und ein Buch mit Songs von Leonard Cohen. Ach ja, und dann brauche ich noch Joggingschuhe Größe 38 oder 7, bring am besten mehrere Modelle zur Auswahl mit.«

»Du willst doch nicht schon wieder rennen?«, fragte er fassungslos und musste sich auslachen lassen.

»Ich will nur wieder gehen können«, sagte sie, »Joggingschuhe sind dafür am besten. Am liebsten irgendwohin, wo wir Sex haben können. Sex ist mir nämlich erlaubt.«

Daraus wurde nichts, doch immerhin blieb Adamo eines Abends länger, und als die Lampen gelöscht waren und nur noch Nachtlichter brannten, ließ er die Hand unter ihre Decke wandern.

Als er am nächsten Tag ins Zimmer kam, sang sie:

I remember when I moved in you
And the holy dove, she was moving too
And every single breath we drew was Hallelujah

Er mochte darüber jedoch nicht lachen, und als sie feststellte: »Du siehst müde aus. Wie verbringst du die Zeit zu Hause?«, sagte er: »Wie wohl, ich studiere Stellenanzeigen. Ich schreibe Briefe. Ich telefoniere. Ich habe keine Ahnung, wovon wir in Zukunft leben sollen. Ich könnte den Führerschein C machen und als Lastwagenfahrer anfangen, aber abgesehen davon, dass das dauert und wir auch dafür das Geld nicht haben, suchen sie nur Leute für die weiten Strecken. Ich will dich nicht tagelang allein lassen.«

»Nein, das will ich ebenfalls nicht«, sagte sie. »Ich freue mich so sehr darauf, zu Hause zu sein, mit dir. Es macht mir gar nichts aus, wenn du eine Weile keine Stelle hast. Und in ein paar Monaten kann ich wieder arbeiten.«

»Du musst auch erst etwas finden«, sagte er.

»Ich weiß«, antwortete sie. »Hast du dich um die Hauswartstelle beworben?«

Das hatte er vorgehabt, doch als er die Genossenschaftsverwaltung angerufen hatte, hatte es geheißen, sie sei bereits besetzt. »Erinnerst du aber Gianni?«, fragte er sie. »Wir sind ihm vor ein paar Jahren in Udine über den Weg gelaufen, er ist ein ehemaliger Schulkollege. Er ist jetzt in der Pornoszene und sagt, Männer mit Stehvermögen werden dort immer gesucht.«

»Wie kommt es, dass du mit ihm gesprochen hast?«, fragte sie. »War er nicht damals Schieber oder so was?«

»Doch«, sagte Adamo, »Zigarettenschmuggler. Was willst du, ich rufe alle an. Jedenfalls, Stehvermögen habe ich, und groß genug ist mein Schwanz auch. Gianni sagt, alles über 15 cm rockt.«

Efgenia lachte. »Also ich glaube, da fällt uns vorher noch etwas Besseres ein. Außerdem muss das eine traurige Gesellschaft sein, die sind doch alle auf Drogen.«

»Überhaupt nicht«, sagte Adamo. »Gianni sagt, er hat sich noch nie so wohlgefühlt. Das sind ganz lockere Typen, sagt er, sie lachen viel, sie können aber auch arbeiten. Und man verdient eine Menge Kohle.«

»Also verstehe ich recht, Gianni vögelt vor der Kamera?«, fragte Efgenia. »Und wo, in Italien?«

»In Italien und Slowenien«, sagte Adamo. »Aber er hat auch Kontakte in die Schweiz.«

»Hat er dir die etwa schon gegeben?«, fragte sie misstrauisch.

»Ja«, sagte Adamo, »aber ich habe noch nicht angerufen. Ich wollte erst mit dir sprechen.«

»Und was dachtest du, was ich sage?«, fragte sie. »Hurra, geh vögeln?«

»Ich weiß nicht«, sagte Adamo. »Es wäre leicht verdientes Geld. Es gibt auch Pornomessen und internationale Preise, wir könnten reisen. Gianni ist dauernd unterwegs.«

Efgenia lachte und sagte: »Du spinnst. Glaub mir, wir finden Arbeit. Und guten Sex werden wir zu Hause haben, auf dem Küchentisch. In ein paar Wochen darf ich alles wieder tun.«

Adamo schwieg erst, dann sagte er: »Du begreifst nicht, Efgenia, wir haben nichts mehr, nichts. Also abgesehen von deinem Krankengeld, aber das wird jetzt auch neu geregelt werden. Ich glaube nicht, dass sie dir noch viel geben.«

»Wie läuft es denn bei den Pferden?«, fragte sie.

»Ich wette nicht mehr«, antwortete er. »Ich habe nur noch verloren.«

Jetzt erst verstand Efgenia, wie ihm zumute war. »Du Armer quälst dich ja richtig«, rief sie. »Bestimmt sitzt du alle Abende ganz verdruckst zu Hause und weißt nicht ein noch aus. Komm her!« Sie umarmte ihn, so gut es ging. Schließlich kniete er nieder, sie umschlang ihn im Liegen, verbarg das Gesicht in seinem Nacken und versprach: »Jetzt kommt der Sommer, Adamo, jetzt wird alles leicht, du wirst sehen. Du kannst doch das Rad schlagen und den Handstand. Notfalls singe ich am See für die Touristen, und du machst dazu Kunststücke. Oder wir bieten uns als Gärtner an. Uns fällt schon etwas ein, wir brauchen ja nicht viel.«

Endlich richtete er sich wieder auf. Doch statt etwas zu sagen wie: »Natürlich, du hast recht«, kündigte er an: »Übrigens kommen deine Eltern.«

»Zu uns?«, rief sie.

Er nickte. »Sie sagen, ihr hattet zuletzt so herzlichen Kontakt. Sie bereuen, dass die letzten Jahre so vergiftet waren.«

»Jahrzehnte«, stellte sie klar.

»Es hat sie so sehr gefreut, wie du auf sie zugegangen bist. Sie hofften, dass wir sie besuchen. Als ich ihnen sagte, dass du hier bist, haben sie kurzentschlossen gebucht.«

»Wann kommen sie?«, fragte sie.

»In zwei Wochen«, sagte er.

Sie brauchte einen Augenblick, um die Nachricht zu verdauen, dann sagte sie: »Eigentlich ist das doch schön,

Adamo. Ich habe ganz vergessen, wie es ist, sie um mich zu haben.«

»Sie kommen nicht allein«, sagte Adamo. »Deine Schwester hat sich auch angekündigt, sie bringt die Kinder mit.«

»Haben sie dann schon Ferien?«, fragte sie.

Adamo zuckte mit den Schultern. »Ich nehme an, sie fürchtet um ihren Status als Lieblingstochter.«

Efgenia lachte. »Das ist der Supergau«, stellte sie fröhlich fest, »wunderbar. Es wird alles drunter und drüber gehen. Ich würde sagen, du und ich, wir schlafen auf dem Balkon. Und dort haben wir dann jede Nacht Sex.«

»Ja, aber wovon kaufen wir ein?«, fragte Adamo. »Und es ist nicht nur das, die wollen alle reisen. Bern, Luzern, Grindelwald, *Suisse Miniature*, *Europapark*, sie haben mir eine ganze Liste diktiert.«

Efgenia ging im Kopf ihre Wertsachen durch.

»Ich meine, ich muss ja nicht kommen«, unterbrach Adamo ihre Gedanken.

»Was meinst du?«, fragte sie.

»Ich muss ja nicht kommen«, wiederholte er, »und wenn, dann spritze ich höchstens auf eine drauf. Die Frauen kommen sowieso nicht, das ist alles gespielt.«

»Nein«, rief Efgenia, als sie endlich begriff, »kommt nicht infrage! Hör zu, ich habe noch diese Ohrgehänge in Tropfenform, die ich zur Kommunion bekommen habe. Verkaufe sie, die sind bestimmt zweitausend Franken wert. Dann bring mir ein Liederbuch von Simon & Garfunkel, damit verdienen wir besser als mit Leonard Cohen. Und übe das Rad, oder vielleicht fällt dir noch etwas Besseres ein. – Das wird mir was!« Wieder musste sie lachen.

Abenteuerlust (61)

Die Freude der Wyssens über das milde Urteil, das Augustin kassiert hatte, war nicht ungetrübt. Er hatte nur zwei Jahre auf Bewährung bekommen, musste allerdings die Gerichtskosten übernehmen und das veruntreute Geld plus Zinsen innerhalb von zwanzig Jahren abstottern. »Ach Bub, könnte ich dich jetzt nur an mich drücken«, hatte Gerda am Telefon gerührt gesagt, und Erich hatte aus dem Hintergrund gerufen: »Aus dir wird schon noch etwas Rechtes, dafür sorgen wir.«

Zwei Wochen später stand Augustin in der Tür, mit einer Samsonite-Anzugstasche, einer großen Sporttasche auf Rädern und einem Aktenkoffer, der nicht nur ein Zahlenschloss hatte, sondern, wie er Erich und Gerda im Lauf des Abendessens erklärte, auch einen Mechanismus, der den Inhalt des Koffers zerstörte, wenn jemand versuchte, das Schloss aufzubrechen.

Erich Wyss hatte dafür wenig Verständnis. »Als ich 19 war, trug ich Ärmelschoner, der Stempelfarbe wegen, und die abgetragenen Hemden und Schuhe meines Vaters, deines Urgroßvaters«, sagte er.

»Du hast es ja auch zu nichts gebracht«, sagte Augustin. »Wer klein anfängt, wird auch immer klein bleiben.«

Das machte Erich für den Rest des Essens schweigsam.

Erst als Augustin auf dem Balkon eine Zigarette rauchte und Gerda mit Erich besprach, wo sie ihn schlafen lassen sollten, holte er aus und schimpfte über die verwöhnte Jugend. »Das mag alles stimmen«, sagte Gerda, als er ausgeredet hatte, »trotzdem können wir ihn schlecht auf dem Sofa schlafen lassen. Er ist das sicher nicht gewohnt, und er muss doch ausgeruht sein. Gib ihm deine Matratze. Du kannst sie ihm ins Wohnzimmer legen und dafür den Stubentisch ins Schlafzimmer stellen.«

»Und wo schlafe ich?«, fragte Erich.

»Auf dem Sofa natürlich«, sagte Gerda. »Dort hast du früher auch geschlafen, wenn wir uns gestritten hatten.«

»Das letzte Mal vor dreißig Jahren«, sagte er. »Und wieso muss der Augustin ausgeschlafen sein?«

»Er ist doch hier, um Geld für sein Projekt zu finden«, sagte Gerda, »das hat er mir jedenfalls beim Abwasch erzählt.«

»Projekt? Was für ein Projekt?«, fragte Erich.

»Das musst du ihn selbst fragen«, antwortete Gerda. »Er sagte nur, in Berlin müsste er sich dumm und dämlich arbeiten, um die Schulden abzuzahlen, und dass er nicht im Sinn hat, einer kleinen Dummheit wegen seine ganze Jugend zu verschwenden. In der Schweiz, meinte er, wartet viel Geld nur darauf, dass man es abholt.«

»Als würde in der Schweiz nicht auch gearbeitet«, murrte Erich.

Doch Gerda sagte: »Der Junge steht doch bestimmt noch unter Schock, fang nicht gleich Streit mit ihm an.«

»Was soll ich dann tun?«, fragte Erich.

»Ihm zuhören«, sagte Gerda. »Bestimmt hat man ihm

in seiner Kindheit viel zu wenig zugehört. So ist das bei Scheidungskindern.«

Augustin bestand dann von selbst darauf, das Sofa zu nehmen, weil er eine Milbenallergie hatte und nicht auf dem Teppich schlafen wollte. Und als am anderen Morgen nach dem Frühstück Erich fragte, was er denn nun vorhabe und wieso er eigentlich nach Zürich gekommen sei, erzählte er sehr bereitwillig und auch überzeugend, welche Art von Geschäften ihn interessierte.

»Ich hatte gestern schon ein Treffen mit einem Geschäftsmann aus Winterthur, er heißt Enz«, sagte er. »Das Projekt, um das es geht, ist ein Abenteuer, zugegeben, aber ein vielversprechendes. Ausgangspunkt ist die Osterweiterung der EU – du weißt, worum es da geht, ja?«

»In groben Zügen«, sagte Erich, doch das reichte Augustin.

»Ungarn ist eines der Länder, die bald zur EU gehören werden«, erzählte er. »Ungarn ist das Mallorca des Ostens: traumhafte Küstengebiete am Plattensee, mildes Klima, und die Einheimischen sprechen alle Deutsch. Dieser Enz hat dort Land für fast kein Geld gekauft, jetzt sucht er Investoren, er will Seniorenresidenzen bauen. Für Leute wie euch, die ihr Leben lang hart gearbeitet haben und den Lebensabend nicht in Nebel, Kälte und Altersarmut verbringen möchten, sondern noch etwas wagen, ein neues Leben beginnen. Und glaub mir, in Ungarn lebt man mit eurer Pension fürstlich. Aber es kommt noch besser, denn tritt erst die Osterweiterung in Kraft, fließen Millionen und Milliarden in die neuen EU Staaten. Dieses Geld wird vor allem in die Infrastruktur des Landes investiert werden, und was heißt das konkret? Wer heute bei uns, also bei Enz, Anteilscheine für die Stadt am Balaton kauft …«

»Wieso jetzt Stadt?«, fragte Erich dazwischen.

»Wenn schon, denn schon«, sagte Augustin, »der Enz denkt in großem Maßstab. Eine Stadt am Plattensee mit allem, was das Rentnerherz begehrt, inklusive Schönheitsklinik, Seniorenfitness, rollstuhlgängige Restaurants, Butler und Hostessen. Also, wer heute, sagen wir, 10 000 investiert, erhält in zwei, drei Jahren dafür eine Wohnung oder vielleicht auch ein Haus im Wert von 40 000.«

»40 000 was?«, fragte Erich, »Franken, Mark, oder was hat man in Ungarn?«

»Franken, gute harte Franken«, sagte Augustin. »Es kommt aber noch besser, denn 40 000 Franken sind in Ungarn so viel wert wie hier 400 000. Oder einfacher gesagt, wer heute 10 000 Franken lockermacht, hat übermorgen dafür ein eigenes Haus im Wert von einer knappen halben Million, einen Service inklusive, wie ihn hier nur … Na, wer sind die Reichsten hier, Opa?«

»Ich denke, Udo Jürgens und Tina Turner«, sagte er.

»Bingo«, rief Augustin. »Und nun sag, was hältst du davon?«

»Ich?«, fragte Erich. »Na ja, also erst mal ziehe ich den Hut, das klingt wirklich mutig.«

»Den Mutigen gehört die Welt«, warf Augustin ein. »Und 10 000 sind ja hierzulande kein Vermögen.«

»Ich muss nur die ganze Zeit denken«, fuhr Erich fort, »wieso ist ein cleverer Bursche wie du so dumm und verspielt im Casino in einer Nacht eine halbe Million, wenn er bei diesem Enz damit ein paar Millionen Profit gemacht hätte?«

»Das kann man nicht vergleichen«, klärte Augustin ihn auf. »Erstens konnte ich die besagte halbe Million nicht langfristig abziehen, sondern nur über Nacht. Zweitens wusste ich damals noch nichts von Enz und seinen Plänen, davon habe ich erst in der U-Haft erfahren. Überhaupt habe ich dort mehr gelernt als vorher in meinem ganzen Leben.«

»Sauberes, hoffe ich«, sagte Erich.

»Was denkst du denn«, antwortete Augustin, »du machst dir ja keine Vorstellung, wie viele gute und anständige Menschen hinter Gittern landen, nur wegen einer kleinen Dummheit oder Unvorsichtigkeit.«

»Doch, doch, das kann ich mir vorstellen«, erwiderte Erich. »Aber was ich noch nicht begreife, ist: Was genau ist deine Rolle bei diesem Projekt, wie verdienst du dein Geld?«

»Ich akquiriere Kapital«, erklärte Augustin, »dafür bekomme ich eine Provision von 10 Prozent.«

»Moment, heißt das, wenn ich dir 10 000 gebe, werden nur 9000 investiert?«, fragte Erich. »Dann habe ich unterm Strich nicht 400 000, sondern nur 360.«

»Nein, wir investieren jeden Rappen unserer Anleger, das ist Ehrensache«, sagte Augustin. »Meine Provision zahlt Enz aus der eigenen Tasche. Er hat ja nicht nur dieses eine Projekt, er macht laufend Gewinn, und den muss er reinvestieren, sonst müsste er ihn hoch versteuern. Aus deinen 10 000 werden also für uns als Familie – und nicht erst in ein paar Jahren, sondern sofort – 11 000. Du musst zugeben, 10 Prozent Dividende über Nacht, allein das ist schon sensationell.«

Das sah Erich genauso, und nachdem er etwas gerechnet

hatte, sagte er: »Wenn ich dir 100 000 verschaffen könnte, bekämst du also 10 000 Provision. Die könnte man gleich nochmals investieren, dann bekämst du nochmals 1000, dann wären es sogar schon 11 Prozent. Und würdest du die 1000 nochmals …«

»Darunter geht es nicht«, unterbrach ihn Augustin, »10 000 sind das Minimum, sonst frisst die Bürokratie alles auf.«

»Schön, dann sag mir nur noch eines: Wer garantiert mir, dass dieser Enz nicht mit dem ganzen Geld nach Südamerika abhaut?«, fragte Erich.

»Das kann er nicht«, sagte Augustin. »Der besitzt ein Imperium mit Hotels und Firmen und Häusern in allen möglichen Schweizer Städten. Und er investiert auch selbst nicht zu knapp in das Balaton-Projekt, bisher 100 Millionen. Der Enz, das ist nicht irgendwer, der ist eine Wirtschaftsikone, und es ist für jeden Schweizer eine Ehre, bei ihm investieren zu dürfen. Aber natürlich, dazu braucht es Mut, Geld und Sinn für Visionen, Opa. Das ist nicht gerade die Welt eines ehemaligen Postbeamten.«

»Halt, halt, junger Mann«, rief Erich, »nur nicht vorschnell urteilen!« Und er erzählte von der Alters-WG, die ihm vorschwebte, von seinen Recherchen in den städtischen Heimen und der Anzeige, die gerade im *Tagblatt* erschienen war. »Die ersten Zuschriften gleichgesinnter Paare erhalte ich Ende der Woche«, sagte er, »dann werden wir ja sehen. Ich erwarte aber einen Ansturm, denn die Heime hier sind nichts für Menschen mit auch nur minimalen Ansprüchen.«

Augustin grinste und sagte: »Du bist ganz schön unternehmungslustig, Opa. Jetzt weiß ich, von wem ich das geerbt habe. Habt ihr denn auch schon ein Haus für eure WG? Und genügend Kapital?«

»Die Idee ist mein Kapital«, sagte Erich. »Natürlich nehme ich nur Paare mit geregeltem Einkommen, die auch etwas bezahlen können. Und sollte die Stadt uns nicht gleich eine Wohnung geben, gehe ich mit dem Projekt an die Öffentlichkeit, am besten kurz vor den Wahlen, dann können die gar nicht anders.«

»Opa, du hast meinen Respekt«, sagte Augustin, und das tat Erich ausgesprochen gut.

»Na ja, man kann sich schließlich nicht so einfach geschlagen geben«, sagte er.

»Ganz meine Rede«, antwortete Augustin, »und ich sage dir, wir zwei haben die Zukunft noch vor uns. Wir sollten uns zusammentun.« Damit legte er den Arm um seinen Hals und drückte ihn kräftig.

»Wie soll das gehen?«, fragte Erich, als er wieder Luft bekam.

»Denk einfach größer«, sagte Augustin. »Deine WG ist eine ganze Stadt, eine Stadt am Plattensee. Du wählst aus den Bewerbungen nicht zwei Paare aus, sondern zwanzig oder dreißig. Forderst du pro Kopf nur 5000 Franken Kaution ein – das ist für eine Wohnung in gehobener Lage nicht viel –, haben wir auf einen Schlag 300 000 Franken. In zwei Jahren sind die 12 Millionen wert, investiert in, sagen wir, 6 Häuser à 5 Wohnungen. Die gehören dir, und du vermietest sie. Zu fairen Bedingungen, denn du bist schließlich ein hochanständiger Mensch. Will jemand aussteigen, zahlst du ihm eben die 5000 zurück, das ist für dich dann ein Klacks. Dir und Oma bauen wir eine richtig schöne Villa mit Seeanstoß, dort kannst du angeln, während Oma zwischen Oleander und Hibiskus den Sonnenuntergang genießt …«

Ebenda rief Gerda aus dem Schlafzimmer (die Schmerzen zwangen sie zu liegen): »Erich, denkst du ans Mittagessen? Du brauchst nur die Suppe aufzuwärmen. Aber pass auf, dass die Würstchen nur ziehen, sonst platzen sie.«

»Lass uns später weiterreden«, sagte Erich und erhob sich, um das Essen warm zu machen. Augustin ging so lange auf den Balkon und rauchte. Während des Essens sprachen sie über anderes, vor allem über die Wäsche – Augustin wollte wissen, wo er seine Hemden reinigen lassen konnte. Erst als sie sich nach dem Kaffee gemeinsam zur Migros aufmachten, fragte Erich: »Wie steht es eigentlich mit dem Fernsehempfang, welche Sender bekommt man in Ungarn?«

Augustin erklärte ihm, wie das Satellitenfernsehen funktionierte, dann waren sie bei der Migros und trennten sich für eine halbe Stunde: Augustin gab beim Kundendienst seine Hemden ab, Erich kaufte für das Abendessen ein.

Sie hatten verabredet, sich beim Limmatplatz-Kiosk zu treffen, Augustin ließ Erich aber warten, und der wurde in der Zwischenzeit von mehreren Drogenabhängigen angebettelt. Er sagte, was er immer sagte: »Wir spenden seit 1963 jedes Jahr dem Pfarrer Sieber. Geht zu ihm, er hilft euch wieder auf die rechte Bahn.«

Dann kam endlich Augustin, er hatte noch in der Langstrasse ein Mobiltelefon besorgt. Auf dem Heimweg schwiegen sie erst, das heißt, Augustin hantierte an seinem Telefon. Dann sagte Erich: »Weißt du, Augustin, Gerda und ich erwarten nicht mehr viel vom Leben. Wir hatten auch nicht im Sinn, aus Zürich wegzuziehen. Mein kleines Projekt schien mir gerade abenteuerlich genug. Aber ich sehe schon ein, dass man aus unserem bisschen Geld anderswo mehr machen kann. Du bist jung und hast Ideen, du läufst auch nicht so abgerissen herum wie andere in deinem Alter. Wenn ich mein Projekt aufgebe und in deines investiere, tue ich das nur deinetwegen. Ich habe Gerda immer gesagt: Der Junge wird uns eines Tages brauchen, auf den Sepp ist kein Verlass. Einer, der seine Familie wegen einer anderen verlässt, kann seinem Sohn kein Halt mehr sein. Gerda – und das ist wichtig, hörst du? – darf von unserer Komplizenschaft aber nichts erfahren, das würde sie den Schlaf kosten, und du siehst ja, wie schlecht sie zuwege ist. Nicht, dass sie dich nicht würde unterstützen wollen, sie will das bestimmt so sehr wie ich. Nur ist das Rechnen nicht ihre Stärke, sie würde den Sinn und Reiz des Unternehmens Balaton nicht begreifen.«

»Großes Indianerehrenwort, Opa«, sagte Augustin. »Danke. Es wird dein Projekt so gut wie meines sein. Ich werde dafür sorgen, dass du den Enz kennenlernst, und ihn fragen, ob er in einem seiner Häuser nicht eine bessere Wohnung für euch hat. Übrigens habe ich euch gerade eine Satellitenschüssel organisiert.«

»Eine Satellitenschüssel? Aber wozu denn?«, rief Erich. »Hier haben wir alle Kanäle, die wir brauchen.«

»Du hast eben keine Ahnung, was es alles gibt«, sagte Augustin.

Zu Hause sah Erich in der Hausordnung nach und war froh zu lesen, dass Satellitenschüsseln in ihrer Siedlung untersagt waren. Es kostete Augustin auch nur ein Telefonat, um den Handel rückgängig zu machen. Und abends sahen sie im ersten Deutschen einen wunderbaren Film noch in Schwarz-Weiß mit Paul Hörbiger, *Der Brandner Kaspar schaut ins Paradies*. Vor allem Gerda konnte sich vor Lachen nicht halten, wenn der Kaspar Jahr für Jahr dem Tod ein Schnippchen schlug. »Dabei, wenn der Tod der Hörbiger wäre, gingest du doch gern mit«, sagte Erich.

»Aber ein Schlitzohr wie der Kaspar ist auch nicht zu verachten«, sagte sie, »jedenfalls, wenn Carl Wery ihn spielt.« Und da gab Erich ihr recht.

Abartigkeit (62)

Efgenia Costa hatte vergessen, wie bizarr ihre Familie war. Ihre Mutter hatte vor dem Abflug in Athen den Kühlschrank geleert und alles in einen Koffer gepackt. Als sie in der Röntgenstrasse ankamen, schaffte sie als Erstes Platz in Efgenias Kühlschrank, indem sie das meiste in den Müll warf, und räumte ein, was sie mitgebracht hatte. Das stellte Efgenia fest, als sie von der Physiotherapie nach Hause kam und dem Fischgestank nachging.

»Wo ist der schöne Schinken hin, den Adamo im Globus besorgt hat?«, fragte sie auf Griechisch. »Und die Melone, und die frische Pasta? Und wozu bringt ihr Stockfisch mit? *Bakaliaros* isst man zu Ostern, Mana.«

»Da kamen wir irgendwie nicht dazu«, sagte ihre Mutter. »Und Stockfisch wird schließlich nicht schlecht.«

»Der Stockfisch nicht, aber was ist das hier?«, fragte Efgenia und nahm verschiedene Konservengläser heraus, eines war mit etwas schleimig Schwarzem gefüllt, eines dick verschimmelt. In einem Glas krochen auch Maden. Sie wollte sie wegwerfen, aber Mana fiel ihr in den Arm.

»Halt, halt, das sind Delikatessen«, rief sie, »Trüffeln und Wachteleier, und das hier sind Schnecken. So was wird nicht schlecht. Die hat Babas gegen Briefumschläge getauscht, als er noch in der Papierfabrik arbeitete.« Babas war Efgenias Vater.

»Dort arbeitet er seit zehn Jahren nicht mehr«, stellte Efgenia klar, während sie den Müll nach all den guten Dingen durchsuchte, die sie in den nächsten Tagen hatten auftischen wollen.

»Wir haben sie für eine besondere Gelegenheit aufgespart«, erklärte Mana, »zum Beispiel, wenn du schwanger wirst.«

»Ich bin Mitte vierzig, Mana, ich werde nicht mehr schwanger«, sagte sie. »Und Eleni hat in derselben Zeit drei Kinder geboren. Ihr hattet genügend Gelegenheit, die Gläser zu öffnen.«

»Eleni ist Eleni«, sagte Mana, »die kann von Glück reden, wenn jemand sie schwängert. Ein Kind von dir ist etwas ganz anderes.«

»Von wem sind die Oliven?«, fragte Efgenia, um abzulenken, und öffnete eines der fünf oder sechs Zweilitergläser, die den Kühlschrank füllten. »Das Öl ist ranzig.«

»Na und, das wischt man eben ab«, sagte Mana. »Die sind von Onkel Alexis, er hat sie uns zur Versöhnung geschickt.«

»Welche Versöhnung?«, fragte Efgenia.

»Er hatte sich nie am Grabschmuck deiner Großeltern beteiligt«, sagte Mana. »Jetzt hält aber die ganze Familie wieder zusammen, das verdanken wir dir, und deshalb wollten wir auch, dass du die Oliven bekommst. Und jetzt raus, ich koche.« Mit diesen Worten schob sie Efgenia aus der Küche. »Olivensuppe, und du wirst um Nachschlag betteln, undankbares Kind.«

Efgenia suchte ihren Vater und fand ihn auf dem Balkon. Er versuchte gerade ein Buch zu verbrennen, das allerdings nicht recht Feuer fing. »Babas, das darfst du hier nicht«, rief sie.

»Was ist wohl schlimmer«, fragte er, »dass dieses Machwerk da unten auf dem Mäuerchen liegt oder dass vielleicht ein bisschen Asche in ein Fenster fliegt?«

Sie nahm ihm das Buch weg und trat darauf, um die Glut zu löschen. »Was ist das überhaupt?«, fragte sie und nahm es hoch. »Das ist ja ein ganz normaler Roman«, stellte sie fest. »Da unten liegen oft Bücher, die jemand weiterschenken möchte.«

»Lies den Titel«, sagte Babas finster.

»Die Reise nach Samarkand«, las sie. »Ja, und?«

»Weißt du nicht, dass Alexander der Große Samarkand erobert hat?«, fragte er. »Es müsste also griechisch sein, stattdessen gehört es diesen Russen.«

»Auf dem Umschlag steht, es liegt in Usbekistan«, sagte sie.

»Na, jedenfalls ist es nicht griechisch«, wiederholte er. »Und jedes Buch, das darauf nicht hinweist, ist ein Machwerk. Jetzt zeig mir lieber diese Föhre, dann zeichne ich dir an, wo du sie im Winter schneiden sollst.«

So weit kamen sie aber gar nicht, denn inzwischen hatte Adamo Eleni und die Kinder abgeholt, die mit einer Billigfluggesellschaft geflogen waren, sie bezogen gerade die Gästewohnung im Erdgeschoss.

»Ihr wolltet doch nach Kos«, sagte Efgenia auf Griechisch zu Eleni, während sie sie flüchtig umarmte. »Ich dachte, ihr hattet schon alles gebucht.«

»Hatten wir auch«, sagte Eleni. »Aber ich sagte mir, lasse ich Babas und Mana mit dir allein, gibt es Tote. Ihr konntet doch nie miteinander auskommen.«

»War das so?«, fragte Efgenia verwundert. »Ich erinnere

es anders. Jedenfalls freue ich mich, dass wir endlich einmal alle wieder beisammen sind.«

»Wie anders?«, fragte Eleni misstrauisch, doch bevor Efgenia antworten konnte, rief sie in die Wohnung: »Kinder, wieso gebt ihr Tante Efgenia nicht die Hand? Wo habt ihr euer Benehmen gelassen?« Dann erst wandte sie sich wieder um und fragte nochmals: »Wie anders?«

Inzwischen hatten sich die Kinder aufgereiht, Nikos, Angelos und Christina, um Efgenia die Hand zu geben, und Eleni verteilte Kopfnüsse. »Unterbrecht mich nicht immer«, fuhr sie sie an, »ich bin zwar nur Hausfrau, aber immer noch eure Mutter.«

»Lass gut sein«, sagte Efgenia zu ihr.

»Nein, das will ich jetzt hören«, rief Eleni.

»Meinetwegen«, sagte Efgenia. »Du hast Dinge gern hochgekocht. Und du hast mich angeschwärzt für Dinge, die nicht ich verbrochen hatte, sondern du.«

Eleni wandte sich sofort ab. »Was hatte ich dir gesagt?«, fragte sie Babas, der Adamo mit den Koffern geholfen hatte und gerade wieder aus der Wohnung kam. »Kaum bin ich im Haus, fängt sie Streit an. Lange halte ich es hier nicht aus.«

»Immerhin habt ihr eure eigene Wohnung«, sagte Babas beschwichtigend, »so kannst du ihr bestens aus dem Weg gehen.«

»Ha, du bildest dir doch nicht ein, ich sitze den ganzen Tag mit den Kindern hier unten in der Dienstbotenwohnung, und ihr macht da oben Rambazamba?«, sagte Eleni.

»Ein schönes T-Shirt hast du«, sagte Babas zu Nikos, um abzulenken, »die 88 war mal meine Glückszahl. Irgendwann habe ich etwas damit gewonnen, was war das nur wieder.«

»Die 88 steht für Heil Hitler«, erklärte Nikos ernst, »das ist unser Gruß.« Er machte ihn auch gleich vor, streckte den Arm aus und schrie: »88!«

»Ach ja? Donnerwetter!«, sagte Babas beeindruckt. »Ich dachte, eure Generation hat das längst alles vergessen.«

»Jetzt du«, bat Nikos, und Babas streckte den Arm aus und schrie: »88!«

»Jetzt du«, sagte Nikos zu Adamo.

Der hatte nicht verstanden, worum es ging. Efgenia erklärte es ihm. »Sie wollen, dass du 88 schreist, das ist der Hitlergruß in Nikos Schule.«

»Dann möchte ich lieber nicht«, sagte Adamo.

»Warum nicht?«, fragte Babas, der sehr gut Deutsch verstand. Er hatte als 18-Jähriger im Krieg den Deutschen auf der Peloponnes als Transportfahrer gedient und erzählte noch immer gern Anekdoten aus jener Zeit. »Immerhin hat Hitler die Juden getötet. In Pakistan ist er ein Volksheld, das weiß ich von unserem Schuster. Und du bist doch Italiener, Adamo, du müsstest etwas von Faschismus verstehen.«

»Ich finde aber nicht, dass man Juden töten müsste«, sagte Adamo.

»Nein?«, fragte Babas ganz erstaunt. »Auch keine Moslems?«

»Nein«, sagte Adamo, »überhaupt niemanden.«

»Ach so, ja dann«, sagte Babas. »Ihr habt ja hier auch keine richtigen Probleme.«

»Jedenfalls keine, die man auf diese Weise lösen könnte«, sagte Adamo.

»Hast du gehört, Efgenia?«, rief Babas. »Er sagte ›könnte‹, nicht ›sollte‹. Ein Fünkchen Verstand hat er eben doch.« Er versuchte, den Arm um Adamos Schulter zu legen, allerdings war er zwei Köpfe zu klein.

Inzwischen leckte die dreijährige Christina aus unerfindlichen Gründen das Treppenhaus sauber. Und dann brüllte auch schon Efgenias Mutter von oben: »Seid ihr da unten? Das Essen ist fertig, und kein Schwanz hat mir geholfen. Wenn es nicht schmeckt, seid ihr selber schuld! Und Efgenia, wenn ihr im Garten Schnittlauch oder Kerbel habt, bring welchen hoch, darum kann ich mich nicht auch noch kümmern!«

»Ich hasse meine Familie«, sagte Efgenia zu Adamo, als sie in den Garten gingen, um Schnittlauch zu holen. »Können wir sie nicht alle oben einquartieren, und wir zwei ziehen runter?«

Doch Adamo fand sie auf ihre verschrobene Art noch ganz nett – vielleicht auch, weil er das meiste nicht verstand –, und zu Efgenias Vorschlag sagte er nur: »Ich habe das Gefühl, dann nisten sie sich richtig ein.«

Wagemut (63)

Erich Wyss erhielt auf sein Inserat tatsächlich viele Zuschriften, allerdings sonderte er gleich alle aus, die seine Richtlinien nicht erfüllten, als da wären: Passfotos (keine Schnappschüsse), tabellarischer Lebenslauf des Hauptverdieners, aktueller Betreibungsauszug, Aufstellung der Lebenshaltungskosten zum Zeitpunkt der Bewerbung sowie ein Motivationsschreiben von minimal 10 Zeilen, maximal einer A4-Seite Länge, unterzeichnet von beiden Partnern.

»Zwei Bewerbungen entsprechen den Richtlinien«, erklärte er, nachdem er einen Abend lang die Post gesichtet und geordnet hatte, »doch beide Paare sind mir nicht sympathisch, die einen sind SVPler, die anderen halten sich Hunde, und dann noch Dackel. Sie haben sogar Fotos beigelegt.«

»Das will nichts heißen«, sagte Augustin. »Der persönliche Eindruck ist immer ein anderer.«

»Das glaube ich auch«, sagte Gerda, die nun selbst den Stapel unvollständiger und damit ausgesonderter Bewerbungen durchsah. »Du, das sind Meyers aus der 89«, sagte sie. »Und hier, sieh mal, Kreislers, dass es die noch gibt! Die müssen über 90 sein.«

»Welche Kreislers?«, fragte Erich, »und überhaupt, was tust du da?«

Gerda hatte begonnen, einen dritten Stapel einzurichten. »Die Kreislers, Erich!«, rief sie. »Das sind die, die uns in den Jahren nach dem Krieg immer ihre Opernkarten geschenkt haben. Als wir noch in der Luisenstrasse wohnten. Sie hatten ein Premierenabonnement und konnten fast nie gehen, weil die Frau so furchtbar an Migräne litt.«

»Ach ja«, sagte er, obwohl er sich noch immer nicht erinnerte.

»Und sieh mal, die hier wohnen in der Ottostrasse«, sagte sie. »Wenn wir auf den Hof hinausschauen, sehen wir wahrscheinlich in ihre Küche. Die könnten wir doch wenigstens zum Tee empfangen.«

»Oma hat recht, sei nicht zu streng«, sagte auch Augustin und zwinkerte ihm zu.

»Es ist nur«, sagte Erich, »wenn sie schon nicht die Richtlinien erfüllen, pfeifen sie bestimmt auch auf die Hausordnung.«

Als Gerda schon im Bett war, sagte Augustin: »Komm, Opa, setz dich noch mal hin.« Und als Erich saß, sagte er: »Lass doch Oma mit dem einen oder anderen Paar Kaffee trinken, wenn ihr das Freude macht. Ich sage dir, was wir zwei inzwischen tun. Wir mieten ein Büro – ich weiß schon eines, ganz nah –, und dort empfangen wir alle, die sich gemeldet haben. Jedes einzelne Paar. Erzählen ihm von Enzens Plänen, und wenn sie interessiert sind, machen wir gleich Nägel mit Köpfen.«

»Auf welchen Namen mieten wir denn das Büro?«, fragte Erich.

»Auf deinen natürlich«, sagte Augustin. »Erstens war das Inserat deine Idee, zweitens bin ich in der Schweiz ja gar nicht ansässig, und zum Dritten überlege ich mir, ob wir nicht gleich eine richtige kleine Firma gründen, die *Senioren-Immobilienvermittlung Erich Wyss AG* oder *GmbH* oder was auch immer.«

»Uff«, sagte Erich, dem in Augustins Gegenwart immer öfter jugendliche Floskeln herausrutschten, »ist das nicht etwas überfordernd? Ich meine, allein der bürokratische Aufwand.«

»Nicht, wenn wir uns als gemeinnützige Institution verkaufen, und das werden sie einem alten Herrn wie dir nicht abschlagen«, antwortete Augustin. »Das heißt vereinfachte Buchhaltung, Steuerbefreiung – und Mensch, Opa, denk doch mal, du kannst noch ein richtig bedeutendes Werk schaffen.«

»Ja, ja, das wäre natürlich schön«, gab Erich zu.

Am nächsten Tag mieteten sie zumindest einmal das Büro, genauer gesagt mieteten sie für die Abendstunden – jeweils von 17 bis 20 Uhr – das Besprechungszimmer eines Treuhänders in der Gasometerstrasse, das der nur tagsüber brauchte.

Zu Gerda sagten sie: »Wir machen einen Spaziergang.« Sie fragte auch nie viel, sondern bemerkte nur, einmal nachts in Bett: »Ich finde es großartig, Erich, wie du dich um den Jungen kümmerst. Das hat er eine Jugend lang vermisst: Gespräche von Mann zu Mann. Der Sepp hat ja mit ihm, wie Augustin sagt, höchstens mal Pingpong gespielt. Und du blühst auch richtig auf.«

Das stimmte, Erich fühlte sich mit jedem Tag jünger, sogar das Schlurfen verlor sich wieder aus seinem Gang.

Er machte auch gern Späßchen. »Pingpong spielen«, nannte er es zum Beispiel von nun an, wenn sie abends

Paare interviewten. Die Termine hatte Augustin tagsüber von seinem Handy aus vereinbart, und die Treffen liefen immer nach demselben Schema ab. Augustin öffnete die Tür, während Erich am Tisch saß und beschäftigt tat. Erst wenn die Leute sich gesetzt hatten, stand er kurz auf und schüttelte ihnen die Hand – das bedeutete, dass sie zu ihm aufsehen mussten, laut Augustin war das schon ein erster Punktgewinn. Der hatte sich den Leuten am Telefon als Erichs Assistent vorgestellt, und nachdem Erich nun gesagt hatte: »Es war ein langer Tag, und mir schwirrt der Kopf von all den vielen Bewerbungen. Augustin, kannst du erläutern, worum es geht?«, hielt Augustin seine Rede, genauso, wie er sie auch Erich gegenüber gehalten hatte. Nur, dass er sich zwischendurch immer wieder an ihn wandte und fragte: »Richtig so, Opa?« – ja, Opa, denn Familiarität war laut Augustin ein zweiter Punktgewinn. Erich nickte dann und sagte: »Du machst das schon ganz ordentlich, Junge. Versprich den Leuten nur nicht zu viel.«

»Richtig«, sagte Augustin darauf, »denn natürlich können wir nicht alle Bewerbungen berücksichtigen. Bevorzugt werden Leute, die einen Anteilsschein kaufen. Man kann auch zwei oder drei kaufen, das führt aber zu keiner Bevorzugung. Manche Leute sehen das Projekt eben mehr als Geldanlage, denn immerhin wird die Einlage mit 8 Prozent verzinst, das ist nicht ohne. Aber schon mit 5000 Franken pro Kopf ist man dabei.«

»Noch mal, versprich nicht zu viel, Junge«, sagte Erich an dieser Stelle (oder so ähnlich – denn er hatte festgestellt, dass er es liebte zu schauspielern, und je mutiger er wurde, desto dicker trug er auf). »Nur die ersten 30 Paare sind nach ihrer

Zahlung direkt im Geschäft, alle weiteren kommen auf die Reserveliste und rücken nach, wenn jemand absagt. Noch sind die 30 nicht voll, aber ... Ja, und wichtig ist auch zu erwähnen, dass die ersten Luxuswohnungen nicht vor dem Sommer 2003 bezugsfertig sind.«

»Das ist ja ganz schön bald«, sagten die meisten. Eine Dame fragte allerdings stattdessen: »Ziehen Sie dann auch gleich um?«, und Erich sagte: »Nein, Gerda und ich werden die Letzten sein, die sich das gönnen, ganz so, wie der Kapitän als Letzter das Rettungsboot besteigt.« Diese Antwort gefiel ihm selbst so gut, dass von da an Augustin das Gespräch jedes Mal so lenken musste, dass er Gelegenheit bekam, sie zu platzieren.

Natürlich gab es auch Leute, die feststellten, dass im Inserat alles ganz anders geklungen hatte. Vor allem war da von einer einzigen Wohnung die Rede gewesen, die sich die Paare teilten, einer eigentlichen Alters-WG, und die damit verbundene Intimität, aber auch Modernität vermissten doch recht viele.

Erich nutzte die Gelegenheit, um groß aufzutrumpfen. »Leider mussten wir feststellen«, sagte er, »dass viele Bewerber – und nicht nur Bewerber, auch sonst Leser dieses Inserats – dabei unanständige Gedanken hegten, und wir möchten uns keinem Gerede aussetzen. Sie sicherlich auch nicht, Herr und Frau Soundso. Und so ergab eines das andere: Wir gingen davon aus, dass eine Siedlung mit getrennten Wohneinheiten reinlicher wirkt, wenn ich so sagen darf. Damit kam die Frage auf: Wie kann man sich das leisten, wir sind ja alle keine Krösusse. Und die Suche nach einer schlagenden Antwort führte uns auf dieses Projekt.«

Das verfing kolossal, und nicht wenige hätten gern gleich in bar bezahlt. »Nein, nein«, schaltete sich da jeweils Augustin ein, »alles muss seinen geregelten Gang gehen. Sie erhalten gleich im Anschluss an dieses Gespräch eine Einverständniserklärung, die Sie aber bitte erst unterschreiben, nachdem Sie nochmals gründlich über alles nachgedacht haben. Die Erklärung schicken Sie uns an diese Postfachadresse hier, und postwendend senden wir Ihnen einen Einzahlungsschein.« Der Grund dafür war, dass sie erst ein Konto eröffnen mussten, was sie wiederum nicht konnten, ehe nicht die Firmengründung abgeschlossen war. Das war auch Erichs Trost in den Momenten, in denen ihn ein mulmiges Gefühl beschlich, ein zweiter Trost war Augustin, der sagte: »Solange kein Geld geflossen ist, Opa, ist sowieso alles ein Spiel.«

Jenes Spiel trieben sie an vier Abenden, dann musste Augustin zurück nach Berlin, um seinen Bewährungshelfer zu treffen.

Nach seiner Abreise fühlte Erich sich etwas verloren. Aber dann machte er Augustins Bettwäsche, und die eigene Waschmaschine bedienen zu dürfen, erfüllte ihn auch nach drei Monaten noch jedes Mal mit Freude. »Was das damals für Mut gebraucht hat«, sagte er diesmal zu Gerda, »dabei ist es nur eine Waschmaschine.«

Der Waschgang war kurz vor neun Uhr beendet, und er wollte die Wäsche noch schnell, schnell in den Estrich hängen, bevor die reglementarische Nachtruhe begann. Als er den Schlüssel ins Schloss schob, stellte er fest, dass es noch immer blockiert war und die Tür nicht verriegelt. »Hier könnte jeder ein und aus gehen«, dachte er und machte sich auf alles gefasst. Dennoch erschrak er tüchtig, als in einem der mit Lattenrosten abgetrennten Abteile ein schwaches Licht flackerte, er hörte auch einen Mann lachen. Sofort knipste er die Leuchtstoffröhren an und rief: »Wer da? Ich rufe die Polizei!«

Da rannte aber auch schon Mona, das Mädchen aus dem vierten Stock, auf ihn zu, rief: »Licht aus, Licht aus, sonst kommt sie nie!«, und drückte den Schalter.

Ihr folgte der Junge, der direkt unter ihm und Gerda wohnte, er leuchtete sich mit einer Armeetaschenlampe ins Gesicht. »Keine Sorge, Herr Wyss, ich bin es nur, Moritz Schneuwly«, sagte er, »wir brechen nicht ein.« Und zu Mona: »Herr Wyss will, glaube ich, Wäsche hängen, Mona, dazu muss er Licht machen.«

»Aber dann kommt doch die Katze nicht!«, rief Mona.

»Doch, doch, wir machen nachher für sie Katzenmusik«, versprach der Junge, »dann kommt sie ganz bestimmt.«

»Ich verstehe nicht, was Sie hier zu suchen haben«, schaltete sich Erich ein und machte wieder Licht.

»Wir zelten in meinem Estrichabteil«, sagte der Junge, »alles legal.«

»Was heißt hier legal«, entrüstete sich Erich, »der Estrich ist kein Wohnbereich.«

»Das mag sein«, gab der Junge zu. »Aber die Sache ist die: Ab und zu verläuft sich hierher in den Estrich eine junge Katze, sie kommt übers Dach, von der Ottostrasse her. Mona liebt Katzen …«

»Nicht alle Katzen, aber junge, niedliche«, präzisierte Mona.

»Und deshalb hat sie beschlossen, hier zu übernachten,

ganz allein, um die Katze kennenzulernen und Freundschaft mit ihr zu schließen. Zu diesem Zweck habe ich ihr das Zelt gebaut. Jetzt hat sie aber doch ein bisschen Bammel, und deshalb habe ich versprochen, mit ihr hierzubleiben.«

»Hier oben hat es keine Katzen, nie gegeben«, sagte Erich und warf einen Blick ins Abteil, das mit einer quer gespannten Fandecke des FC Basel, einem Schlafsack, Kinderbettzeug und ein paar Kissen ausstaffiert war. »Ich müsste das wissen, Katzenhaare jucken mich in der Nase. Hier riecht es aber komisch. Es hat doch nicht jemand wohin gepinkelt? Wir hängen hier oben regelmäßig unsere Wäsche.«

»Das muss das Pfirsichkompott sein«, sagte Mona. »Das aus der Dose riecht ein bisschen so, sagt Mama auch. Aber ich esse es am liebsten.«

»Oder der Weidenröschentee, oder die Maischips«, sagte der Junge. »Oder die Mischung von allem.«

»Jedenfalls muss ich das melden«, sagte Erich. »Und meine Wäsche hänge ich morgen früh, nachdem Sie Ihr illegales Lager geräumt und hier gelüftet haben.«

»Was denn melden, wir spielen doch nur, Herr Wyss«, sagte der Junge, und irgendwie ging dieser Satz ihm ins Herz.

Während er noch zögerte, fragte Mona: »Dann darf ich nicht hierbleiben und das Kätzchen sehen?«

»Ich glaube, Herr Wyss drückt gerade ein Auge zu«, sagte der Junge. »Er findet auch, wenn jemand so mutig wie du ist, muss das belohnt werden.«

»Aber die Kerze machen Sie aus, die ist viel zu gefährlich«, verlangte Erich. »Und versprechen Sie dem Kind nichts, das Sie nicht halten können. Es gibt hier oben keine Katzen.«

»Ich habe das von Adamo Costa gehört«, sagte der Junge. »Habe ich ihn recht verstanden, fängt er sie hier öfters ein. Und Mona ist so stolz darauf, dass sie es wagt, im Estrich zu schlafen.«

»Du kannst auch mit uns warten«, sagte Mona zu Erich. »Aber du musst etwas mitbringen, wir haben alle etwas mitgebracht, sogar Doris und Bebe. Am liebsten eine Dose Pfirsichkompott, die ist nämlich schon alle.«

Sanftmut (64)

Gerda Wyss war lange nicht mehr so gesellig gewesen wie in jenen Tagen. Während Erich mit Augustin spazieren ging, hielt sie in der Röntgenstrasse Hof, wie Erich es nannte. Fast alle Begegnungen waren reizend. Als Erstes kam das Ehepaar Santini, das in der Ottostrasse wohnte. Er war Sizilianer, sie Bündnerin, sie hatten sich im Engadin kennengelernt, wo er Bäcker gewesen war und sie das Ladenfräulein. Sie brachten Gerda ein Gebäck mit, das sie noch nicht kannte, *Sfogliatelle,* und das sie kaum beißen konnte. Doch es roch wunderbar, und sie wusste jetzt auch, woher der Duft kam, der immer wieder fein und zart durchs Küchenfenster wehte. Denn tatsächlich hätte sie sich nur weit genug über die Brüstung lehnen müssen, um direkt in die Küche der Santinis zu sehen.

»Stell dir vor«, sagte sie zu Erich, als sie vor dem Einschlafen den Tag nochmals Revue passieren ließ, »Herr Santini bäckt noch jeden Tag, sogar sonntags, und beliefert verschiedene italienische Restaurants. Und das mit 85 Jahren.«

»Was tut sie währenddessen?«, wollte er wissen.

»Das habe ich sie gar nicht gefragt«, stellte sie etwas betreten fest. »Wir haben lange über Zürich gesprochen. Sie hatten einen schweren Einstand, sie kamen ausgerechnet 1968, als die Stimmung so gereizt war. Das kannten sie überhaupt nicht. Einmal wurden sie sogar mit Tränengas beschossen, bei einem Sonntagsspaziergang, sie waren mitten zwischen die Fronten spaziert. Damals wären sie am liebsten wieder fortgezogen, aber Herr Santini hatte lange genug nach Arbeit gesucht.«

»Ja, das war eine wilde Zeit«, sagte Erich. »Aber es war richtig, dass die Jungen sich gewehrt haben. Danach wurde alles für sie besser.«

»Mag sein«, sagte Gerda nur. »Inzwischen jedenfalls lieben sie Zürich und wollen gar nicht mehr weg. Ich könnte mir gut vorstellen, mit ihnen eine Wohnung zu teilen.«

»Mit einem Bäcker? Verfetten würden wir«, sagte Erich, und Gerda lachte mit ihm, insistierte aber trotzdem: »Ich möchte, dass du sie kennenlernst.«

Das sagte sie auch am nächsten Tag, nachdem Meyers aus der Röntgenstrasse 89 gekommen waren. »Überaus gepflegte Leute«, erzählte sie. »Die sprechen so leise, dass man sich daran gewöhnen muss. Erst glaubte ich, ich hätte wieder einen Druck im Ohr, du weißt schon. Aber stell dir vor, die Idee mit der Alters-WG hatten sie vor ein paar Jahren selbst schon gehabt, sie wussten nur nicht, wie sie es anstellen sollten.«

»Das kann man leicht behaupten«, murrte Erich.

»Ist ja auch egal«, sagte Gerda. »Jedenfalls gefällt ihnen nicht nur die Idee, sie hätten vielleicht sogar eine Wohnung. Ihr Sohn besitzt ein Haus in Wallisellen, und die Parterrewohnung wird frei. Sie hat sechs Zimmer, deshalb kamen sie gar nicht auf die Idee, da einzuziehen, bis sie dein Inserat gelesen haben.«

»Wo in Wallisellen?«, fragte Erich. »In Wallisellen hat es viel Verkehr.«

»Ich weiß nicht, wo in Wallisellen«, sagte Gerda. »Aber irgendwie klingst du, als wolltest du diese WG gar nicht mehr haben.«

»Natürlich will ich sie«, sagte er. »Was ich aber nicht will, ist, dass wir uns verschlechtern.«

»Verschlechtern würden wir uns ganz bestimmt nicht, wir hätten ja dann nette Gesellschaft«, erwiderte Gerda. »Und Meyers haben Urenkel, so kleine Knöpfe, die besuchen sie ab und zu. Ich hätte gern wieder Kinder um mich.«

»Du musst ihnen ja nicht hinterherputzen«, sagte Erich.

»Müsstest du doch auch nicht, wir würden uns ja eine Putzfrau leisten, hatten wir gesagt. Und mit Kindern ist immer etwas los. Weißt du, was mir heute wieder einfiel? Frau Meyer war Kunststopferin, und als wir darüber sprachen, sah ich plötzlich vor mir, wie der Sepp die Stopfgarnspule in den Mund gesteckt hatte und sie nicht mehr herausbekam. Weißt du das noch?«

»Ja, jetzt weiß ich's wieder«, sagte Erich. »Aber wie ging das aus?«

»Du bist mit ihm zum Arzt«, erzählte sie, »der Sepp schrie wie am Spieß. Alles Zerren und Schieben hatte nichts genützt, die Spule steckte quer in seinem Mund. Der Arzt musste dann aber gar nichts tun, denn ehe der Sepp an die Reihe kam, hat sich die Praxisgehilfin zu euch gesetzt und hat ihm eine Geschichte erzählt, etwas von einem Frosch.«

»Genau, der lachende Frosch«, fiel Erich ein. »Diese Gehilfin sprach übrigens auch ganz leise, sodass der Sepp aufhören musste zu schreien, um sie überhaupt zu verstehen, und es ging um einen Frosch, der so breit lachte, dass die ganze Erde in seinem Maul verschwinden konnte. Die Geschichte wackelte, die Gehilfin behauptete zum Beispiel, die Erde sei eine Scheibe, so was bleibt bei einem Kind hängen. Jedenfalls wurde es auf der Erde Nacht, sobald sie im Froschmaul verschwand, und Tag, wenn der Frosch sie wieder ausspuckte. Und während die Gehilfin ihm das weismachte, ließ der Sepp sich die Spule ganz einfach aus dem Mund ziehen. Er wollte sie sich danach nur wieder reinschieben, und als wir sie ihm wegnahmen, schrie er schlimmer als zuvor. Seppli Frosch, Seppli Frosch, brüllte er. Überhaupt konnte er lärmen wie ein Weltmeister.«

»Ja, bei dir«, sagte Gerda, »bei mir war er fast immer friedlich.«

»Weil du ihn verwöhnt hast«, behauptete Erich.

»Habe ich nicht«, wehrte sie sich.

»Doch, du hast immer nachgegeben«, sagte Erich.

»Ja, wenn es Sinn machte«, entgegnete sie. »Aber Nachgeben ist nicht Verwöhnen.«

»Auf jeden Fall verdirbt es den Charakter«, sagte er.

»So ein Unsinn.« Gerda war verärgert. »Sturheit hat mit Charakter viel weniger zu tun als Flexibilität.«

»Flexibilität nennst du das?«, rief er aus. »Ich nenne das fehlendes Rückgrat. Bei dir erfährt man ja gar nicht, was deine Meinung ist. Du redest jedem nach dem Maul.«

»Nein, ich höre zu, das ist etwas völlig anderes«, erklärte sie. »Und ich halte das für sehr viel besser, als Leute mit einer Behauptung zu quälen, die oft weder Hand noch Fuß hat. Du kannst nie zugeben, wenn du dich verrannt hast.«

»Und du kannst gar nicht unrecht haben, weil du keine Haltung hast«, konterte er.

»Vielleicht«, gab Gerda zu, »aber Haltungen sind auch nicht wichtig.«

»Und was ist dann wichtig?«, fragte Erich.

»Habe ich doch gesagt, zuhören«, gab sie giftig zurück. »Zuhören und Mitgefühl.«

»Hast du überhaupt nicht gesagt«, entgegnete er.

»Na, du musst es ja wissen«, sagte Gerda und drehte sich in ihre Schlafposition. Natürlich wünschte sie ihm dann trotzdem gute Nacht und angenehme Träume, aber Erich brummelte nur etwas.

Selbst am nächsten Morgen war er noch frostig, das machte sie traurig, sie hasste es zu streiten. Und weil sie noch weniger andere Leute mit ihrem Kummer belasten wollte, entschied sie, fürs Erste keine Bewerber mehr zu empfangen. Allerdings riefen Kreislers sie zurück, sie hatte ihnen am Tag davor auf den Anrufbeantworter gesprochen, und daraus entwickelte sich ein langes und schönes Gespräch.

Kreislers waren wie Gerda nicht mehr gut zu Fuß. Weil sie die Gesellschaft anderer Menschen aber nicht missen wollten, hatten sie sich ein Telefon mit Freisprechfunktion beschafft. Damit konnten sie gemeinsam telefonieren und hatten sogar noch die Hände frei. »Wir verabreden uns oft mit alten Freunden zum Kaffee am Telefon«, erzählten sie Gerda, und auch mit ihr plauderten sie über zwei Stunden.

Danach war der Streit mit Erich so gut wie vergessen. Es war der Tag, an dem Augustin heim nach Berlin gefahren war. »Nicht wahr, er fehlt dir?«, fragte sie, als sie abends im Bett lagen.

»Ich weiß nicht«, sagte er. »Irgendwie schon, aber irgendwie bin ich auch froh, dass er weg ist. Es waren anstrengende Tage.«

»So wirktest du gar nicht«, sagte sie erstaunt, »du warst so fröhlich wie lange nicht mehr, außer vielleicht abends. Aber ihr wart ja auch dauernd unterwegs.«

Er ging darauf nicht ein. »Ich habe die Wäsche übrigens noch nicht aufgehängt«, erzählte er. »Die kleine Mona zeltet auf dem Estrich mit dem Jungen, der unter uns wohnt, diesem Schneuwly. Ich hatte Angst, dass sie sie verschmutzen. Sogar eine Kerze hatten sie angezündet, da habe ich ihnen aber den Marsch geblasen.«

»Du hast ihr bestimmt Angst gemacht«, sagte sie.

»So ein Blödsinn wieder«, rief er aus. »Sie hat mich sogar eingeladen mitzuzelten, nur damit du's weißt.«

Danach schwiegen sie eine Weile, dann sagte Gerda: »Die Kreislers sind auch ganz feine Leute, Erich. Wir haben heute lange telefoniert.«

»Du hast selbst gesagt, man muss die Leute sehen, nur dann bekommt man einen Eindruck«, erinnerte er sie.

»Das stimmt«, gab sie zu, »dafür hat er für mich gesungen. Wie kam das eigentlich? Ach ja, wir hatten es vom gemeinsamen Wohnen, und ich sagte etwas von Weihnachten in Gesellschaft. Darauf erzählte er die folgende Geschichte, hör zu. Sein Großonkel war nämlich im Ersten Weltkrieg auf dem Piz Umbrail stationiert gewesen, und einmal zu Weihnachten, ich glaube 1915, sang ein Italiener drüben eine Arie von Rossini, aus *Tancredi*. Erinnerst du *Tancredi*?«

»Nein«, sagte Erich.

»Wir haben sie bestimmt zwei- oder dreimal gehört«, sagte Gerda, »egal. Jedenfalls sang der Italiener, und Großvater Kreisler, der im Chor der Zürcher Oper war, sang auf Deutsch mit: *Ach, störe nicht den Frieden*. Ist das nicht wunderbar? Danach riefen die Truppen einander frohe Weihnachten zu, und bis das Bataillon von Großvater Kreisler abgelöst wurde, fiel zwischen den beiden Lagern kein einziger Schuss mehr. Was sagst du dazu?«

»Wenn das mal nicht erfunden ist«, sagte Erich. »Solche Geschichten habe ich auch schon von anderen Kriegen oder Frontabschnitten gehört.«

»Ja und?«, sagte Gerda. »Vielleicht stimmen sie ja alle. Vielleicht ist der Mensch im Grunde einfach sanft und friedfertig.«

»Nein, der Mensch ist ein Raubtier«, sagte Erich in einem Ton, der keine Widerrede duldete. Dann fragte er: »Fazit, diesen *Tancredi* hat er also für dich gesungen, und jetzt willst du mit ihm zusammenziehen?«

»Ach, Erich, etwas ist nicht gut mit dir«, antwortete Gerda nur. »Vermisst du den Augustin so sehr?«

»Nein, das ist es nicht«, sagte Erich, mehr aber auch nicht.

Glück (65)

Es war für Hubert Brechbühl ein Festtag, als er Caruso abholte und ins »Schwänli« brachte. Alex hatte ihn am Tag davor angerufen, als ihr Flugzeug gelandet war, und gesagt: »Ihr wollt ihn sicher so schnell wie möglich los sein.«

»Nein, ich glaube, es fühlen sich alle ganz wohl miteinander«, hatte er geantwortet, »doch bestimmt ist es für Caruso schöner, wenn er heimkommt, bevor ihr die Beiz wieder eröffnet, so habt ihr etwas Zeit füreinander.«

Es war ein nieseliger Sonntagnachmittag, an dem er Caruso vorbeibrachte, und weil er erwartete, dass Ruth und Alex mit *Jetlag* daniederliegen würden, hatte er Alice gebeten, ihnen eine Thermoskanne türkischen Kaffee zu brauen. Dazu hatte er bei Sprüngli Schokoladen-*Visitandines* gekauft, das war seine neueste Entdeckung, und für Caruso hatte Alice vegane Katzenkekse eingepackt. »Du wirst sehen, das wird eine gemütliche Heimkehr«, sagte er zu Caruso, als sie sich auf den Weg machten, denn Alice hatte erzählt, dass er schon in der Nacht davor nervös geworden war und geschrien hatte, wie eigentlich nur unkastrierte Kater schreien.

Von Gemütlichkeit konnte aber keine Rede sein. Alex stand vor der Tür und rauchte, als sie kamen. Erst wunderte er sich, dass Alex so blass und grauhaarig von den Seychellen zurückgekehrt war, dann sah er, dass er voller Baustaub war. »Sieh, da ist schon dein Papa«, sagte er und hob den Käfig so, dass Caruso Alex sehen konnte. Der hatte sich aber inzwischen abgewendet, warf die Zigarette in den Rinnstein und ging hinein.

»Bring ihn hoch, Hubi«, sagte er, »ich muss wieder ins Lager.«

»Wie war der Urlaub, und der Rückflug?«, fragte Hubert, während er hinter ihm her ging.

Alex blieb kurz stehen und sagte: »Hubi, wir haben morgen Eröffnung, und die lässt sich nicht schieben, denn wir brauchen das Geld vom Mittagstisch. Natürlich haben die Handwerker nichts, aber auch gar nichts gemacht, wie sie sollten. Zum Glück hatte ich ihre Handynummern, jetzt mussten halt alle am heiligen Sonntag antanzen. Gleichzeitig müssen wir das Lager neu bestücken, das heißt Regale zusammenschrauben und tonnenweise Zeug schleppen. Du kannst gern runterkommen und helfen, aber für Gequatsche fehlt mir echt die Zeit.«

»Wo ist denn Ruth?«, fragte Hubert.

Im Lager begann einer, mit dem Pressluftmeißel zu spitzen. »Die macht oben die Wäsche«, schrie Alex.

Hubert stellte fest, dass die steile Treppe aufwärts mit dem Käfig noch schwieriger zu nehmen war als seinerzeit abwärts, er musste den Käfig auf den Kopf nehmen, und weil Caruso sich am Boden festklammerte und so lange Krallen hatte, bohrten sie sich ihm in die Kopfhaut.

»Na, gleich bist du bei Mama, dann ist alles gut«, sagte er zu ihm, und diesmal rief er frühzeitig: »Ruth, wir kommen!«, um sie nicht wieder halb nackt zu überraschen.

Ruth stand im Trainingsanzug vor der Bügelwalze und glättete Tischtücher. »Es ist eine Affenarbeit«, sagte sie, als sie ihn sah, »aber mit Tischdecke kannst du das gleiche Menü 5 Stutz teurer verkaufen, abends sogar 8. Das haben die vom Gastronomieverband herausgefunden.«

Dabei hielt sie ihm die Wange hin, und weil er glaubte, sie wolle Caruso begrüßen, hielt er ihr den Käfig ans Gesicht. »Siehst du, da ist sie«, sagte er zu Caruso, »riecht sie nicht fein?«

Caruso dachte aber nicht daran zu schnuppern, und als Hubert den Käfig öffnete, rannte er gleich in die Zimmerecke und verkroch sich hinter der Gummipalme.

Ruth kümmerte sich nicht um den Kater. »Willst du was trinken?«, fragte sie Hubert. »Du kannst dich unten im Kühlschrank bedienen.«

»Ich habe euch türkischen Kaffee mitgebracht, gegen den *Jetlag*«, sagte er, »dazu etwas Süßes.«

»Hubi, *Jetlag* hat man, wenn man die Zeitzone wechselt«, erklärte sie ihm, als sei er ein Kind. »Wir waren in Afrika, dahin geht es fadengerade runter. Außerdem sind die Ferien längst vergessen, du siehst ja, wie es hier zu und her geht.«

»Ach so«, sagte er. »Aber hattet ihr es schön, konntet ihr ausspannen? Vor zwei Wochen am Telefon klangst du wunderbar ruhig.«

»Da war ich bestimmt todmüde«, sagte sie. »Vor unserem Fenster standen Kokospalmen, dauernd fielen Kokosnüsse auf die Veranda, aus zwanzig Metern Höhe. Versuch mal, bei dem Krach zu schlafen. Außerdem hatten wir Geckos im Zimmer.« Im nächsten Augenblick rief Alex etwas von unten, das er nicht verstand. Ruth schrie zurück: »Kannst du nicht wenigstens das selbst entscheiden?«, und polterte in ihren Holzpantoffeln die Treppe hinab.

»Ich gehe dann auch«, sagte Hubert zu Caruso, und nachdem er ihm die Katzenkekse hingelegt und den Käfig geschlossen hatte, folgte er Ruth nach unten. Er wollte sich noch verabschieden, aber als er im Keller den Dreck und das Durcheinander von Plastikfässern, Getränkeharassen und Paletten mit Toiletten- und Küchenpapier sah, rief er nur nochmals: »Ich gehe dann also.«

Erst spazierte er etwas verloren durchs Quartier, ehe er sich am Rand der Josefswiese auf eine Bank setzte und picknickte. Er war fast allein, weil es noch immer nieselte, doch unter den Bäumen saß man im Trockenen, und die Luft blieb angenehm warm. Er fühlte eine leise Wehmut, dabei hatte er Caruso ja nur am ersten Tag beherbergt. Aber er stellte fest, dass die fünf Wochen eine wichtige Zeit für ihn gewesen waren, und bedauerte, dass er nun keinen guten Grund mehr hatte, Alice, ihre Katze Lizzy und Edith-Samyra zu besuchen. Und weil er sich auch nicht vorstellen konnte, so bald wieder im »Schwänli« einzukehren, hatte er plötzlich das Gefühl eines großen Abschieds. Dazu kam die Enttäuschung, dass Ruth und Alex sich nicht so über Carusos Entwicklung gefreut hatten, wie er sich das ausgemalt hatte.

In seiner Niedergeschlagenheit trank er die ganze Kanne Kaffee leer. Er stippte die *Visitandines* hinein, der Kardamom und die Schokolade gingen eine sehr harmonische Verbindung ein, und es machte ihn nochmals etwas trauriger, dass er diese Entdeckung mit niemandem teilen konnte.

Weil es ihn überhaupt nicht nach Hause zog, folgte er

danach noch lange der Limmat und kehrte erst mit der Dämmerung heim, tüchtig durchnässt, doch gewissermaßen gereinigt.

Er hatte die Marotte, auch sonntags in den Briefkasten zu sehen, und das war gut so, denn sonst hätte er die Notiz im Briefkastenschlitz nicht entdeckt: »Wo steckst du? Melde dich. Caruso ist weg. Alex.« Er rief gleich im »Schwänli« an, und als niemand abnahm, zog er eilig etwas Trockenes an, nahm den Schirm und ging hin.

Schon als er den Röntgenplatz überquerte, hörte er sie nach Caruso rufen. Dann entdeckte ihn Ruth, bevor er sie sah, sie rief nach Alex, und beide stellten sich kurz unter seinen Schirm. Ruth zündete zwei Zigaretten an, eine davon gab sie Alex, und der fragte währenddessen: »Hubi, sei ehrlich, was habt ihr mit Caruso angestellt? Er ist mager geworden und will nicht fressen, trinken auch nicht. Und als Ruth seine Schnauze ins Wasser steckte …«

»Ich dachte, vielleicht hat er was mit den Augen und sieht den Napf gar nicht«, warf sie ein.

»… da fauchte er so, dass ich es noch unten im Lager hörte, also er schrie regelrecht«, sagte wieder Alex. »Ich hoch, weil ich dachte, was ist das jetzt, da rannte er an mir vorbei wie ein Irrer und raus auf die Straße.«

Hubert fragte: »Habt ihr den Wassernapf vielleicht neben dem Katzenklo stehen?«

»Ja«, sagte Alex, »alles neben der Badezimmertür, Fressen, Saufen, Pissen. So ist es für uns am einfachsten.«

»Katzen sind saubere Tiere, sie fressen und trinken nicht gern da, wo auch das Klo ist«, erklärte er und fühlte, wie eine unerklärliche Freude in ihm aufkam. »Am besten habt ihr sogar zwei oder drei Wasserstellen an verschiedenen Ecken, denn Katzen lieben es zu wandern. Und Granderwasser ist besser als Leitungswasser.«

»Was um Himmels willen ist Granderwasser?«, fragte Ruth.

»Das weiß ich auch nicht«, gab er zu. »Aber Alice benutzt es, und bei ihr hat Caruso gefressen, getrunken, alles tiptop. Natürlich kein Büchsenfutter.«

Alex und Ruth sahen einander an, Alex schnaubte, und Ruth fragte: »Soll ich etwa für ihn kochen?«

»Es reicht, wenn ihr ihm das gebt, was ihr auch esst«, sagte Hubert, »einfach möglichst ungewürzt. Ja, und viele Hülsenfrüchte. Er pupst danach, aber deswegen glänzt sein Fell jetzt so schön.«

»Hubi, du hast eine Meise«, sagte Alex, und nachdem er ausgeraucht hatte, stellte er sich lieber in den Regen, als unter seinem Schirm zu bleiben.

Hubert sagte: »Wisst ihr was? Ich gehe jetzt zu Alice und sehe nach, ob er bei ihr ist. Ihr geht heim und richtet euer Lager ein. Wenn ich ihn habe, rufe ich euch an.«

Alice war jedoch nicht zu Hause, und bei Edith-Samyra zu klingeln wagte er nicht. Stattdessen setzte er sich in den Hauseingang und wartete. Er war plötzlich in Hochstimmung, und ganz besonders, als er sich in Erinnerung rief, welch weiten Weg er in den letzten Monaten gegangen war, von seinem Traum in der Silvesternacht und der etwas lächerlichen Suche nach einer Bestimmung bis zu seinen neuen Freundschaften mit Alice, mit Julia Sommer und ihrer Tochter Mona, vielleicht mit Edith-Samyra und irgendwie auch mit Caruso, selbst wenn sie einander noch mit viel Respekt begegneten. Rückblickend hatte er den Eindruck, dass er damals sehr getrieben und unfrei gewesen war, und umso mehr freute er sich darüber, wie er nun hier sitzen konnte, nichts erwartend und das bloße Sein genießend, wie Alice es nennen würde.

Es war schon längere Zeit dunkel, als sie kam, er hörte sie singen und stellte sich ins Licht, damit sie nicht erschrak. »Caruso ist ausgebüxt«, sagte er, als sie ihn erreichte.

»Das ist eine gute Nachricht«, sagte sie, »er scheint einiges begriffen zu haben.« Sie hatte die Tür erst einen Spalt weit geöffnet, als er unter einem geparkten Auto hervorschoss, ins Treppenhaus huschte und hoch zu ihrer Wohnung rannte.

»Das nenne ich Verbundenheit«, sagte Alice grinsend. »Lizzy saß den ganzen Morgen maunzend am Fenster. Ich glaube, die beiden sind ein Liebespaar.«

Tatsächlich kratzte Caruso an der Wohnungstür und schrie, drinnen hörten sie Lizzy maunzen, und als Alice aufschloss, rannte er vor Aufregung Lizzy über den Haufen, preschte weiter und vergrub sich in der Kissenburg, und Lizzy wackelte ihm glücklich nach.

»Ich habe Ruth versprochen anzurufen, wenn ich ihn finde«, sagte Hubert, »darf ich?« Und während er im Telefonbuch die Nummer des »Schwänli« suchte, fragte er, was Granderwasser war.

»Kurz gesagt belebtes Wasser«, sagte Alice. »Die Lebendigkeit überträgt sich auf den Organismus.«

Aber Hubert konnte die Erklärung gar nicht anbringen. Nachdem er Ruth berichtet hatte, wie Caruso aufgetaucht war, sagte sie: »Wenn diese Alice einen Draht zu ihm hat, soll sie ihn behalten. Ich fand schon immer, er spinnt.«

»Alice, darf Caruso hier bleiben?«, fragte Hubert.

Sie machte den Katzen gerade ihr Essen. »Natürlich«, sagte sie. »Isst du auch mit?«

Ein paar Gabeln aß er mit, aber dann wollte er heim, sein Herz war zu voll für Gesellschaft.

Vielleicht deshalb, vielleicht auch des vielen Kaffees wegen lag er bis zum Morgengrauen wach. Er stellte sich vor, wie Caruso im Dunkeln durch Alices Wohnung stolzierte und seine Katerschreie von sich gab, und in seinem Kopf erklang immerfort derselbe Satz, der ihm eigentlich sehr fremd war: »Danke, Herrgott.«

Nachbemerkung

Die Romanserie »Menschliche Regungen« ist *Work in Progress*. Tim Krohns Plan ist, im Rahmen des überschaubaren Kosmos einer Genossenschaftssiedlung im Zürcher Kreis 5 jede erdenkliche Gefühlsregung und jeden erdenklichen Charakterzug eines heutigen Menschen zu beschreiben.

Darüber hinaus ist »Menschliche Regungen« ein Spiel mit einer unabsehbaren Zahl von Mitspielenden, das der Autor 2015 via *Crowdfunding* im Internet lanciert hat. Es funktioniert so: Wer das Projekt unterstützt, kann sich zur Belohnung von einer fortlaufend erweiterten Liste eine menschliche Regung aussuchen (jede wird nur einmal vergeben). Zudem ist er oder sie gebeten, ein bis drei ganz persönliche Wörter oder auch Zahlen einzubringen, die in »seinem« oder »ihrem« Kapitel auftauchen sollen. Auf diese Weise gerieten etwa die Rikscha, die Bauchfalte, das schöne Wort Pomp oder Samarkand in den Text. Viele Leute lassen sich Zeit beim Wählen »ihres« Gefühls, manchmal debattieren sie mit Tim Krohn, die Rückmeldungen auf die geschriebenen Geschichten an ihn sind oft herzlich und persönlich. So ist aus der Idee des Autors, eine Enzyklopädie der »Menschlichen Regungen« zu schreiben, ein Projekt mit vielen Beteiligten geworden. Tim Krohn wird weiterschreiben, solange er Mitspielende hat. Drei Bände sind inzwischen entstanden, sie werden im Herbst 2017 und im Frühjahr 2018 bei Galiani Berlin erscheinen.

Das Neueste zum Stand des Projekts steht jeweils auf *www.menschliche-regungen.ch*. Dort erfährt man, wie man mitmacht, welche Belohnungen auf die Mitspielenden warten und wo man *rough tracks* anhören kann, das sind Aufnahmen der Kapitel in ihrer Ursprungsfassung, die Tim Krohn jeweils für die Mitspielenden einliest.

LISTE DER IN DIESEM BAND BESCHRIEBENEN MENSCHLICHEN REGUNGEN UND IHRER UNTERSTÜTZER

Hinundhergerissensein (21)	Martin Looser
Hochmut (16)	Vilma & Daniel Zbinden
Idealismus (58)	Thomas Liechti
Ironie (23)	Helen Christen
Kleingeist (9)	Rolf Roost-Weideli
Kränkung (12)	Peter Zumthor
Kreativität (6)	Ute & Peter Kocher-Vogler, James Sattler
Kunstsinn (2)	Swantje Kammerecker
Lebendigkeit (48)	Brigitte & Rainer Menzel
Lebenslust (60)	Bruno Wegmüller
Leidenschaft (57)	Thomas Liechti
Liebe (47)	Jan Krohn
List (49)	Rita Schmid Göldi
Lösungsorientiertheit (22)	Christian Hoffmann
Milde (55)	Felix Manfred Maria Kau
Mitteilsamkeit (56)	Alex Herrmann
Monogamie (33)	Nicole Cox Ansari
Mysterium (28)	Salome Noah
Ödnis (10)	Sonja Roost-Weideli
Pioniergeist (37)	Martin Looser
Rauheit (26)	Christoph Steiner
Risikofreude (15)	Hans Rupp
Sanftmut (64)	Barbara Erath
Schwindel (52)	Ayoma Pfister Turnherr
Stärke (42)	Beatrice Hesse
Stille (35)	Annemarie Herzog-Gull
Umsicht (41)	Michael Felder
Väterlichkeit (17)	Doris Wirth
Verspieltheit (32)	Katrin Rieder

Vertrauenswürdigkeit (40)	Bernard Miserez
Verwegenheit (46)	Ralf Schlatter
Wagemut (63)	Barbara Erath
Wärme (50)	Filip Haag
Weltoffenheit (31)	Ines & Adrian Vieli
Wollust (8)	Ute & Peter Kocher-Vogler, James Sattler
Würde (18)	Barbara Keller
Zartheit (7)	Ute & Peter Kocher-Vogler, James Sattler
Zauber (34)	Sonja, Reto, Zoe & Gianna Waltenspül
Zynismus (54)	Hans Perting